让历史照亮未来

张曙红新闻评论作品集

THE ECONOMIC MIRACLE WILL GO ON

张曙红 著

经济日报出版社

图书在版编目（CIP）数据

让历史照亮未来：张曙红新闻评论作品集 / 张曙红著. -- 北京：经济日报出版社, 2023. 9

ISBN 978-7-5196-0757-9

Ⅰ. ①让… Ⅱ. ①张… Ⅲ. ①评论性新闻—作品集—中国—当代 Ⅳ. ①I253.3

中国版本图书馆CIP数据核字(2020)第262363号

让历史照亮未来

RANG LISHI ZHAOLIANG WEILAI

张曙红　著

出　　版：经济日报出版社

地　　址：北京市西城区白纸坊东街 2 号院 6 号楼 710（邮政编码：100054）

经　　销：全国新华书店

印　　刷：北京九州迅驰传媒文化有限公司

开　　本：710mm × 1000mm　1/16

印　　张：27.75

字　　数：395 千字

版　　次：2023 年 9 月第 1 版

印　　次：2023 年 9 月第 1 次印刷

定　　价：86. 00 元

本社网址：edpbook.com.cn　　微信公众号：经济日报出版社

举报电话：010-63567684

本书如有印装质量问题，请与本社总编室联系，联系电话：010-63567684

媒体最主要的职能有二，一是报道事实，二是输出观点。专司报道事实的就是记者，专门从事输出观点的就是评论员。

在旧时代的媒体中，评论员有着远高于编辑、记者的地位。比如有着“报界宗师”之誉的大公报人张季鸾，以“主笔”之名专司社评写作，首倡“文人论政”之风，是与报馆投资人、总经理平起平坐的“三巨头”之一，收入自然也是可观的。后来，虽然评论写作不像当年那般高不可攀，但仍然是少数人的事。一般来说，就职于媒体而又擅长于写评论，总会被人高看几眼的。

在我的新闻生涯中，较早就与评论写作结了缘。记得大学毕业进入中国财贸报，被安排到思想教育部工作。部主任是大公报老报人贺师尧，“文革”后在北京市委主编《前线》杂志，那是一本专注于思想理论方面的杂志。老贺重视评论理论，自己带头写，也经常给我们布置一些题目。在进入报社的第一年，我的岗位是编辑，采写新闻报道的机会不多，评论却写了不少，包括以报社名义发表的社论、评论员文章，当然这样的评论都要经过主任、分管副总编辑、总编辑多个环节的反复修改打磨，有的还要报送上级主管部门审定。所以，严格地说，我是先学着写评论，再学习写新闻的。

后来机缘凑巧，报社评论部急于补充评论人才，冯并同志找到我，动员我到评论部做副主任。当时报社领导中是由杨尚德同志分管评论工作的，他对我写评论的能力可能还有些存疑，于是专门给我出了个题目，有点测试的意思，结果当然是顺利通过了。冯并治下的评论部人才济济，业务氛围颇为活跃。但时间未久，他自己却另觅高就，调到国家体改委做了副秘书长。于是我被“赶鸭子上架”，以副主任身份主持评论部工作，再后来就成了评论部主任，前前后后在评论部干了13个年头（1991年至2003年）。离开评论部以后，虽然不再专职从事评论工作，但只要还在干新闻，就离不开评论这个武器，还会经常性地策划、起草、编辑评论文章，包括策划推出一些系列评论、专栏评论，有的还曾产生过较大的社会影响。

近年来，经济日报新一届编委会高度重视评论工作，在社长兼总编辑郑庆东倡导下，重新确立了“评论立报”的理念，评论委员会常态化运作，各个版面都设计了独具特色的评论专栏，尤其是举全社之力打造“金观平”等言论品牌，影响越来越大。一批中青年采编骨干相继开设个人评论专栏，可谓各擅胜场，精彩纷呈。评论工作的这种生动局面和良好势头令人欣喜。

随着越来越多的年轻人拿起评论这个武器，于是常有年轻同志希望就评论写作做一些交流，想知道写评论有什么诀窍。这是一个不太好回答的大题目，认真回答起来可以写成一本大书，市面上也确实出了不少这方面的专著。依个人的经验与教训，简短截说，写评论的要诀可以归纳为以下四点。

一是有观点。心有所悟，学有所得，观有所感，发之为文，即为评论。着手评论写作之前，首先要想清楚，你想告诉别人什么。也就是要树个靶子，有的放矢。用时尚点的话说，就是“立个Flag”。所以评论又被称作是报纸的旗帜和灵魂。《毛泽东选集》四卷雄文，开篇第一句话是：“谁是我们的敌人？谁是我们的朋友？这个问题是革命的首要问题”，开门见山，气势如虹。如果洋洋洒洒数千言，让人看了却不知所云，文章就白写了。

二是讲道理。观点是否成立，需要有事实的依据，有逻辑的支撑。逻辑演绎的过程就是讲道理，逻辑没毛病，道理讲通了，观点也就立住了。没有逻辑推论的过程，文章就是硬写。有时候，文章写得很费劲、很痛苦，并非你的写作水平不高，而是你的理论水平、认知能力有限，自己没把道理想明白，“不通则痛”。“以其昏昏，使人昭昭”。硬写的结果就是一堆的“要要要”，“既要”“又要”“更要”“还要”，这不是给人讲道理，而是给人“下指示”，不是在写评论，而是在写文件。文件式的评论媒体上并不少见，但看的人又有多少呢？

三是说人话。所谓说人话，就是要像平日里对人说话、与人谈话一样，说些家常话、体己话，老百姓听得懂的话。而不是拉开架式，净说一些官话、套话、假话、空话。有些文章写得云山雾罩的，概念接着概念，口号连着口号，似乎存心不让人看懂。要想说人话，前提是接地气，知道老百姓所思所想、所祈所盼。倡导什么，反对什么，要把握正确导向，符合群众意愿，体现社会共识。还要把握好度，有分寸感，防止把好话或坏话说过了头。切忌高高在上，板着脸训人，给人一种“站着说话不腰疼”的距离感。

四是有文采。文似看山不喜平，论说之文尤其如此。文章要有自己的风格，这就要靠独到的观点、严密的逻辑、生动的文风来体现。观点立得住，道理拎得清，文字有讲究，就可以称得上是一篇评论佳作了。古人云：文如其人。文章应该是有个性的、独特的，或者冷峻如霜，或者热情似火，或者犀利如刀，或者舒展如水。有个性的文章就像是有了生命，也就有了传扬开来、流传下去的可能。

以上这些想法，仅是大体而言，泛泛之论。评论有不同的品种，不同类型的评论又有着不同的要求。对于写作者而言，各人有各人的爱好和追求，不可能在写法和文风上强求一律。

就在整理这本文集的时候，从故纸堆里翻到一份材料，是时任经济日报总编辑范敬宜当年对评论部工作的一段批示。虽然是写在三十多年前的文字，今天读起来感觉并未过时。故抄录如下：

几年来，评论部作了很大努力，发表了不少有影响的评论，今后的改进，我想主要还是在特色上作进一步的努力。主要的特色，应该是“活”。这个“活”，主要还不是指形式的多样，写法的活泼，而是指紧密结合实际工作、实际生活中的思想认识问题，加强现实针对性。比如搞活大中型企业，加强农村工作，不是一般化地阐述文件内容、观点（当然有时也有必要），而是针对在贯彻中央精神当中各级领导干部面临的带共性的问题，作分析，解疑问，讲办法。建议撰写重点评论之前，能召集一些有实际工作经验、又有一定理论水平的同志开个座谈会，请大家发议论，出思路，最后由我们执笔成文。希望评论部能将此作为一个工作方法，并逐步形成一种制度。坚持这样做了，本报评论肯定会形成一种“实”和“新”的特色。

另外，评论的文风还应大力改进，一洗板着面孔说教的老套套。在这个问题，希望评论部思想更解放些。我觉得，几年来，我和尚德同志都是大力提倡把评论写得更活泼、更风趣，更深入浅出、为群众所喜闻乐见的，也从不对真正生动活泼的东西乱下刀斧的。我讲的生动活泼，不是要求过分修饰词藻，或掉书袋子，而是尽量写得通俗、亲切，议论风生。这种风，如春天的和风，夏天小电扇吹出的凉风，让读者舒舒服服地欣然接受你的论点。在这方面，我希望评论部的同志更大胆一些，更开阔一些，不要自己束缚住自己。为此，希望大家多读点书，包括毛主席等革命导师的评论，鲁迅的评论，张季鸾等老报人的评论，梁厚甫的评论以及古代著名的论说文，五四运动以来诸大家的评论等，兼收并蓄，方成大家。希望你们成为经济新闻评论的大家。

老范是评论大家，对评论工作的标准和期望自然更高一些。如何增强选题的针对性？如何增强内容的贴近性？如何改进评论文风，写得更活泼、更风趣，更深入浅出、为群众所喜闻乐见？老范当年提出的这些课题，也是我们一直在探索和实践着的课题，虽然结果未必尽如人意。

“文章都是自己的好”。我算不上写评论的高手，但毕竟有过多年的新闻评论工作实践，署名或不署名的评论文字留下不少。感谢经济日报社和经济日报出版社的支持，使这本评论作品集得以出版。大体上说，第一辑《国是纵横》是比较严肃的时政和经济评论，其中一部分是命题作文，本质上属于集体创作，是集体智慧的结晶。此类评论写过不少，如今还能看看的不多，这里选收的主要是一些获奖作品；第二辑《时代华章》是评论形式创新的产物，以庆祝香港回归祖国的《回归赋》为代表，借鉴了古典文学的一些表现形式，注重感情的抒发，追求文字的灵动，曾被论者称之为“赋体评论”；第三辑《实践启迪》是紧密联系新闻事实撰写的言论，依事论理，以事证理，新闻与评论相辅相成。其中的《武汉探访录》和《吉林产粮大县访问记》发表时有一个栏题：“来自基层的评论”，是当年《经济日报》改进新闻评论的一种尝试；第四辑《两会漫笔》是多年参加全国人大、政协会议报道时撰写的言论，作为两会报道的一部分，其与其他新闻体裁在形式上的区分并不分明，重在以观点取胜，且其中很多观点都是由人大代表、政协委员阐发的，作者不过是取其所需、连缀成文而已；第五辑《世事杂谈》是个人署名的杂文随笔，有对社会现象的剖析、对舆论热点的点评、对丑恶现象的鞭笞，也是媒体发挥热点引导和舆论监督作用的一种体现。

收入本书的文字，时间跨度较长，几乎覆盖了改革开放四十余年的历程。时移世易，人事变迁，其中述及的某些现象已成旧闻，甚至了无痕迹，论及的一些观点也成了常识，或者有了共识，今天的人们读来或不觉新鲜。但鉴往可以知来，忆旧可以启新。回溯改革开放以来思想变革、观念更新的历史轨迹，无疑将裨益于我们满怀信心地应对新形势下的复杂挑战，走向更加光明的未来。

目录

第一辑　国是纵横 / 001

第二辑　时代华章 / 119

第三辑 实践启迪 / 135

第五辑　世事杂谈 / 341

第一辑 国是纵横

“明镜所以照形，古事所以知今。”历史、现实、未来紧密连通，历史是过去的现实，现实是未来的历史。今天我们回顾历史，为的是总结经验教训，把握历史规律，增强开拓前进的勇气和力量。

——摘自《历经苦难向辉煌》

深刻把握中国式现代化的基本特征

现代化是世界各国人民的共同追求，也是中国共产党人百年来孜孜以求的奋斗目标。正如习近平总书记指出的，世界上既不存在定于一尊的现代化模式，也不存在放之四海而皆准的现代化标准。经过长期艰苦的探索和实践，中国共产党人领导中国人民坚持走自己的路，建设中国特色社会主义，走出了一条独特的现代化道路，取得了举世瞩目的现代化建设成就。

我们正在推进的现代化事业，既有各国现代化的共同特征，更有基于传统文化和特殊国情的中国特色。概而言之，这种中国特色突出表现为五个方面的鲜明特征。

其一，中国式现代化是人口规模巨大的现代化。中国是世界上第一人口大国，也是最大的社会主义国家、最大的发展中国家。人口多，底子薄，发展不平衡，这是我国的基本国情。这种基本国情决定了我们不可能复制西方式的资本主义现代化道路，只能走有中国特色的社会主义现代化道路；决定了我国现代化建设具有长期性、艰巨性、复杂性的特点，不可能一蹴而就，也没有捷径可寻；决定了中国式现代化必须坚持人民主体地位，尊重人民群众首创精神，紧紧依靠人民创造历史，不断推进现代化进程。到本世纪中叶，我国14亿多人口要整体迈入现代化社会，其规模超过现有发达国家的总和，将彻底改写现代化的世界版图，在人类历史上是一件具有深远影响的大事。习近平总书记指出："我国是世界上最大的社会主义国家，当我国建成社会主义现代化强国、成为世界上第一个不是走资本主义道路而是走社会主义道路成功建成现代化强国时，我们党领导人民在中国进行的伟大社会革命将更加充分地展示出其历史意义。"

其二，中国式现代化是全体人民共同富裕的现代化。"大道之行，天下为公。"中国传统文化中有着深厚的"均贫富"思想基础。走共同富裕的道路还是走两极分化的道路，这是中国式现代化与西方现代化的根本区别。习近平总书记强调，"共同富裕是中国特色社会主义的本质要求，我国现代化坚持以人民为中心的发展思想，自觉主动解决地区差距、城乡差距、收入分配差距，促进社会公平正义，逐步实现全体人民共同富裕，坚决防止两极分化"。促进全体人民共同富裕是一项长期任务，随着我国全面建成小康社会、开启全面建设社会主义现代化国家新征程，必须把促进全体人民共同富裕摆在更加重要的位置，脚踏实地，久久为功，不断实现好、维护好、发展好最广大人民的根本利益，不断实现人民对美好生活的向往，实现人的全面发展，在高质量发展中促进共同富裕。

其三，中国式现代化是物质文明和精神文明相协调的现代化。中国式现代化的奋斗目标，不仅是生产力的发展和社会物质财富的丰富，同时也包含着高度的社会主义精神文明。"当高楼大厦在我国大地上遍地林立时，中华民族精神的大厦也应该巍然耸立。"社会主义精神文明建设是社会主义现代化的基本内容和目标之一，是现代化建设不可分割的有机组成部分。同时，社会主义精神文明又为现代化建设提供精神动力和智力支持，从而形成推动社会主义现代化建设的强大精神力量。改革开放以来，我们党始终坚持物质文明和精神文明一起抓的战略方针，强调物质文明和精神文明必须两手抓，两手都要硬。用邓小平同志的话说，"只有物质文明和精神文明都搞好了，才是有中国特色的社会主义"。

其四，中国式现代化是人与自然和谐共生的现代化。在党的十九大报告中，习近平指出："我们要建设的现代化是人与自然和谐共生的现代化，既要创造更多物质财富和精神财富以满足人民日益增长的美好生活需要，也要提供更多优质生态产品以满足人民日益增长的优美生态环境需要。必须坚持节约优先、保护优先、自然恢复为主的方针，形成节约资源和保护环境的空间格局、产业结构、生产方式、生活方式，还自然以宁静、和谐、美丽。”党的十八大以来，党中央以前所未有的力度抓生态文明建设，全党全国推动绿色发展的自觉性和主动性显著增强，美丽中国建设迈出重大步伐，我国生态环境保护发生历史性、转折性、全局性变化。实践已经表明，中国式现代化决不会重复牺牲环境、破坏自然的西方现代化模式，而是要更加自觉地推进绿色发展、循环发展、低碳发展，坚定不移走生态优先、绿色发展之路，建设人与自然和谐共生的现代化。

其五，中国式现代化是走和平发展道路的现代化。中华民族是爱好和平的民族，中国人民是爱好和平的人民，自古以来，在对外交往中秉承“强不执弱，众不劫寡，富不侮贫，贵不傲贱”的精神，主张“己所不欲，勿施于人”。在走向现代化的过程中，始终坚持走和平发展道路，坚持用高质量发展解决现代化进程中遇到的问题，做世界和平的建设者、全球发展的贡献者、国际秩序的维护者。2014年3月，习近平主席在德国科尔伯基金会的演讲中强调：“中国走和平发展道路，不是权宜之计，更不是外交辞令，而是从历史、现实、未来的客观判断中得出的结论，是思想自信和实践自觉的有机统一。和平发展道路对中国有利、对世界有利，我们想不出有任何理由不坚持这条被实践证明是走得通的道路。”我们坚持走和平发展道路，既是传承中华优秀传统文化的必然结果，也是中国对国际社会关注中国发展走向的回应。中国的崛起不以暴力掠夺为手段，不以牺牲他国利益为代价，因而与奉行霸权主义、扩张主义的西方式现代化有着本质的不同。中国式现代化在造福中国人民的同时，也在造福世界人民。

办好中国的事情，关键在党。我们推进的现代化，是中国共产党领导的社会主义现代化。党的领导为中国特色社会主义现代化建设顺利进行提供了根本政治保证。恩格斯在1893年10月12日致奥古斯特・倍倍尔的信中说：“一个知道自己的目的，也知道怎样达到这个目的的政党，一个真正想达到这个目的并且具有达到这个目的所必不可缺的顽强精神的政党——这样的政党将是不可战胜的。”中国共产党正是这样具有宏伟目标、明晰战略和顽强奋斗精神的党，因而责无旁贷地成为中国式现代化的主导力量。全面建成社会主义现代化强国，实现中华民族伟大复兴，必须毫不动摇地坚持中国共产党领导，充分发挥党的领导政治优势，把党的领导落实到社会主义现代化建设各领域各方面各环节。

实践表明，中国式现代化既切合中国实际，体现了社会主义建设规律，又顺应世界潮流，体现了人类社会发展规律。踏上全面建设社会主义现代化国家新征程，我们必须在“举什么旗”“走什么路”的问题上保持战略清醒，坚定历史自信，坚持以中国式现代化推进中华民族伟大复兴，既不走封闭僵化的老路，也不走改旗易帜的邪路，坚持把国家和民族发展放在自己力量的基点上、把中国发展进步的命运牢牢掌握在自己手中，不断以现代化建设新成就为人类作出新的更大贡献。

（2022年9月8日）

历经苦难向辉煌

——从近百年党史中汲取战胜艰难险阻的历史经验

南湖风樯动，四海起云雷。今年7月1日，是我们党成立99周年的纪念日。近百年来，我们党走过了一条艰难曲折而又光辉壮丽的道路，经受住了各种风浪考验，创造了一个又一个令世界惊叹的“中国奇迹”，使中华民族迎来了从站起来、富起来到强起来的伟大飞跃。

踏平坎坷成大道，历经苦难向辉煌。回顾党的历史和新中国成立70年来的历程，并非一帆风顺、波澜不惊，而是在不断应对挑战、克服困难、战胜风险、破解危局中曲折前行的。习近平总书记指出："中国共产党的历史，总体来说是党团结带领人民不断把中国革命、建设、改革事业推向前进的历史，其所取得的成就与进步伟大辉煌，其所经历的困难与风险也世所罕见。"我们党战胜困难的历史经验，是一笔宝贵的精神财富，永远值得我们珍惜。在抗击新冠疫情、应对百年未有之大变局的今天，回顾党的近百年奋斗史和新中国70年发展史，总结和汲取我们党战胜艰难险阻的经验与教训，更具有特别重要的意义。

第一，思想上始终以科学理论为指导。

理论是实践的先导，思想是行动的指南。"指导思想是一个政党的精神旗帜"。中华民族是一个历史悠久的伟大民族，但到了1840年鸦片战争后，中国逐渐沦为半殖民地半封建社会。无数的仁人志士学习西方救国救民的真理，有的主张学习西方先进的科学技术，打造坚船利炮；有的主张学习西方的政治制度，实行君主立宪制，建立资产阶级共和国，但种种政治设计都未能改变中国半殖民地半封建社会的面貌，实现民族独立和人民解放。直到1917年俄国十月革命一声炮响，给中国送来了马克思主义。五四运动之后，马克思主义在中国得到广泛传播，给中国人民指明了前进方向、提供了全新选择，为中国共产党的诞生奠定了思想基础。一代代中国共产党人把马克思主义普遍真理同中国具体实践相结合，收获了丰硕的理论成果。毛泽东思想坚持"农村包围城市，武装夺取政权"，最终取得革命的胜利，引领中华民族站起来；邓小平理论坚持实行改革开放，发展社会主义市场经济，引领中华民族富起来。党的十八大以来，以习近平同志为核心的党中央统筹推进"五位一体"总体布局、协调推进"四个全面"战略布局，推动党和国家事业发生历史性变革、取得历史性成就，引领中华民族强起来。实践证明，习近平新时代中国特色社会主义思想是我们党必须长期坚持的指导思想，是我们在新时代战胜新的困难、夺取新的胜利的强大思想武器。

第二，政治上始终代表并依靠最广大人民群众。

中国共产党是一个立党为公、执政为民的党。党的根基在人民、血脉在人民、力量在人民。人民立场是中国共产党的根本政治立场，全心全意为人民服务是我们党的根本宗旨。党的全部历史阐释了全心全意为人民服务的崇高价值追求，展现了党代表中国最广大人民根本利益，为人民谋福祉的博大胸怀。近百年来，党始终把最广大人民的根本利益作为全部工作的出发点和落脚点，始终植根人民、造福人民，保持同人民群众的密切联系，为人民利益而不懈奋斗、作出巨大牺牲，因而得到了最广大人民群众的衷心拥护和支持。这是我们党始终立于不败之地的牢固根基。党的十八大以来，以习近平同志为核心的党中央带领人民打赢脱贫攻坚战，实施乡村振兴战略，开展扫黑除恶专项斗争，都是为了提高人民群众的获得感、幸福感、安全感。在新冠疫情防控工作中，党中央始终把人民群众生命安全和身体健康放在第一位，强调这次疫情防控是人民战争，必须牢记人民利益高于一切，紧紧依靠人民群众坚决打赢疫情防控阻击战。党和国家倾听人民的呼声、回应人民的期盼、维护了人民的权益，自然就能获得人民群众的高度信任和全力支持，构筑起群防群控的严密防线，这是最终打赢这场疫情防控阻击战的决定性因素。

第三，组织上不断加强党的自身建设，坚持和巩固党的领导地位。

中国共产党的领导是中国人民和中华民族应对国内外各种风险考验的主心骨。毛泽东同志曾指出，“离开了中国共产党的领导，任何革命都不能成功”。邓小平同志说过，如果没有共产党的领导，哪可能有现在的中国？习近平总书记指出，中国特色社会主义最本质特征是中国共产党领导，中国特色社会主义制度最大优势是中国共产党领导。在今天的中国，中国共产党是最高政治领导力量，无可替代。这是中国特色社会主义发展历程的必然结论，是中国共产党近百年发展历程的真实写照，是我们从站起来、富起来到强起来的成功秘诀，也是我们民族复兴的根本保证。“我们的全部事业都建立在这个基础之上，都根植于这个最本质特征和最大优势。”面对前进道路上的挑战和困难，我们要进行具有许多新的历史特点的伟大斗争，唯有始终坚持党的领导不动摇，高举习近平新时代中国特色社会主义思想伟大旗帜，不断增强“四个意识”、坚定

"四个自信"、做到"两个维护"。

还在改革开放之初，邓小平同志就强调，"中国要出问题，还是出在共产党内部"。这就提醒我们，必须不断加强党的自身建设，持续推进党的建设新的伟大工程，始终以强烈的忧患意识和担当精神坚持党要管党、从严治党，始终坚持以改革创新精神全面加强和改进党的建设，依靠自己的力量和人民的帮助监督纠正错误，解决党内各种消极腐败问题，保持党的先进性和纯洁性，把党建设得更加坚强有力。只有党自身建设好了，才能更好地发挥我们党的坚强领导核心作用。只要全党更加紧密地团结在以习近平同志为核心的党中央周围，把思想和行动统一到党中央各项决策和部署上来，全党坚强团结，党同人民坚强团结，我们就能战胜一切困难，胜利实现我们的目标。

第四，坚持和完善中国特色社会主义制度，不断提升治理能力。

"鞋子合不合脚，只有穿它的人才知道。"无论世界风云如何变幻、局势怎样动荡，中国共产党人始终带领人民坚定不移高举中国特色社会主义伟大旗帜，既不走封闭僵化的老路，也不走改旗易帜的邪路，坚持和完善中国特色社会主义制度，推进国家治理体系和治理能力现代化，走出了一条适合中国的富民之路、强国之路、复兴之路，也为世界各国提供了"中国方案""中国经验"，充分显示了我国社会主义制度的优越性，也充分证明中国特色社会主义制度是当代中国发展进步的根本保证。党的十九届四中全会从13个方面系统总结了我国国家制度和国家治理体系的显著优势，这些优势源于社会主义制度的先进性，成于我们党领导人民开创和发展中国特色社会主义的伟大实践，是"中国之治"的制度密码所在。习近平总书记指出："我们最大的优势是我国社会主义制度能够集中力量办大事。"坚持全国一盘棋，调动各方面积极性，是我们打赢疫情防控阻击战的根本依靠。这次新冠肺炎疫情以一种特殊方式，让世界人民直观感受到中国特色社会主义国家制度和国家治理体系的显著优势，深刻认识到中国共产党驾驭复杂局面、应对风险挑战的强大能力。

"明镜所以照形，古事所以知今。"历史、现实、未来紧密连通，历史是过去的现实，现实是未来的历史。今天我们回顾历史，为的是总结经验教训，把握历史规律，增强开拓前进的勇气和力量。2020年4月8日，习近平总书记在主持中央政治局常务委员会会议时强调："面对严峻复杂的国际疫情和世界经济形势，我们要坚持底线思维，做好较长时间应对外部环境变化的思想准备和工作准备。"我们要深刻理解和准确把握这一重大判断，引导干部群众科学判断形势，充分估计面临的困难风险和不确定性，既要保持必胜信心，又要增强底线思维；既要保持战略定力，又要善于因时施策、科学应对，凝聚万众一心加油干、越是艰险越向前的精神力量，把着力点放在聚精会神办好自己的事情上，牢牢把握主动权、打好主动仗，克服前进道路上的一切艰难险阻，努力实现中华民族伟大复兴的既定目标。

（2020年7月15日）

让历史照亮未来

雄伟的天安门，见证着历史的变迁；宽阔的长安街，涌动着时代的洪流。彩旗飞舞，人头攒动，铁流滚滚，烟花灿烂，眼前的一幕幕如时光重现，似曾相识，却又内蕴有别，意义迥然不同。

70年前的10月1日，毛泽东在天安门城楼上向世界庄严宣告中华人民共和国中央人民政府的成立，中国人民从此站起来了。"这一伟大事件，彻底改变了近代以后100多年中国积贫积弱、受人欺凌的悲惨命运，中华民族走上了实现伟大复兴的壮阔道路。"

经历了沧桑巨变、换了人间的70年，中华民族迎来了从站起来、富起来到强起来的伟大飞跃，迎来了实现伟大复兴的光明前景。对此，我们没有理由不感到自豪。在庆祝中华人民共和国成立70周年大会上，习近平总书记高度评价新中国成立的历史意义，深刻总结了新中国70年创造的人间奇迹，豪迈展望了中华民族伟大复兴的光明未来，鼓舞和激励中华儿女满怀豪情、充满自信，为实现伟大梦想而接续奋斗，道出了亿万人民共同的心声和愿景。

“今天，社会主义中国巍然屹立在世界东方，没有任何力量能够撼动我们伟大祖国的地位，没有任何力量能够阻挡中国人民和中华民族的前进步伐。”话音刚落，这两句话就在朋友圈刷屏了。习近平总书记在庆祝大会上的重要讲话，篇幅虽然不长，但内蕴深厚，金句叠出，如黄钟大吕，掷地有声，展现出中华民族从站起来、富起来到强起来的坚定自信，展现出在中国共产党领导下走中国特色社会主义道路的坚定信念，展现出实现中华民族伟大复兴中国梦的坚定信心。

一个个整齐的方阵走过，展现出顽强的意志；一辆辆绚丽的彩车驶来，满载着收获的喜悦。无论是身在沸腾的现场，还是守候在天南地北的电视机前，亿万人民心潮澎湃、激动难抑。非凡的发展成就，盛大的庆典场景，给了我们巨大的鼓舞，同时也给了我们深刻的启迪。习近平总书记指出：“前进征程上，我们要坚持中国共产党领导，坚持人民主体地位，坚持中国特色社会主义道路，全面贯彻执行党的基本理论、基本路线、基本方略，不断满足人民对美好生活的向往，不断创造新的历史伟业。”坚持中国共产党领导，坚持人民主体地位，坚持中国特色社会主义道路，既是新中国70年取得令世界刮目相看的伟大成就的根本原因，也是未来在前进征程上不断创造新的历史伟业的根本遵循。

启示之一：根本经验是始终坚持中国共产党领导。

办好中国的事情，关键在党。中国共产党是先进的马克思主义政党，从诞生之日起就把为中国人民谋幸福、为中华民族谋复兴的初心和使命深深镌刻在自己的旗帜上，深刻体现在自己的性质和宗旨上。新中国成立70年来，我们之所以能取得令世界刮目相看的伟大成就，社会主义中国之所以能巍然屹立在世界东方，归根结底是因为有中国共产党的领导。70年的历史充分证明，中国共产党不愧为伟大、光荣、正确的马克思主义政党，不愧为时代先锋、民族脊梁，不愧为中国人民和中华民族的主心骨。坚持中国共产党领导，关乎国家的命运、民族的命运、人民的命运，是我们过去取得伟大成就、未来再创辉煌的根本保证。

新时代，我们要不断创造新的历史伟业，需要从历史中汲取智慧、总结经验，其中最为根本的一点就是坚持中国共产党领导。在实现“两个一百年”的征程上，我们会面临各种阻力和压力，会遇到各种风险和挑战，坚持中国共产党领导是我们战胜各种艰难险阻的信心所在。党的十九大报告指出，中国共产党领导是中国特色社会主义最本质的特征，是中国特色社会主义制度的最大优势。在坚持中国共产党领导这个决定党和国家前途命运的重大原则问题上，我们必须保持高度的思想自觉、政治自觉、行动自觉，丝毫不能动摇。要按照新时代党的建设总要求，坚定不移全面从严治党，不断提高党的执政能力和领导水平，把党建设成为始终走在时代前列、人民衷心拥护、勇于自我革命、经得起各种风浪考验、朝气蓬勃的马克思主义执政党。

启示之二：最大底气是始终坚持人民主体地位。

人民是历史的创造者，这是马克思主义的基本观点。正如毛泽东同志指出的：“人民，只有人民，才是创造世界历史的动力。”在庆祝大会讲话时，习近平总书记响亮地喊出了“伟大的中国人民万岁”的口号。在联欢活动中，“人民万岁”的字样一次次化作璀璨的礼花飞上蓝天。中国共产党来自人民、植根人民、服务人民，始终坚持人民主体地位。新中国成立70年来，我们党之所以能带领人民取得举世瞩目的发展成就，关键在于始终坚持人民主体地位，不断从人民实践创造和发展要求中获得前进动力。

人民是共和国的坚实根基，人民是我们党执政的最大底气。党的十八大以来，以习近平同志为核心的党中央鲜明提出以人民为中心的发展思想，把坚持以人民为中心作为新时代坚持和发展中国特色社会主义的基本方略之一，人民群众的创新创造热情被进一步点燃，获得感、幸福感、安全感显著增强。站在新的历史起点上，我们要坚持发展为了人民，永远把人民对美好生活的向往作为奋斗目标，在满足人民日益增长的美好生活需要上下更大功夫；坚持发展依靠人民，在激发广大人民群众创新创造上下更大功夫，努力形成各行各业英雄辈出的喜人局面；坚持发展成果由人民共享，在让改革发展成果更多更公平惠及全体人民上下更大功夫，使人民获得感、幸福感、安全感更加充实、更有保障、更可持续；坚持发展成效由人民评判，在创造经得起实践、人民、历史检验的实绩上下更大功夫，不断造福人民。

启示之三：必由之路是始终坚持和发展中国特色社会主义。

旗帜决定方向，道路决定命运。习近平同志曾深刻地指出："古今中外的历史都告诉我们，世界上没有一个民族能够亦步亦趋走别人的道路实现自己的发展振兴，也没有一种一成不变的道路可以引导所有民族实现发展振兴；一切成功发展振兴的民族，都是找到了适合自己实际的道路的民族。"经过新中国70年的艰难探索，经过几代中国共产党人的共同努力，我们终于找到并成功实践了中国特色社会主义道路，这是我们党把马克思主义基本原理同中国具体实际相结合形成的社会主义现代化之路。70年来，我们之所以创造了"当惊世界殊"的发展成就，书写了人类发展史上的伟大传奇，根本原因就在于这样一条道路适合中国国情、符合人民利益、顺应世界潮流。

新中国发展壮大、走向辉煌的历史，特别是改革开放40多年的历史充分证明，中国特色社会主义道路是实现社会主义现代化、创造人民美好生活的必由之路，中国特色社会主义理论体系是指导党和人民实现中华民族伟大复兴的正确理论，中国特色社会主义制度是当代中国发展进步的根本制度保障，中国特色社会主义文化是激励全党全国各族人民奋勇前进的强大精神力量。道路已经开通，方向已经指明。面对新的复杂形势和新的艰巨任务，我们必须坚定"四个自信"，坚信中国特色社会主义道路是解决中国问题、造福中国人民的康庄大道，既不能走封闭僵化的老路，也不能走改旗易帜的邪路，保持政治定力，排除各种干扰，致力改革开放，坚持实干兴邦，始终坚持和发展中国特色社会主义。

一切伟大的成就都是接续奋斗的结果，一切伟大事业都需要在继往开来中推进。"中国的昨天已经写在人类的史册上，中国的今天正在亿万人民手中创造，中国的明天必将更加美好。"我们要更加紧密地团结在以习近平同志为核心的党中央周围，以习近平新时代中国特色社会主义思想为指引，不忘初心、牢记使命，开拓进取，不懈奋斗，继续把我们的国家巩固好、发展好，在实现中华民族伟大复兴的征程上创造新的更大奇迹！

历史照亮未来，征程未有穷期。“我们坚信，具有5000多年文明历史、创造了新中国70年伟大成就的中国人民和中华民族，在实现‘两个一百年’奋斗目标、实现中华民族伟大复兴中国梦的新征程上，必将书写出更新更美的时代篇章。”这是面向未来的宣示，这是亿万人民的心声。

（2019年10月12日）

如何看待当前经济形势

——回答关于当前中国经济的几个问题

作为拉动世界经济增长的“火车头”，中国经济的发展前景备受世人关注。最近，在不同场合遇到一些国外新闻界的朋友，都对当前中国经济形势十分关注。大家关注的焦点是：在经过40年的高速发展之后，在新的国际经贸环境下，中国经济还能不能保持强劲增长势头？是不是不行了？甚至要崩溃了？

“横看成岭侧成峰，远近高低各不同。”正确认识当前中国经济形势和未来发展趋势，需要回答以下四个方面的问题。

第一，为什么这几年中国经济发展的速度慢下来了？

今年是中国改革开放40周年。40年来，中国发展取得了举世瞩目的成就。从发展速度看，过去40年国内生产总值年均增长9.5%，这样的持续高速增长在世界经济史上都是少见的。但人们也注意到，近年来，中国经济增长速度持续下滑，2012年GDP同比增长7.8%，是2002年以来首次跌破9%；2015年跌破

7%，为6.9%；2016年为6.7%，是1991年以来的新低；2017年小幅回升至6.9%。2012年至2017年年均增速为7.2%，比40年平均增速降低了24%。

我们认为，中国经济发展速度走低，有一定的必然性，是内外部条件变化的结果。

一是“人口红利”减弱。长期以来，中国经济的一个最大优势是廉价劳动力，但由于人口结构、年龄结构变化，这个优势近年来逐渐减弱，从2013年开始我国劳动力年龄人口绝对数量开始减少，导致劳动力成本不断上升，自然会对我国经济增长产生一定的影响。

二是技术落差缩小。经过40年的发展，我国与国外的技术落差在显著缩小。在很多领域我国已进入或者接近技术前沿，从而导致技术引进带来的经济增长成分下降，简单模仿的空间越来越小。

三是环境资源约束加强。过去，大家的环境意识不强，一些高污染行业发展没有受到太多限制。现在，随着绿色发展的意识增强，高污染行业发展受到严格限制。资源方面，高能耗产业发展也受到了较大的影响和制约。

四是外部环境发生变化。2008年国际金融危机以来，一方面全球经济复苏缓慢曲折，始终没有恢复到危机前的增长态势；另一方面，各国都对保护本国的出口和就业更加重视，技术转让的门槛大幅提高。外部环境的变化抑制了外需拉动的增长。

应该说，中国经济增速走低，既是合乎经济规律的必然趋势，同时也是着眼长远发展的战略选择。近40年的长期高速增长不可避免地积累了一系列结构性问题，产生了一些不平衡、不协调的矛盾，因此是不可持续的。面对新情况、新矛盾、新问题，中国政府作出了经济发展进入新常态的重大判断，提出了由“创新、协调、绿色、开放、共享”五个关键词组成的新发展理念。习近平总书记在党的十九大报告中指出，“我国经济已由高速增长阶段转向高质量发展阶段，正处在转变发展方式、优化经济结构、转换增长动力的攻关期”。从高速增长阶段转向高质量发展阶段，就要求我们不再片面追求规模的扩张和速度的增长，而是要更加注重质量和效益，更加注重发展的稳定性和可持续性。如果说以前主要是靠“铺摊子”，以后则主要是“上台阶”。要以供给侧结构性改革为主线，推动经济发展质量变革、效率变革、动力变革，提高全要素生产率，实现高质量、可持续的发展。

今年以来，中国经济运行面临一些新的情况，经济下行压力加大，不确定因素增多，一些领域长期积累的风险集中暴露，一些企业经营陷入困境。但总体看，通过及时有效的宏观调控，中国经济运行仍然处于合理区间。前三季度，国内生产总值增长6.7%，其中第三季度增长6.5%，符合政府在年初提出的预期目标。全年粮食产量有望保持在1.2万亿斤以上。城镇新增就业1107万人，提前完成全年目标。各项主要经济指标为实现全年目标任务打下了基础。与此同时，新旧动能的转换在加快，经济结构优化的趋势在巩固，防范风险的能力在增强，人民群众的获得感有所提升，经济发展质量有所改善。

需要指出的是，虽然与过去相比，中国经济增长的速度在放缓，但与其他主要经济体相比，中国经济的增长速度仍居世界前列。过去几年中国经济年均7.2%的增长速度，远高于同期2.6%的世界平均水平，也高于发展中经济体4%的平均增长水平。2017年，中国经济的增量部分折合1.2万亿美元，相当于增长了一个墨西哥的经济总量（2017年世界排名15位）。从对世界经济的贡献来看，2013年至2017年，我国对世界经济的平均贡献率达到30%以上，超过了美国、欧元区和日本贡献率的总和，居世界第一位。

第二，如何看待贸易战对中国经济的影响？

美国特朗普政府违反国际贸易规则，发起对中国的贸易战，是当前中国经济面临的最大不确定因素，也是制约世界经济复苏的最大不确定因素和风险源头。对中国来说，贸易战带来的负面影响是现实的，也是严峻的。我们并没有低估这种不利影响和严峻形势，中国政府已经出台并将陆续推出一系列的应对措施。针对美国的高关税打压，我国已经出台相应方案予以同步反制；针对在华跨国公司及外向型企业在国际贸易中可能遇到的不利影响，我们既有策略安排，还有大量措施储备；针对美方在高技术上“卡脖子”和试图阻断我国产业链的行动，我们一方面加强自主创新，另一方面正在积极推进更加广泛的国际交流与合作，努力跻身新一轮科技和产业革命的前沿。

虽然贸易战的影响是严峻的，但我们不必夸大这种影响，甚至出现恐慌情绪，对中国经济发展的前景悲观失望。2017年中国的经济总量已经达到12.7万亿美元，对外出口总额为2.26万亿美元，美方高关税所覆盖的2500亿美元只占到我国出口总量的11%。相对我国经济总量和未来发展空间来看，这个损失在短期内是可以承受、能够消化的。再从拉动经济增长的"三驾马车"（投资、消费、外需）来看，2017年最终消费支出对经济增长的贡献率为58.8%；资本形成总额的贡献率为32.1%；货物和服务净出口的贡献率为9.1%。虽然去年货物和服务净出口贡献率比上年提升了18.7%，但最终消费支出仍是拉动经济增长的主要动力。五年来（2013—2017年），最终消费支出的年平均贡献率为56.2%，资本形成总额的年平均贡献率为43.8%，货物和服务净出口的年平均贡献率几乎为0。可以说，由于中国经济增长动力结构的持续优化，外部需求的波动对中国经济增长已不可能产生决定性的影响。

当然，对于贸易战可能对其他经济领域以及社会心理等方面产生的"外溢效应"，我们仍然不可小视。其中，最重要的是要消除恐慌情绪，稳定市场预期。作为新闻工作者，如何更好地引导社会舆论，稳定预期、增强信心，也是当前我们正在努力探索和实践的课题。

从长远来看，贸易战不会改变中国经济发展的基本面。从内部看，我国拥有巨大的发展韧性、潜力和回旋余地，有13亿多人口的内需市场；拥有较好的发展条件和物质基础，拥有全球最完整的产业体系和不断增强的科技创新能力；人力资本丰富，劳动力的比较优势仍然明显；国土面积辽阔，土地总量资源丰富，为经济发展提供了很好的空间支撑；拥有独特的制度优势，能够集中力量办大事。从外部看，世界经济整体呈现复苏回暖势头，今年前三季度我国进出口保持了稳定增长势头，同"一带一路"沿线国家的投资贸易合作加快推进，成为我国外部经济环境的新亮点。正如习近平主席指出的，"中国经济发展健康稳定的基本面没有改变，支撑高质量发展的生产要素条件没有改变，长期稳中向好的总体势头没有改变"。对中国经济发展前景，我们有充足的信心，大家完全可以乐观视之。

一年一度的“双11”购物节被媒体看作重要的市场风向标，从中可以一窥中国消费者的信心和情绪。今年“双11”各电商平台交易额达3550亿元，比上年增长约30%（据第三方监测）。其中，阿里旗下平台单日总成交额为2135亿元，同比上涨近27%；京东“全球好物节”累计下单总金额1598亿元，同比增长25.7%。德国《焦点》周刊评论说，中国“双11”向全球经济展示新的信心，中国仍是世界发展最大推动力。美国《市场观察》杂志的标题是这样的：“什么中国经济放缓？‘双11’一开锣就创下纪录。”

第三，为什么中国仍然坚持说自己是发展中国家？

改革开放40年来，中国人的生活从短缺走向充裕、从贫困走向小康，7亿多人口告别贫困。如今，中国已是世界第二大经济体。有些外国朋友不理解，为什么成了“世界老二”的中国还坚持说自己是发展中国家？

笔者以为，认识像中国这样一个地域辽阔、人口众多的国家，判断其发展阶段，要全面、立体、多角度地观察。去年中国经济总量（GDP）为82.7122万亿元，首次超过80万亿元大关。但人均国内生产总值只相当于世界平均水平的80%左右，与欧洲比差距更大。近年来，中国新产业、新业态、新模式发展很快，但传统产业比重大、改造提升任务繁重，产业总体上处于全球产业链的中低端。中国的东部沿海地区比较发达，但城乡和区域发展不平衡，广大农村和一些偏远地区基础设施仍很落后，有的刚刚通路通电通网。中国有近6亿农民、2亿多农民工，生产生活条件远未达到城市居民水平。去年年底在农村还有3000多万贫困人口，人均年收入不到3000元人民币。中国的教育、养老、医疗、卫生等社会保障和发达国家还有着较大差距。所以，实事求是地说，中国仍然是一个发展中国家，实现现代化还有很长的路要走，需要付出更多的艰苦努力。

第四，中国的改革开放会不会停滞不前？

改革开放是中国的基本国策，也是推动中国发展的根本动力。中国40年发展的巨大成就，得益于改革开放。改革打破了传统观念和僵化体制的束缚，激发了中国社会各阶层的活力，开放使中国融入了全球分工体系和产业链、价值链，发挥了比较优势，提高了竞争力和发展水平。据统计，到2017年，在我国制造业31个大类、179个中类和609个小类中，完全对外资开放的已有22个大类、167个中类和585个小类，分别占71%、93.3%和96.1%。制造业领域实际利用外资达335亿美元，对外直接投资累计1201亿美元。中国共产党和中国人民清醒地认识到，中国过去发展靠改革开放，今后发展还得靠改革开放。国际上一些人对中国的改革开放总是有这样或那样的疑虑，这是完全没有必要的。李克强总理不久前在新加坡演讲时说，改革开放给中国带来那么大变化、给人民带来那么多实惠，怎么可能会停下来、慢下来甚至走回头路？改革开放在中国早已深入人心，是全体人民的共同意志，是推动发展的“默认选项”。中国人民累积40年艰辛探索形成的改革开放共识，是不可能逆转的。

最近发生的两件事，可以看作观察中国改革开放进程的风向标。

一是世界银行10月31日发布最新报告，把中国营商环境在全球的排名一次性提升了32位。世行在报告中认定，中国在过去一年为中小企业改善营商环境实施的改革数量创纪录，全球排名从第78位跃升至第46位。世行全球指标局高级经理丽塔·拉马略在接受采访时认为，中国营商环境排名上升本身不令人意外，“令人惊叹的，是中国实施改革的速度和成效”。世行研究团队认为，中国在开办企业、办理施工许可证、获得电力、纳税、跨境贸易等七个类别的改革中取得了突出进展。

二是11月10日首届中国国际进口博览会在上海闭幕，成为中国扩大开放的标志性举措。上海进博会吸引了172个国家、地区和国际组织参会，3600多家企业参展，境内外采购商超过40万人，按一年计，意向成交578.3亿美元，成果可谓丰硕。中国政府已宣布，这样的进口博览会今后将每年举办一次。

习近平总书记说：“改革开放是决定当代中国命运的关键一招，也是决定实现‘两个一百年’奋斗目标、实现中华民族伟大复兴的关键一招。”人们有理由相信，进入新时代，中国今后改革的力度只会越来越强、开放的大门只会越开越大。

（2018年11月26日）

重建“中国制造”的竞争优势

制造业是国民经济的基础和支柱。无论是在发达国家还是发展中国家，制造业的主导地位和基础作用都是其他产业所无法替代的。改革开放30多年来，尤其是2001年加入世界贸易组织（WTO）后的10多年来，我国制造业快速发展，形成了规模庞大、门类齐全的工业生产体系，成为国民经济快速增长的重要支撑力量，成为我国综合国力显著增强的鲜明标识。“中国制造”正在走向世界的各个角落，服务不同种族、不同肤色的人群，为社会的发展进步、为人类的繁衍生息作出了巨大的贡献。

新世纪的头10年，是“中国制造”发展最快、效益最好、成就最为辉煌的时期。随着国际金融危机爆发后世界经济格局的调整和中国经济结构的转型，近年来，“中国制造”经受了前所未有的挑战，面临着严峻考验。在各类媒体上，“‘中国制造’丧失竞争力”“挥别‘中国制造’的标签”“‘世界工厂’透不过气了”等大字标题吸引了人们的眼球，也引发了广泛的争议。那么，我们应该如何看待中国制造业的现状？“中国制造”面临着哪些方面的挑战？中国“世界工厂”的地位会被取代吗？在打造中国经济“升级版”的过程中，我们能否抓住新的战略机遇，培育“中国制造”的竞争新优势？

“中国制造”怎么了？

随着“中国制造”的国际竞争力不断提高，我国制造业在国际产业分工中的地位也在逐步提升，具备了成为“世界制造中心”的基本条件。2008年以前，美国制造业增加值一直位居世界第一位。2009年，中国制造业增加值占世界的比重上升到21.22%，而美国为18.41%，日本为10.88%，德国为5.88%。2010年，中国在全球制造业产值中的比重上升到19.8%，超过美国的19.4%，成为世界制造业第一大国。目前我国已有200多种工业产品的产量居世界第一位，对外出口量也是世界第一位，成为名副其实的“世界工厂”。

作为迅速崛起的全球制造业大国，随之而来的不仅是喜悦，更多的是困扰：接踵而至的贸易摩擦，量增价跌后“刀片”般微薄的利润，还有日益难以满足的资源消耗和不堪重负的环境污染。

从经济发展的总体形势看，虽然经济全球化的趋势没有改变，我国仍处于有利于发展的战略机遇期，但是与10年前、20年前相比，我国参与经济全球化、承接国际产业转移的一些基础条件正在明显改变，“中国制造”的一些传统优势呈弱化之势。

第一，劳动力无限供给的人口红利正在或即将消逝。与周边一些国家相比，劳动力成本低曾经是我国制造业最大的比较优势，这正是“人口红利”的具体体现。然而，国家统计局发布的统计公报显示，到2012年年末，我国15～59岁（含不满60周岁）劳动年龄人口数量较上年末减少345万人，比重下降0.6个百分点，这是在多年增长后的首次下降。中国社会科学院人口研究所所长蔡昉认为，劳动年龄人口首次出现下降意味着中国人口红利消失的拐点已在2012年出现，将对经济增长产生显著影响。劳动年龄人口数量的减少，使东部沿海发达地区的就业形势发生了趋势性变化，是导致近年来屡屡出现“用工荒”的直接原因。

人口数量结构的变化并非劳动力成本提高的唯一因素，其他因素还包括：劳动法规的不断健全；城镇最低工资标准的实施；中央改善民生的政策要求；社会公众对于提高农民工待遇的舆论压力，等等。波士顿咨询公司的数据显示，从2000年到2005年，中国工人的薪酬以每年10%的速度上涨；2005年到2010年，增幅高达每年19%。根据英国经济学人智库（EIU）的数据，中国的劳动力成本10多年来大幅增长近4倍，单位小时劳动成本由2000年的0.6美元增加至2011年的2.9美元，已相当于泰国的1.5倍、菲律宾的2.5倍、印尼的3.5倍。

第二，持续通货膨胀造成要素价格全面上涨。长期以来，中国经济过度依赖于投资拉动，超量货币发行形成持续的通货膨胀压力，物价不断上涨。土地、物业、能源、原材料等要素价格的上升，侵蚀了制造业的利润空间。从土地价格看，2011年末，全国主要监测城市地价总水平为3049元/平方米，是

2005年末的2.4倍。在北京、上海等城市，已出现企业因土地、房租过高而向外地迁移的现象。

第三，人民币持续升值，削弱了出口产品的价格优势。汇改以来，人民币对美元一直保持升值趋势，出口企业虽然有限度地减少了进口原材料的支出，但出口产品价格的被动上涨削弱了“中国制造”的市场竞争力。今年以来，人民币升值势头更为强劲。在4月1日至5月24日的35个交易日里，人民币对美元汇率中间价15次创出2005年汇改以来新高，并在24日一举升破6.19关口，升值幅度已经超过去年全年。人民币升值导致制造业企业出口签约受到影响，企业叫苦不迭。据有关人士测算：人民币每升值1%，棉纺织、毛纺织、服装行业利润率将下降3.19%、2.27%和6.18%。

第四，金融资本逐利虚拟经济，实体经济严重失血。在成本增加、产能过剩、竞争日趋激烈的市场环境下，社会资本出现从实体经济向房产、证券、金融行业转移的趋势，一些从制造业中实现了原始积累的民营企业主越来越多地将目光投向回报率更高的虚拟经济。在短期利益的诱惑下，一些民间资本甚至流向了地下钱庄、农产品投机等风险极高但回报极快的投机领域，导致资本市场上出现“冰火两重天”的现象：一方面，大量制造业企业陷入资金短缺、投入不足的窘境；另一方面，“蒜你狠”“豆你玩”等看似荒谬的投机现象此起彼伏。一些传统制造业基地出现“去实业化”的倾向，发展后劲不足。亚洲制造业协会首席执行官罗军认为，从国际金融危机后倒闭的企业和今天倒闭的企业来看，几乎都有一个共同的“硬伤”：投机性，投机者要么把企业的流动性资金投在了房地产等过热行业，要么投在了高利贷等高风险行业。中国经济的转型重在实体经济，而中国制造业再发展需要良好的外部环境。

第五，美国等发达国家提出“再工业化”政策目标，世界制造业格局出现新的变化。经历2008年国际金融危机之后的美国充分认识到不能仅依赖金融创新和无度的信贷消费拉动经济，开始重视国内产业尤其是先进制造业的发展，力促制造业向美国本土回流。2012年3月，奥巴马政府宣布投资10亿美元，建立由15家制造业创新研究所组成的全美制造业创新网络，以带动制造业创新和增长，提振美国经济，并创造更多就业岗位。今年2月，奥巴马在新任期发布的第一份国情咨文中再次强调，“要将制造业放在核心地位，使美国成为新就业和制造业的磁极”。苹果、通用电气等跨国公司已宣布要将部分生产线从墨西哥和中国等地迁回美国本土。根据波士顿咨询集团的估计，在交通、计算机、合成金属和机械等领域，到2020年，美国从中国进口的10%到30%的商品将实现本土生产，可推动美国年度出口额增长200亿美元到550亿美元。

第六，劳动密集型产业开始向中国之外的劳动力成本更低廉的经济体转移。在中国工资成本和生产成本继续上升态势下，东南亚等地区制造业的竞争力优势逐渐呈现，国际资本也更多流向东南亚地区。根据《世界投资报告2012年》提供的数据，2011年流入东南亚的外国直接投资为1170亿美元，比上年增长26%，而同期中国利用外资的增长率只有8%。一个广为传播的案例是：2000年全球40%的耐克鞋产自中国，产自越南的不到15%，但2010年以后越南已取代中国成为世界最大的耐克鞋生产国。

“中国制造”怎么看?

外压内挤，挑战重重。面对复杂多变的国际经济环境，置身中国经济增长由高速向中速转变的特殊阶段，中国制造业发展前景如何？中国的“世界工厂”地位短期内会被其他国家取代吗？对此，需要我们进行客观、理性的分析。

第一，需要看到的是，发达国家的“再工业化”有一个过程，短期内还难以动摇“中国制造”的市场地位。为了实现经济增长和解决失业问题，发达国家采取了一系列再工业化的措施，但是由于发达国家的产业结构已经发生了重大变化，很多国家的竞争能力主要集中于部分核心产品，但在这部分产品之外，更多的已经丧失了竞争力的核心产品以及边缘产品，其竞争能力短期内难以恢复。虽然美国确实希望世界制造业的某些部分转移回国内，而且制造业回流美国的现象也已经出现，但这种回流目前主要发生在高端产业中的高端技术环节。

第二，相较于其他发展中国家，“中国制造”的绝对优势仍是劳动力庞大规模和占绝对优势比重。与被认为仍拥有“人口红利”、经济增长潜力巨大的“新钻11国”（韩国、印度尼西亚、墨西哥、巴基斯坦、菲律宾、孟加拉国、尼日利亚、伊朗、越南、土耳其、埃及）加上印度共12国相比，2010年，在15～64岁劳动年龄人口总量中，中国占38%的绝对多数比重。即使到2020年，中国劳动年龄人口比重仍然高于其他许多国家。这就决定了这些国家替代中国成为世界制造业中心的可能性并不大。

第三，在劳动人口总量不再增长的同时，我国劳动力素质在不断提高，正在成为经济竞争的新优势。据统计，1982年我国劳动者人均受教育年限仅为4.6年，到2009年已达到9.5年，预计到2020年可达11.2年。这一点，中国相较于许多发展中国家都具有明显的优势。中国要在未来继续保持制造业的国际竞争力，就意味着要在更高的产业价值链上获得竞争力。而劳动力素质的提高，恰恰顺应了这种需要。

第四，我国产业体系支撑的综合优势没有削弱。通过改革开放后30多年的发展，我国已经建立了门类齐全、相互支撑的产业体系，目前拥有39个工业大类、191个中类、525个小类，是世界上唯一一个拥有联合国产业分类中全部工业门类的国家。一些发展中国家在劳动力成本上虽然已经有了优势，但是产业体系支撑的综合竞争优势和中国相比仍然有一定的差距。

第五，中国幅员辽阔，地区发展不平衡，客观上为产业梯度转移提供了空间。近年来，我国经济发展的区域协调性不断加强，但发展水平的差距仍将在一个较长时期内存在。比如，在北京、上海等地区人均GDP已超过1万美元的同时，四川、安徽、江西、云南、贵州等省人均GDP还仅有1000～2000多美元，与越南、印度等周边国家基本相当。中西部地区劳动力成本有望继续保持在相对较低的水平，传统的中国劳动要素禀赋的优势，还将在中西部延续一个时期。同时，中西部地区基础设施有了较大改善，民营经济发展具备一定基础，各级政府吸引资金、加快发展的热情不减，所有这些，都为接纳东部沿海地区产业转移创造了条件。

虽然“中国制造”眼下面临困难，但“中国制造”的优势仍然存在，“中国制造”的前景依然看好。中国社会科学院经济研究所所长裴长洪认为，虽然劳动密集型制造业的一定份额会转移到其他发展中国家，但是中国作为这类产品制造者的“世界工厂”地位不可能被替代。瑞士信贷经济学家陶冬甚至认为，没有哪个发展中国家能够比得上中国的一半效率，“当中国不具备这些优势时，也不会出现第二个中国”。由中国社会科学院工业经济研究所编制并发布的《中国产业竞争力报告(2013) NO.3》分析了中国产业竞争力的走势，结论是，2013年我国的产业竞争力总体上仍将有所提高。德勤公司全球制造业组与美国竞争力委员会联合发布的一份报告则显示，由于供应商网络日趋完善、综合优势明显等因素，中国制造业竞争力指数将在5年内稳居榜首。

“中国制造”怎么办?

虽然我国“世界工厂”地位在短期内不可能被取代，但不意味着我们可以高枕无忧。当前和今后一个时期，必须加快“中国制造”的转型升级，积极培育新的竞争优势，赋予“世界工厂”新的内涵，全面提升我国制造业的国际竞争力。

第一，巩固和发展劳动密集型比较优势。产业经济学认为，垂直专业化分工从总体上有利于产业技术水平的提高，因此有必要采取措施进一步抑弊扬利，促进垂直专业化分工在我国的发展和深化，争取获得更多的比较利益。当前我国劳动力供给的比较优势仍然存在，以劳动力比较优势同外商的资金、技术和市场相结合，以此促进中国出口的高速增长，扩大就业，逐步提升产业结构，带动国民经济的高速增长仍是必要的。解决就业问题始终是一切政策的首选目标。以出口为导向的加工贸易产业虽然只拿到5%至10%的加工费，但创造了很多的就业机会，为几千万农村劳动力转移创造了条件，这对我国经济社会发展是非常大的贡献，今天仍然无可替代。

第二，立足内需“为中国制造”。我国人口众多、国土辽阔，正处于发展的重要战略机遇期，城镇化、工业化、信息化和农业现代化都孕育着巨大市场空间。以信息消费为例，截至2012年12月底，我国网民规模达到5.64亿，手机网民数量为4.2亿，网络购物用户规模达到2.42亿。庞大的用户群，将使我国发展新一代信息技术产业具有近水楼台的先机。据统计，今年1月仅智能手机就出货近3200万部，较上年同期大涨132%，全年突破3亿部没有悬念。面对13亿消费者构成的巨大内需潜力，制造业完全可以大有作为，这可以说是当前“中国制造”面临的最大机遇。

第三，实施创新驱动战略。我国出口产品的竞争力主要来源于低廉的劳动力成本，而不是来源于技术水平。技术含量低、缺乏核心技术是中国制造业发展的“瓶颈”所在。由于以低廉的劳动力成本获得的竞争力不具有可持续性，为保持“中国制造”的国际竞争力，加强自主创新、提高技术水平显得尤其重要。我国要实现经济稳定增长和贸易增长方式的根本转变，必须协调好利用劳动力比较优势和实施创新驱动战略的关系，积极促进产业升级。鼓励、促进各类企业不断提高技术创新能力和产品研发能力，并积极参与国际标准的制定。在技术创新的基础上培育产品品牌，提高出口产品的品牌竞争力。

第四，坚持可持续发展的工业化战略。走可持续发展道路是中国强国战略的内在要求，也是世界产业发展的必由之路。因此，必须降低资源消耗和减少环境污染，把实现可持续发展，作为走新型工业化道路的基本要求。今后，在承接发达国家和地区的产业转移时，应进一步严格环境标准，禁止高污染项目的进入，避免成为发达国家的“污染避难所”。对采用先进环保技术与设备的企业给予多种形式的税收和金融等方面的支持。

第五，加快产业与金融的“联姻”。制造业的发展需要金融业的高度发展作为支撑，金融业的发展可以为制造企业提供良好的融资渠道和外汇交易市场。同时工业的快速发展也会给金融业带来大量收入和利润，从而促进金融业健康快速发展。近现代以来，随着“世界工厂”的变迁，伦敦、纽约和东京先后成为国际性金融中心，而在我国，金融市场的发展严重滞后于制造业的发展，金融系统整体水平很低，市场发育相当不充分，国际竞争能力差，这种状况将极大地限制我国制造业的转型发展，必须尽快得到改变。在中国企业“走出去”的过程中，更需要在全球范围内得到中国金融业的金融支持。

第六，完善保障公平竞争的贸易制度，建立完备有效的出口促进体系。近年来，我国一直是全球遭受反倾销最多、受损害最大的国家。技术贸易壁垒、检验检疫、环境保护和知识产权保护等措施正在成为影响国际贸易环境新的重要因素。面对新的环境和形势，尽快建立和完善保障公平竞争的贸易管理制度，为我国企业创造平等参与国际竞争的条件已成为当务之急。一方面，需要通过立法和建立自我约束机制，规范企业的行为，避免授人以柄；另一方面，可通过政府双边磋商或诉诸WTO争端解决机制，为我国企业、行业争取市场经济待遇。针对来自国外的不公平竞争行为采取反措施，应增加反倾销、保障措施等调查的透明度，加强利害关系的协调，尽量减少对相关产业和消费者的损害。同时，鼓励企业开展技术、知识、品牌和服务创新，实行并推广国际先进的技术、安全和环保标准，依靠科技、信息和融资服务，支持企业提高出口产品的质量、技术标准和信誉。

机遇与挑战总是相伴而行。当前，以成本和规模制胜的“中国制造”走到了发展的十字路口。从“中国制造”到“中国创造”，从“制造大国”到“制造强国”，这是中国制造业必然的战略抉择。人们期待着中国制造业的新突破，期待着“中国制造”的新辉煌。

（本文系国家行政学院世界经济格局调整与中国经济转型研讨班研究课题，张曙红执笔，2013年7月完稿）

正确认识积极推进国有企业的改革与发展

在改革开放全面推进30多年、确立社会主义市场经济体制目标20年后的今天，如何看待国有企业改革的进展？如何评价国有经济发展的成就？下一步要从哪些方面着手推进国企改革？是当前人们十分关注、社会议论纷纷的热门话题。搞清楚这些问题，有利于我们正确评价国企改革的过去，有利于客观看待国企发展的现状，有利于进一步深化国有企业改革乃至整个经济体制改革。

消除认识的歧见

国企改革曾经被视为我国经济体制改革的中心环节，为国有企业脱困攻坚曾经是各级政府面对的最为艰巨的工作日程。在国企改革初期，涉及近30万家企业和约8000万名职工，其复杂性不言而喻。在并无成功经验可以借鉴的前提下，30多年来国企改革在探索中曲折前行，在质疑中坚定前进，走出了一条成功的道路。一是国有企业的社会定位发生了深刻变化，正在成为真正的市场竞争主体；二是国有企业的企业形态也发生了深刻变化，进行了公司制股份制改革；三是随着法人治理结构逐步完善，国有企业的运行机制发生了深刻变化；四是国有经济布局得到优化，国有资本不断向关系国家安全和国民经济命脉的重要行业和关键领域集中。

新世纪以来，我国经济进入持续高速增长的“黄金十年”，通过改革转换了体制和机制的国有企业逐渐走出了困境，抓住了发展的机遇，呈现出较强的活力、控制力和影响力。1998年，全国国有企业一年的总利润只有213.7亿元，2/3的国企亏损。如今，仅国务院国资委管理的100多家中央企业每月的利润近千亿元。2011年有38家央企进入“世界500强”。国有企业整体实力的增强，为我国国民经济持续快速发展作出了重要贡献。国有经济的壮大与崛起，体现了社会主义的本质要求，顺应了市场经济的发展规律，较好地实现了公有制与市场经济的结合，丰富了走中国特色社会主义道路的伟大实践。

国有企业改革成效卓著，但人们对国企改革现状的评价并不一致，质疑不断。归纳起来，主要有以下四个方面的疑问。

一、改革停滞论

对近年来我国整体改革的进展，学术界普遍评价不高。受这种整体负面评价的影响，一些人认为国企改革停滞甚至是倒退了。

党的十六大以来，随着作为国务院特设机构的国资委的成立，国企改革尤其是央企的改革主要是国资委根据中央决策具体推进的。据国资委研究中心竞争力研究部部长许保利介绍，国资委成立以来，在改革上主要有以下三个方面的举措。一是完善经营管理者的激励机制。2004年，国资委开始对央企负责人实行经营业绩考核，从此结束了国有企业领导人有任期无考核的历史。在业绩考核的同时，国有企业进行了领导人薪酬改革，实行同经营业绩挂钩的年薪制。业绩考核与年薪制给予了国有企业经营者有效的激励。二是进行大型国企的公司制股份制改革。央企及所属子企业的公司制股份制改革从2005年的40%提高到2010年的70%，实现主营业务整体上市的央企有43家，央企控股的境内外上市公司达336家。三是推进大型国企董事会制度。2005年，央企开始建立和完善国有独资公司董事会试点，首批董事会试点企业为10家。截至2011年，董事会试点已扩大到42家。董事会试点企业规范了公司治理结构，有效地实现了决策权与执行权的分离，提高了试点企业的决策水平和执行效率。

改革是否成功，最终还要用发展的成果来检验。党的十六大以来，虽然国有企业的数量大大减少，但整体素质和竞争力不断增强。以央企为例，2002—2011年，其资产总额从7.13万亿元增加到28万亿元；营业收入从3.36万亿元增加到20.2万亿元。

二、国企垄断论

对于国企发展的显著成果，人们不可能完全视而不见。但有不少学者认为，国企的经营成果主要是依靠垄断取得的。在一些人的文章中，“垄断”几乎成了国企的代名词。

不可回避的是，在大型国企中，确实有一部分具有垄断地位。但这一部分企业的数量并不多，国资委副主任邵宁撰文认为，真正具有垄断性质的央企只有8家，它们是：国家电网、南方电网、中盐总公司、中石油、中石化、中国电信、中国移动、中国联通。其共同特点是经营的领域存在市场禁入，且价格由政府控制，而且这种市场禁入还是有一定道理的。

破除垄断、引入竞争，一直是国企改革始终在进行的一项重要内容。从目前国有企业的行业分布来看，90%以上是处于高度竞争的行业，垄断性不是国有企业的普遍特征。

对于“垄断”，也要客观看待、理性分析。垄断分为自然垄断、经济垄断、行政垄断等类型。企业追求技术创新、产品创新，提高市场占有率，其实都是不同程度地追求市场支配地位，与所有制没有必然联系。西方发达国家普遍存在多种形式的垄断和垄断组织。世界主要50个石油生产国和石油消费国中，76%的国家只有一个石油公司，20%的国家不超过3家石油公司。在初级产品市场中，15家棉花跨国公司控制着世界棉花贸易的90%左右；在高科技产业最具代表性的飞机制造业中，波音公司和欧洲空客公司生产的客机占据世界民航机市场的近90%，几乎完全瓜分了干线民航机的全球市场。在自然垄断领域，由于某些产品和服务存在网络性、规模经济、大量沉没成本等因素不宜进行重复建设。而石油和石化产业的上游勘探开采环节具有较强的行政垄断性，国家对这类具有高度稀缺性的资源部门或涉及国家安全的战略性部门采取限制经营是必要的。

所谓“反垄断”，反的不应该是垄断企业，而是妨碍竞争的垄断行为。对具有垄断经营因素的企业，重要的是加强社会监管，监管价格水平、服务标准、成本控制、资源分配等，防止这些企业利用垄断地位（滥用市场支配地位）损害社会利益和公众利益。

三、国企腐败论

一批国企“老总”相继落马，如中石化原董事长陈同海、中国建设银行原董事长张恩照、中国移动原党组书记张春江等，其腐败行为在互联网上广泛传播，令大众愤愤不平。频频发生的国企高管腐败事例，使一些人认为国企是滋生腐败的温床，甚至有学者提出“公有制是滋生腐败的最佳制度”，有学者认为国企是社会的“毒瘤”，必欲去之而后快。

国有企业必然产生腐败吗？也有一些学者对这种观点并不认同。他们认为，不能说国有企业目前发生的腐败行为同国有企业的制度有必然联系。相反，国有企业的全民所有制性质决定了同“化公为私”的腐败行为格格不入。我们可以指责国有企业的腐败，但却很难找到国企纵容腐败的逻辑。实际上，只要监督到位，国有经济本身并不必然产生腐败；只要制度完善，国有经济并不会必然发生权钱交易。

四、“国进民退”论

关于“国进民退”的议论，最早是由山西煤炭行业的整顿导致大批中小民营企业退出而引发的。2008年以来的一些企业重组案例，如山东钢铁重组日照钢铁、中粮集团参股蒙牛等，加剧了人们关于“国进民退”的议论。一些人认为，近年来国企的快速发展挤压了民企的生存空间，尤其是刺激经济的“四万亿”投资主要投向了基础设施和重点工程建设，国企成为主要的受益者，强化了国有经济在相关行业的领先地位。

其实，“国进民退”的观点从一开始就不是一个理性、严谨的分析，而只是一种感性的观察，在有些人那里，更是一种情绪的宣泄。清华大学国情研究院院长胡鞍钢认为，所谓“国进民退”是一个伪命题。从企业数量、就业人数、企业产值、企业利润、税收及公共财政资源的贡献等数据的比较中，都不能得出“国进民退”的结论。他指出，国有经济与非国有经济共同发展、共同繁荣才是中国经济的基本特征，正是国有经济和非国有经济“两条腿”齐头并进，才保证了中国经济的高速、稳定、健康发展。

应当看到，国有企业和民营企业都是市场经济的主体，市场竞争中企业有进有退、有成有败是优胜劣汰的正常现象，不应过分看重企业的所有制性质。20年前，邓小平同志发表南方谈话，破除了关于改革“姓社姓资”的束缚；20年后的今天，我们不应该跳到另一个极端，像一些以“私有化”为旨归的学者那样，以“姓国姓民”的标签来评判市场竞争的是非。从经济发展的实际看，国有经济和民营经济之间也不是此消彼长、你死我活的关系。当前，国有企业特别是中央企业大多处在行业的龙头地位，竞争对手主要是跨国公司。而民营企业以中小企业为主，与国有企业形成产业配套和优势互补的格局。只要我们继续坚持两个“毫不动摇”的方针，完全可以实现大企业与小企业共生、国有资本与非国有资本共融、公有制经济与非公有制经济共荣。

理性分析对于国有企业的批评与质疑，其中既有“爱之深恨之切”的苛责，也有认识上的偏见，又不乏理论上的误导，并伴随着事实上的误判。

明确发展的目标

进一步推进国有企业的改革和发展，需要重新梳理、明确国有经济发展的宏观目标和国有企业改革的微观目标。

一、关于所有制结构调整

党的十五大以来，随着国有经济战略性调整的不断推进，随着外资经济、民营经济等非公有制经济的不断发展、壮大，国有经济不断收缩战线、降低比重，我国的所有制结构已经发生了根本性的变化。据统计，1978—2009年，国有工业总产值在全国规模以上工业中的占比从77.6%下降到26.7%。2003—2009年，国有及国有控股工业企业占全国工业企业的户数比重由17.47%下降到4.72%，资产比重由55.99%下降到43.69%。中央企业户数也从国资委成立时的196家调整重组到如今的117家。在全国的地市一级，除了少数公益性领域，已经基本没有了国有企业。因此，从总体上说，以公有制为主体、多种所有制经济共同发展的基本格局在我国已经形成，所有制结构调整的目标基本实现，今后不应再作为改革的重点。

有一种观点认为，国有经济的大幅度退出已经危及了公有制作为“主体”的地位，进而背离了社会主义基本制度的要求。这种观点实际上仍然把公有制机械地等同于国有制，没有认识到公有制的实现形式可以多样化而且已经实现了多样化，也没有看到国有经济在比重减少的同时控制力、影响力有所提高的事实。

二、关于优化国有经济布局

党的十七大提出，要“优化国有经济布局和结构，增强国有经济活力、控制力、影响力”。优化布局，调整结构，必须以提高“三力”为出发点，进一步把有限的国有资本集中起来，投入真正需要国有经济进入和加强的领域和行业。今后国有经济应该重点发展的领域包括：一是涉及国家安全的战略性领域，如核工业、航天、航空、兵器、舰艇、军用电子等；二是国家重要基础设施和城乡公益性基础设施，前者如金融服务网、通信网、广播网、电力网、铁路网等，后者如供水、排水、供电、供气等；三是不可再生的战略资源领域，如重点矿山、油气资源等；四是国民经济支柱产业和重点高新技术产业，如装备制造、石化、冶金、电子、新能源、新材料、生物医药等。

进一步优化国有经济布局，需要注意两个方面的问题。

第一，明确国有经济重点发展的领域和行业，并非是排他性和垄断性的。即使是在涉及国家安全的国防工业领域，也不应向其他所有制企业关闭大门，反而应当鼓励更多的民营资本向这些领域投资，发展军民两用型企业，替代并促进国有资本向高技术、高投入的关键环节集中，以提升产业的整体水平。提高国有经济在这些领域的控制力，也并非要实现全产业链的控制。在产业链的不同环节，都要尽可能地向其他所有制企业开放。

第二，明确国有经济重点发展的领域和行业，并非限制国有企业向其他领域投资，也不能要求国有资本从所有一般竞争性领域退出来。所谓的“竞争性领域”与“非竞争性领域”的划分，并非是自然形成的，而是由国家的产业政策所决定的，因而也是动态的、可变的。过去许多被视为“非竞争性”的领域，如今都引入了竞争。而随着社会主义市场经济的进一步发展和完善，将会有更多的“非竞争性领域”演变成“竞争性领域”，最终实现全领域的竞争。如果把“从竞争性领域退出”确定为国有经济布局调整的原则，必然使国有企业可以投资的领域越来越少，国有经济发展的空间越来越小，最终失去立足之地。这无疑背离了发展壮大国有经济的初衷。

三、关于国有企业自身改革

国有企业改革发展到今天，最为困难的资本集中、企业减少、人员转移、清理历史包袱的任务已经完成，90%以上的中小型国有企业实现了民营化。现有国有企业的主体是以央企为代表的国有大型企业。国资委副主任邵宁曾指出：“国有经济主要布局在大企业层面，未来的改革将是以国有大型企业为主要内容的改革。”

1. 以健全、完善现代企业制度为基础。国有大型企业的改革必须坚持建立和完善现代企业制度的改革方向。具体地说，就是要继续加快公司制改造，让全民所有制企业和国有独资公司逐步变成以公有投资者股权为主的股权多元化公司，或者公有股、个人股相结合的股权多元化公司。对于公司制的好处，吴敬琏等曾作了如此概括："实行公司制，有利于企业转机建制的改革尽快走上法治轨道；有利于企业资产和国有股权的合理流动，改善资产配置状态；有利于尽快形成符合现代企业原则的治理结构，既有所有权的最终约束，又实行'两权分离'；有利于促进企业资本债务关系和各种经济关系的调整；有利于使国有企业和其他实行公司制的企业具有同样的身份，更好地平等竞争。"

当前推进国有大企业的公司化改造，重点是完善法人治理结构，提高治理水平。一是以董事会建设为重点，完善决策机制。进一步推进外部董事试点，优化董事会成员的配备；授予董事会部分出资人权利，由董事会行使重大投融资决策权；逐步实现由董事会选聘、考核经理人员，决定经理人员薪酬。二是从监事会建设入手，建立健全内部制衡机制，着力解决"内部人控制"的制度性缺陷，强化所有者的约束与监督机制，提高风险防范和管控能力。三是继续探索党组织发挥政治核心作用的方式与途径，在建立现代企业制度的同时充分发挥中国特色社会主义制度的政治优势。

把国有大企业改造为股份制的公众公司，最终实现在资本市场上整体上市，是国有企业公司化改造的最佳选择。一方面，这已经为近年来的改革实践所证明；另一方面，这也契合了"公有制具有多种实现形式"的理论构想。近年来，国有企业已经从资产优良部分上市发展到主营业务整体上市，国资委也在大力推动央企的整体上市工作。资本市场的盈利追求和监管压力有效地推动了国有企业内部的规范运作，加速了经营机制的转换，弥补了外部监管的不足。这种效果在成熟、规范的境外市场上更为明显。邵宁认为："竞争性国有大企业最终的体制模式很可能就是一个干干净净的上市公司，没有集团公司、不背存续企业，完全按照资本市场的要求运营。这种状态就彻底实现了国有资产的资本化，流动性非常好，随时可以调整，也很容易调整。一旦国家需要钱，通过资本市场可以非常顺畅地变现。”

2．以做大国有资本、做强国有企业为原则。企业作为市场经济的微观主体，谋求产出最大化或利润最大化是其本质属性。邓小平同志在谈到金融改革的时候曾提出：“要把银行真正办成银行。”我们不妨借用过来，明确提出“把国有企业真正办成企业”的原则，也就是遵行企业在市场竞争中经营发展的普遍规律，让国有企业真正成为“产权清晰、权责明确、政企分开、管理科学”，自主经营、自我发展的市场竞争主体。实现这样的目标，一方面，要理顺政府、社会与企业的关系，逐步减轻、剥离国有企业所承担的一部分本应该由政府和社会承担的职能，让国有企业回归生产组织者和资本经营者的本位，不能以行政命令的方式干预国有企业的经营甚至平调企业的资产；另一方面，作为出资人的代表，国有资产监管部门要切实履行监管职能。通过有效的监管体系和考核办法，引导国有企业经营者以提高资本收益为核心，做大国有资本，做强国有企业，进而带动和提升产业水平。

所谓“做大国有资本”，就是要实现国有资本的长期保值增值；所谓“做强国有企业”，就是要在实现资本保值增值的同时，不断提高企业的核心竞争力和市场占有率，提升企业在行业发展中的地位，保持持续经营的能力，防止出现为追求短期利益而损害长远发展的短视行为。

3．以建设新型国际化公司为目标。现存的国有大企业，是从数以十万计的国有企业群体中经过淘汰、重组、并购之后保留下来的，虽然数量不多，但普遍资本规模大，资产质量高，拥有雄厚的人才储备和技术基础，已经具备了在国内的行业领先地位。但国有大企业的发展目标不能仅仅定位于国内领先。中国作为一个发展中的大国，将长期面临发达国家在经济科技等方面占优势的压力。中国要自立于世界民族之林，构建和谐世界，没有一批具有国际竞争力的大企业大集团是不可能的。作为国内企业的排头兵，国有大企业理所应当成为中国企业“走出去”的领军者。下一步加快国有企业的改革与发展，必须以建设新型国际化公司为目标，全面提升国有大企业的国际化水平，以全球化的视野规划国有经济的发展方向，以对国际市场的占有率和在国际市场的排名考核国企经营者的业绩，以对国际资源的控制能力作为检验国企改革成败的标准。借用国资委的官方语言，就是要培育具有国际竞争力的“世界一流企业”。

让国有企业走到国际市场上去，将使国有经济与非国有经济呈现错位发展的格局，有利于巩固以公有制为主体、多种所有制经济共同发展的基本经济制度。大型国企作为国际市场开拓者，既让出了部分国内市场，又可以带领中小企业共同进军国外市场，两者相互补充，各得其所。

讲好国企的故事

在新的形势下进一步推进国有企业的改革和发展，不仅是一个经济问题，还是一个政治问题；不仅要有硬的一手，还要有软的一手。这就是要努力改善国企形象，营造良好的外部环境。

从社会舆论看，当前公众对于国有企业的评价呈现“冰火两重天”的态势。一方面，政府部门和主流媒体对国企改革和发展的成就赞赏有加；另一方面，学术界和民间舆论对国企现状多有诟病，甚至是全盘否定。这种舆论上的极大反差令国企经营者和主管部门领导深为困惑。曾任国资委主任的李荣融在接受记者采访时就曾感叹：“我想不明白，为什么国企搞不好的时候你们骂我，现在我们国企搞好了你们还是骂呢？”

为了解公众对国企的印象评价，《人民日报》下属的《人民论坛》问卷调查中心曾在多家网站推出调查问卷（包括部分随机发放的书面问卷），共有8532人参与调查。调查结果显示，在“您对国有企业印象如何”问题上，多达28.6%的被调查者选择“很差”，33.3%选择“比较差”，16.2%选择“一般”，12.5%选择“比较好”，只有9.4%选择“很好”。选择“很差”和“比较差”的比例为61.9%，占比远远高于“比较好”和“很好”的选项（合计为21.9%）。

虽然这个调查结果未必准确（主要是网络调查占比过高），但仍有一定的代表性。公众对国企的评价整体偏向负面，这个结果值得人们警醒。

为什么国企陷入了“左右不逢缘”“好坏都得咎”的尴尬境地？近期频繁出现的一个西方政治学名词——“塔西佗陷阱”为我们提供了一种解释。“塔西佗陷阱”得名于古罗马时代的历史学家塔西佗，所谓“塔西佗陷阱”指的是，当公权力（政府，或某一部门、机构）遭遇公信力危机时，无论说真话还是假话，做好事还是坏事，都会被认为是说假话、做坏事。

今天的国有企业虽然不再具有公权力，但仍然被人们视为体制的一部分。前述“李荣融困惑”，正是陷入“塔西佗陷阱”的一种真实写照。

为何大多数公众对国企印象评价负面呢？梳理受调查者意见，大致集中在以下三个方面。第一，认为国企靠着国家的扶持，员工往往收入高、工作轻松，效率及服务意识比民企、外企差很远，不公平。第二，认为不少国企凭借着垄断地位提高价格，特别是事关公众基本生活的水、电、石油等企业常常是说涨就涨，老百姓有怨气。第三，受到媒体及社会舆论关于国企腐败等负面信息潜移默化的影响。有受调查者指出，在网上搜索国企二字，关于国企的正面新闻湮没在“国进民退”“电企抄表工天价工资”等海量负面新闻之中，想对国企有好感也难。

分析以上的调查结果，可以看出，对国企的负面评价在一定程度上折射出当前我国收入分配格局存在的深层次问题。受调查者对于国企腐败、垄断、高薪的反感，本质上体现了公众对社会收入分配的不满情绪。目前，中国社会的贫富差距已是不争的事实，这种状况若不尽快改变，极易导致百姓产生对社会的不满情绪，甚至引发社会动荡。

国有经济和国有企业近年来改革所取得的成就是主流，这是不容否认的。但由于社会舆论格局的变化，加之一些别有用心人士的误导，公众对于国企改革发展的成就知之甚少，暴露的问题却被广泛传播、不断放大。原因之一就在于国企尚不具备“讲好自己的故事”的能力。

“讲好国企的故事”，首先是国企和主管部门自己的责任。一方面，国企要敢于正视自身的缺点，并采取有力措施，解决百姓争议最多的腐败、垄断、收入悬殊等问题，把公众对国企的更高期待当作改革的动力，加快推进国企改革；另一方面，国有企业也不能“只顾埋头拉车，而不抬头看路”，要主动放下架子，端正态度，学习与媒体和大众沟通的本领，熟悉全媒体时代的各种传播方式，及时发布信息，回应社会关切，认真做好宣传解释工作，化解社会舆论的误解和偏见。

“讲好国企的故事”，需要党的理论工作者科学总结国企改革的历史经验，加强理论研讨，抵制错误观点，着力正本清源，从理论上真正说清楚国有经济在社会主义市场经济中的地位和作用，说清楚公有制与市场经济相结合的逻辑依据。必须看到，国有企业被“污名化”，其中有无心之失，也有有心之“功”。一些人完全是从“全面私有化”的目的出发，以西方国家的所谓“成熟体制”为尺度来检验国有经济和国有企业的。他们的愿望就是要逆转国企改革的方向。与这些人的争论，已经不是单纯的学术问题，而是严肃的政治斗争。

“讲好国企的故事”，需要新闻宣传部门积极配合，努力为国企改革和发展营造良好的舆论环境。当前，对国企成就的宣传报道在主流媒体上并不少见，但质量不高，影响有限。新闻宣传工作也要进一步改进宣传方式，提高宣传艺术。要实事求是地做好国有企业改革与发展的成就报道，有针对性地引导社会舆论正确认识国有企业的地位和作用，澄清被歪曲的事实，纠正被误导的观点，在宣传报道中全面贯彻两个“毫不动摇”的方针，理直气壮地为做大做强国有企业摇旗呐喊，加油鼓劲。

（本文系中央党校第58期厅局级干部进修班“转方式与调结构”研究专题一支部第二课题组研究报告，张曙红执笔，原载《中共中央党校报告选》2012年第8期）

治理中华民族生存发展的心腹之患

防沙治沙，事关国家生态安全，事关中华民族的生存与发展，事关全面建设小康社会进程。胡锦涛总书记近日在宁夏考察工作时指出，要大力加强防沙治沙工作，依靠广大群众，运用先进技术，努力实现从“沙逼人退”到“人逼沙退”的转变。要坚持把生态环境保护和建设作为功在当代、利在千秋的大事抓紧抓好，落实和完善相关政策，确保已经取得的成果得到巩固、已经确定的计划稳步推进，扎实努力，长期努力，使生态环境不断有新的改善，为建设祖国西部绿色屏障作出贡献。

土地沙化是当今世界共同面临的严峻挑战，是严重影响人民生产生活的重大灾害，是制约我国社会主义现代化建设的重要因素，是中华民族生存与发展的心腹之患。由于特殊的地质、地理环境，我国沙化土地面积较大，全国现有沙化土地174万平方公里，占国土面积的近1/5，涉及4亿人口。长期以来，党和政府始终将防沙治沙作为一项重要战略任务，采取了一系列行之有效的政策举措。中华人民共和国成立伊始，就在沙区组织开展了农田防护林和防风固沙林建设。改革开放之初，实施了三北防护林体系建设工程。20世纪90年代初，启动了全国防沙治沙工程，首次对全国防沙治沙工作进行专门部署。世纪之交，开展了一系列重大生态建设工程，防沙治沙事业进入工程带动、政策拉动、科技驱动和法制推动的新阶段。经过几十年、几代人坚持不懈的努力，我们初步形成了一套行之有效的防沙治沙政策体系和工作机制，土地沙化治理取得重大突破，总体上实现了土地沙化从扩展到缩减的历史性转变，“沙逼人退”的局面初步得到遏制。防沙治沙事业的不断推进，为保障经济社会可持续发展作出了重大贡献。

成就令人鼓舞，但形势依然严峻。在充分肯定防沙治沙成绩的同时，还要清醒地看到，我们面临的任务十分繁重和艰巨。目前，我国土地沙化问题还相当严重，集中表现为“五个依然”：沙化危害依然突出；局部扩展依然严重；治理难度依然很大；治理成果依然脆弱；人为隐患依然较多。仅去年春天，全国就出现18次沙尘天气过程，其中沙尘暴和强沙尘暴过程11次，影响范围广，危害程度大，引起社会广泛关注，凸显了土地沙化形势的严峻性。土地沙化仍然在吞噬着中华民族生存与发展的空间，制约着沙区经济发展和农民增收致富，影响着城乡居民的生活质量和身心健康，成为当前生态建设的重点和难点。随着全球气候变暖，给防沙治沙增加了更大的困难和压力。在新的历史时期，进一步加强防沙治沙工作，既十分必要，也非常紧迫。这是保障国土生态安全的迫切需要，是推进社会主义新农村建设的重要任务，是促进区域协调发展的必然要求，也是我国履行国际公约的应尽义务。我们必须看到问题的长期性、复杂性和紧迫性，增强责任感、使命感，以对国家、对民族、对子孙后代高度负责的精神，把防沙治沙工作作为重大战略任务摆上重要位置，切实抓紧抓好。

当前和今后一个时期，是我国加强防沙治沙、促进经济社会可持续发展的关键时期，也是巩固防沙治沙成果、进一步缩小沙化土地面积的关键时期。我们要以邓小平理论和“三个代表”重要思想为指导，用科学发展观统领防沙治沙工作，深入贯彻《中华人民共和国防沙治沙法》，认真落实《国务院关于进一步加强防沙治沙工作的决定》和《全国防沙治沙规划（2005—2010年）》，坚持预防为主、科学治理、合理利用的方针，遵循自然规律、经济规律和社会发展规律，全民动员、广泛参与，以重点工程为依托，以科技为支撑，以法律为保障，注重改善生态与促进农民增收相结合，注重生物措施与工程措施相结合，注重人工治理与自然修复相结合，建立和巩固以林草植被为主体的沙区生态安全体系，推进现代农业建设，促进农牧民增加收入，加快沙区经济社会发展，为建设社会主义新农村、构建社会主义和谐社会服务。

不久前召开的全国防沙治沙大会对今后一个时期的防沙治沙工作作出了具体部署，提出了“三步走”的战略目标，这就是：到2010年，重点治理地区生态状况明显改善；到2020年，全国一半以上可治理的沙化土地得到治理，沙区生态状况明显改善；到本世纪中叶，全国可治理的沙化土地基本得到治理。这是党中央、国务院在科学判断防沙治沙形势基础上作出的重大决策。蓝图已经绘就，思路已经明确。只要我们尊重自然规律，坚持科学态度，增强忧患意识，发扬“胡杨精神”，知难而进，坚持不懈，就一定能够遏制沙化、战胜沙害，不断开创防沙治沙工作的新局面，使祖国的山川更加秀美，人民的生活更加幸福，努力实现人与自然的和谐发展。

为展现沙区人民防沙治沙取得的巨大成就，总结各地生态环境保护和建设的成功经验，探讨新形势下推进防沙治沙工作的有效途径，本报日前派出10路记者，深入全国主要沙区调研采访，从今天开始推出《科学发展看治沙》系列报道，敬请读者关注。

（本文系为《科学发展看治沙》系列报道开篇的评论员文章，原载2007年4月18日《经济日报》。该系列报道入选2007年度《经济日报》“十大新闻精品”，获国家林业局、全国记协等举办的第四届关注森林新闻奖一等奖，第24届中国新闻奖二等奖）

市场经济在中国

历史的巨大变化，常常令身居其间者也感到陌生和吃惊。

13年前，即20世纪80年代末90年代初，当中国百姓在报纸广播电视中一遍又一遍地接触“计划经济与市场调节相结合”这一耳熟能详的内容时，谁能想象和预测，时隔未久，“市场经济”这一新的提法和用语会取而代之，在各种文件与媒体中频频出现呢？

从党的十三届四中全会到党的十六大，短短13年间，中国大地发生了多少不可想象也未可预测的奇迹！

中华人民共和国这个世界上人口最多的国家终于举步迈入市场经济之门，就是发生在20世纪90年代中国大地的一个奇迹。

让我们稍稍回眸，把历史作一梳理。

探　索

市场经济降临中国，是循序渐进的。

改革开放之初，首先叩响中国经济之门的，是一个对我们还有些陌生的字眼：市场。

此前，中国的经济运行模式是计划经济。在新中国成立之初的近20年里，计划经济曾使贫弱的中国取得了飞速的发展，但随着时间推移，计划经济体制弊端日渐显现，已经越来越不适应生产力发展的要求。

以党的十一届三中全会为起点的中国经济体制改革，从一开始要改的就是旧的计划经济体制，并以寻找新的适合中国特色的经济体制模式为中心、以解放和发展生产力为目的而渐次展开。

对经济体制模式的选择，我们经历了一个反复探索，不断深入、逐渐明确的过程。

随着实践的深化，教条，一个个被抛弃；禁区，一个个被打破——被实践检验着的真理，正一步步向我们靠近。

1981年，党的十一届六中全会在《关于建国以来党的若干历史问题的决议》中指出，必须在公有制的基础上实行计划经济，同时发挥市场调节的辅助作用——“市场”二字开始正式登堂入室，在中国经济生活中扮演重要角色。

1982年，党的十二大报告明确提出，正确贯彻计划经济为主、市场调节为辅的原则，是经济体制改革中的一个根本问题——完全的、纯粹的计划经济的坚冰，开始消融。

1984年，党的十二届三中全会通过的《中共中央关于经济体制改革的决定》指出，商品经济是社会经济发展不可逾越的阶段，我国社会主义经济是公有制基础上的有计划的商品经济——商品经济，一个可以为人们认可的中间体，既是对旧体制的跨越，又是向新体制的过渡。

1987年，党的十三大报告指出，计划与市场应该是内在统一的，计划工作要建立在商品交换和价值规律的基础上，计划和市场的作用范围都是覆盖全社会的。党的十三大报告首次提出“国家调节市场，市场引导企业”的经济运行模式——市场已经在更大的范围、更深的层次发挥作用了。

至此，从计划到市场，仅隔一层窗户纸。

历史总是在曲折迂回中前进。虽然“市场经济”这个词语曾一度成为“资本主义”的代名词，以致一些人避之唯恐不及，但中国改革开放十多年的实践一再告诉我们，只要经济体制每从计划向着市场前进一步，就会在我们面前展现出一片崭新的天地。

实践证明，改革的市场化取向是没有错的。

突　破

1992年春天，邓小平南方谈话迅速成为全党全国人民的共识。

3月9日到10日，江泽民同志主持中央政治局会议，会议明确提出：“计划与市场，都是经济手段。要善于运用这些手段，加快发展社会主义商品经济。”

6月9日，北京西郊，中共中央党校，一批重要的党政军高级干部齐聚一堂，聆听总书记发表重要讲话。根据邓小平关于计划多一点还是市场多一点不是社会主义与资本主义的本质区别等有关论述，根据党的十一届三中全会以来的实践经验，江泽民总书记明确提出，中国经济体制改革的目标是“建立社会主义市场经济体制”。

社会主义市场经济——这是一个崭新的提法，也是第一次由中央领导把“社会主义市场经济”明确作为中国的经济体制改革的目标模式。

这表明：中国共产党人有信心有能力，要领导12亿中国人民在社会主义条件下建立市场经济体制。

这无疑是市场经济史上一大创造发明。中国共产党把“市场经济”这个一向被认为是资本主义专利的名词，引进社会主义中国，写进了共和国的经济发展史，这是全党全国人民思想的又一次大解放，经济理论的一次大突破。

1992年10月12日，北京，人民大会堂。党的十四大隆重开幕。江泽民总书记在报告中郑重宣布：我国经济体制改革的目标是建立社会主义市场经济体制。

江泽民总书记在报告中指出：我国经济体制改革确定什么样的目标模式，是关系整个社会主义现代化建设全局的一个重大问题。这个问题的核心，是正确认识和处理计划与市场的关系。传统的观念认为，市场经济是资本主义特有的东西，计划经济才是社会主义经济的基本特征。党的十一届三中全会以来，随着改革的深入，我们逐步摆脱这种观念，形成新的认识，对推动改革和发展起了重要作用。改革开放十多年来，市场范围逐步扩大，大多数商品的价格已经放开，计划直接管理的领域显著缩小，市场对经济活动调节的作用大大增强。实践表明，市场作用发挥比较充分的地方，经济活力就比较强，发展态势也比较好。我国经济要优化结构，提高效益，加快发展，参与国际竞争，就必须继续强化市场机制的作用。实践的发展和认识的深化，要求我们明确提出，我国经济体制改革的目标是建立社会主义市场经济体制，以利于进一步解放和发展生产力。

至此，一条曲折迂回不断探索不断总结的经济体制目标模式之路，终于明晰地展现在人们面前。中国经济体制改革的目标正式确立。

次年春3月，八届全国人大一次会议，“国家实行社会主义市场经济”明确载入了共和国的根本大法。发展社会主义市场经济成为中国人民的共同意志。

以确立社会主义市场经济体制目标为标志，党的十四大以其不可磨灭的功绩载入史册。

海外媒体纷纷评论：中国共产党十四大的重要意义，是接纳了市场经济，正式确立了社会主义市场经济体制，并确认以经济建设为中心的基本路线百年不变。

海外人士高度评价：这标志着中华人民共和国成立43年来在经济制度上一次最重要的转变。

奠　基

如果说1992年召开的党的十四大为中国的市场经济体制勾画了蓝图，那么，其后八年，便是中国人民沿着这条道路不断前进探索，为新的体制奠基的八年。

八年虽然短，框架已初现。

这是一个什么样的框架呢？1993年11月，党的十四大刚开过一年，党的十四届三中全会通过了《关于建立社会主义市场经济体制若干问题的决定》（以下简称《决定》），提出在20世纪末初步建立社会主义市场经济体制，对社会主义市场经济体制框架给予了明确阐述。

《决定》指出：围绕建立社会主义市场经济体制的改革目标，必须坚持以公有制为主体、多种经济成分共同发展的方针，进一步转换国有企业经营机制，建立适应市场经济要求，产权清晰、权责明确、政企分开、管理科学的现代企业制度；建立全国统一开放的市场体系，实现城乡市场紧密结合，国内市场与国际市场相互衔接，促进资源的优化配置；转变政府管理经济的职能，建立以间接手段为主的完善的宏观调控体系，保证国民经济的健康运行；建立以按劳分配为主体，效率优先、兼顾公平的收入分配制度，鼓励一部分地区一部分人先富起来，走共同富裕的道路；建立多层次的社会保障制度，为城乡居民提供同我国国情相适应的社会保障，促进经济发展和社会稳定。

1994年元旦，又一个新年。从这一天开始，税制改革、外汇改革出台。金融、外贸、价格、流通、企业等项改革相继展开。住房制度改革、社会保障制度改革等随后全面推进。

1997年9月，党的十五大在京召开，进一步明确了建立比较完善的社会主义市场经济体制的目标和任务，对社会主义初级阶段的所有制理论进行了创新和发展，第一次系统阐述了公有制实现形式多样化的理论，肯定非公有制经济是社会主义市场经济的重要组成部分。

从党的十四大到党的十五大，短短五年，社会主义市场经济的大门轰然打开，人民群众中蕴含着的无穷创造力便迅速激发出来，改革从对旧体制的“破”全面走向新体制的“立”。旧模式逐渐退出历史舞台，新体制因素茁壮成长：国有企业转换经营机制，建立现代企业制度；竞争有序的市场体系开始形成；政府职能得到转变，宏观调控体制得到完善；合理的个人收入分配和保障制度逐步建立……

2000年，新千年的钟声响了，世界迎来了21世纪。中国人民欣慰地发现，党的十四大以来，仅仅过了八年时间，社会主义市场经济的体制框架轮廓初现，我国经济运行机制已经发生了根本性的变化。

首先，市场机制在生产、流通等各个领域的作用日益显现。过去，国家对25种主要农产品产量实行指令性计划管理；对120种工业产品实行指令性计划管理，占全国工业总产值的40%。到1999年年底，已经全部取消了农产品生产的指令性计划，实行指令性计划管理的工业品只有12种，仅占全国工业总产值的4.1%。95%以上的产品生产，由生产者根据市场供求状况自主决定。

其次，市场形成价格的机制基本确立。改革开放以前，绝大多数商品价格由政府决定。在社会商品零售总额、生产资料销售收入总额和农副产品收购总额中，政府定价的比重分别占到97%、100%和92%。到20世纪末，绝大多数商品价格已交由市场决定。市场调节价在社会商品零售总额中占比达到92%，在生产资料销售收入总额中占81.1%，在农副产品收购总额中占79%。

再次，对外经济活动基本按照国际市场规则进行。改革开放初期，国家负责平衡协调的出口供货商品超过900种，进口完全实行指令性计划管理。外汇实行高度集中的“统收统支”体制。从1994年开始，国家取消了外汇收支计划和进出口总额的指令性计划，综合运用各种经济杠杆和法律手段调节对外贸易。成功实现了汇率并轨，实现了人民币经常项目可兑换。

最后，各类企业逐步成为真正的市场竞争主体。国有企业改革的方向和路子更加明确。到2000年年底，国有企业改革与脱困三年目标基本实现，国有大中型骨干企业建立现代企业制度的改革取得重大进展。“抓大放小”“有进有退”的战略性改组全面展开。多种所有制经济蓬勃发展，非公有制经济成为经济发展中增长速度最快的经济成分，促进了市场竞争，增强了经济增长的活力。

在21世纪到来之际，在党和国家筹划新世纪第一个五年计划的时候，党的十五届五中全会向全世界自豪地宣告：我国的社会主义市场经济体制已初步建立。

完　善

八年奠基，初战告捷。

从党的十六大到2010年，等待着我们的，将是又一个八年，我国的市场经济体制将会以什么样的面貌呈现在人们面前呢？

1995年9月，在党的十四届五中全会上，党中央明确指出，到2010年，全国要“形成比较完善的社会主义市场经济体制”。

2000年10月，在党的十五届五中全会上，党中央进一步明确了在新世纪头十年深化改革的任务，这就是：国有企业建立现代企业制度取得重大进展，社会保障制度比较健全，完善社会主义市场经济体制迈出实质性步伐，在更大范围内和更深程度上参与国际经济合作与竞争。

比较完善的社会主义市场经济体制——这就是下一个阶段的奋斗目标。

中国共产党人任重道远。

2002年，又是初夏，又迎金秋。就在党的十六大召开前夕，5月31日，江泽民总书记又一次走上中央党校讲坛，向全国党政军主要领导干部发表了重要讲话。讲话全面阐述了“三个代表”重要思想的深刻内涵和重大意义，并对今后我国在经济建设和经济体制改革方面所应着力的问题作出指示。江泽民指出：在新世纪新阶段，发展要有新思路，改革要有新突破，开放要有新局面。要集中力量解决好关系经济建设和改革全局的重大问题，使经济总量、综合国力和人民生活再上一个新台阶。

发展要有新思路——就是要从根本上改变粗放型经济发展方式，以提高经济效益为中心，注重依靠科技进步和加强管理，提高经济增长质量。注重实施可持续发展战略，节约和合理使用资源，加强环境生态保护和建设。把继续推进经济结构战略性调整，当作一项重大而紧迫的任务。进一步推进国家工业化，不失时机地加快经济和社会信息化，以信息化带动工业化和整个经济现代化。通过全面调整和优化经济结构，积极稳妥地推进农村城镇化，促进农业、工业与服务业、传统产业与高新技术产业、乡村经济与城市经济良性互动，共同繁荣。

改革要有新突破——就是要以完善社会主义市场经济体制为目标，进一步深化改革，彻底消除束缚生产力发展的体制性障碍，不断为经济发展注入活力。要在坚持公有制为主体、多种所有制经济共同发展社会主义初级阶段基本经济制度的基础上，根据解放和发展生产力的要求，在实践中对这一制度不断完善；要继续深化国有企业改革，特别是垄断性行业的体制改革，通过完善市场体系、整顿和规范市场行为，健全社会主义市场经济新秩序；加快推进社会保障体系建设，构筑社会"安全网"，为改革和发展营造稳定的社会环境。

开放要有新局面——就是要适应经济全球化和我国加入世贸组织的新形势，在更大范围、更广领域、更高层次上参与国际经济技术合作和竞争，拓展经济发展空间，全面提高对外开放水平。加入世贸组织，是我国对外开放的新起点。全面提高对外开放水平，是新形势下我国争取更为广阔的发展空间的必然的选择。我们不仅要进一步向世界开放，有步骤地扩大开放领域，降低关税水平，取消非关税壁垒，而且要不断完善法治，创造更加公平、透明和可预见的市场环境。要大力实施"走出去"战略，鼓励国内各种所有制企业走向世界，使我国在参与国际合作与竞争中获得新突破。

发展，改革，开放。沿着党中央所指明的道路走下去，我们满怀期待并有充分理由相信，中国的改革开放一定能够再上一个新台阶，中国的社会主义市场经济体制的建立和完善，一定能够再上一个新台阶！

历史已经并还将证明，在社会主义旗帜上写上市场经济，这个中国共产党人的伟大创举，定将彪炳千秋，造福兆民。

（原载2002年10月31日《经济日报》，与詹国枢合作。获2002年度经济日报"十大新闻精品"奖。入选《经济日报优秀作品选》，经济日报出版社2003年2月出版）

论 诚 信

在当前整顿市场经济秩序的工作中，如何认识信用在社会主义市场经济的地位和作用，在全社会强化诚实守信的观念，规范各类经济主体的行为，是一个重大而紧迫的课题。

在中国传统文化中，“诚信”二字具有极其重要的分量。“忠义礼智信”是人们提倡并力求遵循的行为准则。子曰：“人而无信，未知其可也。”在长期的社会实践中，中华民族形成了重然诺、守信义的道德传统，留下了“千金一诺”“一言既出，驷马难追”之类的美谈佳话。

中国传统文化中的诚信观有其封建性的一面。而今天我们强调的诚信则是与市场经济相适应的道德观。市场经济不是不讲规则、不讲道德、不讲信用的经济，而恰恰相反，诚信是市场经济与生俱来的准则。商品交换是以社会分工为基础的劳动产品交换，其基本原则为等价交换，交换双方都是以信用作为守约条件，构成互相信任的经济关系。任何一方不守信用，就会使等价交换关系遭到破坏。随着交换关系的复杂化，日益扩展的市场关系逐步构建起彼此相联、互为制约的信用关系链条，维系着复杂的交换关系和有序的市场秩序。市场经济越发达就越要求诚实守信，这是现代文明的重要基础和标志。没有信用，就没有交换；没有信用，就没有秩序；没有信用，就没有市场；没有信用，经济活动就难以健康发展。

经济的正常运行既要有制度的安排，还要有道德的约束。而经济道德又不是一成不变的，一定的经济道德与一定的经济制度相联系。计划经济条件下的道德观与市场经济条件下的道德观就不完全是一回事。诚信正是构建与市场经济制度相适应的经济道德的基石。如同经济体制的完善有一个过程一样，经济道德规范的形成也有一个过程。从有交换关系之日始，在大多数商品生产者和经营者遵守信用准则的同时，总有少数利欲熏心的人，在市场上从事种种欺诈勾当，谋取不义之财。尤其在市场经济发展初期，破坏信用的行为更为突出。

欧美国家大约经历了一百多年的时间，付出了巨大代价，市场秩序才逐渐趋于完善。在市场经济逐步发育成熟的历史进程中，在价值规律、供求规律、竞争规律等市场机制的作用下，相应的道德规范逐步确立起来，诚信观念最终成为市场经济条件下绝大多数人共同遵循的道德准则。如同恩格斯曾经指出的："现代政治经济学的规律之一（虽然通行的教科书里没有明确提出）就是：资本主义生产越发展，它就越不能采用作为它早期阶段的特征的那些小的哄骗和欺诈手段……这些狡猾手腕在大市场上已经不合算了，那里时间就是金钱，那里商业道德必然发展到一定的水平，其所以如此，并不是出于伦理的狂热，而纯粹是为了不白费时间和辛劳。"无形的"市场之手"加上有形的"法律之手"，构成了信用赖以生存的制度条件，引导市场经济从无序走向有序，真正成为信用经济。

今天，我国正处于从计划经济体制向社会主义市场经济体制转轨的过程中。与体制转轨同样重要的，是经济道德的重建。而正是在这个问题中，人们存在着太多的误解。因为计划经济强调"整体利益""舍己为人"，有些人就反其道而行之，以为市场经济就是一切以个人利益为依归，从利他主义走向利己主义，进而以损人利己为荣，不择手段敛财致富。为什么不讲信用的行为能在当前大行其道？从经济主体看，是唯利是图的意识和急于致富的心理导致的行为短期化。一些人并不认为失信行为是什么过错，有的甚至还有"不赖白不赖"的无赖心理。从信用环境来看，则因为守信者没有得到相应的鼓励和收益，失信者没有得到应有的谴责和惩罚。在转轨过程中，一方面，维系市场经济中信用关系的制度和道德体系尚未建成；另一方面，计划经济下的指令性计划约束逐渐失灵。制度与法律上的漏洞，以及有法不依、执法不严等问题的存在，在客观上助长了不讲信用的风气。在一些地方和行业，政府还没有完全摆正在市场经济中的位置，过多干预经济活动的现象依然严重。由于行政垄断和地方保护，优胜劣汰的市场机制尚不能完全发挥作用，导致缺德失信的经济人不能被市场淘汰出局。

事实反复证明，无序的市场不可能维系持久的繁荣，不讲信用的短期行为可能获益于一时，但最终必定以长远利益受损为代价。一些地方曾经以“走私”“造假”等违法失信行为而得益，最终却吓跑了投资者和消费者，消极影响长期难以消除，这样的教训并不鲜见。现在，已经有越来越多的地方和企业认识到，决定竞争成败的不是知名度，而是信誉度、美誉度。诚实守信带来信誉，信誉的积累升华为美誉。信誉和美誉蕴含着丰富的文化内涵，标志着企业和产品的崇高品位，成为能够产生极大效益的新的资产形态——无形资产。从一般意义上说，信誉是人类道德文明的果实，是市场经济条件下的道德准则；从特殊意义上说，信誉又是一个企业、一个地方乃至一个国家的精神财富和价值资源，甚至是一种特殊的资本。面对竞争日益激烈的国际国内两个市场，各类经济主体只有在坚持诚信原则的基础上维护信誉，培植美誉，才能以良好的形象在竞争中立于不败之地。

人无信不立，市无信则乱。规范经济主体的行为，建立有序的市场秩序，是进一步完善社会主义市场经济体制的题中应有之义。为此，我们必须加强诚实守信的道德教育，让人们懂得没有信用就没有秩序，市场经济就不能健康发展的道理，消除对现代市场经济的曲解，为建立健康有序的信用经济开辟道路。与此同时，要加强制度建设。信用作为市场经济的基本准则，既需要以教育手段强化这一理念，还需要用制度和法律的力量来保证。市场经济是信用经济，也必然是法治经济。管理和执法部门要切实加强管理，依法严厉打击制假售假、偷税漏税、经济欺诈、恶意逃废债务的行为，大力规范市场秩序。要善于运用法律的武器，同种种破坏信用的违法乃至犯罪的行为进行坚决的斗争，以维护社会主义市场经济的健康发展。

我们建设的是社会主义市场经济，既要遵守发达市场经济的一般准则，又要体现社会主义的本质要求，因而应当更加注重信用、信誉，更加关心消费者的利益，更加注重市场的有序运作。如果不守信用，不讲信誉，践踏道德，漠视法治，无疑彻底背离了社会主义市场经济的要旨。只有信用制度逐步完善，信用道德逐步确立，市场秩序逐步规范，民主法制不断健全，才能保证我国社会主义市场经济健康发展。

（原载2001年4月23日《经济日报》，获2001年度《经济日报》“十大新闻精品”奖。入选《经济日报优秀作品选》，经济日报出版社2003年2月出版）

价格战：怎么看　怎么办

——写在《如何看待价格战》讨论结束之际

实在地说，“价格战”并非是一个新话题。作为近年来经济生活中一个持续的热点，本报曾对这一特殊经济现象作过长期跟踪报道及讨论。当新千年又一轮价格战风起云涌之际，从7月底开始，本报在《深度探析》专栏又组织了《如何看待价格战》的讨论及报道，先后编发13组稿件，受到了经济界人士和广大读者的关注。

感谢参与这场讨论的广大读者以及经济界企业界的人士和专家学者们，他们从不同立场和角度，表明观点，发表意见，为我们重新认识和评价价格战开阔了视野，开启了思路。尽管讨论中的意见并非全都一致，但分歧并不妨碍我们通过交流加深认识并寻求共识，同时提出应对之策。我们相信，这场讨论将有助于我们进一步增强对社会主义市场经济规律的认识和把握。

“如何看待价格战”的讨论暂告一个段落。此次讨论的一个特点是报纸讨论与市场价格战“同步”进行，这边讨论，那边大战。目前，价格战还在继续甚至相当激烈，我们的报道还将持续跟踪下去，我们对经济规律的认识，也将不断深化。

理理我们的思路——如何认识价格战

价格战久已有之，于今为烈。如果说，在计划经济向市场经济体制过渡之初，人们对于价格战的突如其来还有些恐慌、有些不解的话，那么今天，越来越多的人已经习惯了市场上商品价格的变动，适应了日趋激烈的竞争局面，逐步理解了这种局面形成的必然性与合理性，对于价格战的认识也更加全面、更加理性了。以下一些结论，已经成了越来越多人的共识。

降价不等于价格战。价格战不是一个科学的有准确定义的概念，同时也不是一个严格的法律用语。不能不看到，当前各类媒体上以高频率出现的"价格战"一词，只是采用了人们的习惯说法，即把降价等同于价格战，甚至把一些垄断高利行业价格的正常回归也归于价格大战之列。价格竞争包括了提高价格、保持价格稳定和降价销售等不同的价格策略，而现在媒体上谈论的"价格战"一般只指降价一种。降价销售本来就有各种各样的原因，具体情况需要具体分析，显然不是简单的"价格战"所能囊括的。我们尊重消费者的习惯，使用"价格战"一词，但我们心里应对价格竞争的内涵有准确的把握，同时随着市场经济运作机制的完善，逐步将这个词用得更准确些。

价格战不一定是件坏事。在相当一段时间，价格战曾经是作为贬义词广泛使用的。但今天，随着人们对于价格竞争作用的重新认识，对于价格战已经难以作出简单的是非和褒贬判断。更多的人认识到，从总体上看，价格战是一件好事，是我国社会主义市场经济发育过程中的必然现象。很难设想，社会主义市场经济可以没有合理和灵活的市场定价制度。市场机制的核心是价格机制。价格是资源配置的基本手段，也是市场经济动力的重要源泉。只有当企业能够大大方方地运用价格手段（不管是降价还是涨价）进行市场竞争时，只有当价格战不会引起企业的过多惊恐和政府的过多干预时，我国的市场经济才算是走上了正轨。价格战的频繁出现，说明我国社会主义市场经济体制正在形成和完善过程中。如果在计划经济时期，我们想"价格大战"还想不来呢。

价格战是优胜劣汰的必然过程。价格战并不仅仅是某些生产能力过剩的行业出现的一种特殊现象，而是市场经济条件下必然出现的普遍现象，是市场经济规律的反映。而规律是不以人的意志为转移的。价格战的发生，说明市场淘汰机制开始发生作用了，而只有通过优胜劣汰，才能在新的基础上达到生产和供求的相对平衡。在以市场机制优化资源配置的过程中，价格战是一个不可或缺、不可回避的环节。它是企业兼并联合、资产重组的前提，是行业结构调整的前奏，是优胜劣汰的必由之路。

鼓励有序竞争，规范无序竞争。价格战是一种经济现象，判断这种现象的合理与否，关键看价格竞争是有序还是无序。“有序”的价格竞争，可以促进市场合理竞争，推动成本降低、结构调整和企业的优胜劣汰，对经济发展是有利的，应当鼓励和支持。而“无序”的价格竞争，盲目打“恶性价格战”，势必带来两败俱伤，不仅对经济发展不利，而且可能造成对生产力和正常经济秩序的破坏。特别是在某些行业中是以国有企业为主，在这些国有企业的产权尚不明确，自我约束机制尚不健全的情况下，更容易导致这种结果。因此，对“无序”的恶性价格战，不能一味叫好鼓励。

随着社会主义市场经济体制的逐步确立，随着竞争观念、市场观念和效益观念的日益深入人心，随着我们对市场经济规律有了更多的认识，对于价格战，我们已经不再谈虎色变了。正如一些经济学家说的：随着改革的深化，“价格战”可能将会像当年计划经济下发粮票那样为大家所认同，所习惯；当我国加入WTO后，回过头再看今天频繁的价格战，可能会发现其中有更多的正面意义。

变变我们的观念——回答几个问题

加深认识价格战，鼓励和规范竞争而不是限制竞争，需要我们解答实践中提出的一系列问题，进一步澄清一些似是而非的观念。

如何区分正常的价格调整与非正常的低价倾销？有学者指出：各个企业的实际成本是有很大差别的，高效率企业的正常价格可能远远低于低效率企业的倾销价格，因此，对于同样的产品，低效率企业以10元进行销售可能必须进行制裁，而高效率企业以5元单价出售反倒不应进行制裁。由于企业有着较大的降低成本的空间，很难确定一个统一的价格标准来限制所有企业的减价或折价行为。因此，认定企业是否有倾销行为只能以企业自己的成本为准，而不能以行业的平均成本为准。在一个产业中，以低于成本进行倾销只可能是少数企业的策略行为，不可能成为多数企业的共同行为。禁止和处罚价格倾销行为，只能采取个案处理方式，即对被证实进行倾销的企业实行制裁，而不宜采取对所有企业普遍进行价格管制的方式。规定适用于所有企业的统一限价标准，必然是限制价格竞争和削弱竞争力的行为。此论为区分二者提供了可适用的标准。

价格战会不会削弱企业技术进步和创新的能力？一种经常被引用的观点认为，价格战降低了企业的盈利水平，因此限制企业降价可以保证企业获得利润，从而使企业能够拥有支持技术进步和创新所需要的资金。而一些专家的论证表明，技术进步和创新的动力和压力远比支持技术进步和创新的资源更重要。我国企业技术进步缓慢的原因主要不是没有技术资源，而是缺乏技术进步的动力和压力。与此同时，企业技术进步的方向和路线存在的主要问题，仍在于缺乏有效的市场竞争。因此，企业技术进步和创新不可能通过人为地维持垄断利润来实现，而只能通过市场竞争的优胜劣汰机制来推动。一些成功企业的实践也表明，企业参与价格战并没有妨碍它们的技术进步，反而成为促进这些企业技术进步和创新的刺激因素。

价格战对消费者有利还是有害？一些报道将降价产品与伪劣产品联系甚至等同起来，劝导消费者面对价格战要“理性消费”。我们不排除在价格战中有此行为，但总体看，企业不降价并不保证企业产品质量高，服务优良，对消费者是有利的。相反，只有强化竞争，包括价格竞争，才能促进企业不断提高产品的性能价格比。企业获得高额利润绝不意味着消费者可以获得质量高和服务好的产品，这样的例子很多，如中国电信获得高额利润时，服务质量未必好，而随着垄断地位的削弱，电信总体价格趋于下降，服务质量反而有了明显提高。至于假冒伪劣产品，则不论其价格高低，都应该依法查处，使消费者的利益得到有效保护。如果用假冒伪劣产品去打价格战，这无疑是企业的自杀行为，工商部门也会对其进行处理。

如何正确评价企业和行业的市场绩效？一些人认为，限制企业降价，可以帮助企业脱困、扭亏和获得利润，从而提高整个行业的利润水平。问题在于，利润率高是不是市场绩效好的标志？经济学原理告诉我们：越是竞争充分，行业利润越低。因为，竞争越是充分，企业生产率越高，成本也就越低，价格必然降低，同时，利润率通常也越来越趋于下降。所以，一个产业的利润率低，通常表明该产业的发展已经相当成熟，整体效率较高，市场绩效较好。而高额利润的存在则通常表明垄断因素强，市场绩效差。总之，一个产业的市场绩效高低，不应从企业是否获得较高利润的角度来评价，而必须从市场的角度来评价。现在，我国一些仍然处于垄断或部分垄断地位的企业，其利润率很高，这并不说明其效率高，市场绩效好。

规范我们的行为——如何应对价格战

面对价格战这种经济现象，“如何应对”可能比“如何认识”更为人们所关注。由于认识的不同，如何应对价格战也有两种不同的思路。一种意见认为，由于我国的市场经济体制尚未完善，特别是国有企业的产权改革尚未完全到位，所以，在发达市场经济条件下不合理的东西，如进行价格合谋（价格协议、行业限价）、价格操纵（禁止打折）等，在我国目前的条件下可能是必要和有效的。而另一种意见则认为，价格机制是市场经济最基本的竞争机制，限制价格机制的作用，实质上就是阻碍市场经济体制的完善化进程，如果以市场经济体制不完善为理由来实行反市场经济的价格政策和定价行为，就等于强化和固化了现行体制的不完善性。实际上，我国近年来发生限制竞争行为的大都是市场化进程较快（或行政化垄断正在被打破）的产业，每一次限制竞争的行为都是与市场经济原理背道而驰的，都是因为害怕充分发挥市场经济的功能有可能危及自身利益而对市场经济运行机制的破坏。放任价格合谋、价格操纵等限制竞争的行为，一方面，损害了市场经济激励效率的作用，保护落后，制约先进；另一方面，又使市场经济有可能偏向企业而损害消费者利益的副作用得以强化，使消费者为企业的低效率和体制的不完善付出代价。

市场经济并非十全十美，对于市场的缺陷，只能由“看得见的手”来弥补。对于恶性的价格竞争，由于其后果直接有害于体制的转轨和经济的持续增长，不利于扩大就业，稳定社会，政府不可能无动于衷，有必要果断“说不”“叫停”，向不正当竞争者亮出“黄牌”甚至“红牌”。但如何“说不”，如何“叫停”，还有一个方法问题。有学者指出，政府作为市场的裁决者，一定要“谨言慎行”，不宜草率行事，更不能违法裁判。比如，行业主管部门用行政命令去禁止打折，或者公开支持鼓励行业价格垄断行为，此类做法既有违市场经济规律，也不符合现有法律规定，客观上也是不可行的。“该出手时就出手”，但出手又不能是“乱出手”，必须于法有据，于理可依。当前政府应该而且可以做的，首先是要加快国有企业改革，强化国有企业的自我约束、自我发展的机制，健全国有资产保值增值的责任制度，建立国有企业的退出机制；优化竞争环境，规范竞争秩序，打破地区分割和地方保护主义，尽快建立和完善统一的市场体系；进一步依法行政，加快经济法制建设，制定和完善有关法律法规，同时加强市场监管和执法力度，对违反法律规定，搞价格联盟或低价倾销的企业，及时予以批评、制止，直至依法查处；要适时调整产业政策、消费政策和收入分配政策，鼓励消费，启动市场，引导企业走出去，开拓农村和国际市场。

企业是市场竞争的主体，积极参与竞争是企业发展壮大的必由之路。企业要想赢得生存发展的空间，既要敢于竞争，不把希望寄托在行政干预和地方保护上；又要善于竞争，不把降价竞争当作唯一的竞争手段。没有任何一个企业或行业能够在“保护”中真正发展起来，也不会有企业仅仅依靠低价战略就能够击败所有的竞争对手。企业参与竞争的手段有多种，包括产品品质、服务管理水平、科技创新能力、企业综合实力等各个方面的竞争。这些方面的竞争才是市场竞争的根本，才是降低社会必要劳动时间，从而降低价值和价格的基础。如果不把功夫下在这些基础上，只知道一味地降价、降价，甚至偷工减料、低质低价，那就只能是短视行为，而不是真正意义上的价格竞争。经过三番五次的价格大战，一位彩电企业的老总深有感触地说：全球经济已步入一个速度利润和速度效益时代，这种速度就是创新的速度。彩电业的尴尬现状和一些企业已经出现的悲剧性命运启示我们，在新经济时代，传统的规模经济理论正经受严峻的挑战。长期以来，价格只是一个表象的问题，重铸中国彩电行业的核心竞争力才是关键。这无疑是一种清醒的认识。

竞争不可回避，竞争是压力也是动力。竞争的结果并非必然走向你死我活，两败俱伤，而是完全可能共生共荣，在新的产业和企业结构中找到各自的位置。高明的企业与其和竞争对手当面冲撞，还不如另觅出路，开拓新的发展空间。海尔集团创始人张瑞敏有一句话："只有疲软的产品，没有疲软的市场。"市场从来是不缺乏热点的，整体上的买方市场中还存在着局部的卖方市场，关键在于我们如何去发现、创造和把握。从总体上看，当前企业强化管理、降低成本、提高效益的潜力很大，技术进步和创新的潜力也很大，农村市场和国际市场还有待于进一步开拓。有道是"条条大路通罗马"，只要不怕竞争，善于竞争，我们相信，在千千万万企业前面，是一片可供驰骋而又风光无限的广阔天地。

（原载2000年8月18日《经济日报》，与詹国枢、丁士合作。该系列报道获2000年度《经济日报》"十大新闻精品"奖。入选《经济日报优秀作品选》，经济日报出版社2003年2月出版；武春河主编《深度影响——经济日报经典报道案例》，经济日报出版社2005年6月出版）

让历史告诉未来

——写在世纪交替的历史时刻

人生不满百，常怀千岁忧。

生命有限而岁月无限。用有限的生命之旅去丈量无垠的岁月之河，于是人们为漫无际涯的岁月刻上了年轮，于是有了冬去春来，辞旧迎新，世纪交替，千禧更迭；于是时间有了刻度，历史有了坐标，未来有了具象。

生活在今天的人们是幸运的，因为我们正站在一个历史的坐标点上。随着2000年的日历一天天变薄，旧世纪一天天向着终点接近，新世纪一天天向着起点走来。逝者如斯，能不慨叹！来者可追，能不感奋！

时空在此际交汇，思绪在此际飞扬。站在历史的坐标点上，抚今追昔，百感交集。

上篇：百年足音

批阅一个旧世纪的历史，为的是昭示一个新世纪的未来。

即将过去的20世纪，是一个什么样的世纪呢？

有人说，这是一个精彩纷呈的世纪。在这个世纪刚刚开始的时候，生产力发展步履蹒跚，封建君主制度余薪尚燃，资本主义列强横行无忌，“日不落帝国”还是那么不可一世。曾几何时，一个个民族揭竿而起，一个个王侯挂冠而去，一个个国家新生独立，昔日的王朝土崩瓦解，霸道的帝国分崩离析，殖民和封建统治在人民解放和民族独立的旗帜下终于寿终正寝。1917年，列宁领导十月革命，推翻沙皇统治，建立起世界上第一个社会主义国家。无产阶级革命导师马克思和恩格斯在19世纪构想的伟业终于变成了现实，世界历史从此改变了进程。1911年，在占世界人口1/4的中国，辛亥革命宣告长达数千年的封建专制制度的完结。1949年新中国的成立，宣告了“东方睡狮”的觉醒，中华民族的新生。世界政治版图分分合合，涂涂改改，人类进步的历史潮流浩浩荡荡，不可阻挡。人类在一个世纪的进步中深刻地改变了人与人、人与社会的关系，体验到了自由民主平等的真谛。

有人说，这是一个灾难深重的世纪。人类历史上仅有的两次世界大战都在这个世纪爆发，使人类经受了前所未有的创痛。仅在第二次世界大战中，就先后有60多个国家和地区、20亿以上的人口卷入战火，数千万人丧失生命，数以亿计的人们流离失所，国破家亡。奥斯维辛集中营的毒气、南京大屠杀的刀光为人类历史留下了最惨绝人寰的一页，为世界人民留下了不堪回首的记忆。正义与邪恶较量的结果印证了邪不压正的东方古训。一些人因为英勇抗战成为人民景仰的英雄，另一些人则因为发动侵略战争成为人类唾弃的败类。平型关的大捷、斯大林格勒的血战、诺曼底的反攻，还有战争中写就的无数传奇故事，成为半个世纪以来人们传扬不绝的话题。然而，令劫后余生的人们深为遗憾的是，大战结束但天下并未太平。热战之后是冷战，东西阵营壁垒分明，超级大国虎视眈眈，热核武器的军备竞赛使人类经受了新的考验，蘑菇云的阴影成为人类挥之不去的梦魇。冷战思维并不因为冷战的结束而消散，总有那么一些人恃强怙恶，企望着成为别人的主宰，在这个渴望和平的世界上不断地制造出新的麻烦。

有人说，这是一个经济繁荣的世纪。小农经济的田园之梦在这个世纪被彻底打碎，社会化大生产成为这个时代的主流，而科学技术的不断进步又为生产力的发展提供了强劲的动因，工业革命、管理革命、科技革命的潮头一浪高过一浪。到了世纪末的今天，社会生产力发展到了一个新的阶段，人类掌握了更为强大和复杂的物质和技术手段，经济形态从自然资源经济开始向知识信息经济转移；跨国投机资本在世界市场上兴风作浪，跨国公司在全球各地抢占地盘，各国民族经济在急起直追；美洲人搞起了共同体，欧洲人成立了欧盟、用上了欧元，大洋两岸的人们组建了亚太经合组织，中国即将迈入WTO的门槛……经济全球化使得人类的命运从来没有如此紧密地息息相关。然而，经济的发展并不总是一片坦途，从1929年的全球经济萧条到1997年的亚洲金融风暴，危机的潜流连绵涌动。人类以自己的智慧和毅力不断顶住潜流，化解危机，使生产力的发展不断迈上新的台阶，随之带来人类生活方式翻天覆地的变化。厨房和卫厕革命使人们真正告别了中世纪的生活方式；广播电视的发明前所未有地延伸了人们的视角和听觉；而现代交通和通信则把地球变成了一个小小的村庄……秀才不出门，不仅能知天下事，而且能办天下事。信用卡、超市、快餐、DVD、避孕药、尿不湿——从生到死、从摇篮到坟茔的社会服务业兴旺发达，人类生活得更加潇洒、更为惬意了。

有人说，这是一个科学昌明的世纪。科学技术作为第一生产力，在即将过去的这个世纪里尽情地展现其创造无尽可能的神奇魅力。世纪初叶，一场革命在物理学领域悄然发生。在牛顿力学统治科学界200年之后，爱因斯坦却发现，如果运动的能量能够转化为物质，那么，物质本身也就可以转化为能量，这种物质与能量间的相互关系被描述为迄今最著名的一个物理方程式：$E=mc^2$，相对论从此奠基。20多年后，人们又发现以往的理论不能准确地解释微观世界的问题，进而确立了量子力学理论。这两个被称为20世纪最伟大的科学发现，构成了100年来科技发展的研究纲领和领军宣言。在穷究物质内部无穷奥秘的同时，人类的触觉也在向外部世界延伸。1957年，第一颗人造天体由苏联人送上了太空，尽管那只是一颗又笨又重的卫星；1969年，阿姆斯特朗作为第一个地球人登上了月球，尽管他未能邂逅东方传说中的美丽嫦娥；1997年，人类窥测的目光通过“火星探索者”指向了遥远的邻居，尽管人类并未能因此摆脱旷古的孤独。从来都是所谓的“上帝创造人”，如今人们自己也试着当一回上帝，于是1978年在英国诞生了第一个试管婴儿。每年《时代》周刊第一期的封面都亮出世界风云人物，而在1983年，占据这个显赫位置的不是人，而是电脑。自从有了这个比现实世界中的任何风云人物都更具影响力的“虚拟之人”，人类物质与文化的发展就获得了前所未有的“加速度”。在这个世纪即将结束之际广为流行的电脑网络，不仅是一场科技与经济的革命，也将带来一场社会与文化的革命。正如蔡伦发明了造纸术、毕昇发明了活字印刷术一样，互联网络为人类文化的发展与信息的传播开创了一个新时代。或许只有到了新的世纪，人们才能更为深刻地理解电脑与网络技术所带来的革命性意义。

有人说，这是一个文化灿烂的世纪。人类在积累巨大物质财富的同时，也在创造着多姿多彩的精神财富。大师辈出，巨匠擎天，佳作纷呈，新人竞秀。毕加索开创了现代绘画艺术的先河，卓别林生发出电影艺术的新声，高尔基为社会主义事业而歌唱，鲁迅为民族的觉醒而呐喊……星光如此璀璨，史册如此辉煌。曾经是王公贵族附庸风雅、现代文人消遣玩赏的文学艺术，如今走进千家万户，形成大众消费的热门产业。君不见，世纪初沉没的“泰坦尼克号”却在世纪末轰轰烈烈地驶进全球各地的电影院，以其婉约悲壮的故事打动不同肤色的人群，在获取11项奥斯卡奖的同时，也为制片商赚得了超过10亿美元的厚利。文艺舞台百花齐放，体育事业竞攀高峰。小小银球推动了地球旋转，菁菁绿茵牵动着世人神经。曾经被蔑称为“东亚病夫”的中国人重返奥林匹克大家庭，争金夺银，迭创佳绩，展现了中华健儿的英姿。登山健儿们把脚印深深地镌刻在地球之巅，这是人类踏上新高度的象征。

有人说，这是一个危机四伏的世纪。人口增长的潜力巨大而生存的空间有限；发展的动力无穷而物质的资源有限；生态破坏的压力骤增而环境的承载有限。人类在享受一个世纪物质文明丰硕成果的同时，却相应付出了昂贵的代价。环境污染严重，大量物种灭绝，自然生态失衡，臭氧层被破坏，南北极冰川在消融，沙漠化在持续——这个世纪留给下个世纪的并不是一个完美无瑕的地球。科学作为一把双刃剑也在频频向人类示警。克隆技术和转基因生物技术给人类带来的是福是祸还有待检验，而切尔诺贝利核泄漏事故确切地告诉我们打开潘多拉魔盒的危险。世纪之初，生活在地球上的只有16亿人口，而到了世纪之末，这个不大的星球上已经挤满了60亿人。只有到了这个世纪，在人口、资源、环境的巨大压力下，人类才真正开始了对人与自然关系的全方位思考，开始了完善生存空间与寻求精神家园的漫漫历程。1972年，第一个环境日诞生，1974年世界人口环境会议召开，自此以后，这个话题成为地球人共同关心的话题，“我们只有一个地球”成为世人的共识。世界人口最多的中国在成功实行计划生育、控制人口的同时，又把资源与环境问题列入了基本国策。进入新的世纪之际，人类并没有进入理想的天堂，我们还面临着太多的难题，还面临着太多的挑战，还潜伏着太多的危机。为了实现人与自然的和谐共存，为了实现人类文明的可持续发展，为了这个蓝色星球的美好未来，我们还需要做出艰苦的努力。

“横看成岭侧成峰，远近高低各不同。”处于世纪之交，不同国度、不同经历的人都会有着自己独特的世纪感悟。透过令人眼花缭乱的百年风云，我们隐约可以把握贯穿其中的几根主线。

这是两个文明高速发展的世纪。回首百年，20世纪是充满艰辛磨难的世纪，同时也是创造无与伦比的物质和精神财富的世纪。这是人类有史以来社会生产力发展最快的一百年，无论是从速度、总量还是水平上看，这个世纪的发展都超过了前19个世纪的总和。尽管今天生活在地球上的人们并没有都能过上好日子，贫富依然悬殊，南北还在分化，但人类物质财富的“蛋糕”无疑是做大了许多倍，越来越多的人民生活在逐步改善之中。物欲的膨胀与物质的追求也没有泯灭人类的良心，没有窒息人类建造美好精神家园的梦想。一个世纪以来物质文明与精神文明的共同发展，体现了人类社会文明进步的主流，也使我们对人类社会新世纪的未来充满信心。

这是两大主题贯彻始终的世纪。和平与发展作为世纪主题，成为一个世纪以来人类的崇高追求。战争与和平此消彼长，发展与停滞你进我退。20世纪的人们没有能够避免战争的惨剧，也没有能够有效地避免停滞的危机，给新世纪的人们留下了深刻的教训。15年前，邓小平同志就对此有过精辟的概括：“现在世界上真正大的问题，带全球性的战略问题，一个是和平问题，一个是经济问题或者说发展问题。和平问题是东西问题，发展问题是南北问题。概括起来，就是东西南北四个字。”其后，根据变化了的形势，他进一步指出：“现在旧的格局在改变中，但实际上并没有结束，新的格局还没有形成。和平与发展两大问题，和平问题没有得到解决，发展问题更加严重。”世纪之交，国际形势总体上趋向缓和，各国人民要和平、求发展的时代大趋势没有变，在可以预料的较长时期内，我们可以争取到一个和平的国际环境。但也要看到，霸权主义与强权政治在新形势下有新的发展，世界走向多极化的进程不会一帆风顺，天下仍很不太平。如何处理好和平与发展两大主题，是旧世纪留给新世纪的最大课题。

这是两大制度互争短长的世纪。社会主义从理论走向实践，社会主义阵营的出现，是20世纪最重大的历史事件。新生的社会主义制度与“垂而未死”的资本主义制度的较量贯穿于20世纪的始终。在20世纪的上半期，社会主义制度以其在占世界人口1/3的国度里所取得的伟大胜利震惊了世界；在20世纪的下半期，世界社会主义运动遭受严重挫折，再次震惊了世界；在20世纪的最后20

年，中国社会主义事业蓬勃发展，以其无限生机又一次震惊了世界。社会主义在20世纪的发展历程证明："社会主义经历一个长过程的发展后必然代替资本主义。这是社会历史发展不可逆转的总趋势……一些国家出现严重曲折，社会主义好像被削弱了，但人民经受锻炼，从中吸收教训，将促使社会主义向着更加健康的方向发展。"

这是两大趋势孕育发轫的世纪。经济的全球化和社会的信息化，是世纪之交伴随着世界经济发展和科技进步出现的两大趋势。高新科技迅猛发展和互联网络的迅速普及，将信息社会的图景日益清晰地展现在人们面前。而与此同时，生产要素跨越国界在全球范围内自由、全面、大量地流动，使得世界各国经济愈益相互开放和融合，各国经济的发展与整个世界经济的变动愈益相互影响和制约。经济全球化作为一个客观进程，无疑具有着两重性。国际经济交流在扩大，协调在增强，竞争在加剧，国家经济安全在凸显，每个国家都面临着全球化带来的机遇与挑战。世纪之交世界各国特别是大国之间的关系，集中表现为包括经济实力、科技实力、国防实力、民族凝聚力在内的综合国力的较量与竞争。发轫于20世纪末期的社会信息化和经济全球化趋势，将在新世纪释放其蕴藏的巨大潜能，进而极大地改变人类的生存方式，或许这正是旧世纪留给新世纪的一笔最宝贵的遗产。

中篇：世纪思考

站在历史的交接点上，回首百年前的中国，不禁令人扼腕而叹，唏嘘不已。

那是一个什么样的世纪之交啊？

就在那个世纪之交，不堪奴役与压迫的义和团揭竿而起，高举起"反清灭洋"的义旗。然而，血肉之躯加上长矛大刀，却难以抗拒"华尔"们的长枪火炮。义和团运动遭到侵略者血腥镇压，拳民的鲜血开启了中国人民一个世纪的反帝抗暴之路。

就在那个世纪之交，八国联军肆虐北京，烧杀抢掠，无恶不作。以保护使馆名义侵入中国的八国联军，不仅在大街小巷“逢人即发枪毙之”，且闯进民宅乱杀乱砍，京内尸积遍地，腐肉白骨纵横。侵略者竟然特许军队公开抢劫3日，北京“自元明以来之积蓄，上自典章文物，下至国宝奇珍，扫地遂尽”，所失“已数十万万不止”。

就在那个世纪之交，腐败的清王朝不得不与西方列强签下“城下之盟”，1901年签订的计有12款19个附件的《辛丑条约》，成为帝国主义用暴力强加在中国人民身上的沉重的殖民枷锁，列强得以大大加强在华的统治势力，进行野蛮的军事控制、政治奴役和经济掠夺，使旧中国完全沦为半殖民地半封建社会。条约规定的赔款按当时全国人口计算，竟达人均白银一两。如此勒索，旷古罕闻。被洋人吓破胆的西太后竟宣称，要“量中华之物力，结与国之欢心”。

黑云压城城欲摧。中国，一个具有5000年文明史的古老国度，一个拥有四大发明和无数优秀人类文明成果的泱泱帝国，就是这样带着斑斑血迹走进了20世纪。列强环伺，皇朝腐败，经济崩溃，民生凋敝，展现在中华民族面前的是一片濒临毁灭的悲惨景象。曾经在人类历史上创造过辉煌古代文明的勤劳智慧的中华民族，岂能甘心忍受这种屈辱？1902年启程赴日本留学的鲁迅先生愤然写下了这样的诗句：“灵台无计逃神矢，风雨如磐暗故园。寄意寒星荃不察，我以我血荐轩辕。”喊出了那个时代多少爱国者的满腔悲愤！

从那个血雨腥风的世纪之交，到今天国泰民安的世纪之交，中国人经历的这一个世纪，真正是天翻地覆，沧海桑田。历史场景的变换多么迅捷，历史人物的进退多么频繁，历史主题的演进多么深沉！中华民族经历了几多屈辱，几多血泪，几多奋斗，几多拼搏，几多欢欣，几多辉煌！

革命先行者李大钊说：“把人类的生活整个的纵着去看，便是历史；横着去看，便是社会。”百年中国社会的风云变幻，形成了一部波澜壮阔的中国近代史。变幻的社会风云，仅从具体的现象去看，只是无数人物的进退与事件的演化。而循着这些人物活动与事件演化的脉络深究其原因与结果，才可能摸得着被称为“社会历史规律”的东西。

百年中国历史发展的规律性东西是什么呢?

伟大的孙中山先生以反帝反封建为己任，并为此而鞠躬尽瘁。他领导的辛亥革命成功地结束了两千余年的封建帝制，却又把革命的成果拱手送到了封建军阀手中。他所建立的中华民国并未能从实质上斩断帝国主义列强强加在中国人民身上的锁链，中国半殖民地半封建的社会性质没有改变，民族民主革命的任务未能完成。在强大的帝国主义和封建势力的双重压迫下，软弱的民族资产阶级不可能领导中国革命取得成功。

毛泽东在《论人民民主专政》这篇重要著作中曾经“积二十八年的经验”，如同孙中山在其临终遗嘱里所说“积四十年之经验”一样，得到了一个相同的结论，即他深刻指出的：深知欲达到胜利，“必须唤起民众，及联合世界上以平等待我之民族，共同奋斗”。而只有中国共产党才能够做到这一点。也只有做到了这一点，中国才能获取民族独立、人民解放、国家现代化的条件与基础。

正是在中国共产党的领导下，中国人民在过去的一个世纪中，办成了三件大事：第一，完成了反帝反封建的新民主主义革命任务，结束了中国半殖民地半封建社会的历史；第二，消灭了剥削制度和剥削阶级，确立了社会主义制度；第三，开创了建设有中国特色社会主义的道路，把社会主义现代化的宏伟目标逐步化为现实。

百年中国史，是中国共产党人唤醒并团结全国民众反帝反封建的历史，是社会主义在中国传播、扎根、发芽、开花、结果的历史，是马克思主义与中国实际不断结合实现新飞跃的历史，是中国人民在党的领导下翻身求解放、改革奔富裕的历史。

100年的历史告诉我们，只有共产党才能救中国。中国共产党是用马克思列宁主义、毛泽东思想、邓小平理论武装起来的，以最终实现共产主义为历史使命的，有严明纪律和富于自我批评精神的无产阶级政党。如果没有这个党的领导，没有这个党在长期斗争中同人民群众形成的血肉联系，没有这个党在人民中间所进行的艰苦细致、卓有成效的工作和由此而享有的崇高威信，那么，我们的国家或者至今还在黑暗中摸索，或者由于种种内外原因而四分五裂，我们民族和人民的前途就只能被断送。尽管党也会犯错误，但是党同人民的血肉相连和亲密团结必定能够帮助我们纠正错误。削弱、摆脱和破坏党的领导，只会犯更大的错误，并且招致严重的灾难。这已经被历史所证明，并将继续被新世纪的实践所证明。

100年的历史告诉我们，只有社会主义才能发展中国。尽管今天我们尚处于社会主义初级阶段，但社会主义基本制度的建立已经显示其强大的生命力和优越性。我们在社会主义条件下取得了旧中国根本不可能企及的辉煌成就，把一个“一穷二白”的旧中国建设成欣欣向荣的新中国，并在向现代化宏伟目标迈进。当然，我们的社会主义制度由不完善到比较完善，必然要经历一个长久的过程，这就要求我们在坚持社会主义制度的前提下，不断改革那些不适应生产力发展需要和人民利益要求的具体制度。随着有中国特色社会主义建设事业向新世纪全面推进，社会主义的巨大优越性必将越来越充分地显示出来。

100年的历史告诉我们，只有把马克思主义与中国的具体实际结合起来，才能够找到一条正确的革命与建设道路。以毛泽东为代表的第一代中国共产党人实现了马克思主义与中国实践相结合的第一次飞跃，创立了毛泽东思想；以邓小平为核心的党的第二代领导集体认真总结中国和世界社会主义运动的经验教训，集中全党的智慧，找到了建设有中国特色社会主义的正确道路，把中国的马克思主义推进到了新的阶段，实现了第二次飞跃；以江泽民同志为核心的党的第三代领导集体坚定不移地贯彻建设有中国特色社会主义的理论、路线和一系列方针政策，把邓小平理论写到了党的旗帜上，并在新的实践中继续充实、丰富和发展了这一理论，科学地解决了全面推进建设有中国特色社会主义事业的跨世纪发展战略问题。

100年的历史告诉我们，只有始终代表中国先进社会生产力的发展要求，代表中国先进文化的前进方向，代表中国最广大人民的根本利益，我们的党才能肩负起时代的重托，始终立于不败之地。中国近代史上曾经旗帜纷杂，党派林立，为什么只有中国共产党能够脱颖而出，成为主宰中国命运的决定性力量？中国共产党建党之初，只有几十个党员，为什么能够从小到大，由弱到强，成为今天拥有6100多万名党员的执政党？为什么只有在中国共产党的领导下中国人民才能战胜曾经比自己强大得多的国内外敌人，建立起社会主义的新中国，进而取得社会主义建设的巨大成就？所有这一切，就在于只有中国共产党能够始终从根本上促进中国社会生产力的发展，推动中国文化的进步，切切实实地为人民办实事、谋利益，代表中国人民的根本利益。这是我们党全部力量的源泉所在，也是党所开创和领导的事业不断成功和发展的奥秘所在。世纪之交，江泽民同志提出的“三个代表”的重要思想，从根本上回答了我们应该建设一个什么样的党、怎样建设党的问题，是我们的立党之本、执政之基、力量之源。面向新世纪，面对更为复杂的形势和更为艰巨的任务，党要固本强基，保持永续不竭的动力和活力，就必须始终坚持“三个代表”，当好“三个代表”，始终走在时代的前列。

在以“把建设有中国特色社会主义事业全面推向二十一世纪”为主题的党的十五大上，江泽民同志指出：“百年巨变得出的结论是：只有中国共产党才能领导中国人民取得民族独立、人民解放和社会主义的胜利，才能开创建设有中国特色社会主义的道路，实现民族振兴、国家富强和人民幸福。”

这就是从中国一个世纪的变迁中，从中国共产党80年的奋斗中，从新中国50余年的建设中，从改革开放20多年的探索中，从这个世纪后10年的新发展中，必然得出的无可辩驳的历史结论。

让历史告诉未来。让未来铭记历史。

下篇：未来展望

站在历史的交接点上，品味一个世纪的沧桑巨变，展望新世纪的美好前程，不禁令人心潮澎湃，热血沸腾。

过去的100年，是中国从积弱走向富强、民族从奴役走向独立、人民从贫困走向小康的100年。未来的100年，必将是国家更加强盛，民族更加兴旺，人民更加富裕的100年。

过去的100年，是中国共产党领导的新民主主义和社会主义事业在中国蓬勃发展、赢得胜利的100年。未来的100年，必将是社会主义现代化建设目标如期实现、有中国特色社会主义事业走向更大辉煌的100年。

在中国的社会主义制度确立之际，毛泽东同志在纪念孙中山先生诞辰90周年时说："再过45年，就是2001年，也就是进入21世纪的时候，中国的面目更要大变。中国将变为一个强大的社会主义工业国。"今天，人们高兴地看到，毛泽东同志的预言已经实现。

在最近的20年中，我国的国民生产总值持续以平均10%以上的幅度增长。世所公认，这是我们追赶世界先进水平步子最大、速度最快的时期。中华民族犹如东方巨人屹立在世界民族之林，先贤们曾经遥不可及的梦想如今已经成为或者正在变为现实。可以想见，当率先开矿设厂办洋务的张之洞看见中国的粮食、煤炭、电器、纺织品车拉船载进入美国、进入欧洲、走向世界各地，当草创中国民族工业的张謇看见中国的钢铁过亿吨、卫星上太空、战鹰翔蓝天、潜龙入深海，当拟定了无数的《强国方略》《建国大纲》的孙中山看见中国的铁路纵横、港口通达、井架林立、水坝高耸……他们会含笑九泉！

世纪之交的中国，是生机盎然的国度；世纪之交的国人，是意气风发的人群。在复杂的国内外形势下，经过全党和全国各族人民的共同努力，第九个五年计划胜利完成，国民经济和社会发展取得巨大成就。20多年的改革开放和发展，使我国的生产力水平迈上了一个大台阶，商品短缺状况基本结束，市场供求关系发生了重大变化；社会主义市场经济体制初步建立，市场机制在配置资源中日益明显地发挥基础性作用，经济发展的体制环境发生了重大变化；全方位对外开放格局基本形成，开放型经济迅速发展，对外经济关系发生了重大变化。我们已经实现了现代化建设的前两步战略目标，经济和社会全面发展，人民生活总体上达到了小康水平，开始实施第三步战略部署。这是中华民族发展史上一个新的里程碑。

"你可知Macau不是我真姓？我离开你太久了，母亲！但是他们掳去的是我的肉体，你依然保管我内心的灵魂……"75年前，诗人闻一多怀着国破家亡的悲愤，写下了沉痛感人的《七子之歌》。在一年前澳门回归的庆典上，由《七子之歌·澳门》谱写的动人旋律传遍了神州大地。在即将结束的这个世纪里，与祖国母亲分离的孩子们陆续回到母亲的怀抱，香港回归了，澳门回归了，祖国统一的大潮奔涌向前，写下了一个个有如丰碑耸屹的历史华章。实现祖国的完全统一，是海内外全体华夏儿女的共同心愿，是新世纪中华民族的最大期待。一百年来乃至几千年以来，中华民族经历了多少聚与散、分与合的反复。但分离毕竟是短暂的支流，聚合却是不可逆转的主流。两岸关系虽然时有暗流涌动，但祖国统一的大势不可阻挡。"我们将继续坚持'和平统一、一国两制'的方针，在实现香港和澳门顺利回归以后，最终完成台湾与大陆的统一。"中国人民这一不可动摇的意志，必将在新的世纪变成美好的现实。

新世纪是中华民族圆梦的世纪。统一之梦能圆，复兴大业可期。实现中华民族的伟大复兴，是一个长期的历史过程，需要几代人的努力。在这个漫长过程中，我们已经历了若干个具体的发展阶段，还要继续经历若干个具体的发展阶段。从新世纪开始，我国将进入全面建设小康社会，加快推进社会主义现代化的新的发展阶段。不久前召开的党的十五届五中全会通过了《中共中央关于制定国民经济和社会发展第十个五年计划的建议》，对新世纪第一个五年计划作出了部署。根据党的十五大提出的远景目标，明确了"十五"期间经济和社会发展的主要目标，这就是：国民经济保持较快发展速度，经济结构战略性调整取得明显成效，经济增长质量和效益显著提高，为到2010年国内生产总值比2000年翻一番奠定坚实基础；国有企业建立现代企业制度取得重大进展，社会保障制度比较健全，完善社会主义市场经济体制迈出实质性步伐，在更大范围内和更深程度上参与国际经济合作与竞争；就业渠道拓宽，城乡居民收入持续增加，物质文化生活有较大改善，生态建设和环境保护得到加强；科技教育加快发展，国民素质进一步提高，精神文明建设和民主法治建设取得明显进展。

蓝图鼓舞人心，伟业催人奋进。中国人民有信心、有条件、有能力在新世纪完成民族复兴的大业。但是我们也应清醒地认识到，通向新世纪的道路并不都是平坦的。我国的现代化建设还面临着不少困难，还存在着一些制约因素。比如，我国经济整体素质依然不高，需要进一步转变经济增长方式，提高经济效益；经济体制改革还处于攻坚阶段，还要破解一些绕不过去的难题，特别是在调整经济结构、加快科技进步、推进国有企业改革以及理顺社会分配关系等方面，都需要付出艰巨的努力；从长远发展看，还有人口、资源、环境的压力。我国人均占有资源低于世界平均水平，随着经济规模的扩大，资源短缺的矛盾会越来越突出，环境问题也会越来越尖锐；在各种文化交融、各种思潮激荡的今天，随着所有制形式的多样化、社会组织的多样化、生活方式的多样化、就业形式的多样化，人们的思想观念、道德文化发生了深刻而复杂的变化，思想政治工作面临新的课题，社会主义精神文明建设任重道远；作为发展中国家，我们在国际上受到霸权主义和强权政治的挑战，在激烈的国际经济和科技竞争中也处于不利地位。

挑战与机遇并存，希望与困难同在。一方面，我们要看到有利条件，坚定信心，深化改革，扩大开放，加快发展；另一方面，又要清醒地看到不利条件，居安思危，积极而又谨慎地做好各方面工作。客观分析中国经济跨世纪发展的有利条件和不利因素，我们有理由相信，我们完全有能力抓住机遇，迎接挑战，使我国的社会主义现代化建设事业不断向前迈进，保持国民经济持续快速健康发展的良好势头，在新的世纪实现社会主义现代化建设目标。正如邓小平同志曾经指出的：“现在，我们国内条件具备，国际环境有利，再加上发挥社会主义制度能够集中力量办大事的优势，在今后的现代化建设长期过程中，出现若干个发展速度比较快、效益比较好的阶段，是必要的，也是能够办到的。我们就是要有这个雄心壮志。”

走向新世纪的号角已经吹响。在世纪交替之际，展望共和国的未来，展望中国社会主义事业的前程，中国人民充满信心。这信心，不仅来源于中国经济持续快速健康发展、两个文明同步前进的良好势头，更来源于实现跨世纪发展蓝图的坚强保障。

我们满怀信心，因为我们的旗帜更鲜明了。经过几十年的探索，我们党找到了一条建设有中国特色社会主义的正确道路，创立了当代中国的马克思主义——邓小平理论。邓小平理论已经成为全党的指导思想，成为指引中国实现跨世纪发展的光辉旗帜。有了邓小平理论这个主心骨，我们就能任凭风浪起，稳坐钓鱼船，就能真正做到抓住机遇而不丧失机遇，开拓进取而不因循守旧。

我们满怀信心，因为我们的蓝图更清晰了。邓小平同志提出的“三步走”的现代化战略步骤正在顺利实施，党的十五大进一步规划了新世纪的发展蓝图。我们要在第一个10年实现国民生产总值比2000年翻一番的目标，使人民的小康生活更加宽裕，形成比较完善的社会主义市场经济体制；再经过10年的努力，到建党100年时，使国民经济更加发展，各项制度更加完善；到世纪中叶新中国成立100周年时，基本实现现代化，建成富强民主文明的社会主义国家。

我们满怀信心，因为我们的经验更丰富了。在几十年的建设中，特别是改革开放20年的探索中，我们积累了丰富的正反两个方面的经验教训，形成了一套比较系统、科学、配套的政策和对策，有利于我们把握国情，总结规律，少走弯路，研究新情况，解决新问题。

我们满怀信心，因为我们的凝聚力更强了。始终坚持“三个代表”的中国共产党更加坚强团结，与人民群众的联系更加紧密。爱国统一战线发展壮大，各民族的大团结进一步巩固和发展。人民群众迫切希望保持社会政治稳定的局面，一心一意搞现代化，人心所向具有不可估量的巨大力量。

我们满怀信心，因为我们党的领导集体更成熟了。以江泽民同志为核心的第三代领导集体领导全国人民经受了国际国内政治风波的严峻挑战，战胜了亚洲金融风暴和严重自然灾害的冲击，正牢牢把握着中国现代化建设的航船，胜利驶向21世纪。

在迎接新千年的盛大庆典上，江泽民同志指出：“我们坚信，在新世纪里，中国人民将坚定不移地沿着建设有中国特色社会主义道路继续前进，中国的社会主义制度将经过不断改革而更加巩固和完善，中国的发展将通过各个地区的共同进步达到普遍繁荣，中华民族将在完成祖国统一和建立富强民主文明的社会主义现代化国家的基础上实现伟大的复兴！”

这是新世纪向中华民族的召唤，这是中华民族面向新世纪的宣言。

新世纪的钟声即将敲响，新世纪的曙光即将闪现，新世纪的航船即将启锚。让我们敲起锣鼓，奏响新世纪的乐章；让我们张开双臂，拥抱新世纪的太阳；让我们举起如椽的笔，在锦绣大地上书写中华民族又一个百年辉煌！

（原载2000年12月25日《经济日报》，获2000年度《经济日报》“十大新闻精品”奖。《政工研究文摘》杂志2001年第1期转载；入选《经济日报优秀作品选》，经济日报出版社2003年2月出版）

树立新的择业观

编辑同志：

很多地方都有这样的情况，一方面是有人没事干，一方面是有事儿没人干。有的城市大规模清退农民工，可腾出的岗位城里人还不愿上。为什么会出现这种情况？

——读者

“有人没事干，有事没人干”，据我们了解，是带有普遍性的现象。这种现象说明，解决下岗职工的再就业问题，不仅要靠政府部门的努力，靠全社会的支持、配合，更重要的还要靠职工自身的观念转变。

如何对待选择职业的观念，我们可以把它叫作“择业观”。新时期需要新的择业观。在过去几十年中，我国的劳动人事制度是以计划经济为基础的。高就业、低工资。一次就业，终身不变。政府行为在就业过程中起着决定性的作用，个人选择职业的余地不大。随着社会主义市场经济的发展，市场机制逐步在资源的配置上发挥决定性的作用，与此相适应的新的劳动人事制度逐步形成，于是有人待业，有人下岗，有人再就业，每一个劳动者都必须面对如何选择职业的课题。体制基础发生了根本性的变化，面对新的制度，新的环境，如果我们的观念还停留在过去的时代，还按照“大锅饭”“铁饭碗”情况想问题，就会在新环境面前感到手足无措，无所适从，甚至错失新的发展机会。

树立新的择业观是一个大题目，既包括了宏观上如何看待就业的问题，又包括了微观上如何选择职业的问题。这里我们先谈一谈宏观上应该着重解决的四个认识问题。

第一，要看到市场经济条件下存在一定程度失业问题的必然性、长期性。有些职工在再就业问题上之所以抱有过高的期望值，高不成，低不就，就因为他们相信“既然有人失业，政府就不能不管”。政府当然会管，但在市场经济条件下，政府的目标是就业最大化，而不是绝对化。既然我们确立了市场经济的体制目标，既然我们承认劳动力也是商品，再加劳动力供求关系和结构关系的变化，总会有一定数量的剩余劳动力存在。市场经济为主导的国家都存在着失业问题，只有失业率高低的不同，而没有有无的区别。我们搞社会主义市场经济，也不可能例外。在用人问题上，政府现在不可能包下来，今后也不可能包下来。

第二，要看到市场调配劳动力资源的特征是流动，要学会在流动中寻找机会。市场优化配置资源的方式是合理流动，资金、商品要流动，劳动力同样要流动。没有流动就无所谓交换，也就不可能产生效益。劳动力的流动不但可以使劳动者找到合适的工作岗位，使用人单位选择到需要的人才，而且能够更进一步激发劳动者更新知识、提高素质、创造性地工作的积极性，最大限度地挖掘劳动力自身的潜力。我们现在的问题不是流动得太多，而是流动的机制并没有完全建立起来，流动的过程中还存在着体制的障碍，因此进一步促进流动是深化改革的重要内容。俗语说：“人挪活，树挪死。”比起计划经济的分配机制来讲，市场经济的流动机制无疑更具活力，更利于人才的成长和发展。在一个流动性强的市场中，待业、下岗都是暂时的，是流动中的一个过程，而不是结果。从流动的角度看待下岗，就大可不必悲观失望。机会在流动中产生，要学会在流动中发现机会，抓住机会。因为有了流动的机制，劳动者不必“从一而终”，有了自主选择职业、岗位的权利，这是一种进步。其实，在南方一些地方，因为人们习惯了在流动中就业的观念，“下岗”已不再是可怕的事了。

第三，要看到劳动力的过剩是相对的，机会永远存在。当前的就业问题，既有总量的问题，也有结构的问题。所谓“结构问题”，就是还有许多新的就业领域有待开拓。在一个持续、快速、稳定发展的宏观经济背景下，就业的路子只会越走越宽，而不可能越走越窄，关键要转变观念，打开思路，放开眼界。再就业不能局限于原来的行业、职业，完全可以到更广阔的天地里施展才干。一些职工从过剩的加工工业中转移出来，可以在新的经济增长点中找到位置。今后我国在“住”的问题上将有新突破，住宅建设是加快发展的产业，可以吸纳较多的劳动力。与第二产业比起来，第三产业的发展面临着更大的机遇。信息产业、社会服务和家庭服务业既为社会急需，又能吸收较多的人员。农业的产业化也为城市富余人员的再就业提供了机会。在这些方面，都有一些下岗职工找到了自己的用武之地。他们的成功做法为我们提供了有益的启示。

第四，要看到劳动力的买方市场对劳动者的素质提出了新的要求。竞争是市场经济的主题，在市场经济条件下，就业靠竞争，上岗凭本事。劳动者必须具备适应市场变化和新的职业要求的能力，具有不断开发潜能、提高劳动技能的能力。在新旧体制转换、经济结构调整时期，劳动力市场压力大了，岗位竞争会更激烈，对劳动者素质的要求也更高了。“有事没人干”，不光是有些岗位人们不想去，还因为有些岗位人们不适应，干不了。老话说：艺多不压身。多一门技能，就多一种选择，多一条出路。无论是在职职工还是下岗职工，都要有危机感，积极参加各种形式的培训，在学习和工作中努力提高职业素质和知识技能，以适应竞争上岗的新趋势。

（原载1998年2月13日《经济日报》，与冯并合作。获第九届中国新闻奖二等奖。入选《经济日报优秀作品选》，经济日报出版社2003年2月出版；《见证·参与·推动——〈经济日报〉创刊30周年优秀作品选》，经济日报出版社2013年1月出版）

【作品点评】

1998年初，中央根据经济工作会议精神，加大国企改革力度，加快下岗分流再就业步伐。《经济日报》编辑部选准题目，在一周之内，完成5篇相关评论。

本文是关于下岗分流再就业的一组评论中的第一篇。语言比较平实，尽力摆脱评论气与说教气。文章也比较短。这篇评论发表时间早，时效较强，影响也比较好。

[转自《中国新闻奖作品选（1998·第九届）》，新华出版社2000年1月出版]

孔繁森启示录

我们的干部需要怎样的作风

孔繁森的事迹感人至深。认真读一读孔繁森同志的事迹，给我们留下的不应该仅仅是感动的泪水，还应该有一些有益的启示。对于各级领导干部来说，尤其应该认真读一读孔繁森同志的事迹，从孔繁森走过的道路中得到启迪，受到教益。

孔繁森是一个很“干脆”的人。他工作几经变动，却没有挑肥拣瘦、讨价还价的习惯。两次进藏之前，组织上征求他的意见，他每次都是一句话：“我是党的干部，服从组织安排。”当得知要从日喀则地委宣传部副部长的岗位改派到海拔4700多米的岗巴县工作时，他的回答依然很痛快：“我年纪轻，没问题，大不了多喘几口粗气。”

——“干脆”的背后，是一个党员干部坚强党性的体现；是服从大局、服从党和人民需要的无私奉献精神的体现。

孔繁森又是一个很“较真”的人。作为一名援藏干部，他没有“短期过渡”的想法，却扑下身来，与当地干部和藏族同胞一起，摸情况，找优势，要项目，筹划地区经济发展的大计。当特大暴风雪席卷高原的时候，他不是坐在办公室里发指示，而是直奔灾区部署、检查救灾工作，挨家挨户走访灾民，送温暖，解忧难。

——“较真”的背后，是一个领导干部对党和人民负责的精神；是求真务实、踏实苦干的作风。

孔繁森还是一个很“大方”的人。他没有利用职权谋取私利，却把节省下来的有限的工资大部分花在藏族群众身上。长期收养藏族孤儿，经常为患病的藏胞送医送药，为有困难的群众慷慨解囊……他最喜爱的名言是：“一个人爱的最高境界是爱别人，一个共产党员爱的最高境界是爱人民。”

——“大方”的背后，是一个共产党员炽热的爱心、博大的情怀。

记者们为关于孔繁森事迹的报道起了一个很贴切的标题：领导干部的楷模。这不由使我们想起当年关于焦裕禄同志的报道：《县委书记的好榜样》。从焦裕禄到孔繁森，是两代党员领导干部的典范。在他们身上，集中体现了我们党的优良传统和作风，体现了党的干部为人民服务的职责，对人民负责的精神。二十世纪五六十年代，我们需要焦裕禄式的干部；在改革开放的九十年代乃至新的世纪，经济发展了，条件不同了，但我们党的宗旨没有变，干部的作风不能变，我们仍然需要大力发扬党的优良传统和作风，需要千千万万个焦裕禄、孔繁森。

有些同志读了孔繁森事迹的报道，有些将信将疑。怀疑是不是记者们“笔下生花”，或者有关部门因为树“典型”的需要而有意拔高了一截。这些同志之所以产生这样那样的疑虑，也许因为在他们身边，孔繁森式的领导干部确实并不多见。相反，人们看惯了、听惯了一些领导干部搞官僚主义、弄虚作假、任人唯亲、争权夺利、贪污受贿、以权谋私的种种事实或传闻。尽管我们干部队伍的主流无疑是好的，但少数人中确实存在着种种消极因素和腐败现象，确实在人民群众中造成了极为恶劣的影响，损害了领导干部队伍的形象，损害了我们党的形象。加强干部队伍的思想作风建设，是当前重要而紧迫的工作。

我们的干部需要什么样的作风？孔繁森同志的所作所为，为人们提供了一张生动形象的答卷。学习孔繁森，最主要的是学习他的可贵品质和优良作风，要像孔繁森那样对待人民；像孔繁森那样对待工作；像孔繁森那样对待困难；像孔繁森那样对待权力；像孔繁森那样对待待遇……

因为我们党有许许多多孔繁森式的干部，所以我们说，我们干部队伍的主流是好的；因为我们的干部队伍中还将涌现出千千万万个孔繁森式的“带头人”，所以我们有理由说，我们的党、我们的事业大有希望。

（原载1995年4月10日《经济日报》）

我们的事业需要怎样的精神

每个人都有每个人的“活法”。“活法”的不同，生活的质量也就有所不同，而人品的质量也随之分出了高下。

设想一下，孔繁森完全可以换一种“活法”。

比如说：第一次进藏，只要他坚持，或者“活动活动”，他有理由留在日喀则当地委宣传部的副部长，而不去更艰苦的岗巴县工作；第二次进藏的时候，只要他实事求是地把家庭的困难向组织上讲清楚，相信他也能继续留在家乡当他的副专员。

又比如说：无论是当副专员、副市长，还是当地委书记，大小也是个地市级的“高干”，不说搞贪污受贿之类的违法勾当，只要心眼活泛点，手法高明点，有“公费吃喝”“公款消费”垫底，总不至于“经常就着榨菜吃白饭”，节俭到“连块香皂都舍不得买”，甚至身后只留下八元六角的遗产。

还比如说：藏区经济发展基础薄弱，条件较差，作为地委书记，可以提提口号，下下指标，用不着犯“急躁情绪”；要想出政绩，还可以在汇报材料上下点功夫，在统计数字上想想办法嘛。

行动是一种选择。在古文字中，“行”的象形义就是十字路口。人生是一个面对一个接一个的“十字路口”进行选择的过程。对照孔繁森用行动作出的选择，人们出以“常情”为他作出的种种“设想”，都显得那样苍白、屑小。

人们怀念孔繁森，人们为孔繁森的事迹流泪不止，就因为在孔繁森身上，体现了人格的尊严，体现了精神的力量。孔繁森无疑是清贫的，但他无疑又是富有的。因为他拥有人世间最崇高的使命、最广阔的胸襟、最高尚的精神境界。

人总是要有一点精神的。越是在艰苦的地方，越是处于复杂的环境，越是干困难的事业，越是要有精神的支柱。孔繁森生活上艰苦朴素，工作上埋头苦干，作风上求真务实，能吃苦，敢拼命，就因为他牢记党的宗旨，心系人民的疾苦。当有人劝他早点离开藏区回家乡时，他的回答是：“共产党员无论在哪里工作都是党的干部。越是边远贫困的地方，越需要我们为之拼搏、奋斗、付出，否则，就有愧于党，有愧于群众。”当随他出差的干部对过于简单的饮食有抱怨的时候，他动感情地说：“想想灾区那些还在饿肚子的群众，大鱼大肉咱能吃得下吗！”

艰苦的环境、清贫的生活是对人的一种考验。而当经济发展了，物质条件改善了的时候，能不能发扬先人后己、无私奉献的传统，能不能坚持艰苦创业、励精图治的精神，能不能葆有谦虚谨慎、求真务实的作风，是对我们党的干部更严峻的考验。君不见，在孔繁森风尘仆仆奔波于风雪高原的时候，有多少人在高楼深院中爬“文山”，游“会海”，高谈阔论，颐指气使；在孔繁森在河边喝雪水，守着小摊吃面条的时候，又有多少人揣着公款走进豪华酒楼、“卡拉OK”；在孔繁森为养育藏族孤儿而数次卖血的时候，又有多少人难以抗拒金钱的诱惑，从人民的公仆蜕变为人民的罪人。对于我们每一个党员、干部来说，孔繁森就是一面镜子。学习孔繁森，就是要拿起这面镜子认真仔细地照一照，照出我们的不足。

是的，我们的国家在走向繁荣，我们的事业在走向兴旺。但如同邓小平同志指出的：“我们的国家越发展，越要抓艰苦创业。”我们面临的困难很多，前面的路还很长。“伟大的创业实践，需要有伟大的创业精神来支持和鼓舞。”

愿更多的党员、干部从孔繁森同志的事迹中汲取精神的力量，真正成为艰苦创业精神的倡导者和实践者。

（原载1995年4月11日《经济日报》）

我们的时代需要怎样的英雄

孔繁森是英雄吗？拿人们已经习惯了的“英雄观”来衡量，可能是值得怀疑的。

他当过兵但没有上过前线；他当了官还谈不上什么“丰功伟业”；他救过灾并没有献出生命；他给许许多多的老人、孩子带去温暖，却找不到“挡惊马”“下急流”之类的壮举；当他生命终结的时候，也没有“惊天地、泣鬼神”的壮丽瞬间，而是一次令人痛惜的车祸。

但无论是熟识他的同事、同乡还是刚刚知道他的普通群众都不会怀疑，孔繁森就是我们时代的英雄。在西藏拉萨，数千名各族群众在清明那天聚集在烈士陵园，祭奠烈士，追忆英雄；在山东聊城，朴实的乡亲自愿集资建孔繁森纪念馆，还要塑孔繁森像、修孔繁森路；在北京大学校园，师生们为孔繁森事迹报告感动不已，大学生们说：“我们渴望大力宣传孔繁森这样的时代英雄，为我们提供学习的楷模。”

读孔繁森同志的事迹，人们都有这样的印象：他是一个平凡的人，一个平凡的好人。平凡得就像我们身边的兄长，有血有肉，有爱有恨，有喜有悲。他干的是一件件平凡的小事，平凡到我们每个人都可以一试。然而，正是这一桩桩一件件平凡的小事中，透析出一个高尚的灵魂，体现了一个英雄的品格。平凡之中孕育着崇高与伟大，具有更强烈的震撼力和感染力。

时势出英雄。今天，我们处在一个和平的时代，建设的时代。虽然没有战火硝烟，没有枪林弹雨，但我们的时代不能没有英雄气概。我们的时代应该崇敬什么样的英雄？不是那些靠浮夸虚报、投机钻营混得高官显爵的所谓“公仆”；不是那些靠违法经营、偷税漏税而先富起来的“大款”；不是那些满天下

“走穴”、打着“义演”招牌骗钱的“明星”……而是那些守法经营、诚实劳动、先富起来又回报社会的人；那些开拓进取、清正廉明、克己奉公的党员、干部；那些充满敬业精神，热爱本职工作，默默地在各自岗位上为社会作出奉献的工人、农民、知识分子；那些以青春和热血换来国防稳固、社会安宁的解放军指战员、武警官兵……英雄就在我们身边。每一个有理想、有抱负的人都可以走上英雄的道路。

孔繁森英年早逝，令人痛惜。他是不幸的，但他又是幸运的。他的英名在人民群众中传播，他的业绩受到党和政府的褒扬，他的情怀激励着千千万万的人们。然而，在今天的社会中，并不是所有的“行好事者”都得到“好报”的。在湖北，不是有人因抢救落水儿童致残，却得不到被救儿童家属和社会的承认吗？在山西，不是有人因为救护被撞老人反遭误解、背上“黑锅”了吗？不是还有人因为抵制违纪行为而丢掉了“饭碗”，有人因为反映真实情况而受到打击报复吗……以至于有人提出“为什么做好事这么难？”的问题，这难道不发人深省吗！在号召人们向孔繁森学习的同时，我们的干部人事部门、宣传舆论机构及至全社会的人们都不应该忽视这样一个课题：如何更好地给活着的雷锋、焦裕禄、孔繁森们以关心、支持、温暖。不让老实人吃亏，不让正直人受打击，不让行好事者遭误解，不让贡献大的人处窘境。只有在全社会真正形成崇尚正气、热爱英雄的环境和氛围，我们的时代才能真正成为英雄辈出的时代。

英雄已去，浩气长存。我们的时代呼唤着千千万万个孔繁森式的英雄。

（原载1995年4月13日《经济日报》。该系列评论获1995年度《经济日报》“十大新闻精品”奖）

【作品点评】

最近在贵报一版上看了三篇署名“本报评论员”的《孔繁森启示录》，颇有感想。文章对孔繁森的思想、品质、心境、作风、形象都写得很透彻，非常有时代色彩。文章以启示录的形式来写评论，超脱了过去常见的论文式、说教式、八股式的写法和文风，看了令人信服。评论是报纸的舆论导向和工作指导，但是评论文章要写好实在不容易。道理太多了没人看；写得太一般了让人看了如同嚼蜡，没有味道。

《孔繁森启示录》之所以写得好、写得透，给人以启迪，关键在于评论员自己首先学得深，对孔繁森同志的先进思想和先进事迹了解得透彻，把自己摆在学的位置上，这样写出的文章思想境界就不一样了。不是东抄西抄，想一句写一句的说教式文章，而是我学他学相结合，体会和评论相结合，读起来自然就有说服力了。我认为这是贵报一次改革性的有益尝试，如果继续下去，人们将会从贵报上看到更多更好富有启示性的评论文章，从中受到启迪。

（摘自经济日报内刊，作者：严志康）

公仆意识纵横谈

公仆与权力

近期，关于领导干部的思想、作风等方面的议论多起来。孔繁森同志被誉为“领导干部的楷模”，他的事迹广为传播，在人民群众和党员、干部中引起强烈的震撼，向孔繁森同志学习的活动日渐深入；与此同时，极少数领导干部以权谋私、贪污受贿、触犯法律的大案要案相继被揭露、被查处，引起人民群众的议论和深思。

孔繁森是一面镜子。而那极少数被揭露、被查处的党员领导干部，也是一面面镜子。正反两个方面的典型都在提醒我们，必须加强干部队伍的思想作风建设，增强各级领导干部的公仆意识。

什么叫领导？领导就是服务。什么叫干部？干部就是公仆。在我们这样一个社会主义国家中，各级干部无论职位高低、权力大小，都是人民的勤务员，都是人民和社会的公仆。这既是由我国人民群众当家作主的国家体制决定的，也是由我们党全心全意为人民服务的宗旨决定的。在社会主义时代，没有与生俱来的世袭的权力；领导干部的权力既不是上级领导的赏赐，也不是自己伸手争来的特权。国家的根本大法《宪法》明确规定，“一切权力属于人民”，各级领导干部仅仅是接受人民的委托，集中人民的意志，受到人民的监督，代表人民去行使权力。

如何看待权力，如何运用权力，是看一个干部到底是公仆还是官僚、老爷的重要标志。树立正确的权力观，为官一任，可富民一方；为官一任，可安民一方。陆游诗云：“万钟一品不足论，时来出手苏元元。”当代共产党人的权力观，当然要比这种封建士大夫的“官念”有着更高的境界。今天，虽然党风和社会风气存在这样那样的问题，但干部队伍中有张鸣岐式的市委书记，有孔繁森式的地委书记，有一大批焦裕禄、张鸣岐、孔繁森式的领导干部。在这些模范共产党人看来，职务只是责任的标志，权力只是为人民服务的手段。他们用自己的毕生实践证明，他们是人民的公仆而不是人民的老爷。

然而，不能不看到，今天确实有个别领导干部忘却了公仆的本色，他们把权力的尊严看成是个人的权威，把权力的效能当作个人的神通，因为身居高位握有重权而骄傲起来，自觉不自觉地把自己摆到了“主人”的位置，把权力当成了谋取更大权力的工具，当成谋取个人私利的工具。

有人相信，“权能生钱”。于是滥用职权，索拿卡要，卖批文，要回扣，不给好处不办事，给了好处乱办事。利用党和人民赋予的权力侵吞国家、集体资财，化公为私，以权换钱。

有人相信，“有权就有一切”。于是不思进取，贪图享乐，滋滋于公款消费，穿梭歌厅舞榭；碌碌于公款旅游，奔走异国他乡。甚至知非而行，恶习不改，竟有县委书记聚众豪赌、副市长结伙嫖娼之类的丑闻发生。

有人相信，“权比法大”“权就是法”。于是把个人凌驾于组织和法律之上，上不听组织打招呼，下不怕群众提意见，独断专行，霸气十足。甚至利用职权欺压群众，为害一方，以权抗法。

有人相信，“有权不用，过期作废”。于是用人唯亲，拉帮结派，“一人得道，鸡犬升天”，把权力变成为亲朋好友找肥缺、农转非、工作调动、入党提干的“通行证”；当要退下来的时候，不是抓紧时间作贡献，而是争分夺秒要待遇、留后路。

种种以权谋私、弄权为非的腐败现象的滋生，不是权力本身的过错。一些人在新形势下放松了世界观的改造，淡忘了党的干部的本色与传统；一些人在改革开放的条件下难以抵御各种剥削阶级思想的侵蚀，成为金钱和物质享受的俘虏；一些新走上领导岗位的年轻同志没有经过战争年代的洗礼和困难时期的考验，对于高位重权的重大责任和历史使命缺乏深刻的理解和认识。而客观上，由于干部培养选拔任用制度上存在的一些弊端，长期以来还没有真正形成能者上、庸者下、优者胜、劣者汰的用人机制，还不能从制度上保证走上领导岗位的人都是党性强、素质好、值得人民群众信赖的人；与此同时，又缺乏对权力进行监督和制衡的机制，而“没有监督的权力必然导致腐败”。

当孔繁森成为人民群众追念的英雄的时候，一些领导干部以权谋私、违法乱纪的大案要案相继受到查处，一些腐败分子被清除出我们的干部队伍，表明了党和政府坚决惩治腐败的决心。近来，中央相继出台了一系列领导干部廉洁自律的政策规定，制度在完善，法制在健全。党和政府用行动宣示，任何人视权力为儿戏，玩权术于股掌，滥用人民群众和组织的信任，必然要受到党纪国法的制裁，受到人民群众的唾弃。

当我们拥有权力的时候，勿忘责任；当我们运用权力的时候，勿忘宗旨；当我们感受到权力带来的某些便利的时候，勿忘党和人民的监督。

（原载1995年6月12日《经济日报》）

公仆与金钱

如同对待权力一样，怎样看待金钱，也有两种截然不同的态度。

孔繁森同志因公殉职的时候，人们在他的身边只找到了八元六角钱的遗产。他不是不缺钱花，又掌握一定的权力，少不了种种合法不合法的发财门路，然而他却在金钱的诱惑面前把握住了自我。他工资有限，生活清贫，却把节省下来的工资大部分花在藏族群众身上。

我们的干部队伍中不乏孔繁森式的清正廉明的干部，但也确有一些人的所作所为与孔繁森的事迹形成了鲜明的对照。有的同志经受了战火的考验，不曾被敌人的子弹所击中，却被剥削阶级的腐朽思想所打败，晚节不保；有的人曾是改革时期的风云人物，在改革和建设中立过功，受过奖，却因为贪欲断送了前程；有的人从普通劳动者走上领导岗位，却因为权力带来的种种便利而迷失方向，竟然变本加厉地向社会索取额外的报酬。

权钱交易是当前腐败现象的一个突出特征。要制止权钱交易的蔓延，需要完善规章，严肃党纪，加大对腐败行为的打击力度；与此同时，还要增强领导干部的公仆意识，使更多的党员、干部懂得，作为人民公仆，需要怎样的金钱观。

对于金钱的认识，有一个变化的过程。在极左思潮甚嚣尘上的时代，金钱被看作“万恶之源”，财富成为剥削阶级的象征，一切使人们的生活过得更舒适更美好的愿望都被打上资产阶级的烙印。在极左思潮破产之后，我们终于明白，今天的社会，还不是能够用金子在闹市造厕所的时候。尊重经济规律，追求经济效益，鼓励人们通过诚实劳动富裕起来，甚至允许一部分人先富起来，所有这一切变化，实质上体现了我们党实事求是的精神，体现了我们对社会主义本质认识的深化，体现了社会的进步。

金钱不是万恶之源。然而，追逐金钱的过程却可能衍生许许多多疯狂与罪恶。按照法国哲学家卢梭的说法：“我们手里的金钱是保持自己的一种工具；我们所追求的金钱，则是使自己当奴隶的一种工具。”恢复金钱在经济生活中的地位和名誉，并不意味着提倡在整个社会生活甚至政治生活中引进“一切向钱看”的原则，不意味着提倡把金钱当作人们唯一的和终极的追求。今天，我们在为建设社会主义市场经济体制而努力，我们的目标是建设一个既有高度的物质文明，又有高度的精神文明的世界，绝不是要把我们的社会改造成金钱至上、物欲横流的世界。

一些人之所以成为金钱和享受的俘虏，成为拜金主义的信徒，说到底，还是在人为什么活着的问题上走入了误区。为了活着需要金钱，与为了金钱而活着，就是两种根本不同的人生观。在一些所谓“公仆”看来，什么理想，什么道德，什么责任，什么纪律，那是专门讲给别人听的东西，而在他们的心目中，“人为财死，鸟为食亡”就是人生至理，对财富的追逐就是人生的唯一目的。人们称这种人“掉进钱眼儿里去了”。也有一些同志曾经是严格要求自己的好干部，由于在新形势下放松了世界观的改造，对腐朽思想的侵蚀缺乏警惕，或者居功自傲，或者随波逐流，或者与别人攀比生活的舒适，或者敌不过老婆孩子的影响，或者为秘书、下属、朋友所利用，最后在金钱和享乐的问题上栽了跟头。金钱的诱惑毁掉了一批干部，这是令人痛心的，值得更多的同志为之警醒。

社会财富的绝对平均分配只是一种理想。在建设社会主义市场经济的过程中，收入的差别、财富的差距将长期存在。党的干部是带领群众艰苦创业、脱贫致富的人，却不可能是先富起来的那一部分人。这就要求我们对收入和财富的差距有正确的认识，要有长期艰苦奋斗的精神准备。作为人民公仆，没有理由与先富起来的人们比物质的财富、比生活的享受，却可以也应该成为精神世界的富有者。如同陶铸在《理想、情操、精神生活》一书中指出的：“一个人只有物质生活没有精神生活是不行的；而有了充实的革命精神生活，就算物质生活差些，就算困难大些，也能忍受和克服。”

“天生我材必有用，千金散尽还复来”，这是一种豪气；“淡泊以明志，宁静以致远”，这是一种深沉；“先天下之忧而忧，后天下之乐而乐”，这是一种襟怀。科学家爱因斯坦把那种“把安逸和快乐看作是生活目的本身”的伦理称为“猪栏的理想”，他所描述的社会时尚，竟与我们今天的社会有些相似：“不管时代的潮流和社会的风尚怎样，人总是可以凭着自己高贵的品质，超脱时代和社会，走自己正确的道路。现在，大家都为了电冰箱、汽车、房子而奔波、追逐、竞争。这是我们这个时代的特征了。但是也还有不少人，他们不追求这些物质的东西，他们追求理想和真理，得到了内心的自由和安宁。”从一代科学巨匠的内心世界中，我们应该得到有益的启示。

（原载1995年6月16日《经济日报》）

公仆与群众

“一个人爱的最高境界是爱别人；一个共产党员爱的最高境界是爱人民。”读孔繁森同志的事迹，特别令人感动的是他对各族群众的满腔热爱、一片深情。

一个时期以来，确有少数领导同志公仆意识淡化了，群众观念淡薄了，密切联系群众的好作风不见了。开展向孔繁森同志学习的活动，是对领导干部进行群众路线、群众观点再教育的极好契机。

从全心全意为人民服务的根本宗旨出发，密切联系群众是我们党对党员和党的干部的一贯要求。邓小平同志在谈到党的三大作风时说：“密切联系群众，这是最根本的一条。”回顾我们党走过的曲折历程，什么时候党同人民群众联系紧密，党的事业就兴旺发达，什么时候党的路线背离了人民群众的意愿，党的事业就遭受挫折甚至失败。民为邦本，本固邦宁。对于执政党来说，什么东西最可怕？困难局面不可怕；暂时的失败也不可怕；只有当党和政府与人民群众有了距离，有了隔阂，党的事业失去了人民群众的理解和支持，才是最可怕的事。无论什么时候，无论做什么工作，群众的情绪是第一信号。人民拥护不拥护、赞成不赞成、高兴不高兴、答应不答应，理当成为我们想问题、办事情、做工作的出发点和归宿。

在改革开放和现代化建设的时代，加强党同人民群众的联系是更加紧迫的重大课题。如同小平同志指出的："很多旧问题需要继续解决，新问题更是层出不穷。党只有紧紧地依靠群众，密切地联系群众，随时听取群众的呼声，了解群众的情绪，代表群众的利益，才能形成强大的力量，顺利地完成自己的各项任务。"改革开放是符合人民群众总体利益的，但在利益格局的调整中，有的人得益多，有的人得益少，还有一些人成为改革"阵痛"的主要承受者，需要我们给予更多、更具体的关心和帮助。对于各个阶层群众中存在的实际困难和问题，我们不能视而不见，漠然处之，必须更加注意体察群众的疾苦，关心群众的冷暖，为群众排忧解难。

加强党同人民群众的联系，既要体现在党的宗旨、党的政策上，更要具体、生动地体现在党的各级干部的行动和作风上。不能不看到，正是一些干部思想作风上存在的这样那样的问题，严重影响和损害了党和政府与人民群众的血肉联系。有的同志自我感觉甚好，自以为有多么高明，不尊重群众的智慧，看不到群众的力量，甚至把群众当成对立面，伤害了群众的热情；有的同志往上面跑得勤，与领导套得近，上级面前一副笑脸，下级面前一副冷脸，基层的同志来了不赏脸，把密切联系群众变成了"密切联系领导"；有的人远贫趋富，贫困地方绕道走，富裕地方常行走，不联系群众，专联系大款，甚至成为少数利益集团的代言人；有的人热衷于形式主义的东西，沉溺于"文山会海"、迎来送往，没有心思和精力为群众办实事、办好事。这样的领导，怎能成为党同人民群众联系的桥梁？

近年来，一大批年轻的和比较年轻的同志走上各级领导岗位，这是我们事业兴旺发达的表现。年轻干部有自身的优点和长处，但同老一辈相比，他们没有经过战争年代生与死、血与火的考验，对于依靠群众的极端重要性缺乏真切的体会，头脑中的群众观点还不牢固。一些年轻同志急于打开局面，树立威信。威信从哪里来？不是板着面孔、端起架子就有威信的，也不是说一不二、独断专行就有了威信。有些人总埋怨现在"人心不古"，说话没人听了。其实，"其身正，不令而行；其身不正，虽令不从"。一些人在群众中没有威信，就因为他们说的一套，做的是另一套，他们的马列主义是专门对付别人的。领导干部要有威信，首先靠身正，靠廉洁自律，所谓“打铁还需自身硬”；与此同时，领导干部的所作所为必须是真心实意、全心全意地为群众办事，不是玩“花架子”、打“太极拳”。如果你不把群众的疾苦放在心上，不能尽心竭力地为群众办事，就不可能得到群众的拥护。年轻同志向老一辈学习，最重要的就是要树立牢固的群众观点，学会走群众路线的基本功。

干部联系群众的问题，不仅仅是个认识问题和方法问题，最根本的还是世界观的问题。广大人民群众是历史的主人，领导干部必须密切联系群众，依靠群众才能把人民的事情办好。要像焦裕禄、孔繁森那样，为了人民群众的利益，能够吃苦，能够受累，必要时甘愿作出牺牲。无论是青年干部还是老同志，都有一个在改造客观世界的同时自觉地改造主观世界的问题，都有一个在新形势下接受马克思主义群众观点和党的群众路线再教育的任务。只有世界观的问题解决了，干部密切联系群众才会逐渐形成习惯，形成制度，形成风气。

每一个领导干部都应该时刻关注自己在群众心目中的形象：是越看越像公仆，还是越看越像主人、越看越像老爷呢？

（原载1995年7月2日《经济日报》）

积极引导非公有制经济健康发展

——从“光彩事业”谈起

由非公有制经济人士发起并积极参与的，以帮助贫困地区开发资源、兴办企业、培训人才为主要内容的光彩事业，开展一年多来取得了丰硕的成果。检验光彩事业的收获，总结光彩事业的经验，瞻望光彩事业的前程，人们有理由相信，这是一项大有作为的事业。

十几年前，当个体私营经济初露头角、人们还看不顺眼的时候，中央领导同志本着解放思想、实事求是的精神，指出个体私营经济同样是为社会主义建设服务的“光彩的事业”。十几年来，非公有制经济勃然而兴，顺势而长，成为国民经济中充满活力且不可分割的一部分，成为中国经济高速增长的重要推动力。“光彩的事业”得到了进一步的发展，为社会主义现代化建设作出了巨大的贡献。

作为建设有中国特色社会主义理论的一部分，我们党在改革开放中形成了以公有制经济为主体、多种经济成分共同发展的方针。要不要坚持这个方针，过去有过争议，今天也还有这样那样的疑虑。党的十四届五中全会通过的《中共中央关于制定国民经济和社会发展“九五”计划和2010年远景目标的建议》（以下简称《建议》）对此作出了明确的回答。《建议》在提出“把国有企业改革作为经济体制改革的中心环节”的同时指出：“要大力发展集体经济，鼓励和引导非公有制经济的发展。”《建议》提出了今后改革开放的主要任务，其中第一条就是：“坚持以公有制为主体、多种经济成分共同发展的方针，深化国有企业改革，建立现代企业制度。”江泽民同志在全会上讲话时对此作了更为详尽的阐述，他指出：“以公有制经济为主体、多种经济成分共同发展，是我们必须长期坚持的方针。它是由我国社会主义制度和现阶段生产力发展水平决定的。实践证明，只有坚持这条方针，才能使我国经济充满生机和活力，促进社会生产力的迅速发展。”

如何处理好公有制经济和其他经济成分的关系，是社会主义现代化建设过程中有着全局意义的重大问题。“以公有制为主体、多种经济成分共同发展”作为一条重要方针，是一个整体，不能把两者割裂开来，或者对立起来。一方面，坚持公有制的主体地位，是社会主义的一条根本原则，也是我国社会主义市场经济的基本标志；另一方面，非公有制经济作为我国社会主义经济的补充，并不是可有可无的，而是必要的。多种经济成分的共同发展，是以公有制经济的主体地位为前提的。而强调公有制的主体地位，又是以非公有制经济的存在为条件的，如果不存在非公有制经济，谈公有制经济是主体经济也就失去了意义。十几年改革开放的实践证明，坚持以公有制经济为主体，与多种经济成分的并存和发展并不矛盾。非公有制经济的成长离不开公有制经济提供的基础性条件的支持，离不开公有制经济的主导作用，而非公有制经济的发展客观上营造出一种市场竞争环境，从而对于公有制企业转换机制、提高效益起到积极作用。只要我们坚持以公有制经济为主体、多种经济成分共同发展的方针，调控有方，引导得当，两者完全可以相得益彰，共同发展。

鼓励非公有制经济的发展，并不意味着放弃或者削弱对非公有制经济的引导、监督和管理。大力推进光彩事业，正是引导非公有制经济健康发展具有战略意义的活动。《建议》提出“到2000年基本解决目前仍处于贫困状态的7000万人口的温饱问题”的目标，要求广泛动员全社会关心和支持扶贫开发工作。非公有制经济人士作为社会上先富起来的群体，有责任也有能力在扶贫攻坚工作中作出贡献。光彩事业的广泛开展，为先富者帮助后富者开辟了一条行之有效的途径，为转变扶贫方式、增强贫困地区“造血功能”作出了有益的探索，同时也为非公有制经济的进一步壮大和发展拓展了空间，为社会资源的优化配置提供了条件。

一年多来，光彩事业开了一个好头。但相对于扶贫攻坚的艰巨任务来说，相对于民营企业的巨大潜力来说，这项利国利民的事业只能说是刚刚破题。光彩事业是充满感情和爱心的事业。但要让光彩事业持久地开展下去，仅有感情和爱心是远远不够的。组织和实施光彩事业，一定要顺应市场经济规律的要求，发挥地方和企业两个积极性，遵循自觉自愿、互惠互利、量力而行、共同发展的原则。这是光彩事业持久生命力之所在。我们应该进一步健全组织服务体系，完善政策环境，加强光彩事业与国家和地方扶贫攻坚计划的衔接，动员和组织更多的非公有制经济人士投身到光彩事业中来，把光彩事业办大办好。

（原载1995年11月3日《经济日报》）

摆正局部与全局的关系

如何处理地方和中央、局部与全局的关系，是经济工作中的一个重要问题。经济工作的全局是由一个个局部构成的，然而，全局又不是局部的简单相加。虽然各地经济发展的基础不同，条件有差异，但统一的政策环境、统一的市场体系，地区之间经济的密切联系和相互依存，决定了我国的国民经济是一个密不可分的整体，全局与局部不可分，局部与局部不可分。我们有一句老话——“全国一盘棋”，在社会主义市场经济条件下，“全国一盘棋”的大格局没有改变。

摆正局部与全局的关系，首先要着眼于全局看形势，把思想真正统一到全国工作的大局上来。我们面临的是一个复杂的局面。一方面是改革开放稳步发展，国民经济持续快速增长；另一方面是物价居高不下，农业基础薄弱，一部分企业经营困难。成就与问题交织，挑战与希望同在。对复杂的经济形势要有一个全面、科学、清醒的认识，就需要我们登高望远，胸怀全局。既不能为一地的繁荣而陶醉，也不能为一时的困窘而气馁。更重要的是，要对经济工作中存在的深层次问题有一个正确的判断。无论是平抑市场物价，抑制通货膨胀，还是调整经济结构，搞活国有企业，都不能无的放矢，需要我们找准症结，辨证施治。当前所谓统一思想，关键是把思想统一到中央的20字方针上来，把握好改革、发展与稳定的大局。

只有着眼于全局才能正确认清形势，也只有着力于局部才能真正解决问题。事情有大道理，有小道理。有些问题从局部看，从眼前看，利益很明显，理由很充分，但从全局看，从长远看，于改革和发展的大道理无益甚至有害，小道理就必须服从大道理。要看到，牵一发可以动全身。局部的问题处理不好，直接影响到全局的发展和稳定。“皮之不存，毛将焉附”；大局不保，小局何安？这个道理是浅显的。在经济转轨过程中，一方面要理顺价格体系，一方面要抑制通货膨胀，处理好这个关系，就要有大局的眼光，注意到经济全局的稳定。不能认为抑制通货膨胀只是中央的事，同地方关系不大，可以撒手不管。各地搞一些必要的价格调放是可以理解的，但必须审时度势，逐步推进，既要考虑社会和群众的承受能力，也要照顾到对“左邻右舍”的影响。在治理通货膨胀的问题上，一些同志有攀比、观望的思想。我这里价格降下来，他那儿又涨上去，商品流走了，钱让别人赚去了，不就吃亏了吗？如果都怀着这么个“小九九”，控制物价涨幅的目标就要落空。但如果大家都从大局出发，按照中央部署，统一抓，坚决抓，就不存在谁吃亏谁占便宜的问题，中央提出的控制物价涨幅的目标就有望实现。

处理好局部与全局的关系，必须维护中央的权威，反对分散主义和地方主义。经过十几年的改革，我国的经济体制初步实现了从高度集中到适度、合理分权的转变。在合理划分中央与地方经济管理职责与权限的基础上，充分发挥中央和地方两个积极性，是体制改革的重要指导原则。为改变计划经济体制过分集中的弊端，应当赋予各级政府必要的经济调节权力，尊重地方关于经济工作的决策和部署，让地方自主地办更多的事情。但是，放权和分权不是体制改革的全部内容，适度分权也不能等同于分散主义和地方主义。地方的积极性的充分发挥，应当是贯彻中央精神与立足本地实际相结合，对当地人民负责与对全国人民负责相统一。在我们这样一个人口多、地域广、多民族、欠发展的大国，为了顺利实现从计划经济到市场经济的转轨，推进改革开放和现代化建设，必须有一个坚强的中央领导集体和核心，必须有中央的强有力的统一领导，必须集中宏观经济调控权力，必须保证中央的政令畅通。决定了的事情各地各方都要认真去办。中央的方针政策应当得到坚决的全面的贯彻执行。

应当看到，当前经济工作中出现的一些困难和问题，固然有着多方面的复杂因素，也与中央一些既定的方针政策在实际工作中贯彻不力不无关系。从去年下半年开始，中央就提出了防止经济过热的问题；今年年初，进一步明确了总揽全党全国工作大局的20字方针，相应制定了一系列政策措施。针对物价涨幅过高的情况，年初提出了把物价涨幅控制在10%以下的目标；9月，国务院又提出了稳定市场物价和抑制通货膨胀的10条措施。中央一系列的方针政策总的落实情况是好的，保证了经济健康发展的主流。但是，也确有一些政策措施没有得到各地应有的重视，执行中并不坚决。有些同志以狭隘的“实用主义”态度对待中央政策，以局部利益为标准，于我有利的就执行，于我不利的就不执行。一些地方固定资产投资规模尾大不掉，盲目争投资、铺摊子、上项目的热情不减，消费基金过快增长的局面遏制无方，乱涨价、乱集资、乱摊派屡禁不止，如果长此下去，国民经济总量的平衡难以维持，改革和发展的好势头就有可能受到损害。这种有令不行、有禁不止的现象不能继续下去了。只有切实维护中央的权威，令行禁止，步调一致，才能保证国民经济既生机勃勃又协调有序地向前发展。

改革的深化暴露出我们体制中一些深层次的问题，经济的持续快速发展给宏观经济环境带来了更大的压力。如同拔河一样，现在正是较劲的时候，大家努把力，加把油，成功在望。如果有人松劲，有人撒手，就难免要败下阵来。只要我们齐心协力，同舟共济，心往一处想，劲往一处使，我们就能够把困难踩在脚下，把机遇攥在手中，实现深化改革和加快发展的宏伟目标。

[原载1994年12月14日《经济日报》，入选《新闻报道精品选（1994年第四辑）》，学习出版社1995年6月出版]

【作品点评】

这是《经济日报》为贯彻中央经济工作会议精神组织的重点评论之一。评论不仅仅传达会议精神，更着重研究中央重大决策在落实中可能遇到的问题，把“解决好中央与地方关系”作为阐述的重点。

评论抓住了当前经济工作中的重要问题，有较强的针对性。文章对“分散主义和地方主义”的弊端进行了抨击，又不是一味指责，用大帽子压人，而是注意摆事实，讲道理。文章重申“全国一盘棋”的观点，很有现实意义。“着眼于全局认识形势、着眼于局部解决问题”的思路，有一定新意。从文风上看，朴实又有一定力度；严谨而活泼可读。不失为一篇评论佳作。

文章发表后，海外报纸纷纷转发，就评论中提出的问题进行评论。

[转自《新闻报道精品选（1994年第四辑）》]

论 机 遇

当前，抓住机遇，加快发展，已经成为全社会的共识和经济工作的主旋律。从许多地区传来的首季工业增长与税利增长同步提高的消息，也说明了发展的势头依然强劲。然而，正像中央领导同志最近指出的，“越是形势大好，越要保持清醒的头脑”。正确地分析和把握经济形势，是抓住机遇的重要前提。

什么是机遇？从一定意义上讲，机遇也是一种形势，是国际和国内出现的有利于加快发展的条件和契机。它既有时间与时机的内涵，不能失之交臂；也有空间与地域的内涵，不能强求划一。机遇与形势在本质上是一回事，却又是相互联系的两个认识剖面。

怎样算是抓住了机遇呢？及时利用已经出现的有利条件和时机，加快发展的步伐，谓之抓住了机遇，这是不言而喻的。但从实际情况来看，做到这一点并不容易。面对机遇，迟疑不决者有之，离开客观条件而把主观愿望当成机遇者也有之。比如，把抓项目、抓开发当成抓住机遇的全部内容；简单化地把机遇理解为一个“快”字，随人之后，攀比速度。于是人们看到，在许多开发区取得实质性进展，许多地区发展速度与经济效益获得同步增长的同时，也出现了为数不少的徒有虚名的“开发区”和“空壳子市场”，浪费了土地资源，也没有收到预期的开发效果。对于这样一些“空转”现象，绝不能认为是抓住了机遇加快了发展。

出现这些现象，除了前面提到的攀比思想，还有一种“挤车意识”，明知条件并不具备，但生怕“过了这个村没有这个店”，也非要“赶赶班车”。加上一些同志急于要“政绩”，上下左右也以能否挤上“班车”作为衡量“政绩”的标志，加重了领导的心理压力，只好到处找资金，到处去招商，结果“项目大战”“资金大战”“开发大战”，此起彼伏，连绵不绝，使得一些真正有条件的地方反而被挤下了“班车”，影响发展的全局。

更为重要的是，抓住机遇和加快发展不只是一种思考和判断，还是实践，是认识与实践、解放思想与实事求是相统一的成果，具有明显的务实的特征。因此，贯彻邓小平同志的战略思想，抓住机遇，还需要从三个方面去努力。

其一是从实际出发。既从基本国情出发，又从不同地区、不同产业和行业的具体情况出发。机遇难得，并不意味着所有的地区、产业和行业都处于同一个起跑线同一种水平状态上。各家有各家好念的经，各家也有各家难念的经。由于历史状况、资源结构、区位优势、发展水平以及产业转移的时序不同，机遇的表现和凸显点，发展的充裕度和切入点，也不尽相同，不能一刀切，不能攀比，不能是一种发展模式。

其二是审时度势。科学地把握形势，把握机遇，离不开具体的形势分析。分析形势，要有宏观战略眼光，也要着眼于具体运作中的经济走势。所谓“动皆中于机会，以取胜于当世”。离开对于不同发展阶段的具体形势分析，很难摸准发展的脉搏与节律，也会导致决策滞后或者举措超前。这同样会挫伤群众的积极性，甚至错过机遇，浪费机遇。

其三是不断总结经验，善于及时发现和解决前进中的新问题。邓小平同志在今年春节时讲，“走一步回头看一下是必要的，要注意稳妥，避免损失，特别要避免大的损失”。这是一个重要的指导思想。例如农业问题和金融问题，已经凸显出来。实行社会主义市场经济之后如何搞好宏观调控，加强法制建设，也成了重要课题。这些课题解答得好不好，直接影响到后来的发展，影响到能不能更好地抓住机遇。所以，注意吸取历史上造成的几次较大经济波动的教训，不断自觉地解决经济发展处于萌芽状态的突出矛盾，是符合发展的辩证法的。

比较理想的状态是：既要解放思想，尽力而为，又要从实践出发，量力而行；既要保持较高的增长速度，又要争取合理经济结构下速度与效益的同步增长；既要坚持微观放开搞活，又要改善和加强宏观调控，实现总量的基本平衡，防止大起大落。我们应当为此努力，让机遇把我们带入一个新的发展境界，一个有发展后劲的未来。

（原载1993年4月22日《经济日报》）

加快改革正其时

今年以来，我国经济保持了高速发展的良好势头，同时在前进中也出现了一些较突出的矛盾和问题，主要是投资增长过快，金融秩序紊乱，交通、能源、原材料紧张，通货膨胀压力加大等。这是在新旧体制转换过程中出现的困难，只要我们同心协力，认真对待，措施得力，方法得当，问题就可以逐步得到解决，并可以继续保持经济发展的良好势头，避免经济的大起大落。

当前经济工作中出现的问题，诸如票子发多了，投资膨胀了，物价上涨快了，金融秩序混乱等，看起来大都是我们过去多次遇到过的老问题。其实，今天的情况已大不相同。过去在计划经济体制下，凡遇这种经济过热现象，主要是采取行政命令手段，砍项目、砍指标，紧缩银根，治理整顿，过热的经济就会冷却下来。一热一冷，几经折腾，损失很大。现在，随着各方面改革的进展，国民经济中市场调节的比重越来越大，农副产品市场已大部放开，工业产品和生产资料的价格由市场调节的部分已占一半以上。在这种情况下，如果沿用计划经济的老办法，来个“一刀切”，显然行不通。犹如面对一片横竖奔流、杂乱无序的洪水，硬堵是堵不住的。必须用经济手段进行疏导，实行宏观调控，才能使其流入正轨，而又不减其汹涌澎湃的发展势头。

改革中出现的问题要用改革的办法来解决。当前经济生活中出现的某些紊乱现象并不是由于实行市场经济的措施而造成的，相反，正是市场经济发育不快、改革滞后的表现。因此，根本的出路在于不失时机地深化改革，加快新旧体制的转换。党中央、国务院最近作出了加强宏观调控的重大决策，同时明确提出要把改进和加强宏观调控、解决经济中的突出问题，变成加快改革、建立社会主义市场经济体制的动力，这是当前经济工作中一个重要的指导思想。我们要看到，改进和加强宏观调控是深化改革的内在要求，建立有效的宏观调控体系是推进社会主义市场经济体制建设的重要组成部分。那种把深化改革与加强宏观调控对立起来的观点是不对的。还要看到，宏观调控的改进和加强，不仅可以使当前经济工作中的突出矛盾得到缓解，还将为改革的全面推进创造一个更为宽松有利的经济环境。体制的弊病在当前的经济生活中集中地显现出来，迫使我们不得不从新旧体制的转换中找出路，这在客观上为深化和加快改革提供了动力。从这个意义上说，我们完全应该而且可以变压力为动力，把坏事变成好事。通过解决当前的问题使改革大大地向前迈进一步，这难道不算好事吗！

发展有机遇，改革也有机遇。发展的机遇不能延误，改革的机遇同样不可错过。经验和教训都证明，发展要又快又好，最终取决于改革的不断推进。没有改革的推进而过于热衷高速发展，发展也不会是长久的。当前经济工作中出现的问题，与一段时间以来一些地方改革“偏冷”而发展“过热”不无关系。

怎样让改革“热”起来正是我们当前急迫需要解决的问题。社会主义市场经济的体制目标已经确立，十几年来的改革开放使我们积累了经验，打下了基础，改进和加强宏观调控、解决当前的突出矛盾又将为改革的深化提供直接的动力，所有这些都说明，我们面临的正是加快改革的最佳时机，改革的机遇就在眼前，我们万莫作“好龙”的“叶公”，说改革，盼改革，却使改革的机遇白白错过。

改革是治本之路，也是必由之路。只要我们切实抓住有利时机，大力推进金融、财税、投资体制等各个领域的改革，以改革促发展，以改革促开放，我国经济就一定能够走出大起大落的循环，走上又快又好的发展轨道。

（原载1993年7月27日《经济日报》）

发展要有新思路

邓小平同志多次强调："发展是硬道理。"只要条件具备，发展速度应该尽量争取快一些。对于我们这样一个社会经济发展水平还比较低的国家来说，加快发展尤其重要。从当前的发展趋势和经济环境看，我们有必要也有可能在一个较长的时期内保持较高的增长速度。现在，在加快发展的问题上人们有了共识，但怎样发展的问题还没有引起广泛的足够的重视。这个问题不解决好，加快发展的目标就难以实现。

去年以来，我国经济发展呈现良好的势头，国民经济连续两年保持13%左右的高速增长，这是令人欣喜的。但要看到的是，我国经济的增长仍然是投资拉动型的增长，在经济高速增长的同时，并没有带来效益的改善。有关部门日前通报了今年前三个季度的经济效益情况，根据对全国乡及乡以上36万个独立核算的工业企业的统计，下半年工业经济效益综合指数逐月下降，1月至9月与1月至6月相比，下降了4.1个百分点。全国除西藏外的29个地区中，只有6个省区保持了效益的有限增长。经济效益滑坡有多方面的原因。比如，资金紧张、产品积压、市场发生变化，等等。但更深层次的原因还在于，我国工业的经济效益是速度型效益，一遇经济降温必然出现生产循环不畅，导致经济效益的下降。速度型的效益，实质上是一种粗放经营型的效益，主要是通过较高的增长速度和规模的扩张来获得的，因此是不可能支撑长久的。

经济效益的再次回落提醒我们，不仅改革要有新思路，发展也要有新的思路。不能在盲目追求产值和扩大投资规模的粗放经营的老路上继续走下去了，要把改革和发展更好地结合起来，把着眼点和立足点真正转移到以提高经济效益为中心的轨道上来。

应该看到，粗放经营型的发展思路是在长期的计划经济体制基础上形成的。由于我国经济基础薄弱，在经济发展的一定阶段，这种着眼于扩大规模的发展方式曾经是有效的，可谓功不可没。当国民经济具备一定规模，发展进入更高阶段的时候，情况就不同了。粗放式发展思路的最大的误区是把发展等同于扩张，重速度不重效益，重外延不重内涵，重增量不重存量。因此，一说到发展，首先想到的是增加投资，扩大规模，铺新摊子，上新项目，依靠的是以扩大外延的方式支撑较高的增长速度。由于增加投入成为发展的主要动力，直接的后果就是投资规模膨胀，原材料供应紧张，货币超量发行，经济形势全面吃紧，到头来又是通货膨胀，不得不“急刹车”，搞治理整顿。这样的教训我们有过多次，1984年如此，1988年如此，去年以来也走过类似的轨迹，只是由于中央及时采取了新的宏观调控措施，才制止了这种势头。

发展要有新思路，关键是要实现从粗放经营向集约经营的转变。发展的目标和愿望与发展的可能和潜力总是有差距的，要发展当然要增加一定的投入，现在我国投资规模的总盘子已经不小了，投资率也一直保持在相当高的水平上，这方面的余地是不多的。这就要求我们把有限的财力和资源用在最需要的地方，千方百计以较少的投入，获得更多的产出。从粗放经营向集约经营的转变，也就是从速度型经济向效益型、科技型、节约型经济的转变。在发展的指导思想上，既要抓增量的扩张，更要抓存量的调整；既要看外延的扩大，更要看内涵的提高；既要讲数量，更要讲质量。

经济结构不合理一直是我国经济发展中的突出矛盾。实现从粗放经营向集约经营的转变，首先要抓好产业结构、产品结构和企业组织结构的调整，通过产权制度的改革促进各类企业间的联合、改组、兼并，按照产业政策的要求，坚决关停并转一批低质高耗效益差的企业，实现生产力要素的合理流动和重组，在结构优化中出效益。还要通过推进投资体制改革，规范投资主体、投资决策和投资行为，优化投资结构，改变重复引进、重复建设、重复生产这些屡禁不止的状况，避免投资和资源的浪费。

经济发展要从以扩大外延为主的方式转变为以扩大和提高内涵为主的方式，需要特别重视科技进步的作用。邓小平同志多次强调“科学技术是第一生产力”，“经济发展得快一点，必须依靠科技和教育”。大力推进科技与经济的结合，依靠科技进步提高和改善国民经济的整体素质，是发展经济的必由之路。要适当提高技术改造投资在国有资产投资中的比重，宁可少上几个新项目，也要拿出些钱投入到现有企业的技术改造中去，在技术进步中求效益。

企业管理不善是当前影响经济效益的重要因素。在转换经营机制的过程中，万万不可忽视企业的经营管理工作。要敢于借鉴一切适应现代化大生产的先进的管理经验，又要注意保持和发扬我们在管理工作中长期形成的优良传统。要不断提高管理水平和企业各方面素质，增强市场适应能力和竞争能力。

我们面临着不可多得的发展机遇。改革的全面推进、社会主义市场经济体制的逐步建立，还将为发展创造更为有利的条件。以提高经济效益为中心，用新的思路加快发展的步伐，我们宏伟的发展目标就一定能够实现。

（原载1993年12月18日《经济日报》）

论“胆”

一个坚定的声音在华夏大地回响：“改革开放胆子要大一些！”它激励着千千万万勇于创新、敢于试验的人们，以更大的热情投身于改革开放的伟大实践。

改革开放胆子要大一些，是建设有中国特色的社会主义的要求。从现在起到本世纪末，是一个关键时期，如果我们不能抓住当前的有利时机，加快经济发展速度，而是像小脚女人那样慢慢腾腾，摇摇摆摆，瞻前顾后，裹足不前，就会坐失良机。因此，改革开放的胆子能否大一些，步子能否快一些，是直接关系到社会主义能否巩固和发展的大事。

我们说改革开放的胆子要大一些，并不是一种主观愿望，而是事实上胆子可以大一些。理由至少有三个。

首先，是因为我们在理论上对改革的性质有了更为明确和深刻的认识。过去，人们在改革问题上存在这样那样的顾虑，说到底是因为在理论上搞不清改革的性质，因而遇到具体问题往往被究竟姓“社”还是姓“资”的疑问所困扰。长期以来，人们对于革命是解放生产力是比较明确的，但是社会主义制度确立以后，是否还有个解放生产力的问题，则不那么清楚，似乎只存在保护和发展生产力的问题了。因此，对于旨在冲破旧体制、解放生产力的改革究竟“姓”什么，心里总不托底。现在明白了：革命是解放生产力，改革也是解放生产力。这样把改革放在与革命同样重要的位置，从解放生产力的高度来认识改革的性质和意义，是理论上的重大突破。同时，我们还明确了判断改革是非的标准，即主要看它是否有利于发展社会主义社会的生产力，是否有利于提高社会主义国家的综合国力，是否有利于提高人民的生活水平。由于在改革理论上澄清了这些重大是非，一系列认识问题也就可以迎刃而解。比如，如何对待发展商品经济，如何对待市场，如何对待吸收和借鉴资本主义国家的管理方法等，我们的胆子当然可以更大一些。

其次，是因为经过十多年改革开放的实践，我们已经积累了丰富的经验，培养锻炼了大批干部。尽管改革开放是一条前人未曾走过的道路，没有先例可循，但通过不断的探索和试验，我们已经初步掌握了改革发展的规律，正在逐步成熟起来。通过改革要达到什么样的目标，在改革中需要坚持什么样的原则，怎样使改革与发展更好地结合起来等，已经形成一系列被实践证明是正确的方针政策。在改革的具体方法上，我们也积累了许多成功的经验，并在失误中吸取了可贵的教训。所有这些，为我们今后更大胆地改革开放，少走弯路或不走弯路创造了条件。

最后，是因为改革开放早已成为人民群众的共同事业，人心所向，众望所归，不可逆转。人民群众从十多年的改革中得到了实惠，看到了前途，深刻地认识到改革之路是富民之路、兴国之路，这是推进改革的最强大的动力，也是深化改革的最坚强的后盾。无数事实证明，凡是符合广大人民利益、并受到广大人民拥护的事情，就可以放胆去做。有了人民群众的理解、支持和参与，我们还有什么可怕的呢?

当然，说胆子可以更大一些，绝不是可以违反科学、违反客观规律，凭着主观愿望和一时热情去盲干蛮干，重复当年“人有多大胆，地有多大产”的错误。我们说的胆子要大一些，是指在坚持实事求是的原则下，尊重科学，尊重客观规律，充分发挥人的主观能动作用，努力去做应该做到和可能做到的事情，而不是超越现实，想入非非。胆子要大，但步子一定要稳，工作一定要细，作风一定要实。离开了稳、细、实，胆大就可能变成妄为。胆子再大，也决不可偏离党的基本路线，决不可偏离党的十一届三中全会以来的路线、方针、政策，决不可偏离实事求是的思想路线，决不可丢掉从群众中来到群众中去的工作方法。这方面的历史教训，我们一定要牢牢记取。

有胆有识，胆大心细，我们就一定能够在建设有中国特色社会主义道路上夺取一个又一个胜利。

（原载1992年3月17日《经济日报》）

依靠职工群众推进改革开放

当前，我国的改革和建设事业进入了一个关键时期。坚持党的基本路线，解放思想，抓住机遇，加快改革开放步伐，努力使国民经济登上新的台阶，这是全党全国的中心工作，也是全国广大职工面临的最重要任务。党中央关于加快改革开放、加快经济发展的重大决策，体现了全国人民根本的长远的利益，体现了亿万职工群众的共同心愿。全国职工要认真学习、深刻领会邓小平同志不久前视察南方的重要谈话精神，充分认识改革开放的必然性、重要性，增强形势逼人的危机感，增强加快发展的责任感、紧迫感，提高全面贯彻党的基本路线的自觉性，在党的领导下坚定不移地走建设有中国特色的社会主义之路。

全心全意依靠工人阶级，是我们党领导全国人民建设有中国特色社会主义的一项重要指导方针。在深化改革、扩大开放、加快经济发展中，必须进一步牢固树立全心全意依靠工人阶级的思想。实践反复证明，在改革和建设事业中，离开了工人阶级的积极性、创造性和主人翁责任感，一切都无从谈起。社会主义的根本任务是解放和发展生产力，而生产力中的首要因素是人，对生产力的解放首先是对掌握和运用先进科学技术和生产资料的劳动者的解放。改革开放要有新的突破和发展，经济建设要登上新台阶，就必须在各条战线上充分走群众路线，发挥人在生产力发展中的决定性作用，切实保障职工群众的主人翁地位，调动和发挥他们的主动精神和创造精神。只要我们把依靠职工群众的思想落到实处，使他们的主人翁作用得到充分发挥，我们的事业的成功就有了保证。

在深化改革特别是深化企业改革中，如何进一步依靠职工群众，取得职工群众对改革事业的理解和支持，是当前面临的一个重要问题。企业改革是经济体制改革的中心环节，当前改革的步子能不能快一点，在很大程度上取决于企业改革的步子能否迈大一点。最近一个时期，一些地方以改革企业用工、人事、分配制度为突破口，进行企业机制的转换，取得了明显的成效，但也出现了一些新的问题。这些问题的出现有其必然性。改革不能不涉及现有利益关系的调整，必然会触动一些人的具体利益，有人高兴，也会有人不理解、不高兴。我们在看到这种必然性的同时，对存在的问题绝不可大意和漠视。一方面，我们要把改革的必然性、紧迫性向职工群众讲清楚，把改革的目标和步骤交给群众，取得更多的职工对改革的理解和支持；另一方面，企业改革一定要坚持从群众中来到群众中去的工作方法，对于涉及职工切身利益的改革方案一定要交职工群众讨论，并按照法定程序交由职代会审议决定。企业改革的方向要坚定不移，但具体的步骤和方法越细致、越稳妥越好。我们还要在企业改革中进一步建立健全职代会制度和其他各项民主管理制度，切实保障职工的主人翁地位和权利。

加快改革和建设的新形势，向我们的职工队伍提出了新的更高的要求。首先，我们的观念需要有一个大的转变。改革的深化是以思想的解放、观念的转变为先导的。如果“左”的思想影响不消除，就难以适应改革不断深化的新形势。当前企业的思想政治工作，重点应该放在推进职工群众的观念变革上，要通过有效的思想工作，不断增强职工的改革意识，帮助他们建立起与社会主义商品经济发展相适应的新观念。现代化建设还要求我们把提高劳动者的素质作为一项长期的战略任务抓紧抓好，要舍得花钱搞智力投资，采取多种形式加强职工培训工作，努力提高职工群众的科学文化素养和生产技术水平，从长远来看，劳动者的素质提高了，增强企业活力，发展国民经济，就有了坚实可靠的基础。

工人阶级是我国现代化建设的主力军，是改革开放总方针的最坚定的拥护者和实践者。在过去的十几年里，全国职工沿着建设有中国特色的社会主义道路，团结一心，艰苦奋斗，取得了巨大的成就。在今天我国现代化建设的关键时期，在加快改革和发展的新的历史进程中，全国亿万职工群众必将作出新的更大的贡献，用自己的双手描绘出更加光辉灿烂的蓝图。

（原载1992年5月1日《经济日报》，获全国五一新闻奖）

做好市场经济这篇大文章

以邓小平同志南方谈话为标志，我国的经济建设和改革开放进入了一个关键时刻。在社会主义条件下，如何从高度集中的计划经济模式转向社会主义市场经济，这是一篇大文章。做好这篇大文章，是推进改革、发展经济的必由之路，是人民富裕、国家强盛、民族兴旺的希望所在。否则，我们就会在世界性的竞争中落伍。

中国的社会主义现代化建设必须走市场经济之路，这是十几年来改革探索的必然结论。从党的十二大提出的“计划经济为主，市场调节为辅”的原则，到党的十二届三中全会确立“有计划商品经济”的新概念，到党的十三大提出社会主义有计划商品经济的体制应该是计划与市场内在统一的体制，以及后来形成的计划经济与市场调节相结合的提法，我们对计划与市场关系的认识不断深化，市场取向的改革理论与实践不断发展。今天，在总结十几年来的经验教训的基础上，进一步解放思想，从我国的实际出发，明确社会主义商品经济就是市场经济，把建立社会主义市场经济体制作为我国经济体制改革的目标，这是合乎逻辑、顺乎规律的发展，是具有根本性质和决定意义的突破，其影响将是深远的。

然而，由于长期以来形成这样一个思维模式：计划经济＝社会主义，市场经济＝资本主义，所以一提到“市场经济”，人们往往首先想到姓“社”、姓“资”的问题。其实，社会主义能不能搞市场经济，邓小平同志1979年就作了明确的回答。他在与一位美国学者谈话时指出：说市场经济只限于资本主义社会、资本主义的市场经济，这肯定是不正确的，社会主义为什么不可以搞市场经济？今年年初，小平同志在南方谈话中进一步指出：“计划多一点还是市场多一点，不是社会主义与资本主义的本质区别。计划经济不等于社会主义，资本主义也有计划；市场经济不等于资本主义，社会主义也有市场，计划和市场都是经济手段。”实质上，市场经济是社会化大生产和商品经济条件下资源配置的一般方式，本身并不具有独立的社会属性，并不反映社会制度的特征。那种把它与资本主义等同起来，或者把它与社会主义对立起来的观点，在理论上都是站不住脚的。

搞市场经济，意味着我们的经济运行要以市场为基础，以市场为配置资源的基本形式。但这并不意味着绝对排斥计划的作用，不要宏观调控了。在当今世界上，没有一个国家实行的是没有宏观管理的完全自由的市场经济。发达国家同样有计划调控，不过这种计划调控是建立在价值规律的基础上，内含于市场经济的体制之中，而不是外在的、强加的。在社会主义公有制条件下搞市场经济，我们的计划调控、宏观管理完全可以搞得更有成效。

搞市场经济我们是新课题，而西方国家已经搞了几百年，有了一套被实践证明是行之有效的办法。我们要少走弯路，就应当大胆“拿来”。资本主义国家发展市场经济的经验，是在长期探索试验中不断完善的，并且吸收、借鉴了社会主义计划经济国家的经验教训，这是人类的共同财富。实践证明，现在地球上除此没有别的经验可以借鉴。我们要积极地、无保留地学习发达国家的先进科学技术和管理、调节经济的办法，从他们的社会经济制度中吸收一切有利于发展社会生产力的因素。尽管各国的政治、社会条件不同，对那些原来的计划经济国家在新的条件下发展经济的成就，我们不可视而不见，从他们向市场经济转变的道路中，我们同样可以获得有益的启示。

提出市场经济的目标，是解放思想的产物；而市场经济新体制的建立，还有待于进一步解放思想。人的思想观念的转变是体制转换的前提。我们有长期的封建包袱、计划经济的包袱，再加上对什么是社会主义并不十分清楚，因此搞市场经济，思想阻力是相当大的。从半封建社会转向高度集中的计划经济模式比较容易，但转向市场经济却很不容易。不但观念不适应，连工作方法、工作效率都不适应。因此，我们讲解放思想，最根本的是要从长期形成的计划经济的观念、模式、思想方法和工作方法中解放出来。没有这个思想解放，实现经济体制的转变是非常困难的。

今天，建立社会主义市场经济的大文章正在“破题”，让我们用千百万人的智慧和实践，来把这篇大文章写得有声有色！

（原载1992年9月19日《经济日报》）

重提“解放思想”引人注目

在去年年底中共七中全会之后，中国出现一个引人注目的话题，这就是进一步解放思想的问题。

与已往许多新口号是由中央决策人士首先提出的情形不同，这次“解放思想”的呼声首先是从地方传递出来的。北京市政府主要负责人在北京市政府今年第一次常务会上作了以“解放思想”为主题的长篇讲话，引起各方关注。3月初，作为上海市当局喉舌的《解放日报》刊出系列评论文章，提出“思想解放要进入新境界，改革开放要开拓新思路”的口号。近日，又有山西、湖南等地负责干部在公开谈话中提及解放思想的问题。各种传媒中“解放思想”的呼声逐步高涨。

“解放思想”口号的重新露面之所以引人注目，是因为它很容易使人们联想起十多年前的那场思想解放运动。当时，邓小平正是在“解放思想”的旗帜下，推动了“拨乱反正”，为随后勃然而起的改革开放热潮铺平了道路。中共中央近十年来一再强调要遵循党的十一届三中全会的路线，按照邓小平当年的提法，就是要“解放思想，开动脑筋，实事求是，团结一致向前看”。

在十年后的今天重提“解放思想”的问题，并非要制造一个新的思想解放运动。各地提出“解放思想”的要求，主要针对的是改革开放中出现的一些新的思想认识问题。比如，在计划与市场的关系问题上，长期以来，计划经济被看作社会主义制度的本质特征，而市场经济也被当成资本主义的同义词，由此总是千方百计限制市场调节的作用和范围。这个认识问题不解决，要建立计划经济与市场调节相结合的经济体制和运行机制就成了一句空话。在对外开放问题上，有的地方一缺胆魄，二乏招数，长期迈不开大步；有些人在利用外资问题上谨小慎微，顾虑重重，甚至把它同自力更生对立起来。在深化改革与治理整顿关系问题上，一些人把二者割裂开来，对立起来，结果对一些已被实践证明是正确的、行之有效的改革，不敢坚持和完善，甚至动摇，走回头路，这在企业改革的一些方面表现得尤为突出。在国家与企业的关系问题上，“包死一头，放开一头”的北京首都钢铁公司的成效显著，但长期难以推行；在企业领导体制问题上，尽管《中华人民共和国企业法》已施行数年，一些企业却重新出现“无人负责”的局面；企业内部的分配，平均主义有所抬头，有的地方重新吃开了“大锅饭”。诸如此类的问题，实质上是一种新的思想僵化。不解放思想，打破各种错误思想的束缚，就不可能深化改革，扩大开放，也就不可能在未来十年中实现中国现代化的第二步战略目标（国民生产总值翻两番）。在大张旗鼓地宣传中国的十年规划和“八五”计划之时，重提解放思想，可谓适逢其时，且意义深远。

尽管此次解放思想的呼声首先出自地方官员之口，但一般认为，如此敏感的政治口号的重新露面一定有上层的背景。人们还认为，思想的进一步解放可望在20世纪90年代使中国的改革开放进入一个新的境界，为解决国民经济的深层次矛盾开辟新路。但这并不意味着带来意识形态和政治气候的变化，邓小平及中国其他决策人士已反复强调要继续坚持四项基本原则。人们现在正密切注意着有关解放思想的讨论进展情况，并期待着在经济改革方面有具体表现。

（原载1991年5月20日《中国经济新闻》周刊第18期）

中国重申以经济建设为中心

秋高气爽时节，北京的外交舞台异常活跃，中共高层领导纷纷借外事活动之机阐述政见。江泽民、李鹏等反复强调：不管国际风云如何变幻，中国将继续坚定不移地走建设有中国特色的社会主义道路，坚持邓小平倡导的改革开放政策。他们还一再表示，中共将坚持以经济建设为中心的方针，集中精力把国民经济搞上去。

在苏联政局急剧变化之际，中国领导人重申以经济建设为中心，走既定的道路，显然是接受了苏联、东欧事变的教训。在中国领导人看来，苏联局势的演变既有外部的原因，也就是国际大气候的影响；也有内部的因素，其中经济因素至为重要，特别是苏联传统的中央计划经济走进了死胡同，而苏联领导人倡导的经济改革长期停留在口头和文件上，不仅没有给人民群众带来实惠，反而使经济生活陷于更加困难的境地。这说明，经济上不去，社会就难以稳定，政权就难以巩固，社会主义制度就可能失去存在的基础。中国与苏联相比在这方面是不同的。正如中共中央政治局常委、意识形态方面的负责人李瑞环指出的：中国近十多年来的巨大变化，其主要原因是以经济建设为中心，在坚持四项基本原则的同时坚持改革开放，调动了全国人民的积极性。改革开放不仅使中国的综合国力有所增强，人民群众也得到更多的实惠。社会主义的优越性正在逐步体现出来。在苏联、东欧纷纷改弦易辙之际，中共领导人一再表示对中国共产党的领导、对中国的社会主义制度充满信心，原因就在于此。

中国领导人重申以经济建设为中心，走既定的道路，也是对苏联事变在中国国内引起的复杂心态的一种回应。一方面，苏联的政治动荡使一些中共党内外人士对共产党和社会主义的前途产生怀疑；另一方面，也有人担心“苏联政变”会不会促使中共改变政治上实行的宽松政策，甚至回到“以阶级斗争为纲”的极左时代。中国领导人近日的一系列谈话，着眼点就是要消除人们这两个方面的疑虑，振奋精神，增强信心。吸取苏联、东欧的教训，中共已经并将继续加强对意识形态领域的工作，加强对党员、干部的思想政治教育，但是，这些措施与经济建设这个中心工作并不矛盾，与推进改革开放的方针并行不悖。一些领导人已强调，坚持四项基本原则是建设有中国特色社会主义的题中应有之义，在原则问题上，中国党和政府是不会让步的。

要巩固社会主义制度，不发展经济不行；而要把经济搞上去，不改革开放同样不行。从中国走过的道路中，从苏联、东欧国家的演变中，中国领导人更加坚信，不坚持改革开放，社会主义就不可能立于不败之地。中共中央政治局常委乔石近日在外地视察中多次强调：改革开放要有紧迫感，一定要抓住机遇，“少说多做，埋头苦干，踏踏实实地把经济工作和各项工作搞上去”。《人民日报》在9月2日的一篇引起广泛关注的社论（题为《要进一步改革开放》）中也突出强调了当前推进改革开放的意义，并重新提出了曾引起争议的“生产力标准”，即“在社会主义制度下，凡是有利于社会生产力发展的、有利于国计民生的事情，都是有利于社会主义的，都应该保护和支持。”

在加强改革开放的舆论宣传的同时，中国政府正在调查研究的基础上制订方案，力图在近期使以搞活大中型企业为中心环节的城市经济体制改革有所突破。据悉，即将召开的中共十三届八中全会也将把稳定农村改革政策等列入议题。

（原载1991年9月30日《中国经济新闻》周刊第37期）

还要多讲实事求是

落实国民经济和社会发展十年规划与“八五”计划，实现第二步战略目标，任重道远，需要我们艰苦奋斗，踏踏实实地努力，更需要我们坚持党的实事求是的思想路线，在改革开放中不断开拓奋进。

实事求是是我们党的优良传统，也是我们党在十一届三中全会以来一以贯之的思想路线。十年规划和“八五”计划，是坚持实事求是思想路线的产物。十年规划中提出的一系列社会经济发展指标，都是从实际出发，从国情出发，经过细致的调查研究和周密的测算之后产生的，是经过努力可以达到的目标。《中华人民共和国国民经济和社会发展十年规划和第八个五年计划纲要》（以下简称《纲要草案》）中提出的政策措施也都实实在在、切实可行。现在，各部门、各地区都在根据《纲要草案》的精神制定各自的十年规划和五年计划，如何做好这项工作，把群众的劲头进一步鼓起来，鼓实劲，而不是鼓虚劲，是一个不能忽视的问题。

首先，这不能看成一个简单的指标分解过程。只有把《纲要草案》的精神与各地的实际结合起来，才有可能使《纲要草案》在各个地区和部门落到实处。从过去的经验教训看，计划的制订特别要注意防止“层层加码”。经常有这样一种情况，某一个指标，从全国看是符合实际的，但在贯彻执行的过程中从上而下地逐级膨胀，不断加热，使符合实际的指标变成了不切实际的想法。“层层加码”，级级加热，或者出自加快地方或部门发展之心，或者出于显示干部政绩、魄力之意，其结果却都是有害的，无助于我们的方针目标的实现。

还有一种值得注意的倾向是“相互攀比”。在我们这个幅员广阔的国度，各地的条件不同，基础各异，发展的后劲也有很大差别，因此，各地在发展方向、速度及优势产业的选择上，只能从各自的实际出发，因地制宜，量力而行。不可置客观实际而不顾，一味地比投资的多少，比产值的高低，比速度的快慢，那样比来比去，指标越比越高，落实的可能性也就越来越小了。

实事求是地制定方针目标，前提是要摸清实情。简单地说，就是心中要有“数”。做到“心中有数”并不是一件容易的事。数字里头有学问。在有的地方，简单的数字能变出复杂的花样来，比如，同一个地区总结经验有一套数据，索要优惠政策另有一套数据；还有的地方专投上级所好，口袋里揣着好几本“账”，看上级脸色行事，看你倾向什么就报什么，只要上级需要，什么数字都可以报上来。如果依据这样的虚假情况去作决策，非出毛病不可。尽管这种情况并不普遍，仍然值得我们警惕。我们要构筑的新世纪的宏伟大厦，决不能建立在一个并没有夯实的基础上。我们的各级领导干部，切不可高高在上，坐而论道，满足于听汇报、发指示，要到基层去，到群众中去，在深入细致地调查研究中深化对国情、省情、县情的认识，在科学认识的基础上制定科学合理的目标和切实可行的政策与办法。我们的干部都应该像邓小平同志所指出的那样："我们一定要恢复和发扬毛主席为我们党树立的实事求是的优良传统和作风，做老实人，说老实话，办老实事，这是一个共产党员的起码标准。"

坚持实事求是，不仅仅是个思想方法问题，直接关系到如何调动群众的积极性。实现第二步战略目标，必须依靠群众，动员群众，宣传群众，把广大群众的社会主义现代化建设热情、智慧和力量汇聚起来，形成推动四化大业的无比巨大的合力。群众是最讲实事求是的，对各种"假大空"、"花架子"、主观主义、形式主义的做法深恶痛绝。种种脱离实际、脱离群众的做法，不仅不会鼓起人民群众的干劲和热情，反而会极大地挫伤群众的积极性。这样的教训历史上我们有过多次。只有从实际出发，坚持实事求是，才能使人民群众和我们心想到一处，劲使在一起，真正团结在党的周围，共同为实现宏伟目标而奋斗。

总之，把蓝图变为现实，我们既要有高昂的斗志，又要保持清醒的头脑；既要鼓劲，还要有科学的态度。要立足实际，真抓实干，讲实话，鼓实劲，做实事，收实效。当前，特别要注意在情况比较顺利的时候，防止头脑发热，防止经济过热。越是情况顺利，越要讲实事求是，扎扎实实地促进国民经济持续、稳定、协调发展。

（原载1991年4月26日《经济日报》）

相信厂长能够用好权

实行厂长负责制，会不会导致厂长滥用职权，独断专行？厂长有了干部任免权，会不会拉帮结派、任人唯亲？厂长的地位突出了，会不会搞不正之风，以权谋私？随着企业领导体制的改革，人们对厂长能否用好权产生了种种疑虑和担忧。

人们的这些担忧，不是没有根据的。企业的转轨变型、厂长职权的变化，时间还不长，企业领导者需要有一个适应和提高的过程。同时，党内和社会上存在的一些不正之风，也会给企业领导者带来消极影响。因此，在个别企业，确实出现了企业领导人以权谋私的现象。但是从全局和整体上看，那种滥用职权、以权谋私的厂长，毕竟是极少数。我们的厂长、经理绝大多数是称职的，他们完全能够用好国家赋予企业领导者的权力。

我们相信厂长能够用好权，是因为，实行厂长负责制的企业的厂长、经理，大多是在企业整顿和实行厂长负责制过程中经过认真考核任命的。为了调整好企业的领导班子，各级主管部门做了大量的工作，按照党的干部选拔标准进行了严格而慎重的考查。这些厂长、经理不仅年富力强，熟悉业务，政治素质也有明显提高，大连对工交基建系统骨干企业厂长、经理的调查分析，有力地证明了这一点。

我们相信厂长能够用好权，还因为，我们所实行的厂长负责制，是一个完整的概念，它包括厂长职权和地位的加强，也包括了企业党委的保证监督作用和职工民主管理的权利。随着企业自主权的扩大，各地相应实行了一系列保证厂长正确用权的配套措施，如建立工厂管理委员会、推行厂长任期目标责任制，实行厂长任期审计公证办法等等。有了这一系列措施的保证，即使有个别厂长滥用职权、以权谋私，也是可以及时发现并得到迅速纠正的。对于那些确实不称职的厂长，还可以随时撤换，甚至追究责任。实践证明，厂长负责制与厂长滥用职权并没有必然联系。过去，我们没有实行厂长负责制，不是也有厂长滥用职权的情况发生吗？推行厂长负责制，企业各方面关系理顺了，职权和责任范围更明确了，企业领导者的责、权、利结合起来了，滥用职权、以权谋私的可能性不是增大了，而是减小了。

相信厂长能够用好权，消除人们对于厂长负责制的疑虑，是保证企业领导体制改革顺利进行的重要条件。在企业内部，要通过有效的思想政治工作，树立厂长的权威，教育和动员职工群众服从厂长的统一指挥；在社会上，要通过舆论传播工具，宣传厂长正确用权的典型，澄清人们对企业领导者的片面指责与非议。一方面，企业主管部门要加强和改善对企业的监督与指导；另一方面，要相信厂长，支持厂长，帮助厂长解决实际问题，为厂长正确用权创造良好的外部环境。对于企业领导者来说，则要在实践中加强学习，总结经验，改正缺点，提高素质，适应新形势的需要。我们相信，广大的厂长、经理，一定能用优异的成绩和良好的作风，赢得社会的信任。

（原载1986年6月24日《经济日报》）

思想政治工作要推动观念变革

教育和引导职工群众自觉地进行观念变革，破除旧观念，树立新观念，是当前企业职工思想政治工作的重要内容。

观念变革是改革和社会主义商品经济的发展给人们的思想意识带来的必然变化，也是改革和社会主义商品经济的发展给职工思想政治工作提出的客观要求。我们正在进行的改革，是一场极为广泛而深刻的社会变革，它不仅促进了社会生产力的发展，而且改变着人们的思维方式和生产方式，给人们的行为规范和心理状态带来了各种冲击，使广大干部、职工在精神面貌上发生了积极、可喜的变化。但是，改革对旧观念的冲击并由此引起的人们思想观念的变化，新旧体制交替和转换所带来的新旧观念的矛盾和更替，现在还只是刚刚开始，还要经历一个艰巨的、长期的过程。由于封建主义的传统势力、小生产的习惯势力的影响，一些与改革和发展商品经济不相适应的旧观念根深蒂固，在职工群众中还有相当大的市场。同时，由于改革牵涉到每个人的切身利益，触及每个人的心灵深处，正像新旧体制的转换会有一个阵痛过程一样，新旧观念的更替也会有一个阵痛的经历。思想政治工作要适应新形势的要求，为经济建设和全面改革服务，就必须把促进观念变革作为自己的首要任务。要通过有效的、细致的思想教育活动，引导和帮助企业广大干部、职工破除与改革不相适应的旧观念，树立适应社会主义商品经济要求的新观念，形成文明、健康、科学的生活方式，振奋积极、向上、进取的精神。从而在社会心理和社会舆论上为改革创造良好的社会环境，减少改革的阻力，加速改革的进程。

人的观念具有强大的能动作用，新观念、新思想是改革的先导，而旧观念、旧思想却阻碍改革的顺利发展。引导和帮助广大职工自觉地进行观念变革，包括两个方面的内容。一方面，要克服和破除一切与改革的要求不相适应的旧思想、旧观念，如小生产观念，自然经济观念，狭隘保守、易于满足、因循守旧的观念，闭关自守、画地为牢、以邻为壑的观念，平均主义的观念，“大锅饭”“铁饭碗”的观念，不计成本、不讲效益的观念，轻视知识的观念，封建宗法观念、等级观念和人身依附观念，等等；另一方面，要树立与发展社会主义商品经济相适应的新思想、新观念，如价值观念、竞争观念、市场观念、时间观念、效率观念、人才观念、信息观念、质量观念、物质利益观念、创新开拓观念，等等。新观念的树立，旧观念的破除，必须结合改革的实际，结合广大干部、职工的思想来进行。特别是要紧紧抓住每项改革出台前后在广大干部、职工中引起的思想反映、产生的种种议论，有针对性地开展工作。在进行工资制度改革的过程中，就要着重破除平均主义、吃“大锅饭”的旧观念；进行劳动制度的改革，就要破除终身制、“铁饭碗”的旧观念，等等。需要注意的是，推动观念变革，只能通过积极的教育引导，不能采取那种“大批判开路”的错误做法。观念的变革，需要有一个逐步认识、适应、确立、深化的过程。我们要相信群众，依靠群众，靠启发群众的逐步觉悟来不断地把观念变革推向前进。

推动观念变革，还必须科学地分清新旧观念的界限。我们所说的新观念或旧观念，是相对于是否适应改革的需要、是否符合发展社会主义商品经济的要求、是否有利于发展社会生产力、是否符合四项基本原则和建设中国特色的社会主义的大方向而言的。这是划分新旧观念的唯一标准。只有科学地分清新旧观念的界限，我们的思想政治工作才能真正有效地推动职工群众自觉地破除旧观念、树立新观念，为改革服务，为新的生产力的发展鸣锣开道。

（原载1986年9月1日《经济日报》）

第二辑　时代华章

春潮正在涌动，春花即将怒放。春光弥足珍惜，春种才有秋收。让我们打点好行装，收拾起行囊，迎着新世纪的曙光，踏上新千年的征程，义无反顾，奋然前行。

——摘自《迎春赋》

回归赋

——热烈庆祝我国恢复对香港行使主权

今日何日？百年梦圆日。

今夕何夕？神州不眠夜。

多少天，九百六十万平方公里国土共期待，十二亿赤县儿女同计数。看今朝，钟声起处，香江与四海同欢，紫荆共百花怒放。天安门前舞雄狮，黄浦江畔奏大吕，深圳河上飘彩灯，太平山下起巨龙。笑脸如礼花般灿烂，激情似彩绸般飞扬。浩浩东海，盛不下如许欢乐；滔滔长江，载不动几多豪情。

此时此刻，普天下的炎黄子孙们，谁能不为之自豪、感奋？此情此景，关注世界东方的人们，谁能不为之瞩目、动容？我们有缘，有缘目击香港的回归，为历史作证。我们有幸，有幸抚平祖辈的创痛，开时代新篇。

观焰火满天，难忘虎门之烟尘；闻乐声盈耳，犹忆南京之遗恨。以今视昔，万千感慨。清廷腐败而民怨沸，国力衰微则外侮至。国门紧锁，锁不住列强悬想；壁垒高筑，挡不住洋枪洋炮。恃强凌弱，公理何存；割地赔款，国格安在？一段痛史，刻骨铭心。历史昭示人们，闭关岂能自恃，落后就要挨打。完璧之日，毋忘国耻；补阙之际，永铭教训。

抚今追昔，百年苦难，百年抗争。林则徐禁烟抗敌，大义凛然；三元里揭竿而起，民心可鉴；孙中山革新图强，历难弥坚。多少仁人志士，赴国难，抗外侮，为民生，前仆后继，浩气干云。是毛泽东同志领导中国共产党人浴血奋斗，开创了一个独立自主的新中国；是邓小平同志倡导的有中国特色社会主义理论推动中国走上改革开放之路，站起来的中国人逐渐富裕起来，国运勃然中兴，盛世景象重现。唯社会主义才能救中国，唯改革开放才能富中国，唯民富国强才能自立于世界民族之林。斯为至理，能不谨记？！

失地还，国耻雪，夙愿得偿，英灵可慰。一国两制，奇思既出，此志如磐。惊宇内，开顽石，顺民心，释疑难。港人治港，高度自治，五十年不变，稳定繁荣有新篇。东方智慧，理性抉择，既前无古人，必昭示来者。伟大构想今日终成现实，除旧迎新，举国同庆；有江泽民同志为核心的党中央指引航程，全民团结，大业方兴。

祝福您，香港！祝福您，祖国！珠还合浦更亮丽，山连五岳保太平。金瓯补阙添锦绣，舆图重整壮国魂。香港的明天会更美！祖国的明天会更好！

［原载1997年7月1日《经济日报》，获第8届中国新闻奖二等奖。入选《新闻报道精品选（1997年）》，学习出版社1998年12月出版;《见证·参与·推动——经济日报创刊30周年优秀作品选》，经济日报出版社2013年1月出版;《经济日报40年40篇作品选》，经济日报出版社2022年12月出版］

【作品点评】

这是一篇为庆祝我国恢复对香港行使主权而作的社论。

百年抗争，今日雪耻。是中华民族的胜利；是普天下炎黄子孙的自豪；是全球为之瞩目的盛事。作者以散文诗的笔触颂“回归”，字字珠玑，声情并茂。纵论百年苦难，昭示“落后就要挨打”的真理；颂扬赴国难、抗外侮、为民生前赴后继的志士仁人的民族精神。结论是：只有社会主义才能救中国。

该文文字工整且精练，逻辑严密，上下一百年的历程在如此短的文字中反映得灿烂夺目，给读者一气呵成的感觉。

［转自《新闻报道精品选（1997年）》］

大江截流赋

巨石翻滚，铁甲轰鸣，亿万双眼睛聚焦峡江，看人与自然的竞赛，看汗水与洪流的激荡，看理想与现实的交汇。历史终于在瞬间凝固。彩旗飞天，爆竹动地，两岸的人们紧拉起手，古老的长江低下了头。当代大禹舞长缨，豪情满怀缚巨龙。裁剪十二峰，锁定大江流。此举惊天地，此情泣鬼神。这是新辉煌的前奏曲，这是新世纪的奠基礼。

望大江东去，千年梦想，百年求索，成就世纪之交的壮举。人们赞美母亲河的乳汁养育了华夏文明，又怎能忘记不羁的洪滔给中华民族留下的创痛？束长江之水，解“心腹之患”，此乃孙中山之宏愿，毛泽东之畅想，邓小平之良谋，伟人情之所系，大众望之所归。从来伟业待良机，世间好事本多磨。新的领导核心科学论证，民主决策，务求筹划之精缜；各路建设大军悉心运筹，顽强拼搏，确保巨制之卓异。借天地之佳构，集人间之机巧，倚科技之神威，化神话为现实，祈万世之福祉。神女无恙，睹盛典而欢颜；层峦有知，逢盛世而额庆。

喜今日大江截流，夙愿初偿；看明朝高峡平湖，好梦成真。西江石壁高耸，万里银线入云。千亿电能缓解建设“瓶颈”，强劲动力驱动时代车轮。急流险滩成追忆，万吨舟楫可畅行。上宜渝，下汉申，一日千里走江陵。更喜川江水，听凭我调停。一解荆汉之险峻，永保洞庭之安澜。当斯时也，偕陆翁重游，听苏子再赋，看昭君起舞，与楚公同欢，观沧桑之变，惊世界之殊，感九万里山河增色，叹现代化大业有成，不亦乐乎！不亦快哉！

（原载1997年11月9日《经济日报》，获中国长江三峡工程开发总公司、中国记协评选的三峡工程大江截流好新闻三等奖。入选《经济日报优秀作品选》，经济日报出版社2003年2月出版）

悼英灵

哀乐低回，松柏低垂，祖国引为骄傲的儿女回来了；燕山肃立，永定含悲，我们值得尊敬的战友回来了。洒泪迎君归，鲜花慰英灵。

曾为异乡客，今为故国魂。在那不眠的40多个日日夜夜，是你们，置安危于不顾，视责任如泰山，铁肩担道义，疾手著檄文。枪炮声中，传递正义的呐喊；硝烟起处，指斥强权之无行。忽然霹雳从天降，北约悍然下毒手，毁我使馆，戮我公民。无耻暴行，千夫所指；英雄罹难，天地共愤。嗟夫痴儿热望母亲的爱抚，祖母期盼弄孙的欢欣，同事静候报安的音讯，读者翘望及时的新闻。更何堪，父为女殓，白发人送黑发人；儿接母归，重逢日即永诀时。皆为人子，缘何我不得尽身前之孝；同为人父，怎教我独受丧子之悲。无辜受戮，这是哪家的“人道”；生灵涂炭，又是何方的“公理”！

血，不会白流；泪，岂可轻弹。听山在呼，听海在啸，江河在咆哮，人民在怒吼！中华民族不可欺！中国人民不可侮！中国政府发出最强烈抗议，中国人民发出最严厉谴责，严正立场，金石之声，令施暴者战栗，令世人警醒。中国积弱积贫的时代早已过去，“八国联军”的旧梦岂可重温？请看今日之神州，经济在发展，国力在增强，民富国强可期，站起来的中国人不再任人欺凌；请看今日之世界，和平众所愿，发展众所盼，公道自在人心，爱好和平的人民不容炮舰横行。得道多助失道寡，多行不义必自毙。无耻谰言，怎能掩盖事实真相？倒行逆施，终将为历史唾弃。

归来吧，战友！归来吧，亲人！祖国以巨臂拥抱你的英灵，人民用鲜花铺垫你的归程。在你身后，高耸起丛林般的铁拳；在你身旁，高昂起十二亿不屈的头颅。化悲痛为力量，为强国而发奋，这是全国人民的共同心声，是对英雄最好的纪念。作为同行，我们将接过你们的笔，前仆后继，勇往直前，揭穿霸权主义真相；作为读者，人民将永远记住你们的名字，继承遗志，励精图治，实现振兴中华的伟业。

（原载1999年5月13日《经济日报》，获1999年度《经济日报》“十大新闻精品”奖。《人事与人才》杂志1999年第6期转载；入选《经济日报优秀作品选》，经济日报出版社2003年2月出版）

祝福您，祖国

您早，北京！您好，中国！朝晖里，看国旗冉冉升起；晨曦中，听国歌铿锵高奏；蜿蜒长城欣然起舞，此情难禁；滔滔永定放声欢唱，热泪难收。雄鹰在蓝天翱翔，铁骑在大地奔驰。鲜花在艳阳下盛开，笑脸在秋色中绽放。十里长街，涌动着欢乐的人流；千年古都，洋溢着青春的喜悦。这是金秋的北京，这是醉人的十月，这是炎黄子孙的共同节日，这是中华民族的世纪盛典。

巍峨的天安门城楼笑了，笑声中饱含着沧桑感慨。曾记否，同是这方土地，走过多少过客，留下多少创痛。八国联军在这里践踏“公理”；末代皇帝在这里走下龙庭；日本侵略者在这里留下罪证；国民党反动派在这里制造“黎明前的黑暗”……多灾的民族，多难的人民，多舛的国运。问苍天，覆巢之忧何时尽？强国之志何日酬？一部血泪史，几代救亡人。

高耸的人民英雄纪念碑笑了，笑颜里浸透着几许悲壮。民族的脊梁从来就没有弯曲，图强的志气从来也不会消沉。井冈山上，点燃了工农革命的星星火种；宝塔山下，集聚起抗日救亡的志士仁人；西柏坡前，筹划着改变民族命运的决战；石头城里，欢腾起迎接解放的笑声；历史终于翻开新的一页，天安门广场回荡着巨人的声音：“中国人民从此站起来了！”东方既白，古国新生，雄狮乍醒，石破天惊，山河为之鼓舞，天地为之动容，世界为之震惊。

庄严的人民大会堂笑了，笑意中激荡着几多豪情。一穷二白的土地上，要描绘最新最美的图画；当家作主的人民，能创造亘古未有的奇迹。金石之音在殿堂上回响，那是毛泽东在纵论十大关系；那是邓小平在疾呼改革开放；那是江泽民在描绘跨世纪远景……殚精竭虑，筚路蓝缕，不懈探索，百折不回。现代化的目标在这里孕育；“三步走”的战略在这里诞生；走向新世纪的蓝图在这里定型；建设有中国特色社会主义的道路在这里成为人民的共识，成为国家的意志。看今日神州，国力增强，山河增色；百姓安居，百工乐业；温饱有余，小康在即；民富有望，国强可期。敢笑贞观输此景，还叫康乾逊风骚。

百余年探索，五十载追寻，中国人民站起来，富起来，强起来，智珠在握，成竹在胸。巍峨的天安门作证，高耸的纪念碑作证，庄严的大会堂作证：只有社会主义能够救中国，只有社会主义能够发展中国，只有在中国共产党领导下沿着建设有中国特色社会主义的道路前进，人民共和国才能拥有更加美好的明天。

盛世盛典，美景美意。看成就，豪情满怀；想未来，信心百倍。让我们尽情地唱吧；让我们尽兴地跳吧；让悦耳的锣鼓撞动山峦；让灿烂的焰火照亮夜空；让共和国的每一寸土地上都写满我们的喜悦和祝福：祖国万岁！人民万岁！

（原载1999年10月1日《经济日报》。入选《写在盛世丰碑上——国庆五十周年新闻报道精品选》，人民日报出版社2000年1月出版）

迎春赋

道一声万福，问一声您好，给双亲磕个头，向邻里拱拱手，把笑意写在脸上，将温情留在心中。大红的灯笼檐前挂，喜庆的春联贴两厢。盛世欣逢佳节，正须高歌劲舞；新春喜伴新岁，何妨畅饮开怀。雄狮腾跃，彩船竞发，好一幅升平景象；瑞雪纷飞，玉树琼花，好一个丰年吉兆。

玉兔走，神龙归。辞旧岁，迎新春。检点过去岁月，几多收获，几多豪迈。经济持续增长，看风景这边独好；社会安定祥和，问世事今朝最佳；工农百业欣欣向荣，两个文明硕果双收。驾神舟畅游长天，垒石壁锁定蛟龙，牵银线辉映山乡，驱长车驰骋南疆。正义声音不畏强权，同胞亲情不容割裂，中华民众不信邪说；三大斗争捷报频传，偌多喜事接踵而至。欢庆澳门回归，一雪数百年屈辱，统一大业又迈新步；躬迎国庆盛典，尽览五十载风云，继往开来再谱华章。共和国的编年史上，又写下辉煌灿烂的一页；现代化的大写意里，再添上浓墨重彩的一笔。

春风起，春雷动，燕子飞去来，又报春消息。千年之始，机遇与挑战同存；世纪之交，希望与困难同在。东方乃龙兴之地，庚辰乃龙腾之年。良机岂可坐失，时势不容等待，宏图已经制定，道路已经开通。国企攻坚的号角已经吹响，重振雄风可期；西部开发的战鼓已然擂动，再铸辉煌有望。深化改革，营造生龙活虎之新局；扩大开放，迎接龙争虎斗之大势；东西并进，开创龙腾虎跃之时代；城乡共荣，展现龙飞凤舞之盛景。铸科技之剑，收画龙点睛之效；固教育之基，建藏龙卧虎之功；育文化之魂，振龙吟虎啸之音。龙的传人不会辜负龙的时代。新世纪大门轰然开启之际，理当是中华巨龙腾飞之时。

看时序更替，岁月如水，咏真情常在，希望永驻。在辞旧迎新的日子里，沉甸甸的收获令人陶醉，情切切的祝福令人感动，红火火的远景令人神往。春潮正在涌动，春花即将怒放。春光弥足珍惜，春种才有秋收。让我们打点好行装，收拾起行囊，迎着新世纪的曙光，踏上新千年的征程，义无反顾，奋然前行。

（原载2000年2月5日《经济日报》）

国之殇

汽笛长啸，如此凄厉，如此哀婉，怎不教人怦然魄动；国旗半降，如此庄严，如此肃穆，怎不教人黯然神伤。苍天托起圣洁的云翳，如白花朵朵，敬献灵前；大地耸起层叠的山峦，似幡旗阵阵，谨拱祭仪。泪飞如雨，十三亿黎民齐垂首；悲从中来，百万里河山披孝色。大江呜咽东去，奏响安魂之曲；长城岿然不动，树起永恒之碑。斯为国殇，举世哀恸！

沧海桑田，自然造化；地动山摇，史有所记。惟彼汶川，遽遭重击。震动九州，全民惊悚；波及异国，寰宇愕然。阡陌易颜，家园破碎。山倾覆而为壑，泥沙俱下；水堰塞而成湖，危若累卵。房倒屋塌，人无栖身之所；城荒池废，路有飘泊之魂。生灵涂炭，惨不忍睹；子散妻离，痛彻心扉。音书阻隔，十万里顿成孤岛；电断光泯，百万众莫辨西东。斯民何辜，历此大劫；家国有难，罹此重灾！

国难当头，赖党中央坚强领导，快速反应；人民历劫，看子弟兵星夜出动，飞身救险。灾情如火，总书记檄传天下，三军疾进；人命关天，温总理飞赴川西，指挥若定。以人为本，人民安危高于一切；执政为民，民众呼唤就是号令。争分夺秒，十万大军长途奔袭纾国难；全力以赴，各路英豪披荆斩棘解民厄。时间就是生命，管他山高路险坑深，勇往直前；亲人亟待救援，何惧夜雨泥流余震，顽强奋战。一息尚存，挖山不止；一线生机，百倍努力。瓦砾下托举起一个个生的希望，废墟里创造出一个个生命奇迹。

天灾无情，人间有爱。同胞手足，十指连心。夜夜难眠，荧屏聚焦无数目光；刻刻萦怀，电波牵动亿万人心。一方有难，八方来援。一处遭灾，百业动员。白衣天使聚集，救死扶伤；通信职工驰援，耳聪目明；开路先锋逞强，人畅其行；钢铁长龙骏驰，物畅其流。一切为了灾区，人人奋勇；全力支援灾区，个个争先。有钱出钱，爱心无价；有力出力，善行宜嘉。望神州处处，爱的暖流涌动；看灾区内外，绿黄丝带飘扬。众志成城，民心可鉴。多难兴邦，此之谓也。

哀乐低回，愿逝者安息！你那至亲的骨肉有人抚慰，你那未竟的理想有人继承；足音铿锵，愿生者自强！你那破碎的山河有待重整，你那美好的人生尚需奋斗。坚强汶川！磨不灭的是希望，撼不动的是精神。加油中国！震不垮的是意志，摇不散的是人心。

（2008年5月21日）

奥运颂

千年古都，一展亮丽新容；亿万黎民，得偿百年夙志；繁花如海，丹青写不尽胜景；彩旗如林，妙手书不罄美意。这里是金秋的北京，这里是世界的焦点，这里是文明的盛宴，这里是人类的盛会。嘉宾纷至，带来八方祝福；少长咸集，共襄旷世盛举。

盛世喜迎盛事，浩气盈怀；奥运关乎国运，感慨系之。忆往昔不堪回首，国难当头，人何以堪？山河破碎，术何以为？国势衰微，列强环伺；民不聊生，讥为“病夫”。刘长春千里走单骑，空手而归；孙中山奋发许宏愿，好梦难圆；重重关山，阻隔东西交流之道；煌煌金榜，难觅泱泱大国之名。穷则思变，百年探索；救亡图存，世纪抗争。喜雄鸡一唱天下白，多难兴邦；看东方睡狮站起来，抖擞精神。改革开放，成就振兴伟业；科学发展，开辟和谐新境。今日华夏，国泰民安，工农互动，城乡协调，山河重整，欣欣向荣。经济持续发展，国力不断增强，社会安定团结，人民安居乐业。全面小康可期，民族复兴在望。神舟巡天，问讯嫦娥安在；高峡平湖，且喜神女无恙；天路入云端，巍巍高原成坦途；蛟龙游碧海，东风长箭振国威。万千气象，描绘出太平盛世图画；壮哉中华，屹立于世界民族之林。

国运昌则百业兴，邦本固则民安宁。以人为本，人民利益高于一切；执政为民，民众健康重于泰山。寓教于乐，德智体美全面发展；专民结合，体育事业焕然一新。想当年，乒乓国手以技会友，小球推动“大球”转；登山健儿勇攀珠峰，红旗插上众山巅；怎能忘，中国女排豪气干云，铁榔头一锤定音；咫尺棋枰风云变幻，聂棋圣所向披靡；更有那，许海峰举枪建首功，栾菊杰仗剑走天涯，邓亚萍技压群芳，要金得金；王义夫宝刀不老，屡战屡胜；李宁出马，王子风采依然；张山折桂，巾帼不让须眉；刘翔飞跃，众生望其项背；陈中当道，敌手徒唤奈何；还细数，星光灿烂，跳台腾挪梦之队；神鹿飞驰，田坛竞走马家军；碧波荡漾，金花朵朵怒放；异军突起，舟楫只只争先；枪声响过，射手人人善战；绿灯闪亮，力士个个逞强；最豪迈，群雄聚悉尼，中国军团抢金夺银，勇进前三；战火燃雅典，中华健儿斩关夺隘，再上层楼。廿度春秋，世界体坛格局翻新；六番征战，金榜题名百十二回。赛场频传捷报，神州处处群情振奋；健儿屡夺锦标，怎不叫我热血沸腾！多少个不眠之夜，看国士拼搏疆场；多少次热泪盈眶，看国旗冉冉升起；多少人声嘶力竭，为子弟站脚助威；多少回鼓乐齐鸣，庆前方再传佳讯。振兴中华，强国之音从此奏响；从我做起，砺志之路自兹延伸。

三十年铺就强国路，二十载萦怀奥运情。给中国一个机会，还世界一个奇迹，这是炎黄子孙的心愿，这是世界人民的瞩托。曾记否，莫斯科上空一声清啸，九万里神州欢声雷动。中国，北京，2008，历史铭记下这永恒时刻，人民肩负起这光荣使命。汽笛长鸣，十里长街车如龙；笑语盈天，天安门前人如织。此夜难眠，听雄狮怒吼；此景难忘，喜百年梦圆。时间开始了，这是走向2008的脚步；航路指明了，这是欢聚北京的邀请。百年期许成就七载奋斗，庄重承诺化作强劲动力。绿色奥运，还古老街市以蓝天碧水；科技奥运，助各国健儿竞展英姿；人文奥运，让文明新风吹遍古城。博采众长，绘就建设蓝图；自主创新，挺起钢铁脊梁。一座座比赛场馆拔地而起，如雨后春笋；一处处服务设施修葺一新，似青春焕发。钢筋铁骨铸鸟巢，鸾凤可栖；美轮美奂水立方，鱼龙乐游。青岛的志愿者在行动，细致到每个环节；上海的服务员在备战，准备好你的微笑；天津的老大爷学外语，期待心的交流；沈阳的老太太扭秧歌，高唱爱的奉献。“我们准备好了！”这声音来自南疆与北国，来自内陆与海滨。舞动的北京，高擎中国印；五色的福娃，挚诚欢迎你。

帷幕即将拉开，序曲已然奏响。在那庄严肃穆的圣地，点燃纯洁无瑕的圣火，那是太阳神阿波罗的赐予，那是奥运会发源地的祝福，那是人类悠久文明的传承，那是奥林匹克精神的象征。她承载着希望与梦想，传播着光明与欢乐；呼唤着友谊与和平，阐释着平等与博爱。绮丽祥云托起熊熊火炬，北京奥运启动“和谐之旅”。风雨兼程，五大洲留下圣火的足迹；真情相约，亿万人分享着东方的盛意。光耀九天，些许浮云岂能蔽日；正气浩然，几只苍蝇终将碰壁。青山遮不住，毕竟东流去。看红旗招展，海外同胞满怀赤子之心；听锣鼓喧天，中华儿女抒发壮志豪情。祥云过处，长城内外同欢歌；圣火来临，大河上下共劲舞。点燃激情，两万名火炬手抵手相传；传递梦想，廿万里行程跨越千山万水。

五星璀璨，红旗下凝聚起汉满蒙回藏；五环紧挽，奥运会连接着亚非欧美洋。同一个世界，憧憬着同一个梦想；同一片蓝天下，期盼着共同的节日。铸剑为犁，干戈至此止歇；化敌为友，坚冰为之消融。历史性的时刻终于来到了。为了“更快、更高、更强”的目标，为了“和平、友谊、进步”的宗旨，为了公平竞争、追求卓越，为了团结与友爱、理解与尊重，不同国度、不同肤色、不同语言的人们走到一起来了。美丽的北京，敞开她博大的胸襟；热情的东道，打造出最好的舞台。让我们尽情地展示自己、享受欢乐吧，肩并着肩，手挽着手！

［原载2008年7月16日《人民日报》（海外版）］

中国质量鼎铭

九万里神州物华天宝，亿万众赤子豪气干云。身殉血淬，干将铸镆铘之剑。裁方砺圆，李春垒安济之桥。经编纬织，黄婆手巧。抟泥制字，毕公术精。景德瓷丽，泽披四海。龙井茶郁，香溢五湖。时光流转，人事非而宝器在；斗换星移，绝艺继而理念新。千年更迭，世纪初开。温饱有余，小康在即。宏图甫展，复兴可期。百年之计，质量第一，立企之本，兴业之基。民生所倚，国运所系，宁不慎乎？喜神舟飞天，扶摇直上，问讯嫦娥思亲否？看绝壁凌江，高峡平湖，原知神女应无恙！追求卓越，创新管理，百业兴盛，异彩竞呈。放眼量寰球一体，商海鏖战，国际竞争，还看我中国制造，中国质量，中国精神！

（本文系为中国质量管理协会颁授“中国质量鼎”所拟铭文，2004年11月完稿）

中国用户满意鼎铭

天地生万民，济之以万物。万民期于至善，万物臻于至美。故人有所需，术有所创。世有所用，业有所成。竞争之道，求诸人心。制胜之要，顺乎世情。以人为本，实乃管理之精髓。用户嘉许，不啻终极之赞誉。己不欲兮勿施于人，何妨反躬自问；德不孤者必有芳邻，正宜笃修慎行。质量兴国，诚信为基。顾客至上，满意是准。细分市场，兼容并蓄。工巧设计，斗艳争奇。创新技术，砥砺其器。优质服务，一诺千金。奖杯与口碑并重，金牌与名牌兼收，信誉与美誉同归。精诚所至，金石为开。真情所在，人心翕附。名满天下，鸿利纷至。本固基雄，前程似锦。铸鼎勒铭，以志褒扬。共襄伟业，与时偕进。

（本文系为中国质量管理协会颁授“中国用户满意鼎”所拟铭文，2004年11月完稿）

第三辑 实践启迪

东风西渐，南潮北涌，中国改革开放的壮丽画卷正在徐徐展现。只要我们思想更解放一点，眼光更长远一点，改革和发展的步子更大一点，张沿海之弓，扣京九之弦，发长江之箭，看黄河龙腾，听东北虎啸，观高原鹰翥，共和国必将拥有更辉煌的明天。

——摘自《“两虎”相较意味长》

武汉探访录

“老俵”给我们带来了什么？

《经济日报》编者按

两年多来，武汉市坚持从实际出发，采用多种形式改造、重组、搞活国有企业，使国有企业的改革有了实质性的突破，效果是明显的。最近，武汉的做法已在湖北省全面推开，并引起更多同志的关注。武汉的探索给我们一些什么启示呢？本报记者和评论员就此与武汉的同志进行了探讨，日前发回一组报道和评论，我们拟从今天起陆续刊出。

到生动活泼的改革实践中找题目、找材料，请基层的同志出观点、出思路，这是我们改进报纸评论工作的一种尝试。来自武汉的这组报道就是这种尝试的产物。所以，我们称之为《来自基层的评论》。

这种尝试是否成功？还得请读者来评判。

本报讯　“老俵”进厂，机制突变。发生在武汉注射针厂一个生产车间的巨大变化，成为武汉市经济界一个时期以来的议论“热点”。

武汉注射针厂是一家小型国有企业。4年前，工厂投资200万元建起一次性注射器生产线。产品对路，产量却一直上不去，不但未能创造效益，每年还要从企业身上“挖”走十几万元偿还贷款利息。去年3月，工厂迈出大胆的一步：请江西进贤县乡镇企业“老板”李启清等4人进厂租赁这条生产线。租赁合同规定，李启清等向工厂按月交纳租赁费，3年共交126万元；拥有用工、分配和经营自主权。

承包当月就生产一次性注射器25万支，大大超过上年17万支的全年总产量。接着产量月月攀高，到今年3月，一个月就产销注射器47万支，已相当于承包前该生产线的4年产量总和。去年，车间在没有向工厂要一分钱流动资金情况下，为工厂创纯利48万元。

一次性注射器产品生产要求高，流动资金需求大，而每支的利润才几分钱。市场竞争异常激烈。为了能赚钱，多赚钱，他们运用了原来办乡镇企业的那套经营机制，实行全计件工资制。不论他们自己带来的“打工妹”，还是原来车间的城市工，一视同仁，多劳多得，拉开档次，促进竞争。过去车间工人出废品、次品向厂里实报实销，现在不但废一赔一，而且出废品多了，承包人就要按承包合同规定，向厂里打报告把工人“礼送”回厂，而厂里只发基本生活费，不重新安排工作，“铁工资”和“铁饭碗”一齐打破后，职工的观念和工作态度发生了巨大变化：原来是厂纪厂规要求按时上下班，但即使“出工”也往往不“出力”，现在是上班提前，下班晚走；原来生产小组因客观原因完不成任务，成员只是坐等待料，现在是积极从内从外查找原因，主动配合管理人员尽快恢复生产……

“江西老俵”不仅包资金、包生产，而且包市场。过去，工厂一年生产10多万支注射器还销不出去，现在“老俵”每个月拿回的订单都超过100万支，产品供不应求。

该厂厂长龙捷贻告诉记者，目前正在把“江西老俵”带来的这种机制移植到其他车间，加快全厂转换机制、走向市场的步伐。

同样的车间，同样的设备，同样的产品，换了个“老板”，一个月的产量竟相当于过去一年产量的3倍。这不能不说是一个“奇迹”。

在武汉，这样的“奇迹”并不稀奇。两年前，连年亏损、债台高筑的武汉第二印染厂出让51%的股权，与港商合资组建荣泽印染实业有限公司，由港商控股管理，还是同样的员工，同样的机器，开业4个月就扭亏为盈，产品从质次压仓到97%出口，年创汇达1000万美元。从“二印”到“荣泽”的这种反差，被武汉人称为“荣泽现象”。

看得见的变化令人惊诧。惊诧之余，人们不禁要问：这些看得见的变化是怎样形成的呢？注射针厂的那位“江西老俵”回答得直率：关键是机制。

“机制”这个词这些年用得多了、滥了，但“耳熟”未必“能详”。什么是机制？似乎总给人一种“摸不着”的感觉。探究一下注射针厂与二印的变化之谜，或许能够帮助我们抓住那“摸不着”的东西。

作为变化的前提，是“老板”换了，注射针厂的注射器车间是“老俵”当家，荣泽公司则是港方控股。换“老板”的意义并不在于新的老板可能更能干些，而在于企业的产权更加明晰，企业的体制发生了根本改变。

体制不等于机制，注射器车间与荣泽公司在体制上是大不相同的。但在这种不同的后面，还有一些共同的东西。

比如，老板的责任和权力变了。企业的经营成果与老板的收入密切相关，并且，经营者还要承担经营失败的风险。于是，经营者对企业负责，也就是对自己负责，与这个责任配套的是，经营者有了不受干预的权力。

比如，职工的身份变了。原来的国家干部和全民职工，在荣泽变成了港商的雇员，在注射器车间变成了“打工仔”“打工妹”。而且，干部与工人的界限也化作乌有了。

比如，分配制度变了。拿注射器车间来说，彻底的计件工资，真正的上不封顶、下不保底。

还有，办企业的目的更明确了。对于香港老板和“江西老俵”来说，除了赚取更多的利润，没有什么别的目的。

还有，管理制度更简化了，却责任明确，赏罚分明……

或许所有这些企业内在的变化，就构成了那个被称为“机制”的东西。问题在于，这些看起来并不深奥的东西，为什么国有企业就学不了呢？原来的二印厂长、现任荣泽公司副董事长的张怀义回答说：“我琢磨过，港商在管理上没有太多的新道道，现在全公司的规章制度不过8条51款，而我们过去仅仅是质量管理就有好几厚本的规章、条例，但质量就是上不来。用现在这套办法去搞国有企业行不行？看起来行，实际上还是不行。机制的核心在人。现在的老板有权了，最大的权力是什么？是你干得不好就叫你走人。并且，即使你干得好，如果工厂不需要，同样要你走人。国有企业能行吗？辞退一个违纪工人还要闹上一年半载呢。”

张怀义的话未免有些悲观，却也不无道理。机制的转换如何从人的问题上着手，正是当前企业改革中迫切需要研究、探讨的大课题。

在转换机制的问题上，荣泽的“整体嫁接”和某些小型企业的“改换机制”，走的都是一条捷径。不是所有的企业都能走上类似的捷径。但这不妨碍我们从中品味出一些有价值的东西，拓展我们的视野和思路，最终找到一条曲径通幽的路子来。

（原载1994年4月9日《经济日报》，与王明健、黄传芳合作）

“冰川”的加法减法和乘法

本报讯 武汉人都知道“冰川”，它是一种名牌羽绒服的商标，又是冰川实业（集团）股份有限公司的简称。前者是后者的“发家”产品，当初后者只是一个拥有600名职工、1000万元产值、处在盈亏临界点的街办集体小厂，但短短6年，“冰川”商标旗帜下，是一个集羽绒系列、床上用品、旅游用品、高档皮服、各类服装以及服装面料、化工原料为一体的产品家族，而冰川集团已壮大成一个拥有14家企业、1.2亿元产值、2000多万元利税、年创汇800万美元，在全国同行中效益增长速度最快的“巨人”企业。

冰川奇迹般地崛起的秘诀之一，就是抓住机遇，大胆通过兼并壮大自己。1990年，刚刚摘取国际金奖的冰川羽绒服红透武汉市场，产品供不应求，结果出现仿冒产品。厂长冯三九清醒地意识到：一个名牌，仅有品种、质量，没有规模和数量，就难以覆盖市场、占稳市场。老厂的“舞台”太小，打不开拳脚，他一眼盯上场地空阔但负债600万元的武汉第六针织厂。兼并从表面上看要背沉重的债务和人的“包袱”，具有风险，但由于比新建生产基地省去了申报项目、贷款、征地、盖楼等费时过程，不仅省钱省时，还能使自己一夜“长大”。兼并的第二天，冰川就在“六针”的厂房开动机器，当年就赚回了一个“六针”。1991年1月，尝到合并甜头的冰川又一口“吃”掉了负债2500多万元的国有企业红旗服装厂，并利用该厂厂房，投资980万元引进无纺布生产设备，把睡袋和高弹棉服扩展为冰川的第二主导产品，并催生出“冰川寝装制品公司”等。

6年间，冰川还先后合并、兼并了其他三个亏损企业，“身高体壮”的冰川，迈开了超常规的发展步伐，从服装到化工，从工业到商业……冰川的效益也在不断“裂变”，6年来，产值增长了12倍，利税增长了46倍，利润增长了103倍。

三三得九。“冰川”的老总冯三九的名字颇像一道算式。仔细琢磨，冯三九办企业的道道也像是一道算式。冰川靠兼并起家，在先后“吃掉”5家大小企业后发展到今天年产值1.2亿元的规模，跻身于武汉大中型企业20强，这用的是“加法”；在规模扩张的同时，冰川以全国同行业第一的发展速度，6年间产值增长12倍，利税增长46倍，利润增长103倍，这用的是“乘法”。由“加法”导出“乘法”的效应，这就是冰川的成功之处。

其实，武汉市“五个一批”的改革思路，也可以用算式来表述，这就是减法、加法与乘法。

先说减法。市场经济是在竞争中求发展的经济，竞争的结果必然是优胜劣汰。当冰川以超常规的速度发展壮大之时，武汉市国有服装行业连年出现大面积亏损，相当部分企业濒临绝境。被冰川兼并的国有红旗服装厂，被兼并时资不抵债已达786万元。这样的企业搞活无望，就只能用“减法”：搞死，或者拍卖、或者破产、或者让优势企业兼并。减法用得好，可以制止恶性拖欠，堵塞亏损黑洞、防止资源的浪费，按照“负负得正”的原理，就有“加法”的功效了。

无论如何，承认搞活还必须搞死的现实，是尊重客观经济规律的表现，是国有企业改革思路的一大突破和进步。武汉市在兼并、破产等改革探索中既有“先声”，又有“后动”，敢于动真的、来硬的，是值得肯定的。

再说“加法”。搞死企业毕竟不是我们的初衷，搞死企业为的是盘活要素。搞活无望的企业并非毫无价值，其中积淀着大量的物化资产，房产、设备、技术和产品储备，还有不断升值的地皮等，这是一笔巨额的被埋没、被忽略的社会财富。对这类企业施之以“减法”，为的是让这一部分闲置的生产要素解放出来、流动起来，用于优势企业的发展。这是由减法导出的加法。

由减法导出的加法是一种被动的、不得已而为之的加法，搞活国有企业仅有这样的加法是不够的，还要有积极的主动的加法。比如说，“五个一批”中“组建企业集团壮大一批”显然是一种加法；对企业进行股份制改造也可以看作一种加法，在单纯的股权结构中加入法人股、职工股、公众股，股本的增加积累着发展的后劲，至少，也可以使国有企业投入不足的问题迎刃而解。

减法也好，加法也好，都是手段，而不是目的，目的是要通过加与减得到“乘法效应”，让有限的资本发挥最大的价值、创造最好的效益。能否实现从减法、加法到乘法的飞跃，关键在于生产要素能否在流动中按照市场规律、运用市场机制重组，最终实现资源的合理配置。同样是武汉纺织系统，冰川通过组建集团起飞，也有“集团”却是合合分分，在剪不断、理还乱的纷争中两败俱伤，加法变成了减法，区别就在于前者是“自由恋”，后者是“拉郎配”。无论是组建集团，还是搞股份制改造；是嫁接，还是兼并，如果仅仅意味着企业资本的增加、地皮的扩大，而未能促成企业组织结构的合理调整、生产要素的科学配置、经营机制的切实转换，那么，加加减减都失去了其根本的意义。

如果把“五个一批”的改革思路理解为搞活企业的五个或者更多的办法，那就错了。“五个一批”精髓何在呢——

流动、重组、合理配置。

（原载1994年4月10日《经济日报》，与王明健、黄传芳合作）

特困企业：背着走还是推着走

本报讯　这是一家已经将1100万元国有资产亏成空壳，连续5年严重亏损1726万元，1153名职工已经10个月没领到工资的国有企业，根据厂职代会作出的同意企业破产决议和企业破产申请，武汉市中级人民法院日前裁定：江汉食品厂破产还债。其资产以2780万元价格，定向转移到湖北利达房地产开发公司。至此，武汉市38户最困难的亏损企业中，自去年7月以来，已经有6户被整体出售或宣告破产，10户进行土地批租重办新厂，5户分离出优势产品或车间重组实体脱壳经营，3户被兼并转产，13户挂账承包或国有民营。除武汉葡萄糖饮料厂正在寻求合并对象外，38个特困企业中的37户已经通过产权让渡绝处逢生，先死后生。

武汉江汉食品厂等38个特困企业，都是武汉市的扭亏“老、大、难”，最短的亏损3年，长的连亏11年。这些特亏企业“药”吃了不少，什么“输血”“供氧”“止痛”，什么“大带小”“强帮弱”，什么给项目、给资金、给产品，乃至“限期扭亏”“黄牌警告”，等等，却越扭越亏。38户企业拥有的6.11亿元国家资产已亏掉5.15亿元，负债总额高达8.89亿元，资不抵债2.78亿元；38户特困企业，已经有36户停产、半停产，在3.78万名职工中，有2.79万名在职和离退休职工早已领不到工资与离退休金，另外1万名职工靠企业借贷、变卖机器设备与房产发基本工资、基本生活费，成为极不稳定的社会因素。去年4月，武汉市委书记钱运录、市长赵宝江果断决策：废止用给政策，给优惠，财政、银行给饭吃的保护主义办法，代之以整体出售一批，破产、拍卖一批，土地批租、卖地转让一批，重组实体脱壳经营一批，兼并转产、国有民营一批的深化改革办法，推着这些企业面向产权市场走改革之路，在实现产权的流动、重组中死而后生。

“扬汤止沸不如釜底抽薪”。武汉市38个特困户平均每年产生的1.03亿元的新亏损，伴随着这些企业在“五个一批”改革潮中的“死亡”和新生而消逝。据武汉市人民政府提供的资料显示：过去5年累计亏损5056万元、负债高达1.4

亿元的武汉洗衣机厂，去年7月拿出5公斤双缸洗衣机优势产品、部分设备和职工，采取脱壳经营形式重组，并积极投靠无锡洗衣机厂组织小天鹅洗衣机的生产，新企业当年就创利近200万元。严重资不抵债的武汉手帕厂，脱壳经营后，靠新组建企业创下的利润保证了老厂职工、退休工人的工资与福利费。武汉市无线电天线一厂被兼并到市无线电天线厂后，将居于闹市中心的工厂土地以1296万元批租给武商集团，到武汉市黄陂县环城镇同乡镇企业合资建新厂，结果老厂房变新厂房，老设备换新设备，劣势产品变优势产品，亏困企业变盈利企业。已经改革的37户特困企业正在新生。据主管和实地操作这项重大改革的市委副书记王守海、副市长张代重介绍，38户特困企业的不稳定因素已经伴随着改革的深化而消除，近一年来，没有出现影响社会稳定的不良反映。

或者绝处逢生；或者别开新境；或者“安乐”而死；或者随缘而去……武汉市38户最困难的市属亏损企业已有37户找到解困之路，这是一则令人欣慰的消息。

所谓“特困企业”，指的是债台高筑，扭亏无望，前景黯淡，职工生活无出路的严重亏损企业。类似的企业武汉有，别的地方也有。这类企业的出现，一方面是市场竞争中不可避免的事，另一方面，也是长期以来旧的盈亏观念的产物。

在现代商品经济社会，企业的盈与亏、生与死并不取决于我们主观上的良好愿望，企求完全消除企业亏损无疑是一种幻想。长期以来，我们却一厢情愿地认为，企业只能盈不能亏、只能生不能死。我们有不少“催生”企业的手段，生一个，保一个，只生不死，且越生越多。由于企业被当作政府部门的附属物，企业的亏损必然由政府兜起来。企业既不能死，又不能活，于是就有相当一批企业长期躺在政府的“大饭锅”里半死不活地生存着。

旧的盈亏观念，加上错了位的政企关系，就使我们的扭亏工作成为长期难以根治的“老大难”问题。“会哭的孩子有奶吃”。政府部门不得不一天到晚围着亏损企业转，找产品，找资金，找人才，越是亏损严重，就越有政策扶持；

越是政策扶持，企业对政府的依赖就越强。如此反复，扭亏就陷入“越扭越亏”的循环。

对亏困企业由政府“背着走”“抱着走”的办法显然不灵了。在有些地方，即使政府想“背”，也“背”不动了。正是在对过去扭亏工作的反思中，武汉市委、市政府提出了立足改革，不仅治标，而且治本的扭亏解困思路，并在38户企业解困工作中首战告捷。

解困是扭亏工作的继续，但解困不等于扭亏。解困的概念是建立在新的企业盈亏观、生死观上的。既然不可能要求所有的企业都“长生不老”，我们就要承认、探索、解决好企业“死”的问题。当扭亏无望的企业通过“五个一批”的种种手段被拍卖、兼并、破产，职工得以安置，资产得以利用，这就获得了另一个意义上的“新生”。这就只能叫“解困”而不能称作所谓的“扭亏”，这也是“解困”与“扭亏”的最主要的区别。

立足改革抓解困，关键在于政府行为的转变。也就是要变对亏困企业“背着走”为“推着走”，把扭亏解困的责任感和危机感还原于企业，推着企业走向市场，走上改革之路。亏困企业中需要作破产处理的毕竟是少数，即便是应该破产的企业，在当前的政策和社会环境下真正走上破产程序也是很难的。更多的企业还是要在改革中找出路，在改革中求生存。只要立足自身，解放思想，转变观念，加快机制转换，大力调整结构，绝处是可以逢生的，武汉38户特困企业中就不乏这样的范例。对于政府来说，解困工作的重心应该是“推”而不是“扶”，是“导”而不是“拉”，在适当运用行政手段的同时，更多地运用经济的办法、法律的办法为企业解困服务。

武汉市委书记钱运录在谈到特困企业的问题时指出：“这是一个需要高度重视的问题，是经济问题，也是政治问题。”这是一种清醒的认识。特困企业是社会矛盾相对集中的地方，解决好特困企业的问题，是维护改革、发展、稳定大局的一项重要工作。

武汉市的改革思路在最困难的一批企业中最快见效，这是耐人寻味的。企业改革从哪儿改起？武汉的经验告诉我们，不妨从最困难的企业改起。当老路走不通的时候，人们就可能更自觉、更主动地探索新路，这也是深化改革的一种动力。

（原载1994年4月13日《经济日报》，与王明健、黄传芳合作）

从商品经营者到资本经营者

本报讯 两年前的武汉印刷厂，还是无资金保障、无定型产品、无固定市场的“三无”企业；两年后的今天，武汉长印（集团）股份有限公司的主要效益指标跨入全国同行业的前三名，成为武汉市第一家工业企业上市公司。长印集团以超常规发展的实践，走出了一条从商品经营型向资本经营型转变的成功之路。

曾经发生过这样一件耐人寻味的事：6年前，武汉印刷厂机修车间设计出一种市场潜力大的轮转对开印刷机，由于工厂经营单一，加上资金紧缺，设计图纸被廉价卖给了一家乡镇企业，为那家小厂创造出6000万元的产值。几年以后，工厂竟然不得不找上门去，高价购买本是自己设计的印刷机。

不能再干捧着“金饭碗”要饭吃的蠢事了。长印人从这件事中得到启示：企业不活，不能光找“先天”的毛病，怨天尤人，还要多从自己身上找原因，立足于向内使劲，用活资本。他们从负债经营起步，大胆举债进行技术改造，迅速将规格齐全的印刷制品推向市场；他们调整经营思路，打破“行业单一、产品单一、地区单一”的旧格局，搞多元化经营，什么赚钱干什么，先后涉足电子制版、机械制造、房地产、商贸、影视文化等多种产业，形成集团化的多产业支柱；他们抓住机遇，通过股份制改造筹集资金，转换机制，寻求更大发展，组建了由五家中外合资企业和六家内资企业组成的股份集团公司。1993年同1991年相比，公司实现利润翻了两番，国有资产由1258万元增值到1.9亿元。

长印人尝到了用活资本的甜头。为加快从商品经营型向资本经营型的转变，今年年初，他们进一步提出了发展企业的“6字方针”：投，加大投入，自我改造；控，多方参股，重点控股；扩，扩大规模，培实主业；建，尽快建成占地380亩的“长印工业村”；收，收购企业，起死回生；借，借助社会，发展长印。长印人相信，他们找到了企业活力的源头。

国有企业活力不足，有两个原因：一是“先天”的原因；二是“后天”的原因。

“先天不足”的问题是显而易见的。我们现有的绝大部分企业，是在计划经济体制下建成的，它在孕育、降生的过程中，就已经种下了不少“先天的”病根。在企业发展的过程中，又要承担许多不应该由企业承担的职能和义务。所有这些“先天”的因素，一直严重困扰着国有企业，使国有企业在与其他所有制成分的竞争中处于劣势地位。解决国有企业“先天不足”的问题，是搞活企业的题中应有之义。

但要看到的是，“先天”的因素绝不是企业不活的全部的或者是唯一的原因。同样是“先天不足”，有的企业发展快，有的企业发展就慢；有的濒临倒闭，有的如日中天；这只能说明，在“先天”的因素之外，还有一些“后天”的东西影响着企业的发展。问题在于，如果提起国有企业效益低、发展慢，国有资产不断贬值和流失的严峻现实，我们的厂长、经理往往并不服气。听厂长经理们“诉苦”，谈得最多的都是“先天”的问题，似乎只要把“先天”的问题解决了，企业的活力就有了，就可以与“老外”“老乡”比个高低。事实上，正由于我们习惯于把企业不活的全部症结归之于“先天”因素，使企业改革始终难以走出“放权让利”、减税免税的思路。企业习惯于“要”，政府习惯于“给”，结果“先天”的问题没有真正解决，“后天低能”的问题却越来越严重。

所谓“后天低能”，当然不是说我们的厂长经理低能，不是说我们的职工群众低能。“后天低能”是历史的产物。在计划经济时代，企业是单纯的产品生产者。改革开放以来，我们逐渐承认了市场的作用，企业不仅要管生产，还要管经营、管销售，开始行使商品生产经营者的职能。可以说，这一转变已为大多数企业所适应。但这还远远不够。当建立社会主义市场经济体制的目标确立以后，企业就不能仅仅是商品生产经营型的企业，而应该是能够自觉、自如地运用资本去赚取最大利润的资本营运型企业。无论是机制、观念还是技能，都是一次更大的飞跃，而我们的大多数企业还远远未适应这一转变，这才是当前国有企业“低能”的要害所在。

因此说，企业的“后天低能”不是别的低能，而是资本营运的低能。长印集团之所以在较短时间内实现了超常规的发展，就在于在这个问题上他们比别的企业醒悟得早一些、动作快一些。不是所有的企业都看到了这个问题。与一些外方老板作个比较，就可以看到我们的差距所在。武汉荣泽公司合资后效益大增，其实，两位外方老板是一对搞贸易的年轻夫妇，不懂印染，也不是管理专家，他们管什么？管的就是资本，管的是资产的增值。还有一家合资企业，中方提出上一个技改项目，外方就项目本身没有意见，却提出一个问题：为什么现在要花这样一笔钱，放到年底或者明年再花行不行，什么时候花合算？果然把中方管理人员给问住了。类似的问题，国有企业搞技改时想到了吗？

不解决“后天低能”的问题，不学会盘活资产的本领，“先天不足”的问题也解决不了。长期以来，我们对国有企业不是没有投入，而是投入多、产出少，花了许多不该花的钱。习惯于系列改造、成龙配套、从头到尾花钱，习惯于盖又高又大又结实又漂亮的厂房，用上100年都不坏。正是这种改造思路，使国有企业陷入“不技改等死，搞技改找死”的两难境地。武汉市副市长张代重介绍，他们最近有个想法，准备给企业的技改投资制造一点“硬缺口”，就是想逼着企业破除“围墙内的经济思想”，让你搞不成“小而全”，不得不到社会上去找外协，求配套，学会少花钱多办事。

不能忽视国有企业“先天不足”的问题，同样不可忽视“后天低能”的问题。当我们的企业像长印集团那样，真正掌握了资本营运的本领的时候，国有企业就将成为市场竞争中最活跃、最有力量的因素，这是不容置疑的。

（原载1994年4月22日《经济日报》，与王明健、黄传芳合作）

“包袱”宜解不宜推

本报讯　规模翻一番，人员减一半。这个对大型联合企业来说犹如“天方夜谭”的目标，正在武汉石油化工厂逐步变为现实。

“不能背着‘包袱’上市场。企业要生存，要参与市场竞争，必须尽快把富余人员从企业中分离出去。”两年前在企业最不景气的时候接任厂长的孙君贵，坚持抓两手：一手抓技术改造，扩大规模；一手抓内部改革，精干主体，分流人员。

一场“静悄悄”的改革在武石化拉开帷幕。为精干主体，他们对后勤、服务、配套等部门实行整体剥离，以承包为基础，选准对象，合理分流，划清关系，推向市场。由运输大队剥离组建的汽修公司，过去每年要花掉厂里数百万元的养护费，剥离后运输、修理、商业、饮食多业并举，去年创收789万元。

要实现增产减人的目标，关键要有一个增产减人的机制。武石化摸索了一套增人不增奖、减人不减奖，运用经济杠杆调节用人数量的办法，以制度和机制保证用人单位增产减员。常减压车间将原来的八个岗位合并为五个岗位，人员减少一半，由于工资总额不变，职工平均工资去年增加到1万元。到去年年底，厂部和主体厂共有556人“下海”，新组建了33个独立的经济实体。大量人员分流的结果，成本下降，效益提高，职工收入增加，稳定了一线队伍。

剥离分流的过程，也是深化改革、转换机制的过程。武石化走上了超常规发展的快车道。两年来，原有6675名职工已剥离分流2582人，超过了职工总数的1/3。38个独立经济实体新创利税近2亿元，不仅减少主体厂负担5000万元，还上缴纯利6300万元。该厂自筹资金上马的150万吨常减压和60万吨重油催化裂化装置将于明年6月竣工投产，届时职工总数有望减到3000人左右，实现规模翻一番、人员减一半的目标。与此同时，1992年提出的3年实现加工能力、产值、利税、人均收入等“六个翻番”的目标，有望如期实现。

武汉有一批“武”字头企业，武钢、武重、武锅、武船等，还有前面报道的武石化，称得上是武汉企业群中的“大哥大”。“武”字头都有辉煌的过去，又都面临着共同的现实困扰。比如，人多包袱重，就是今天困扰“武”字头企业发展的共同的难题。因此，“武”字头企业的内部改革，大都是从减人上开始破题的。

人多包袱重，当然不只是“武”字头的难题，可以说是国有企业的通病。

企业的所谓“包袱”，包括人的包袱、债的包袱、办社会的包袱。包袱到底有多重呢？不好一概而论。债的包袱有据可查，据对武汉市146户大中型企业的统计，到去年年底，资产总额为333亿元，债务总额为235亿元，资产负债率为70.6%。因此，一些厂长开玩笑说，他们是在为银行“打工”。至于养人和办社会的包袱，就很难估算了。比如，关于企业富余职工，有人估计要占10%，有人估计要占30%。如果把富余职工、退休职工和办社会的职工加起来，比例肯定要大得多。按孙君贵厂长的说法，如果在国外的话，武石化现有规模用300人足够了。这个数字只是该厂原有职工总数的1/22。

背着“包袱”上市场，行吗？答案明摆着：不行。随着社会主义市场经济体制的建立，市场的力量终将取代计划的力量，成为竞争中的决定性因素，作为市场主体的企业享有平等的机会，市场决不会因为你有“包袱”而对你有所偏爱。在与多种所有制成分的竞争中，国有企业的包袱问题已经成为明显的制约因素。即便有些企业眼下的日子过得去，但无远虑就会有近忧。人多包袱重的问题，不在于今天企业养不养得起，而在于明天养不养得起，在于因为养人、办社会的需要使我们牺牲了多少效益、丧失了多少机遇。

包袱宜解不宜背，冗员宜减不宜增。我们不能把解包袱的责任都推到企业身上。企业的包袱之所以越背越重，就因为他们不得不承担许多该由政府和社会来办的事。把不该由企业办的事交给政府和社会来办，是解包袱的真正出路。问题在于，从政府和社会的承受能力看，这条出路眼下还难以走通，国有企业的两难处境就在于，市场竞争的压力逼着他们尽快甩掉包袱，轻装前进；而国有企业特有的社会责任又要求他们立足于自我消化，不能把包袱甩向社会。

既不能把包袱背起来，又不能把包袱甩出去，于是就有了“武”字头企业的创造：剥离与分流。一方面是下决心对企业机体动“刀子”，削繁去冗，精干主体；一方面是安置好分流人员，扶持、引导剥离部分走向市场，自主自立，自我发展。这是一条在“两难”中寻求“两利”的现实出路。实现“两利”的关键，是要把剥离、分流与深化改革结合起来，剥离一块，改革一块，或者承包、或者转让、或者合资、或者搞国有民营，使剥离出来的部分一开始就建立在新的机制上运营。我们的目的，不仅要把包袱卸下来，还要让包袱变成财富，成为新的经济增长点，创造更多的利润和就业机会。

在武汉企业界，人称孙君贵为“孙大胆”。因为胆子大，改革的步子也迈得早一些、快一些。无论是股份制改造，还是用改革的办法搞剥离分流，武石化都先行一步。不仅“想啥干啥”，而且“干啥成啥”。如今，武石化职工收入水平在武汉地区名列前茅，青山区那个偏远的角落竟成为武汉产业工人最羡慕的地方。

武石化的成功昭示了“武”字头企业的希望所在。这也是国有大中型企业的希望所在。

（原载1994年5月1日《经济日报》，与王明健、黄传芳合作）

【作品点评】

《经济日报》连续发表的《来自基层的评论——武汉探访录》，是一组从基层中找话题、挖鲜活思想的述评。这种述评有事实、有依据，看得见、摸得着，可信度高，指导性强，为近些年所少见。

从具体的事实出发，一事一议，就事论理。《来自基层的评论》采取这种评论的方法，效果是较好的，符合人们由感性到理性认识事物的规律和过程。有事实、有观点，容易被人接受。先摆出了武汉石油化工厂进行剥离分流，精干主体的改革，既不向社会扔“包袱”，又创造了人员减一半、规模翻一番的辉煌成果的事实，然后在评论中提出国有企业的“包袱”自己不能背，也不能扔向社会的观点，才能被人们心悦诚服地接受。这就是就事论理的效果。当然，就事论理，只是评论的一种方法。

（摘自《金融新闻界》1994年第5期阮观荣文）

分兵突围与外部接应

本报讯 政府分类指导，企业对号入座。武汉市以“五个一批”的基本思路推进国有企业改革，在盘活存量、转换机制、优化结构上有了实质性的突破。

武汉市的企业改革同全国一样，经历了简政放权、减税让利、承包经营、贯彻落实《全民所有制工业企业转换经营机制条例》的发展过程。1992年年初，武汉市委、市政府为推动企业改革进入新的层次，提出了以“五个一批”重组、改造、搞活国有企业的思路。两年来，“五个一批”的做法在实践中发展完善，取得了积极的成果。

——股份制改造一批。两年中全市新组建的股份制企业272家。到去年底，有股份制企业307家，其中股份有限公司111家，总户数位居全国前列。

——引进外资嫁接一批。到去年年底，有816户工业企业引进外资进行嫁接改造，10余家企业实现整体嫁接，通过嫁接引进外资11.5亿美元。

——组建企业集团壮大一批。仅去年新组建集团就有36家，其中3家是私营企业集团，形成了一批带动武汉经济发展的“排头兵”。

——开发第三产业转向一批。市属640户工业企业共开办第三产业门点3680个，从业人员8万多人，有19户企业易地改造转产。

——拍卖、转让、破产及国有民营一批。251对企业实现了兼并，其中去年兼并28对，转移存量资产5700多万元；出售企业5户，出售金额6300元；对6户资不抵债的企业实施了破产处理；1500余家小型企业实行了国有民营，70%的小型商业企业通过国有民营实现扭亏。

武汉近两年的企业改革是围绕“五个一批”的思路进行的。在我们就要结束武汉之行的时候，我们就“五个一批”的有关问题走访了湖北省副省长、武汉市市长赵宝江，于是有了如下一番对话（○本报评论员；●赵宝江副省长）。

○国有企业的改革一直是改革的重点。但长期以来我们习惯于单一模式的改革，一个时期一个办法。“五个一批”是对这种单一模式的突破。

●这是从实践中得出的教训。一开始是承包，以为“一包就灵”，实际上没有解决负盈不负亏的问题。后来是减税让利，放水养鱼，但放了水看不到多少鱼，鱼跑了。我们在探索中感到，国有企业的搞活问题，不是一个药方、一两个办法能解决的。企业的情况千差万别，只能是什么问题开什么方，对症下药。搞一两个模式，反而会束缚我们的思路。

○这个提法本身容易引起误解，以为是搞活企业的五个办法。

●看起来是五个具体的操作办法，实际上已经涉及深层次的改革，也就是产权制度的改革问题；涉及企业改革的内部与外部相配套、相衔接的问题；涉及改革如何与结构调整结合起来的问题。“五个一批”的实质是什么？打个比喻：从计划经济到市场经济之间有一条河，要越过这条河，就要有桥。“五个一批”就是要修这样一座桥，把企业从计划经济的河这边导向市场经济的河那边。各种方式的根本目的，是把企业搞活。

○“五个一批”的思路对盘活存量很有意义。一是实现了资产在流动中重组；二是解决了如何让企业“死而后生”的问题。

●产权明晰不是目的，产权明晰以后流动、增值才是目的。资产不流动起来，实质上是死的，只有流动才能盘活资产，实现其价值。要让资产流动起来，核心的问题是坚持优胜劣汰。为38户特困企业解困，就是“搞死企业、盘活存量”的一种探索。这几年，一些企业比较困难，这是加快资产流动与重组的一种机遇，这个机遇不能再错过了。资产重组可能带来一些社会震荡，只要我们谨慎操作，稳步推进，顶过去就是胜利。

○企业的同志习惯把“五个一批”称作“分兵突围”。既然是突围，自然还要有接应。突围是企业的事，而接应则应该是政府的事。政府该做些什么？

●在实施“五个一批”的过程中，政府的责任是分类指导，协调服务，为企业改革创造好的政策和社会环境。我们不代替企业作决定，而是让企业自己去对号入座。不能总是给钱、给物、给优惠政策，“五个一批”就是最大的优惠政策。政府的“接应”，重点要在宏观上抓好三件大事：一是发展经济；二是培育市场；三是完善社会保险制度。武汉的国有企业基本上都参加了保险统筹。现在的问题是，社会统筹不能变为行业统筹。

○企业要“突围”的一个直接原因是包袱太重。无论是人的包袱，还是别的包袱，都与政府行为有关。帮助企业解包袱，是眼下企业对政府最大的期望。

●武汉老企业多，债务包袱重，国家正在搞“优化资本结构”的试点，我们是试点城市之一，相信会有所突破。企业办社会的包袱，要靠社会化来解决，鼓励企业把办社会这部分从企业主干上分离出来，逐步走向社会。压力最大的是人的包袱。完全由政府包下来也是不现实的，要靠多种形式、多种渠道来分流。政府从完善劳动力市场、完善社会保险制度着手；企业从多种经营中找出路；职工也有一个转变就业观念的问题。当然，根本的出路还在于发展经济，提高社会就业的容量。

○在过去的改革中，武汉的一些探索走在全国的前面，比如兼并、特厂特店、产权交易等，但往往一阵热一阵冷。“五个一批”会不会有同样的经历呢？

●与过去的改革有所不同的是，“五个一批”不是哪一个人提出来的，而是在改革实践中总结、归纳出来的，是来自基层、来自群众的东西，应该是有生命力的。以前的一些探索，尽管有的未能持之以恒地坚持下来，但并不是一无是处，它们是形成“五个一批”改革思路的基础。“五个一批”的提出，标志着武汉的企业改革进入又一个高潮。

［原载1994年5月8日《经济日报》，与王明健、黄传芳合作。入选《新闻报道精品选（1994年第二辑）》，学习出版社1994年12月出版］

【作品点评】

报纸评论富于战斗性，是各种新闻“兵器”中的重武器。但多年来，许多评论流于沉闷，坐而论道，失掉了不少读者。怎样改革报纸评论工作，使之在保留其说理性、概括性的特色中更贴近实际，贴近生活，是近年来一些新闻单位努力探索的新领域。《经济日报》1994年推出的《来自基层的评论》即是这一探索的结果。

《来自基层的评论》这组报道前后共刊出六篇，夹叙夹议，以议为主。说它是一种创新，主要有以下三点。

一是题目来自基层，这些题目大多为基层经济活动中的难题、热点。二是评论者不光是评论家和理论家，像被采访者等也参与评论，如《分兵突围与外部接应》一文中，被采访的湖北省副省长赵宝江也议论风生，成为该评论中的主角。三是评论形式也有所突破，《分兵突围与外部接应》中就采取了对话评论的新形式。

《分兵突围与外部接应》是《来自基层的评论》中的第六篇，它除了体现具有以上提到的几个特点之外，文风朴实，说理透彻，观点独到，是这组报道中的佼佼者。

［摘自《新闻报道精品选（1994年第二辑）》］

吉林产粮大县访问记

听农民算账：种地赚钱不?

《经济日报》编者的话

吉林是产粮大省，出了不少闻名全国的产粮大县。

在全国产粮大县的排名榜上，吉林通常在前10名中占一半以上；而在全国经济实力百强县的排名榜上，吉林迄今还榜上无名。这不能不引起人们的深思。产粮大县怎样走出“工业小县、财政穷县”的怪圈？产粮大省何时才能迈入经济强省的行列？黑土地上的人们在寻找答案。

这不仅是吉林的困惑。对全国来说，如何扶持粮棉主产区发展经济，同样是当前农村和农业工作中的一个紧迫课题。不久前，本报记者带着这个课题走访了松辽平原腹地的几个产粮大县（市），倾听当地干部和农民的意见。日前发回一组《来自基层的评论》，本报将陆续刊出。今天是第一篇。下一篇，我们将刊登《与干部唠嗑：农业该咋整？》。

一垧地能赚多少钱

吴玉环　45岁，公主岭市吴家屯农民

我们这疙瘩种地论“垧”，一垧等于一公顷，合15亩。我种了1.57垧地，去年卖了1.7万多斤粮，毛收入5000元，扣掉费用，就剩不下多少钱了。

今年粮食提价以后，一斤玉米能多收6分5，一垧地毛收入3960元。开销多少呢？杂七杂八都算上，一垧地开销2600元，纯收入是1360元。我这1.57垧地，大概能纯收2000元吧。粮食提价后，种粮还是划算的，农民都会算这个账。

今年6月朱副总理来吉林视察，开座谈会的时候把我也叫去了。我也是这样给他算账的。朱副总理还问，种地时间有多长？我说是4个月。他说：4个月赚两千元，水平不算低嘛。

粮食与化肥哪个涨得快

逯云波　43岁，公主岭市双桥村支部书记

眼下农民反映最大的问题是什么：化肥涨价。粮食提点价，但化肥涨得更快、更高了。过去的平价尿素480元一吨，现在是1600元一吨；硝铵由310元涨到1000元一吨；二铵由560元涨到2100元一吨。种地离不开化肥，“一靠政策二靠天，三靠美国佬的二铵”。我们村一年就要用93吨二铵，仅此一项农民就要多花14万多元，占去年全村农民收入的10%。农民从粮食提价中得到的好处，让化肥涨价冲得差不多了。再这么涨下去，农民难以承受，种粮的积极性也没有了。

农业生产资料与粮食价格有个比价关系。1985年那阵子，二斤苞米能换一斤硝铵，现在四斤苞米才换一斤硝铵。这个关系没有理顺。

别在一棵树上吊死

冯云华　41岁，德惠县陈家村农民

我家的收入账不好算。种了1.3垧地，但一斤粮没卖，还要买粮食。养了1000只蛋鸡，好的时候一天收900只蛋，一年能收入2万～3万元。还办了一个油坊和一个饲料加工厂，年收入在7万～8万元。

1987年以前我是个贫困户。后来从乡里贷款养鸡，当年赚了1.5万元。我相信一句话：别在一棵树上吊死。种地发不了财，就搞副业。后来村里养鸡的多了，我又投入1万多元搞起油坊。我不想跟在别人后头走，总想走在前头。

我现在担心什么？一是化肥价涨得太猛；二是农药假冒的太多。再有，两个孩子都在念书，就是学习不太好。

土地整顺了，赚钱就不难

步洪臣　44岁，德惠县两狼山屯农民

我这个人干什么事总想拔个尖。1990年把两垧承包地改成了果园，种了2000多棵果树，什么新品种都有。建了一个400平方米的果窖，是全县最大的，小四轮可以直接开进去。这些年政策好，好就好在有劲能让你使出来。天老大，我老二，自己说了算，什么都好办。

这几年算是把土地给整顺手了。一年收入个十万八万不算太累。果园一年能出20万株苗木，好的时候卖3元一株，差的时候5毛也卖，您算算要赚多少钱？今年还承包了6垧地种西瓜，一垧地收10万斤瓜，6垧地毛收9万元。我妹夫在双鸭山煤矿当工人，前年回来看看就不走了，办了停薪留职，去年就在我这儿赚了1万多。忙的时候，我要雇十来个人。

我自己总结了两句话：没有科技干不好，没有信息不能干。农民走向市场难在哪儿？就是眼界不宽、信息不灵。这几年我没少跑，感觉越跑越活，长春、哈尔滨的苗木交易会、订货会我都去。各种科技、信息刊物也没少订。我的名字还上了《北方果树实用名录》。家里常年备着一本电报纸，就为了方便联系。有条件了，我还想装上直拨电话哩！

“小本本”能管住农民的负担吗

车星月　女，57岁，朝鲜族，公主岭市双桥村农民

减轻农民负担这话，我们最爱听了。农民的负担重不重？这话要两说。村里提留和农业税这一块，村里给我们发了“小本本”，一项一项地都写清楚了，该交多少是多少，上面还经常有人来检查，收的还不算多。去年全村负担水平据说是占收入的4.61%，在规定之内。村里很少有欠提留款的。

种粮的成本在增加，这算不算农民负担？我家种了两垧水稻，今年旱了一个半月，全靠机井浇水，电价从二三角涨到五六角一度，一垧地光电费就要花250元。加上化肥等涨价，今年两垧水稻要多花3000多元。

农村治病、上学费用越来越高，这算不算负担？“小本本”能管住这些社会负担吗？现在一个小学生一年下来要600元，中学生一年要2000元，大学生要四五千元。我小儿子外出做工出了事故，砸坏一条腿，前后花了1万多元，治了3年还没治好，您说咋办？

喜中有忧　忧中有盼

陈功飞　46岁，公主岭市孙家油坊村支部书记

现在的农民是一喜二忧三盼。

喜的是党中央、国务院对农村和农业问题特别重视，粮食调价政策的出台，多种地能多得效益，农民比较满意，种地的积极性又起来了，出现了承包地热，土地撂荒的情况没有了。

忧的是生产资料价格上涨过猛。化肥涨了，柴油涨了，农药涨了，机耕费、劳务开支也都涨了。化肥价格涨得早，粮食价格调得晚，正好差一个生产周期，农民得益不多。刚开始包干到户那几年，农民最实惠。

盼的是中央加强宏观调控，管住生产资料价格的上涨。还希望在政策和贷款上扶持村级集体经济，现在要想办个企业很难，主要是有项目没资金。再有现在农村人地矛盾相当突出，由于“生不添、死不减”的政策，出现了“死人有地种、活人没地种”的现象。大的政策要稳定，小的调整也要搞。

［原载1994年8月18日《经济日报》，与刘晓光、白承杰合作。入选《新闻报道精品选（1994年第三辑）》，学习出版社1994年12月出版］

与干部唠嗑：农业该咋整？

农民“五满意”，种粮热起来

崔立群　农安县副县长

农安有400万亩耕地、90万农业人口，粮食是增加收入、发展经济的支柱。眼下农民的种粮积极性如何？我们归纳为“五个满意四个热”。

农民满意啥？第一，对党和国家重视农业问题满意，中央年初连着开了两个会，一级一级往下抓；第二，对土地承包30年不变的政策满意；第三，对改革粮食购销体制、坚决不打白条满意，我们县做到全部兑现、一分不欠；第四，对提高粮食收购价满意；第五，对重视减轻农民负担满意。

因为“五满意”，所以出现“四个热”：土地承包热。往年土地转包，给谁谁不要，今年紧俏了，一垧好地的转包费要1200元，前两年也就五六百元；增加投入热。全县备耕投入一亿五，其中农民自筹一亿二，比去年增长了48%；学科技、用科技热。县科技讲师团到鲍家村去讲课，一下子来了600人，盛况空前；投肥热。尽管化肥涨了价，投入没有减少。85%的农户使用农家肥比去年增多。

现在的问题是怎样保护农民的种粮积极性，黑土地上的种粮热还能持续多久？看眼下农业生产资料涨价这势头，够呛。

老乡为啥请我去看戏

杨国奇　德惠县升阳乡党委书记

昨天遇到一件新鲜事，大榆树屯的农民请乡干部去看戏。本来没想去，他们前后跑了四趟，说是等我们去了才开戏，我和副乡长只好从命，去陪着看了两个多小时的“二人转”。

以前看戏都是由乡里组织，是我们请农民看戏。农民为啥请我们去看戏？主要是搞多种经营赚了钱，心里高兴。前一阵香瓜丰收，这一阵西瓜又上市了，“走”得快着呢。德（惠）九（台）公路上外省、外县来拉瓜的车连成了串。我们是“瓜菜之乡”，今年西瓜种了8000亩、香瓜2000亩、蔬菜5000亩，农民人均收入将超过1300元，其中70%靠瓜菜。前天到信用社问了问，收瓜这几天，存款上升了30多万元。

农民有句嗑：“想的是致富，难的是技术，缺的是资金，愁的是销路，盼的是服务，靠的是干部。”农民请我们看戏，当然也有点感谢的意思，感谢乡村干部为农民走向市场办了实事。我们主要是抓了几个方面的服务：信息服务，告诉农民种什么更赚钱、到哪儿更好销；技术服务，仅在种瓜上我们就总结推广了双层膜、人工授粉等七大技术；销售服务，每年都组织开一次瓜果交易会，效果很好。只要干部真心实意地为农民办实事，农民就会记住你的好处。对他好，对他赖，农民心里有杆秤。

靠“五争”实现“两高一优”

杨凤斌　德惠县农委主任

常规农业是问产出不问投入、讲产量不讲质量的低效农业，结果就是粮食丰了产，农民不增收，地方要赔钱。实现从常规农业向开发型农业的转化，是粮食主产区发展农业的出路。我们把开发型农业归纳为“五争”。一是争基温，发展农膜农业。农民说："不论啥菜，进棚十块。"还有一句话，"黑土地，白农膜，绿植物，红果实，金效益"。二是争时间，发展复种农业。三是争空间，发展立体农业。高低间作，"水陆空"合理配置。四是争市场，开发市场需要的产品。比如，无公害小米、绿色食品等。五是争条件，发展水浇农业。去年我们搞水浇大豆的实验，每垧增产1000公斤。实现了这"五争"，"两高一优"的目标也就达到了。

粮食生产也要讲效益。我们今年提了个"三增三减"：减少化肥投入，增加农肥投入；减少资金投入，增加劳务投入；减少笨投入，增加科技投入。当然，正式发文件就不好这么讲，把"三个减少"都抹掉了。

盯住农民收入做文章

李伦　榆树市泗河镇党委书记

我原在机关工作，来泗河一年零四个月。泗河历史上曾是军队屯粮草的地方，是个交易活跃的传统集镇。现在落伍了。去年农民平均收入1025元，其中800元靠的是粮食。多数人在种"铁杆庄稼"大苞米，非粮、非农收入比例很小。

农村突出的矛盾就是农民种粮贡献大、收入少。老百姓有一句话："盼一年，干一年，年年不赚钱；耕一春，收一秋，四季汗白流。"群众欠贷款的多，集体欠群众的也多，形成一种恶性循环。我们一班人的思路很明确，要改变这种状况，就要紧紧盯住农民收入做文章。从三个方面入手：一是调整作物结构，提高结构效益；二是抓多种经营，千家万户上项目；三是搞好市场建设、扶持第三产业、发展乡镇企业。这一年，乡里已投资了400多万元，办了四个厂。轻工市场、农贸市场也初具规模。这地方有经商的传统，只要引导得好，农民是可以走上市场的。

五年打基础，十年见成效。我们有信心唤回泗河昔日的辉煌。

农业投入多了还是少了

董振兴　公主岭市响水镇镇长

我们是个有万垧耕地的农业镇，粮食产量最高搞到8万吨，今年的产量预计要突破历史最高水平。全镇每年向国家贡献粮食2.68万吨，农民平均收入却只有850元，低于全市的平均水平。

人们总在讲，发展农业“一靠政策，二靠投入”。这话没错。这些年农业投入多了还是少了？从国家来看，相信是增加了。但从乡镇一级看，这账就不好算了。农业信贷资金周转慢，效益低，而金融政策的特点是嫌贫爱富。今年全镇农业和多种经营贷款规模460万元，看起来比去年增加了80万元。但是，去年除了380万元的贷款，全镇还有粮食预购定金228万元，加起来总投入比今年多了148万元。虽说粮食提了价，但提价的好处到农民手上并不多。一些乡镇干部开玩笑说，现在是“口号越来越响，政策越来越好，投入越来越少”。

提高农民收入重要的一条是靠发展乡镇企业。办乡镇企业最大的难处就是没资金。早就听说有扶持中西部发展乡镇企业的专项贷款，就是“只听楼梯响，不见‘钱’下来”。

补一补农业基础设施的欠账

田野　公主岭市市委副书记

半个月前我们在全力抗旱，这几天又在全力以赴排涝、抗洪。电视台还闹个笑话，把抗旱的紧急现场会和防洪的紧急通知连到一块播了。这说明什么？说明农业基础设施建设滞后，仍然是粮食主产区农业发展的障碍性因素。

突出的问题是农业的水利设施建设欠账太多，抗御自然灾害的能力低。全市有四座中型水库，其中两座是“大跃进”时修建的，工程标准低，设施不配套，有的带病运转。两个灌区工程都是日伪时期修建的，现在超负荷运行，时刻都有坍塌的危险。全市有五大涝区，1985年开始计划投资472万元进行治理，由于资金到位慢，未能按计划完成改造、配套。全市还有135座小型水库塘坝需要加高加固。

农业基础设施中还有一个农业机械更新改造配套的问题。我们农业机械化的基础较好，大中小拖拉机不少，其中相当一部分使用了10年甚至15年，需要更新。但由于车价贵了，农民买不起。报废一台少一台。

（原载1994年8月20日《经济日报》，与刘晓光、白承杰合作）

黑土地仅仅长粮食吗?

在榆树，听到这样一个故事：明朝时候，京城某显贵见朝中倾轧日甚，深恐横祸飞来，全家不免。于是“未雨绸缪”，打发家人远走避祸。他拿出一把黑土，嘱家人出城北行，每到一地可撮土试炒，如果炒干后色泽与分量如同这把黑土，即可安家。家人依计北行，至榆树境内，果然有黑土如斯，且地旷人稀，于是定居于此。那显贵日后果然罹灭门之灾，身不能免，而苗裔得保，且繁衍为一方望族。

掬一把松辽平原上肥沃的黑土，人们感叹：这是造物主多么丰厚的赏赐。在这片黑土上，只要有耕耘，就会有收获；只要播下汗水，就会长出果实。一位乡干部自豪地介绍：我们这里没有绝对的贫困户。只要能劳动，就有饭吃。

黑土地给农家以温饱。但长期以来，黑土地却未能给人们以富裕。黑土地上的人们创造了粮食生产的奇迹，却不能走出农民收入低、经济发展慢的窘境。

这难道是黑土地的过错?

重新认识黑土地

苞米是黑土地上的“铁杆庄稼”。这是一种高产作物，亩产千斤轻而易举；它又是一个低效品种，一垧地年收入千元左右。种粮成本高，收益少，这是农民提高收入的主要矛盾。尽管国家不断调整粮食价格，但粮食生产效益较低的状况并未能根本改变。

然而，黑土地又不仅仅是长粮食的。当人们重新审视这片土地时，就会发现，黑土地的潜力并没有用尽，黑土地的文章远没有做足。

同样的土地，种上不同的作物，效益是大不一样的。德惠县升阳乡的农民给我们算了一笔每平方米产出的对比账。玉米：0.25元；水稻：0.60元；种瓜：1元；地膜菜：2元；大棚菜：10元。从种玉米到盖上大棚种菜，土地的产出率提高了40倍。

农民学会了算账，就能够掂量出土地的价值，就不再有“谁能告诉我，明年种什么”的困惑。升阳的农民有句嗑：“要想把家发，多养小鸡多种瓜；要想富得快，少生孩子多种菜。”黑土地的文章越做越活。旱改水、单改复，套种、兼种、混种，立体农业、生态农业、“风景”农业……在德惠，县委、县政府基于对黑土地的重新认识，在新的发展思路中提出一个响亮的口号：黑土地上做文章，农民照样奔小康。

土地是农家最大的资本。用足用活土地资本去赚取最大的利润，这是理所当然、无可非议的。“完成定购吃饱饭，怎样赚钱怎么干。”从关心怎么种田到关心怎么赚钱，这是农民的进步，是效益意识的觉醒。尽管这种觉醒有先有后，但觉醒的进程不会终止。随着农民效益意识的不断增强，决定种植业内部结构的，将不再是传统的种植习惯和政府的指导计划，而是利益的比较。而在现实的比较利益驱使下，农民正在把高效经济作物从庭院转移到大田，粮食生产与多种经营在土地面积上此消彼长。这又为政府出了道难题：怎样让农民在利益的比较中选择种粮？

“1+1”大于2

产粮大县无一例外地在抓多种经营，但抓法各有不同。其中，农安人的“1+1”模式颇具特色。

所谓“1+1”，第一个“1”指粮食生产，目标是把粮食产量稳定在阶段性水平上；第二个“1”指多种经营，要求每家每户兼营或开发一个有一定规模的致富项目，具体标准是：年养母牛两头以上，或出栏商品猪10头以上，或出栏商品羊30只以上，或出栏肉鸡1000只以上，或出栏商品鹅100只以上，或从事二三产业年纯收入2000元以上。

“1+1”是农安经济工作的重点工程。不仅声势大，而且抓得实。户有卡、社有表、村有册、乡有档。目前，全县有66.8%的农户达到“1+1”标准，人均增收200元。

其实，农安的“1+1”不仅是抓工作的办法，也可以看作一种理论的模式，它科学且形象地表述了粮食生产与多种经营的关系。第一个“1”说明，多种经营必须以稳定提高粮食产量为前提；第二个“1”则告诉人们，即便是在粮食主产区，多种经营也不再仅仅是“副业”，而是与粮食生产同样重要的主业之一。

“1+1”的意义还在于，它的目标和实际效果不是等于2，而是大于2。两个“1”相互促进、相辅相成。粮食生产为多种经营提供基础，多种经营同时又为粮食生产服务。农安多种经营的重点是养殖业，养殖业不仅经济效益比较高，而且生态效益显著。据测算，牛、猪、羊、鸡一年粪便折合标准肥分别是：423.8公斤，103公斤，91.4公斤，5公斤。新开镇年出栏8万头猪，因为猪多肥多，全镇农民种地基本上不需要化肥。养殖业同时还促进了粮食转化，解决了一些地方的卖粮难问题。

农安的“1+1”工程，干部愿意抓，农民愿意干，因为它适合当前农村生产力水平，适合小规模、大群体的多种经营发展方向。

牵着黄牛奔小康

养家畜，种瓜果，农人自古就会。“养牛为耕田，养猪为过年，养鸡下蛋换油盐。”但这不叫多种经营，也不是搞商品经济。

区别就在于规模。规模大了就有商品，商品多了就形成了市场。养鸡户对此有个形象的说法：十斤鸡蛋提着卖，百斤鸡蛋挑着卖，千斤鸡蛋守着卖，万斤鸡蛋坐在家里卖。

一家一户的经营毕竟是小规模。而当一屯一项、一村一品、一乡一业的格局形成之时，小规模通过大群体联结起来，就以更大的规模形成优势和拳头。

“各村有各村的高招”，各个产粮大县也在寻找着各自的优势。

榆树的牛。一江两河的两岸是“黑白花”“黄白花”（良种牛）的世界。去年全市存栏11万头，现发展14万头，预计今年能达到16万头。五棵树镇是吉林省最大的黄牛专业市场，全镇50%户养牛，养30头以上的有120户。全镇养牛年收入500万元，人均养牛收入165元。

梨树的猪。去年全县养猪65.2万头，实现人均一头猪的目标。今年可达到100万头。该县推广胜利乡“71112”高产高效养猪模式，即农户自养7头母猪，自繁自育100头肉猪，种1垧地，产10吨粮，年均收入2万元。到去年底，全县发展了6685个规模养猪户。养猪大户刘占江一家养了2500头猪，破农户养猪最高纪录。

德惠的鸡。去年全县养肉食鸡1300万只，今年达到2500万只，明年计划5000万只。农户养鸡最多的有15万只，年收入15万元。肉食鸡养殖加工已成为德惠县龙头和支柱产业，一只小鸡加工出口可创汇1美元。

农安的鹅。全县去年大鹅存栏210万只，出栏130万只。今年存栏250万只，年出栏商品鹅100只以上的户有2804户。万金塔乡羽绒市场全国闻名，有6000人经营大鹅和羽绒生意。万金塔村三社47户中有43户经营鹅毛，年收入50万元，户均10638元。

榆树人自称是“牵着黄牛奔小康”。猪肥牛壮、鸡飞鹅叫的松辽平原腹地，展现的正是一幅百业方兴、民富有望的新图画。

（原载1994年8月21日《经济日报》，与刘晓光、白承杰合作）

龙头企业与龙型经济

黑土地的潜力一旦释放出来，其产出是惊人的。当产粮大县每年收获上百万吨粮食的同时，还要收获千万只鸡（德惠）、二百万只鹅（农安）、百万头猪（梨树）、十万头牛（榆树）……与丰收的喜悦相伴随的，还有农家丰收后的忧虑：尽管“卖粮难”已成过去，在发展多种经营的热潮中，会不会面临新的“卖难”困境呢？

这可是谁也说不准的事。

多多少少何时了？

产粮大县的优势在于发展畜牧业，这已经是人们的共识。梨树人总结了发展畜牧业对农村经济的“五大好处”：有利于实现粮食由低价格到高附加值的增长。全县通过养猪转化粮食，每公斤粮食增值0.33元，相当于一年获得两年种地的收成；有利于实现粮多、畜多、肥多再促进粮多的产业间互促增长。林海乡李家街屯利用粮食养家畜肥田，种地成本下降50%，粮食产量提高12.8%，每垧地增收1112元；有利于实现粮多、畜多到二三产业的迅速增长；有利于实现农村劳动力的再就业；有利于实现家庭收入由单一到综合、由少到多的增长。

好处说不尽，难处也不少。最大的难处是销路，最大的风险是市场。德惠县委书记刘芝岐谈到他们的教训：“为改变以种植业为主的单一经济结构，我们较早提出了‘增粮兴牧，大办工商’的方针。一开始号召大家养兔，1986年养了4万只就卖不掉了，收购价一跌再跌，后来干脆不收。兔子不行了就养鹅，一下子发展到200万只，最后一只鹅5元钱也没人要。农民赔了本，连吆喝都赚不回。政府再也不敢瞎指挥了。”

产粮大县在发展养殖业上几乎都有过类似的经历。人们意识到，当养殖业达到“人均一头猪、户养一头牛”的规模时，仅靠农村及临近小城镇的市场显然是吸纳不了的。必须打到中心城市去，打到国际市场上去。今天，公主岭的“怀德豆角”占领了长春80%的市场；梨树的瘦肉型猪打入了首都北京；德惠的肉食鸡悉数销往日本，且供不应求……产粮大县的“大生产”正在寻找“大市场”的依托，努力走出“多多少少”“卖难买难”的循环。

从小生产走向大市场，要有信息，有技术，有渠道，有人才，而最关键的，还要有把千家万户的小生产联结在一起，通过加工把原料转化为商品的

"桥梁"，这就是龙头企业。

建一家企业富一方百姓

无论是领导参观还是记者采访，到了吉林的产粮大县，有两处是不能不看的："德大"与"黄龙"。这是两家典型的"龙头企业"。

"黄龙"是由吉林省吉发投资股份公司与港商合资，在公主岭市兴建的黄龙食品工业有限公司，为亚洲最大的玉米加工企业。一期工程1991年年底建成，年产淀粉12万吨，饲料4万吨，玉米蛋白粉1万吨。80%产品出口，今年预计创汇2000万美元。玉米经过黄龙加工出口，平均增值3倍以上。

黄龙年加工玉米20万吨，相当于公主岭市玉米商品量的1/6。黄龙投产后，全市玉米价格平均上涨一分多。市里去年从黄龙得到的税收有500万元。

与黄龙相比，"德大"给农民和地方经济带来的好处则更为明显。吉林德大有限公司是德惠县与泰国正大集团合资兴建的肉鸡加工"一条龙"企业。1991年9月，一期工程投产，建成项目包括年产70万套父母代种鸡雏的祖代种鸡场；年产3000万只商品肉鸡雏的父母代种鸡场和孵化场；年产40万吨的饲料厂；年屠宰加工2500万只的肉食鸡加工厂。公司去年实现产值4.3亿元、利税3422万元、创汇1460万美元。在建的二期工程和拟建的三期工程全部投产后，年产值将达到15亿元，实现利税2.5亿元。

建一家企业，活一县经济。德大的建成，不仅给德惠带来一大笔税收，安排了5000多人就业，还形成一个以德大为龙头的企业群体，直接与德大配套的企业就有：生物制品厂、动物蛋白加工厂、编织袋厂、联合包装箱厂、畜牧工具加工厂等；带动了全县建筑业、建材业、运输业等相关产业的发展，仅运输业年增收达880万元。去年全县地方工业产值增长80%，财政增收1300多万元。

建一家企业，富一方百姓。过去德惠全县养鸡超过400万只就饱和，卖不掉了。去年全县养了1300万只，是过去的3倍。全县1100个养鸡户，户均收入1.2万元。德大年消化玉米12万吨、大豆8万吨，解决了粮食转化增值的难题，还给种粮的农民带来了好处。德大的建成，使全县人均增收62元。

龙型经济：黑土地的希望

德惠腾起了一条“龙”。德大是“龙头”，千家万户是“龙尾”。德惠人认为，龙头带基地、公司加农户、契约加服务的“德大模式”是小生产走向大市场的理想模式。县委书记刘芝岐说：德大的成功给人最深刻的启示在于，农牧产品的加工转化不能走过去作坊式、低档次的老路了，只有走高起点、大规模、系列化的深加工之路，才能适应大市场的需要。

从肉鸡生产加工这条“龙”起步，德惠正在更高的起点上建设和发展肉牛、玉米、大豆、烤烟等优势产品生产加工的“一条龙”。他们要让“五龙”齐飞，构建起“基地型农业，资源型工业”的主体经济框架。

“德大模式”的成功，展示了龙型经济的无穷魅力。加快发展龙型经济已成为产粮大县的共同思路。公主岭、农安、榆树等县市都提出，要把乡村企业发展的重点放在农牧产品的精深加工上，把加工业的重点放在发展龙头企业上。通过龙头企业的建设，实现加工过程专业化、原料生产基地化，使种、养、加有机结合，逐步形成以专业基地为依托，以农牧产品加工为主项，以龙头企业为重点的经济格局。

产粮大县也是养猪大县的梨树，为建立起畜牧业大生产、大市场、大流通的新体制，今年新组建了规模大、辐射广、服务能力强的三个大型龙头集团企业。一是由县内五个大型饲料加工企业组成的饲料加工企业集团，年加工供应饲料20万吨；二是畜产品精深系列加工企业集团，年加工肉猪30万头，产品全部销往北京；三是副食品运销企业集团，一次性购进142加长运输汽车20台，专营农畜产品运销。龙头企业的建设推动了县域畜牧经济一体化经营格局的形成。

建起一家企业，带动一种产业，发展一地经济，致富一方百姓。以“德大模式”为代表的龙型经济，是黑土地上的希望之光。

（原载1994年8月25日《经济日报》，与刘晓光合作）

启动第三只轮子

“产粮大县＝工业小县＝财政穷县”，这是一个不合情理的等式，却又是不容怀疑的现实，吉林省有13个国家级重点商品粮基地县，其中11个靠财政补贴过日子。在记者采访过的5个产粮大县中，也仅有一个勉强维持着财政收支的平衡。

走出“高产穷县”的窘境，出路何在？

差距是什么

在产粮大县，粮食生产是固有的优势；多种经营是发展中的强项。比起任何一个经济强县来，这些都不为逊色。

差距在哪里？最大的差距就是乡镇企业的发展。去年，几个产粮大县乡镇企业产值都在10亿元左右，农民收入中来自乡镇企业的收入只占15%左右。这比起沿海及南方地区不为罕见的“百亿县、十亿乡、亿元村”来，发展水平上的差距是显而易见的。

其实，在吉林产粮大县之间比较，差距也是明显的。公主岭市之所以不吃财政补贴，经济实力较强，原因之一就是乡镇企业的发展领先一步。他们较早提出粮食生产、乡镇企业、畜牧业、多种经营“四业并举”的方针。1992年乡镇企业总产值9个亿，去年达到14个亿，今年有望达到22个亿。乡镇企业利税的增长幅度在全省名列第一。今年一季度，全市乡镇企业总产值和利润又分别比去年同期增长了91.8%和30.4%，新增固定资产投入1021万元。

农安是吉林省建设经济强县规划中确定的重点培育对象之一。县长张俊先认为，要在两年内达到经济强县的标准，高效农业是基础，二三产业是主导，而实现乡镇企业的超常规、跳跃式发展则是发展战略的重点。没有一批起点高、规模大、效益好的骨干乡镇企业，农民收入难有大的提高，区域性经济中心难以形成，县级经济实力也难以增强。

产粮大县要迈入经济强县的行列，仅靠农业和多种经营这两个轮子是不够的，必须启动乡镇企业这“第三只轮子”。

艰难的启动

谈起粮食生产眉飞色舞，谈起多种经营信心十足，而一旦谈起乡镇企业，则底气不足，信心不大。与一些农村基层干部聊天，给我们留下了这样的印象。

乡镇企业成为产粮大县经济发展的“短腿”，可以找出很多客观的原因。比如缺资金、缺技术、起步晚，等等。但分析起来，几个产粮大县紧靠交通干线，接近中心城市，无论是地理位置还是资源条件，发展乡镇企业不乏有利因素。当地农民“六个月种田，两个月过年，四个月干闲”，“两个剩余”（剩余劳动力和剩余劳动时间）的矛盾突出，对于发展乡镇企业来说，既是一种资源，又是一种动力。

归根结底，制约产粮大县乡镇企业发展的，主要还是观念的因素。一是小富即安的小农意识。依靠土地解决了温饱，就不愿再冒风险搞企业。一位村支书介绍：“投资超过万元的项目，就没人敢干了。”二是知难而退的畏难情绪。榆树农村关于办企业有句嗑儿：“大干大赔，小干小赔，不干不赔。”既如此，当然是不干的好。三是伸手向上的依赖思想，等着国家拨贷款、给项目办企业。有的县早几年就提出了消灭乡企“空白村”的要求，但到今天，这仍然是一句难以实现的“口号”。

一方面是因袭的观念，另一方面是发展思路上的误区。无疑，依托农业和畜牧业的优势在农副产品的精深加工上做文章，是产粮大县发展乡镇企业一个合乎情理的选择。但是，如果仅仅把目光盯在农副产品的加工上，形成单一的产业和产品结构，每个产粮大县都“复制”一批规模、技术差不多的白酒厂、啤酒厂、食品厂、制革厂等，优势就可能变成劣势。不可忘记，乡镇企业本质上是非农产业，它有着广阔的发展天地，而不应该仅仅成为第一产业的延伸。

三个轮子一起转

从单纯的粮食生产到农牧并举、多种经营，这是发展农村经济的第一步跨越；从农牧并举到工农并举、以工养农，这是发展农村经济的第二次飞跃。如果说经济强县有什么标准的话，这个标准就是初步的农村工业化。以乡镇企业的发展推动农村工业化的进程，是从产粮大县走向经济强县的必由之路。没有别的捷径可走。

不怕起步晚，就怕不觉悟。只要更新了观念，理顺了思路，抓住机遇不等不靠，产粮大县发展乡镇企业是大有可为的。黑土地上的人们正在用实践证明这一点。

一年前，放马沟乡还是公主岭市最贫穷的乡镇，全乡仅有“一砖一石”两家企业。新一届乡领导班子审时度势，外引内联，开矿建厂。一年多时间，乡镇企业发展到16家，一季度产值达到200万元，利税21万元，分别是去年同期的8倍和10倍。沉寂的大山里响起了隆隆的机器声，山民们找到了打开致富之门的“金钥匙”。

放马沟的山民们能办到的，别的地方同样能够办到。当“亿元村”“十亿乡”如雨后春笋般涌现的时候，“百亿县”也就不是什么神话了。

三个轮子一起转，三个产业齐发展。这就是产粮大县的出路所在。

（原载1994年8月31日《经济日报》，与刘晓光合作）

粮食：是优势还是包袱

研究产粮大县与经济强县的关系，一个不可回避的问题是：如何看待产粮大县的粮食生产。粮食的高产是发展经济的优势还是劣势？是包袱还是财富？“高产”与“穷县”之间有着必然的联系吗？

这既是产粮大县必须回答的问题，也是作为产粮大省的吉林需要认真研究的课题。结束了在产粮大县的采访，我们走访了吉林省政府分管农业的副省长

王国发，和他一起就此进行了探讨。（以下○为本报记者，●为王国发副省长）

○走访几个产粮大县，有几点鲜明的印象。一是吉林农业的集约化程度高，无论是农业机械化程度还是规模经营，都要大大高于其他地区的水平；二是当前农民有种粮的积极性，但迫切需要保护；三是产粮大县粮食生产是稳定的，并且增产的潜力还很大。

●介绍几个数字：今年全省粮食播种面积为6107万亩，比去年增加了30万亩；备耕、春耕总投入35亿元，比去年增加8亿元；化肥投放量为215万标吨，比去年增加了15万标吨。全省粮食生产处于稳定发展的态势。省里的指导思想是明确的：不能放松粮食生产。吉林有发展粮食生产得天独厚的条件。据介绍，世界上有三个玉米带，大体处于同一纬度上。美国的玉米带世界第一；吉林松辽平原上的玉米带是世界第二；第三个玉米带在法国。松辽平原土质肥沃，光、热、水条件有利于玉米等作物的生长，吉林成为粮食大省，也是顺应自然规律的结果。从资源条件上看，当然是优势而不是劣势。

○产粮大县要加快发展经济，看来首先还是要顺应这个自然规律，把土地的文章做足，把粮食的文章做足。

●我也常琢磨，光抓粮食不行，那么不抓粮食行不行？更不行。现在看，粮食生产仍然是产粮大县的基础和支柱产业，并且是不可替代的产业。第一，在现阶段，种粮是粮食主产区农民收入的主要来源。吉林农民收入的60%～70%靠种粮，有的农户百分之百靠粮。第二，丰富的农副产品是发展加工业的基础。而农副产品的转化加工，是粮食主产区发展二三产业的重要途径。第三，发展粮食生产有稳定、广阔的市场。还有更重要的一条：国家需要粮食主产区生产更多的粮食。吉林劳均生产粮食是全国的3.2倍，粮食的商品率在63%以上。我们以占全国1/25的耕地，为国家提供定购粮的1/10、专储粮的1/5。作为产粮大省，有责任为国家作出更大的贡献，这是大局。

○一方面要稳定粮食主产区的粮食生产，另一方面还要解决粮食主产区经济发展滞后的问题。长期以来，粮食主产区粮食产量高而经济效益低，社会贡献大而地方财政收入少，农民收入增长缓慢，这是产粮大县普遍感到困惑的问题。

●透过现象看本质，粮食是优势还是包袱的争论，实质上是个经济效益问题。通常所讲的种粮效益低，往往泛指农民种粮增产多、增收少，有时增产不增收，甚至增产减收，偏重于从工农产品剪刀差上找原因，这种认识是片面的，也是比较消极的。事实上，粮食生产可以与其他产业作横向比较的主要指标是劳均创造纯收入的水平。种粮效益低，从根本上说是农业的劳动生产率低，劳均创造纯收入少。这有农业自身生产力水平低的原因，也有国家宏观经济政策的影响，但从深层次上看主要在于产业关联度的制约。这个制约作用突出表现在产业发展不平衡，劳动力从业结构不合理，直接导致了粮食生产的劳动生产率上不去。

○也就是说，认识和研究粮食是不是优势的问题，不仅要看粮食生产本身，还要把粮食生产及其相关产业联系起来，进行系统、辩证的分析。

●不能单纯看种粮的直接收入，必须把粮食转化增值的间接效益一并考察。按现有水平测算，玉米通过饲养畜禽过腹转化，每公斤可增值2角钱左右；经过多层次加工转化，每公斤增值可达1元以上。所以说，玉米是不是包袱，关键就要看我们有没有本事搞转化、加工。我看到一个资料，玉米能够加工出2000多个产品，凡是原油能生产的东西，玉米都能生产。这说明玉米深加工的潜力太大了。这方面我们做了一些工作。去年全省畜牧生产值已占农业总产值的1/4，以粮食为原料的加工业产值占全省轻工产值的比重接近50%，食品工业成为仅次于汽车、化工的第三大支柱产业。但从整体上看，粮食转化增值这篇文章做得较好的地方还不多，粮食的延伸效益还没有充分体现出来。

○从产粮大县走向经济强县，不是要不要粮食这个优势的问题，而是如何发挥好这个优势、怎样把粮食的优势转化为经济发展的优势的问题。

●这就需要理一理农业和农村经济发展的思路。在去年召开的省委农村工作会议上，省委、省政府明确提出了"四转"战略，正在组织实施。一是推动农业特别是粮食生产走上高产优质高效的轨道；二是狠抓农副产品的转化增值；三是加速农业剩余劳动力向二三产业转移；四是推进农村经济由封闭型向开放型转变。“四转”战略的核心，就是要把粮食的优势转化为经济的优势。当前重点是抓好“双百工程”：一个是增产百亿斤粮食的工程，准备用10年时间改造3000万亩中低产田，新增粮食产量100亿斤；一个是开发建设百万吨玉米深加工工程，计划投资39.4亿元，用四五年时间形成年加工100万吨玉米的能力，全部投产后每年可实现销售收入50亿元，利税15亿元，创汇2.8亿元。

○从几个产粮大县的情况看，“四转”战略的实施正在收到好的效果。比较起来，畜牧业起步早，农副产品加工业发展快，但非农产业特别是乡镇企业仍然是一个弱项。

●去年全省乡镇企业的产值是352亿元。这个水平当然不算高。到南方一些省市看一看，一个很深的体会就是：我省经济发展同先进省市的差距，很大程度上是差在乡镇企业上。所以省委、省政府决定，要把加快乡镇企业发展作为振兴吉林经济、强省富民的战略性措施来抓，并确定了“瞄准市场，突出效益，把握发展与提高两大主题，实施重点突破，走具有吉林特色的乡镇企业发展之路”的发展思路。目标很明确：到本世纪末，全省乡镇企业产值要突破1000亿元，在国民生产总值中的比重要达到“三分天下有其一”。

（原载1994年9月4日《经济日报》，与刘晓光合作）

【作品点评】

1994年8月18日—9月4日，《经济日报》在一版连续刊出总题目为《吉林产粮大县访问记》的系列报道。这组报道以新颖的选题、翔实的材料、深入的分析、多样的形式，赢得了广大读者的关注。

新颖的选题、独特的视角，是这套报道成功的前提。关于农业和农民问题的报道很多，但从“产粮大县怎样走向经济强县”这个角度入手研究和报道的文章却不多见。而实际上，如同这组报道展示的那样，研究产粮大县与经济强县的关系，既涉及如何增加农民收入的微观问题，又涉及如何发展地方经济的中观问题，还涉及国家产业和区域发展战略的宏观问题，是很有开掘潜力和研究价值的大题目。特别是在今年粮食调价、化肥等农资涨价，传统利益格局被打破，农村和农业问题受到社会关注的情况下，探讨这个选题更有现实意义。

多样的表现形式，创新的写作手法，为这组报道增添了魅力。像本书收入的“听农民算账”这篇，把农民的“唠嗑”搬上报端，生动、亲切、真实，是一种群众言论的集纳；这组报道的之三、四、五，则以记者为主体，以事实为基础，注重演绎和归纳，夹叙夹议，有述有评；访问记之六则采用了“对话评论”的形式，论的色彩更浓，增强了整套报道的深度和指导性。

［摘自《新闻报道精品选（1994年第三辑）》］

张家港启示录

“口袋”与“脑袋”

感谢一大批敬业且称职的记者，他们以大量生动而具体的报道，为读者描绘了一幅现代文明的迷人风景。读过关于张家港两个文明建设的报道，人们最直接的印象是：这是一个文明的社会。

文明的内涵是丰富的。它可以由专家们抽象为物质文明和精神文明，又可以具象地反映在工厂、学校、街道、商店的环境和作风上，体现在人与人的交往、物与物的交流上。张家港的综合实力名列全国百强县前茅，人民生活提前进入小康，这是一种文明；张家港人拥有全国第一所县办大学，全面实施了九年制义务教育，提前三年实现“人人享有卫生保健”的目标，这是另一种文明；张家港的马路平坦宽广，张家港的街道洁净整齐……所有这些，仍然是文明的体现。

从习惯上说，人们对于宣传报道的典型总有些将信将疑。但到过张家港的人共同的感觉是：服气。确实，比一比发展速度，看一看经济规模，能不服气吗！那林立的高楼与兴旺的保税区，那职工和农民的存折上不断增长的存款数字，都是吹不了牛、做不了假的。“不争不抢是庸人，错过时机是罪人。”张家港精神的核心就在于张家港人牢记发展这个硬道理，敢干，能争，会抢。物质的力量始终是社会文明的主宰。没有高度物质文明的社会也就不可能建设成高度的精神文明。没有经济的快速发展，没有雄厚的物质基础，张家港人就不可能三年投入20多亿元改造城区，投资2000多万元进行绿化、园林建设；更不可能以年均增长34.2%的速度增加教育投入，以3400多万元的巨资建设一所梁丰中学……

张家港赢得人们的赞誉和敬佩，不仅仅因为他们经济建设这一手相当过硬。张家港作为时代典型的可贵之处还在于，他们在大力推进物质文明建设的同时，精神文明建设受到充分重视，得到同步发展。张家港人没有指望“经济搞上去了，精神文明建设就会自然而然地上去”，也没有等到“先把经济建设搞上去，再回过头来抓精神文明建设”。他们有个形象的说法：“物质文明是填‘口袋’，精神文明是装‘脑袋’，一手硬一手软，只能是鼓了‘口袋’空了‘脑袋’。”而“就经济抓经济，是不懂经济的表现。最终也是抓不好经济的”，因为物质文明建设本身离不开精神文明建设提供的精神动力、智力支持和思想保证。正因为有了这种共识，精神文明建设在张家港就不再是可有可无的东西，不再是经济工作的点缀，而是各级党委和政府的工作目标，是“一把手”们的当务之急，是全体公民的自觉追求。

我们的社会需要怎样的文明？当然不是一穷二白、缺衣少食的文明，当然也不可能停留在温饱有余、富贵不足的阶段。为了社会的文明进步，我们必须以经济建设为中心，集中精力把经济搞上去，营造现代文明的基石。但仅仅把经济搞上去，还不是我们追求的全部的或者说终极的目标。邓小平同志十年前就指出：“经济建设这一手我们搞得相当有成绩，形势喜人，这是我们国家的成功。但风气如果坏下去，经济搞成功又有什么意义？会在另一方面变质，反过来影响整个经济变质，发展下去会形成贪污、盗窃、贿赂横行的世界。”我们追求的是物质的丰富而不是物欲的膨胀；是生活的富足而不是生活的奢靡；是社会的繁荣而不是文明的沦丧。搞活经济不意味着提倡腐败；改革体制绝不是不要规划；扩大开放也不是要把别人好的和坏的东西一概“照单全收”。我们搞的市场经济之所以被称为“社会主义的市场经济”，就因为我们力求在建设高度发达的市场经济的同时，葆有社会主义条件下更为和谐的人际关系，更为公平的社会环境，更为高尚的理想和道德追求。“鱼”和“熊掌”是可以兼得的。张家港和其他许多地区的成功实践就是有力的证明。

就在关于张家港的报道引起广泛关注的时候，党的十四届五中全会的文件相继见诸报端。人们不难发现，这两个舆论“热点”之间有着内在的联系。《中共中央关于制定国民经济和社会发展“九五”计划和2010年远景目标的建议》（以下简称《建议》）提出的跨世纪目标，不仅是一个现代化的经济发展目标，同时也是一个高度文明的社会进步目标。《建议》提出的坚持物质文明和精神文明共同进步、经济社会协调发展的方针，正是张家港人几年来不断实践着的方针。看看张家港的现实，想想共和国的未来，我们对实现跨世纪的宏图更有信心。

我们的祖国有着960万平方公里神奇的土地。999平方公里的张家港不过是这片土地的万分之一。万分之一的土地上创造的奇迹，完全可能展现在祖国的每一片土地上。今天的张家港风姿独具，卓尔不群；而明天，祖国的大地上必将涌现出更多的张家港、李家村、王家巷。张家港不会孤独。这正是社会主义中国的希望所在。

［原载1995年11月22日《经济日报》，入选《新闻报道精品选（1995年第四辑）》，学习出版社1996年6月出版］

【作品点评】

《“口袋”与“脑袋”》一文刊出后在读者中引起较大反响。胸有大局，立意高远，是这篇评论的一个鲜明特点。张家港作为两个文明建设的突出典型，给人们的启示是多方面的。文章不是孤立地就张家港论张家港，而是把这个典型放在改革开放和建立社会主义市场经济体制的大背景中，放在党的十四届五中全会制定的跨世纪宏伟蓝图中进行分析，深刻地揭示了张家港精神的时代意义。这篇评论贯穿着如何建设好两个文明这条主线，主题鲜明突出，既揭示了张家港经验的本质意义，又有着强烈的现实针对性，较好地体现了党的十四届五中全会《建议》提出的“把精神文明建设提到更加突出地位”的精神。

小处起笔，大处起意，以小见大，就事论理，是这篇评论写作上的成功之处，文章没有重复介绍张家港经验，而是注意撷取一些典型场景、典型情节，从小处入手，以求“滴水见太阳”的效果。在行文上，作者注意把严肃的话题寓于平常的场景和通俗的语言之中，避免了干巴巴的说教，使读者读来有一种亲切感，乐于接受。

［摘自《新闻报道精品选（1995年第四辑）》］

“建城”与“育人”

关于张家港的报道中，有一个小故事颇耐人寻味：两位姑娘在苏州城里逛街，边走边吃橘子。橘子一瓣一瓣送进嘴里，剥下的皮则一次又一次送进套在胳膊上的塑料口袋。苏州市一位干部看到这情景，立即断定：“这肯定是张家港人。”上前一问，果然如此。

这个故事可能让苏州人看了不快。但苏州人其实无须懊丧。乱扔瓜皮果屑的事国人不都习以为常了吗！也许更多的人会觉得两位张家港姑娘“犯傻”。苏州城又不是张家港，即使随手扔了橘皮，也没人抓你罚款，何苦还要套上个垃圾袋呢？

由此想起一则关于外国人的“笑话”：有同胞从北欧某国归来，感慨当地出租车司机“特傻”。乘出租车办事，只要乘客告诉司机在某地等候，司机就会听凭乘客下车他去，等上几十分钟乃至几个小时也不会擅自走掉。而在国人看来，不结账就让人下车，如果乘客溜之大吉，司机不成“冤大头”了吗？

确实，人们难以理解外国司机的“傻实诚”，也难以理解张家港姑娘的

“多此一举”。就如同一些外国人很难习惯我们公厕里的异味、街道上的喧嚣，很难理解出租车司机的漫天要价、公款宴席上的山珍海味一样。或许，这就是文明的反差。

文明的反差实质上是公民素质的反差。社会文明是由一个个个体的人来体现的。公民素质的高低决定着社会文明的高下。我们说张家港创造了奇迹，最大的奇迹还不是经济持续的高速增长，也不是33公里长50米宽的张杨大道，而是张家港精神培育了一代新的张家港人。紧紧围绕提高人的素质推进精神文明建设，是张家港两个文明建设同步发展的一条根本经验。张家港人认为，在改革开放的新形势下，市场竞争不单是经济实力的竞争，而且是人的素质的竞争，只有提高人的素质、建立良好秩序、形成优美环境，才能“内增凝聚力、外增吸引力、提高向心力、发展生产力”。于是，他们致力于营造一个“弘扬创业者，支持改革者，鞭挞空谈者，惩治腐败者，大胆启用开拓者”的选才用人机制；致力于把张家港精神转化为82万公民的共同意志和自觉行动，让“人人都是投资环境，人人都是张家港形象”。当一个团结拼搏、负重奋进、自加压力、敢于争先的群体为了共同的理想和目标凝聚起来的时候，又有什么人间奇迹不能创造呢！

中国人曾经是以“人多”自豪的。然而，今天这个社会比物质资源更为紧缺的，恰恰是人才资源。机关在寻找管理干才，企业在招聘经营“大腕”，科研院所在寻求学科带头人，人力的富饶与人才的贫乏成为我们这个社会独有的奇特“景观”。当招贤广告四处飞舞、“猎头公司”八方出击的时候，我们是否意味到，没有民族素质的普遍提高，是不可能涌现一大批精英、干才的。要构建一个人才的“金字塔”，让各类“顶尖”人才脱颖而出不断涌现，首先要做的是培实基础，在提高民族整体素质上下大功夫，花大力气。十多年前，一位睿智的老人在筹划共和国跨世纪发展大计的时候就敏锐地看到，人的素质问题将是能否实现现代化目标的最大的制约因素。他反复强调：“我们多次说过，我国的经济，到建国一百周年时，可能接近发达国家的水平。我们这样说，根据之一，就是在这段时间里，我们完全有能力把教育搞上去，提高我国的科学技术水平，培养出数以亿计的各级各类人才。我们国家，国力的强弱，经济发展后劲的大小，越来越取决于劳动者的素质，取决于知识分子的数量和质量。”

党的十四届五中全会通过的《中共中央关于制定国民经济和社会发展“九五”计划和2010年远景目标的建议》指出：“精神文明建设的根本任务是：培育有理想、有道德、有文化、有纪律的社会主义公民，提高全民族的思想道德素质和科学文化素质。”为什么一些地方精神文明建设总是虚的多，实的少；好看的多，管用的少；费劲的多，讨好的少？重要原因就在于没有在提高人的素质上下功夫。

十年树木，百年树人。不妨说，中国的现代化，核心的东西就是中国人的现代化。人们把苏南发展的轨迹归纳为“70年代造田，80年代造厂，90年代造城”。张家港的实践告诉我们，无论是造田、造厂还是造城，首先应该解决的是如何“育人”的问题。

（原载1995年11月25日《经济日报》）

压力与动力

关于张家港，记者们津津乐道的一个故事是关于“超”与“赶”的争论。1992年年初，刚刚担任市委书记的秦振华提出“三超一争”的目标：工业超常熟，外贸超吴江，城建超昆山，样样工作争一流。这个目标当时看起来似乎还很遥远，于是有人劝秦振华改“超”为“赶”，留点余地。秦振华不同意。理由是，如果不敢言“超”，虽然是一字之改，标准却降低一大截，压力也就减轻了许多。没有压力，就没有动力，也就没有事业的大踏步前进。

这个故事之所以为人们津津乐道，因为它形象地反映了张家港精神的一大特征：自加压力。如果说张家港的迅速崛起有什么秘诀的话，也许这就是其中之一。

压力这东西其实是最寻常不过的。运动员有输赢的压力，企业家有盈亏的压力，科学家有出成果的压力，政治家有要政绩的压力……压力处处可见，对待压力的态度却大有不同。游戏人生的人是没有压力的，因为责任与义务与他毫不相干；知难而退的人是感受不到压力的，因为他始终巧妙地保持着与压力的距离，把攻坚履险的事让给了别人；容易满足的人是看不到压力的，因为他已经陶醉于小小的胜利和成功之中。一些地方和单位长期步履蹒跚，经济上不去，局面打不开，原因之一就是那里的领导人习惯于自我欣赏，漠视差距，满足现状，不思进取。与这些地方的同志比起来，张家港人的“自加压力”就显得更为珍贵，更加值得人们敬佩。他们敢于正视落后，勇于承认差距，温饱而不自足，小胜而不自傲，始终向高标准看齐，不断向新目标迈进。“自加压力”的行为，体现的是共产党人实事求是的精神、艰苦创业的作风，体现的是跨世纪的中国人应有的危机感与使命感。

张家港人有一句名言：“非常时期要有非常的干劲。”之所以把国泰民安的今天称为“非常时期”，就因为张家港人感受到了竞争的压力，感受到了逼人的形势。秦振华说：“过去是三十年河东，三十年河西，现在是三年河东，三年河西，甚至是三个月河东，三个月河西。人人都有机遇，并不等于人人都能够抓住机遇。”从对“非常时期”的清醒认识，到自觉发挥“非常的干劲”，是把压力转化为动力的过程。从压力到动力，并不是自然而然地转化的。扁担压沉了易折，绳子拉重了会断。绿茵场上，失败者的一个习惯性理由不就是压力太大了吗？要把压力转化为动力，需要一种媒介和桥梁，这就是精神的力量。张家港人的体会是，经济的高速发展，社会的全面进步，必须有强大的精神动力来推动。在同样的情况下，精神振奋，就能变压力为动力，变困难为机遇；精神不振，消极畏难，就会丧失机遇，步步被动。在建设物质文明的同时大力加强精神文明建设，就是要着力塑造和弘扬一种精神，用以团结群众，凝聚人心，鼓舞斗志。张家港人在实践中形成的“团结拼搏，负重奋进，自加压力，敢于争先”的张家港精神，已经成为张家港人最可宝贵的财富。

中国人有个惯用的吉祥词儿叫“心想事成”。确实，要办大事、创大业，首先是要敢想，连想都不敢想的事当然是不可能办成的；而仅仅“心想”也是不可能“事成”的，还要有“非常的干劲”、踏实的作风。张家港人既心比天高，又勤勉务实，因而不仅夸下了海口，也办成了大事。“三超一争”的目标如期实现；抢出个保税区；抢出条张杨路；又引来一批大项目……一些看似不可能的事相继变成了现实。归根结底，是张家港精神带来了张家港速度，张家港速度创造了张家港效益；张家港效益营造出张家港式的文明。

每当唱起《国歌》，唱起“中华民族到了最危险的时候”的词句，人们总有些异样的感觉。是的，尽管我们的日子比过去好过了，社会比过去太平了，但我们面临的是一个竞争更加激烈的世界，中华民族还远远不到可以高枕无忧的时候。我们的生活还不富裕，我们的国力还待增强，我们的事业还在继续，我们的征程还很漫长……用张家港人的话说，我们还处于非常的时期，我们还需要非常的干劲。

（原载1995年11月28日《经济日报》）

【作品点评】

近日贵报一版刊登本报评论员张曙红写的《张家港启示录》，深入浅出地将张家港精神和经验写得恰到好处。

贵报对张家港精神文明建设的经验报道比较多，特别是理论周刊第29期《张家港精神的启示》和一版刊登的《张家港启示录》，把张家港精神和经验都讲得相当透彻。比如《张家港启示录》之一的文章中讲道：我们追求的是物质的丰富而不是物欲的膨胀；是生活的富足而不是生活的奢靡；是社会的繁荣而不是文明的沦丧。搞活经济不意味着提倡腐败；改革体制决不是不要规划；扩大开放也不是要把别人好的和坏的东西一概“照单全收”。这段话讲得太深刻了，是何等的是非鲜明和界定清楚，令人反思、促人领悟。这样的启示录真有水平，看了心服口服。

从《孔繁森启示录》到如今的《张家港启示录》，都是贵报评论性文章改革的佳作和典范，这形成了贵报的一个特色，读者从启示录上得到启示，回味无穷。

（摘自经济日报内刊，作者：严志康）

深入扎实学邯钢

邯钢是个什么样的典型

学邯钢不是一个新话题，在冶金行业，1991年就开始推广邯钢加强成本管理的经验；1993年，国家经贸委在邯钢办了6期全国性的培训班，国务院办公厅先后两次发文，要求在全国工业企业中推广邯钢经验；今年年初，国务院批转国家经贸委、冶金部关于邯钢管理经验的调查报告，全国学习推广邯钢经验暨企业管理工作会议在邯郸召开，一个学邯钢、抓管理、增效益的热潮再度在全国兴起。

在不长的时间内，国务院和主管部门先后三次直接批转一个企业的经验，而且要在全国学习推广，这在近年来还是少有的事。邯钢到底有什么“绝招”值得让全国企业界仿而效之呢？

说起来很简单，归纳邯钢的做法，主要是12个字：“模拟市场核算，实行成本否决。”邯钢人对此的解释是：以模拟的方式，把市场机制引入企业内部管理，抓住成本这个关键，用“倒推”的办法，即从市场可以接受的价格开始，从后向前，测算出逐道工序的目标成本，然后层层分解落实，直到每一个岗位和职工，通过市场价格与生产成本的“接轨”，按市场导向决定企业内部的资源配置，并使职工主动参与市场竞争并承担竞争的后果。这一经营机制的基本模式就是：市场—倒推—否决—全员。

听起来很简单的12个字，却有着十分丰富的内涵，正确把握邯钢经验的内蕴，我们就会更加明了：邯钢经验为什么值得学？

邯钢是从成本入手抓管理和改革的，但如果把邯钢经验理解为一种加强成本管理的具体办法，那就错了。成本管理是邯钢“模拟市场核算，实行成本否决”的“龙头”和基石，但不是邯钢经验的全部内容。成本是一个综合性指标，成本高低是企业各项管理工作水平的集中反映。从成本管理这个突破口出发，邯钢人致力于企业整体管理水平的提高，加强了财务、质量、物供、销售、计划、审计等方方面面的专业管理工作，理顺了企业内部职能部门的管理职能，从而使成本管理落到了实处，见到了实效，使企业潜在的巨大管理效益资源得到充分的开发和利用。所以说，邯钢实施的是一项推进企业实行科学管理、全面提高素质的系统工程。邯钢经验证明，通过改善和加强企业管理来提高质量、提高效益的潜力不可低估。

如果把邯钢经验仅仅理解为新形势下企业加强管理的经验，仍然是不够的。从形式上看，邯钢经验是一系列企业内部经营管理制度，但实质上，这套制度所营造的却是适应市场经济的企业内部管理体制和新型的运行机制。邯钢的成本管理，出发点是市场价格，按市场价格倒推目标成本，以盈亏平衡点作为否决的封顶线，这就不仅仅是一般意义上的管理制度，而是市场经济下的成本管理，是和改革相结合的管理制度。通过倒算成本、“推墙入海”，邯钢人成功地实现了两个挂钩，一是把每个职工与市场、成本、效益挂钩；二是把企业的各个层次、各个环节、各个岗位与市场挂钩，从而形成全厂上下人人关心市场、人人关心成本、人人关心效益的新机制。邯钢的实践说明，在企业，深化改革与加强管理不可分，两者不仅应该结合，也是能够结合的。

如果把邯钢经验理解为困难企业渡过难关的权宜之计，那也错了。确实，邯钢的办法是在企业面临巨大困难的情况下逼出来的，并在企业走出困境的过程逐步得到完善，邯钢经验对困难企业无疑是很有借鉴意义的，但必须看到的是，邯钢经验的实质是转换机制，进入市场。所谓“模拟市场”，实际上是企业微观市场机制的再造，是对市场机制的引入；所谓“否决”，不是制度要否决，而是市场要否决，是市场对质量次成本高的赔钱产品的不准进入。邯钢经验之所以受到充分肯定和高度重视，关键就在于它为国有企业从计划经济向市场经济转变开创了一条有效的途径，也是推动企业经营方式从粗放型向集约型转变的现实途径。不管企业眼下日子是否过得去，都面临着邯钢曾经面临着的问题，都必须像邯钢那样转换机制，进入市场；不管你自觉还是不自觉、愿意不愿意，市场都将把所有的企业推向邯钢走过的那条路上去。

与其说邯钢是加强成本管理的典型，不如说是全面提高企业素质的典型；与其说邯钢是抓管理的典型，不如说是观念变革、机制创新的典型。一句话，邯钢是率先自觉地实行两个转变的典型。邯钢经验之可贵，就因为它遵循了社会主义市场经济的客观规律，为市场经济条件下国有企业的生存与发展提供了一种新的思路，一种现实的参照，以及一批能够移植、可以操作的办法。从国有企业现状和改革与发展的形势看，学习推广邯钢经验具有着深刻的现实意义。

（原载1996年9月24日《经济日报》）

邯钢经验为什么让人服气

冶金行业人称“钢老大”，是一个出经验、出典型的地方。早些时候学首钢的承包制；后来学武钢的质量效益型发展道路；再后来，是学习宝钢现代管理、集约经营的经验。几大钢铁企业作出的贡献和创造的经验都是有目共睹的。但无论是学首钢、学武钢，还是学宝钢，都有人不服气，都有人说“学不了”。

邯钢经验却是一个例外。没有人感到不服气、“学不了”。

邯钢经验具有广泛的适用性，首先因为邯钢是处于我国国有企业总体水平线上的典型，可谓是国有企业生存与发展状态的一个缩影。如同大多数普普通通的国有企业一样，创造邯钢经验之前的邯钢，起点不高，基础不好，发展也不快。然而，人们没有想到的是，就是这个毫不起眼的邯钢，在实行“模拟市场核算，实行成本否决”五年后，一跃跨入全国钢铁企业的先进行列。1995年，在43项可比的主要技术经济指标中，邯钢位居全国同类型企业前三名的指标就有29项。

把邯钢的五年巨变称为“奇迹”并不过分，然而，邯钢人创造奇迹的过程并不神秘。五年来，政府没有给邯钢什么特别的政策，市场也没有给邯钢什么特别的机遇，邯钢的外部环境与大多数企业没有什么不同。邯钢的成功之处不是“跑部前进”，向上伸手，而是“自费”改革，向内使劲。邯钢实施的“模拟市场核算，实行成本否决”，既是发展市场经济的大势所趋，又是与邯钢过去的管理基础相衔接的，是一套实事求是、立足于企业实际的办法。这一套办法是邯钢人的发明，但却是有广泛意义的发明。

邯钢经验还有很强的现实针对性。对邯钢发展历程有所了解的人都会发现，邯钢在1990年面临的困境，与当前许多国有企业特别是困难企业的状况十分相似。第一，1990年邯钢受到市场需求不足、原材料涨价等因素的制约，企业连续5个月亏损。邯钢的改革是在困境中起步的。第二，邯钢当时是一个装备并不先进的中型联合钢铁企业，几年来的技术改造全靠艰苦的自我积累、滚动发展。第三，从1990年到1995年，邯钢经受了两次比较大的市场疲软，市场需求和宏观调控对企业的生产经营起着很大的制约作用。第四，邯钢也存在历史包袱重、富余人员多、企业办社会等各种负担。所不同的是，短短五年间，邯钢依靠自己的力量，从严重亏损走上了低投入、高产出的良性循环道路。

当前，国有企业一方面面临着严峻的市场竞争形势；另一方面，又存在着机制不活、管理不善、负担过重等问题。主客观因素交互影响，国有企业普遍处境维艰，效益下滑。党和政府为加快国有企业的改革和发展采取了一系列措施，企业的生存环境正在逐渐好转。对于企业自身来说，面对困境，是无所作为，把希望寄托在政策的调整和市场环境的变化上，还是向内使劲，通过加强管理、深化改革、挖掘潜力找到走出困境的出路，这两种不同的思路，也将会导致两种不同的结果。在这种选择面前，看一看邯钢的变化，学一学邯钢人面对困境的勇气，理一理邯钢走出困境的思路，将给所有的企业经营者以有益的启示。市场经济条件下的企业，不论其所有制形式，也不论其由谁经营，都只能依靠自身力量去适应市场，自谋出路，自我发展。对此，早认识，早主动；不认识，总被动。

一位国务院领导同志在邯钢考察后有一番感叹：“邯钢的厂房谈不上新，大多数设备谈不上先进，有不少还是老设备，产品也主要是‘大路货’，也就是说‘硬件’方面邯钢在国有大中型企业中并不占优势，但邯钢创造的利润、实现的效益却是一流的。”由此他得出的结论是：邯钢能做到的，国有大中型企业都应该能做到。

确实，邯钢能够做到的，其他国有大中型企业有什么理由做不到呢？

（原载1996年9月25日《经济日报》）

邯钢经验到底灵不灵

邯钢经验值得学，也能够学。从几年来河北省和冶金行业学邯钢的情况看，邯钢经验确实是国有企业的一副“对症之药”。

鞍钢学邯钢，一举扭转了成本连续几年超支的局面，去年比上年降低了4.69%，实现利润3.3亿元；武钢学邯钢，全面开展“成本效益纵深行”活动，去年降低成本7亿元。

“近水楼台先得月。”邯郸市通过开展学邯钢活动，国有企业主要经济指标大幅度提高，去年利税增长15.75%，亏损额下降了27.2%；在河北省，已有近2000家企业在实质性推广、运用邯钢经验，今年全省工业企业超计划降耗增利的目标是22个亿……

当然也能找出相反的例子。也有些企业的领导早几年就到邯钢参观学习过，回去之后也有动作，但收效不大；有的企业年年学邯钢，年年定制度，但面貌依旧，甚至困难更多。

邯钢经验正在全国大面积推开。推广邯钢经验的过程中也有一些思想上的障碍。有的企业认为各自企业情况不同，不想学；有的认为邯钢经验没什么新东西，不用学；还有的认为邯钢管理太严格，不敢学。邯钢经验到底灵不灵，最终当然要靠实践来回答。现在应该努力防止的，是邯钢经验在学习中变了形，走了样，学邯钢走了过场。

学邯钢，贵在把握邯钢经验的精神实质。要学习邯钢面向市场，转变观念，建立适应社会主义市场经济要求的经营机制；学习邯钢紧紧抓住降低成本这个提高经济效益的核心，全面改进和加强企业管理工作，促进经济增长方式的转变；学习邯钢加大科技投入、加快技术改造，增强企业竞争能力；学习邯钢全心全意依靠工人阶级，充分发挥职工群众的主人翁作用，人人当家理财。学习邯钢，如果不在精神实质上下功夫，学了皮毛，忘了精髓，如同古人所谓的“买椟还珠”，当然不可能见到成效。

学习的过程也是创造的过程。“邯郸学步”的故事讽刺的就是只知模仿、不知创造的学习。我们说邯钢经验具有普遍适用性，指的是邯钢经验的原则、思路和基本方法。实际情况千差万别，不能机械地照搬邯钢的经验，必须坚持从实际出发，结合本地区、本部门、本企业的具体情况，有针对性地制定和实施深化改革、加强管理的办法，不断探索、创新和开拓。

邯钢经验具体体现为一系列的制度。邯钢的考核和否决的办法落实得好，因为邯钢人坚持“三不原则”：一是不迁就，二是不照顾，三是不讲“客观”。如果这三条做不到，考核就走了形式，否决就只能是句空话。当前许多企业存在的管理问题，不是没有制度，没有标准，而是无人监督，无人落实。如果口头上喊走向市场，心里头却不以为然，或者满足于“比上不足，比下有余”，那么即使规章制度再多、再细致，也不可能真正落到实处，企业的面貌也难有大的改观。

学邯钢不仅是企业的事，也是政府的事。政府学邯钢，最重要的是下大功夫加强国有企业领导班子建设，积极创造有利于经营者队伍形成和成长的环境，努力培养造就一支强大的经营者队伍。邯钢领导班子敢于大胆推进内部改革，“推墙入海”，严格管理，坚持“三不原则”，拉开分配差距，原因之一是班子作风正、过得硬，“己不正焉能正人”。如果是一个软的、散的、懒的、贪的班子，就不可能创造出邯钢经验，也不可能学习和落实好邯钢经验。各地的情况都说明，企业经营好坏，与企业领导班子素质高低有着密切的联系。一个好的班子可以使一个亏损大户变成盈利大户，一个不好的班子可以搞垮一个优秀企业。而国有企业班子的好坏、一把手是否称职，不能看成企业自己的事，首先要由行使所有者职能的政府来负责。把企业交给谁来经营，是所有者职能中的关键环节。一个企业搞不好，可能是经营者的事；而如果多家企业搞不好，就应该从所有者的身上找找原因，看看选人是否得当，用人是否对路，监督是否得力，管理是否到位。一方面，我们要教育企业经营者讲政治，讲党性，提高思想和业务素质；另一方面，还要研究和解决市场经济条件下经营者的激励与动力机制问题。如果我们拥有成千上万个刘汉章式的经营者，国有企业中就将涌现出更多甚至更好的“邯钢经验”。

（原载1996年9月26日《经济日报》）

振兴国企系列谈

“海”里风光无限好

“刘汉章会有难看的。”去年，当邯钢经验作为搞活国有企业的典型被广泛传扬的时候，有人曾这样预言。而熟悉市场情况的业内人士也为刘汉章和邯钢人捏一把汗。

读了记者从邯钢发回的最新报道，关心邯钢的读者可以松口气了。尽管去年钢材市场持续疲软，尽管原材料大幅度涨价、减利因素剧增，尽管邯钢挖潜增效的招数前几年使得差不多了，但邯钢在困难的局面下保持了经济效益的稳定增长，盈利水平仍然位列全国冶金企业前三名。

回望邯钢，我们欣慰，“牛皮”不是吹的。实践再次证明，邯钢经验作为搞活企业的真功夫、硬功夫，不是权宜之计，不是短放之花，而是国有企业生存与发展的长远之计、根本之计。

回望邯钢，我们高兴，邯钢的模拟市场核算机制在不断深化和完善。改革更深入，规章更健全，管理更严格。从“推墙入海”到学会游泳，他们对“水情”更熟悉了，泳术更精湛了，小有风浪，等闲视之。

回望邯钢，令人感叹，高起点上的邯钢人还在自加压力。全国学邯钢，邯钢学全国。邯钢人说：“差距就是潜力。”在高起点上看到差距是一种难得的清醒，把差距看作潜力、变成压力更是难能可贵的认识，是责任感、自信心的体现。

回望邯钢，令人深思，邯钢人在与全国先进水平找差距，而与此同时，与邯钢比起来，更多的国有企业还有多么大的差距。邯钢是一面镜子。拿起这面镜子照一照、比一比，我们就不难发现差距之所在，潜力之所在，也是信心之所在。

临渊羡鱼，不如退而结网。羡慕邯钢人在“海”里的怡然自得，莫如早早跳下海去，哪怕呛几口水、滚一身泥；眼红刘汉章手中的7个亿，莫如眼睛向内，扎扎实实地搞改革、转机制、抓管理。其实，几年来许许多多企业学邯钢的实践都在证明，真学真见效，早学早得益。

国有企业能不能搞好？国有企业怎样搞好？邯钢的回答很有说服力。

（原载1997年4月18日《经济日报》）

为了企业的明天

关于大庆的过去，人们知道很多。那是一个奇迹、一座丰碑、一曲壮歌；关于大庆的今天，我们也知道得不少。我们不断地为大庆持续稳产高产而欢呼，一个十年又一个十年。我们刚刚结识了新时期的“铁人”王启民，一个英雄又一个英雄。然而，关于大庆的明天，我们又知道多少呢？

石油是迟早会采完的，但大庆不能没有明天。大庆的明天绝不会是昨天的重复，也不仅仅是今天的延伸。大庆明日的辉煌，需要从今天开始塑造。

读了来自大庆的最新报道，我们看到了一个不满足的大庆，一个有远见的大庆，一个立足现实又放眼未来的大庆。名列国有企业500家之首，肩负全国原油生产的“半壁江山”，大庆人备受政府厚爱、国人关注，日子是好过的。

但大庆人没有为过去的贡献、为眼前的安逸所陶醉，而是着眼明天，未雨绸缪，在稳定原油生产的同时大力调整结构，改革管理体制，转换经营机制，努力跟上时代前进的步子，为营造新世纪的辉煌打下了坚实的基础。

比较起来，大庆的改革经验可能不那么超前、不那么新鲜了。即使在石油工业内部，也可能还有改革步子更大、更快的典型。大庆的改革之所以值得人们关注，是因为我们从中看到了大庆人告别昨天、走向市场的决心和勇气。越是计划经济分量重的地方，走向市场经济的步子越艰难；越是过去时代的典范企业，“两个转变”的任务更艰巨；越是背负着太多荣誉和期望的单位，给自己找差距、“动手术”需要有更大的勇气。大庆人卸下荣誉的包袱，告别昨天的辉煌，勇敢地迈出第一步，所以值得我们称道。

第一步是可贵的，但前面的路还长。把“铁人”精神与市场机制结合起来，在“两个转变”的道路上坚定地走下去，大庆大有希望。

祝福你，不倒的大庆，不老的大庆。

（原载1997年5月6日《经济日报》）

看看天外天

十几年前，第一次听到“集约经营”这个词的时候，感觉有些不好理解，难以准确把握其内涵。翻了翻《现代汉语词典》，那时候的“集约经营”也仅仅是指农业的一种经营方式。

后来知道了宝钢，看了些宝钢的材料，就感到“集约”这个概念已经不那么抽象、空洞，也不是那么遥不可及了。读一读今天记者发自宝钢的报道，相信读者也能从中品出一点“集约经营”的味道。

尽管宝钢的建设过程有过曲折，但今天，实践印证了小平同志当年的论断：“历史将证明，建设宝钢是正确的。”十几年来，比宝钢人创造的数以百亿、千亿计的物质财富更可宝贵的是，作为国有企业从粗放经营向集约经营转变的先行者，宝钢人创造了许许多多的“第一”：第一个搞减员增效；第一个实行主辅分流；第一个提出企业管理要以财务管理为中心……宝钢人不仅塑造了一个现代钢铁企业的形象，展现了集约经营的种种好处，更昭示了国有企业从粗放走向集约的现实可能性。

其实，当年的宝钢得天独厚，是有“老本”可吃的。新技术、高起点、大规模，足以确保宝钢在国内同行业中相当一个时期的领先地位。但宝钢人没有自足、自满。人一减再减，品种一增再增，机制一改再改，为的就是确保竞争中的优势，为的就是要搏击更强劲的对手。因为他们清醒地知道：驾国企之舟行市场之海，不稳即沉，不进则退。用黎明的话说，叫作“优势没有终身制”。

其实，今天的宝钢木秀于林，更可以高枕无忧。人均年产钢600吨的水平，不仅在国内遥遥领先，还是名副其实的“世界一流”。但宝钢人的忧患意识更强烈了。宝钢人说，领先一步不等于永远领先。他们在与邯钢比效益，与浦项比规模，与新日铁比技术，越比越感到紧迫，越比越看到危机。优势是在比较中存在的，也只有在比较中才能巩固和发展。

天外有天，山外有山。相对于国内多数冶金企业，宝钢就是仰之弥高、追之难及的“天外天”。而对于宝钢人来说，天外更有天。

盯住天外天，攀登山外山，这是更高远的目标，也是更艰险的旅程。祝宝钢越走越好！

（原载1997年5月9日《经济日报》）

管理里面有哲学

看了来自长虹的报道，相信读者会得到有益的启示，“长虹现象”的内涵是丰富的。企业家可以从中学到管理诀窍，经济学家可以从中总结竞争规律，甚至哲学家也可以从中挖掘出一些深刻的哲理。

企业家当然不是哲学家，但一个有作为的企业家又不能不像哲学家那样，去探究人与这个物质世界的方方面面的关联。几年前，松下幸之助的《经营管理全集》在企业界很是红火过一阵，但让读者惊奇的是，在那25卷、数百万字的文字中，老松下津津乐道的不是经营管理的秘诀，而是关于做人、关于做事、关于为什么要办厂要赚钱的反反复复的思考与探寻。换句话说，讲的是哲学。

长虹最初是从松下引进技术的，从长虹的发展历程中，也能或多或少地看出点松下的影子，不知道倪润峰是否读过松下的《经营管理全集》，但我们从他和长虹人的不断探索中感受到了同样的“深沉”。

比如说，办企业的目的是什么？长虹有广告云：“以产业报国、民族昌盛为己任。”在长虹，这不仅仅是一句口号，一种宣传，更是深入人心的企业理念，是长虹人自我激励、自我约束的精神支柱与动力机制。

比如说，企业生产的产品是什么？倪润峰的回答是：“一个成功的企业，要着力创造物质与精神两种精品。企业在创名牌、创利税的同时，还在进行着精神生产。企业目标是靠人来实现的，不能生产高素质的员工，就不可能生产出高素质的产品”。

比如说，在经营上，长虹有“独生子”理论，但不妨碍他们搞多元化；有“制高点”战略，也不影响他们大批量生产受欢迎的“大路货”，机敏、灵活的市场策略，深得辩证思维的真谛。

比如说，在管理上，长虹讲究刚柔相济，进退有度，创造了一套“太级圈理论”……

或许倪润峰还算不上哲学家，但他和长虹人创造的经营管理的哲学确实值得更多的企业学习、借鉴。

太阳有升有落，彩虹时聚时散。人类社会的规律并不都是与自然的法则相吻合的。愿美丽的“长虹”历久弥新，给人们以更多、更新、更深刻的启迪。

（原载1997年5月16日《经济日报》）

解放自我的历程

“老解放”曾经是一种象征，那是中国人民有了独立自主的汽车工业的象征。然而，二三十年后，“老解放”又有了另外一层象征意义，这就是计划经济条件下工业产品“几十年一贯制”的象征。作为中国汽车工业奠基者的一汽人当然不甘如此，于是有了轰轰烈烈的“二次创业”，“老解放”获得新生。

如果当年一汽人的二次创业仅仅停留在为产品换个型，且换型以后万事大吉、就此打住，那么“新解放”也很难拉着一汽在竞争的道路上走出多远。可喜的是，换型换来了新的观念，换出了新的机制。一汽人来不及喘口气，又开始了新一轮更为艰苦的创业。今天，企业的生产规模、产品结构、经济效益终于迈上了一个新的台阶。

一汽这十几年来的发展历程，实质上是一汽人不断解放自我、超越自我的历程。二次创业使一汽人从产品经济下故步自封、因循守旧的观念中解放出来，三次创业又使一汽人从单一品种走向多元结构、从粗放管理走向精益生产、从产品经营走向资本经营，这是更深刻的解放、更大胆的跨越。

比较起来，一汽人两次创业的动力是有所不同的。二次创业实乃形势所迫，不得不为；而三次创业则是自觉自愿，心向往之。从被动走向自觉，这正是不断解放自我、超越自我的必然结果。因为有了这种自觉，所以一汽人不等不靠，抢了轻型抢轿车，干完一期干二期；因为有了这种自觉，所以一汽人敢试敢闯，负债经营、合资经营、资本经营运用自如；因为有了这种自觉，所以一汽人长袖善舞，捧“金杯”，握“蓝箭”，坐拥东北，雄视关内……

作为国有老企业的典型，一汽的“包袱”不可谓不重，设备不可谓不老，人员不可谓不多，面临的竞争不可谓不激烈，但一汽人适应了竞争，学会了竞争，在竞争中实现了脱胎换骨般的改造，赢得了更广阔的生存空间。正因为如此，我们说，一汽的经验对国有企业的改革具有更为普遍的意义。

（原载1997年5月23日《经济日报》）

海尔告诉我们什么

论名优企业的扩张

海尔，是在改革开放中发育成长的中国名优企业，是在国际竞争中日益壮大的中国工业企业的一个典型。

研究海尔的成功之路，探索海尔扩张的奥秘，不仅有助于企业经营者学习管理的诀窍、借鉴扩张的谋略、掌握防范风险的技巧，还有助于我们从宏观上把握名优企业在结构调整中担任的角色，认识依托名优企业进行资产重组和优化资源配置的重要性，从而探索一条有中国特色的发展“跨地区、跨行业、跨所有制和跨国经营的大企业集团”的成功道路。

在党的十五大召开之后的今天，认识海尔，研究海尔，不仅仅是企业经营者应该做的事。

抢时间与争空间

本报关于海尔兼并扩张的系列报道是媒介第一次对海尔这方面情况的全面披露。因为在此之前，海尔在这方面的宣传是低调的。有记者称之为：“悄悄地进庄，打枪的不要。”

与此相反，海尔在各大媒体隆而重之推出他们精心策划的宣传主题：海尔，中国造。

为什么着力塑造这样一个形象？张瑞敏的解释是：“海尔，中国造”就是要在世界上打响中国的名牌。中国人必须有中国自己的世界名牌。因为那是一个国家实力的象征，是一个民族素质的外化，也是能否自立于世界强国的标志。我们就是要通过海尔这个品牌让世人认识到中国产品有能力在世界上参与竞争，有能力走入世界名牌的行列。

企业经营一般被分为三个发展阶段：产品经营、资产经营、品牌经营。海尔人认识到当今的市场已经进入“品牌竞争时代”，从国际竞争的意义看待品牌经营，这就是海尔的高明之处。

从国内竞争看，已有的业绩似乎足以令海尔人自豪。然而，在国门大开，市场一体，世界向你扑面而来的今天，海尔人感受到的只有泰山压顶般的压力，必须有如临深渊般的谨慎。一个让中国企业界尴尬的话题是，中国500家大企业加在一起敌不过一个“通用”；而让张瑞敏和海尔人念念不忘的是，1996年海尔的销售收入不过排世界500强末位的一家日本公司的1/10。张瑞敏说：“时代要求我们快一些，再快一些，因为洋名牌‘逼你没商量’。”

海尔的目标定位是进入世界500强，这就必须从时间和空间两个方面去寻求出路，即抢时间和争空间。所谓“抢时间”就是以最短的时间全面达到国际先进水平；争空间，则是要最大限度地扩大在市场上不管是国内还是国际市场上的生存空间。

了解了海尔的目标，认同了海尔的理念，我们才能更真切地感受海尔抢时间的紧迫感和争空间的危机感，才能更深刻地理解推动海尔不断发展、不断扩张的强大动力。也唯有站在海尔人一样的高度，从国际竞争抢时间和争空间的意义上，我们才能更深刻地理解党的十五大提出组建“四跨”大企业集团的深远意义。

求大还是求强

海尔的目标是：世界500强。当然要把企业做大。

今天的国际竞争是巨人间的竞争，既然你想在竞争中取胜，首先你必须是巨人。海尔人对此认识是清醒的，张瑞敏喜欢拿拳击作比：“要创一个国际名牌，我们现在的规模还太小，确实太小，打一个比方说，跨国大公司就是泰森，我们就是一个刚刚出道的轻量级选手，上去之后，一下子就被泰森打下去了。就是因为规模太小，没有实力。在家电这个行业里，我们在国内是老大；但与国际大公司比起来，我们还非常小。因此我们面临的课题，就是如何抓住机遇来迅速扩大自己的实力和规模。”

但规模并不等同于实力。大不等于强。古老的东方哲学讲究“物壮则老”“盛极而衰”；西方的《圣经》描述巨人歌利亚不可一世，但面对牧羊小鬼手中的弹弓却应声倒地。张瑞敏从中悟出这样的道理：盛、衰、强、弱、大、小之间不是一成不变的。企业亦然，昨日成功的楷模，有可能成为今日失败的典型。20年前IBM、通用汽车分居世界第一、第四位。而今天却只能拱手让位。

做大是手段，求强是目的；做大是过程，求强是结果。单纯求大，铺摊子，上规模，搞没有效益的兼并扩张，很容易把企业拖垮。这样的教训我们并不鲜见。

因为求强，所以海尔人说：“要想最大，先争最优。”所谓“最优”，就是要有一个行之有效的管理模式，有一个能凝聚人心的企业精神，有一支能适应现代竞争、规模经营的高素质人才。

因为求强，所以海尔创造了被称为“联合舰队”的运行机制，不搞火车头式的单动力牵引；提倡企业各自为战，不允许各自为政，保证实现“1＋1”＞2的集团效应。

因为求强，所以海尔的一条原则是，人才素质和管理水平的提高在前，规模的扩张在后。

因为求强，所以海尔人注重“渐变”，不求“突变”；着力于过程，不相信奇迹；不争一日之短长，而争长久之优势。

在求强中得大，这是海尔的追求，也可以说是名优企业发展、扩张的共同规律。

专业化与多元化

尽管海尔不追求“突变”，但海尔合乎自身发展规律的“渐变”却不断地引发市场的“突变”。当海尔从冰箱进入洗衣机、空调市场时，当海尔宣布从白色家电向黑色家电转进之时，都引起了市场不小的震荡。

对于企业多元化经营的质疑来源于实践和理论两个方面。从实践上看，由于国内众多企业的前车之鉴，多元化不仅不像一个方向，反而更像一个“陷阱”；从理论上说，在家电行业绝大多数产品供大于求的情况下，多元化经营与重复建设之间被画上了等号，政府部门担心的是，在生产能力严重过剩的行业，新增一家强劲的竞争对手，就意味着新增一家或几家亏损、困难企业。

多元化经营是不是重复建设，关键要看投资主体是政府还是企业。需要看到的是，造成当前重复建设局面的不是市场机制，而是计划经济条件下的投资体制，而改革投资体制的方向，就是要把投资主体从政府过渡到企业。只有企业成为自主的投资主体，才可能真正承担投资的责任和后果，从而依靠市场机制，从根本上解决重复建设问题。

理论争论的实质是要不要搞多元化。而对于张瑞敏和海尔人来说，“要不要”本就不成为问题。既然海尔的目标是世界500强，既然世界级企业都在搞跨行业经营，海尔就不能不搞多元化经营。

为了避免把多元化做成“陷阱”，针对在多元化经营上流行的“东方不亮西方亮”的误区，张瑞敏和海尔人探索了一套“东方亮了再亮西方”的理论。这套理论包含着两个原则。一是把自己最熟悉的行业做大、做好、做强，在这个前提下进入相关产品经营。从1984年到1991年，海尔认真地把冰箱做到全国一流，然后由冰箱转到空调、冷柜、洗衣机。二是进入一个新的行业，做到一定规模之后，一定要进入这个行业的前列。张瑞敏说，如果一个企业哪一个产品都干，但都在同行业排中下游，最后的结果肯定是没有竞争力。

海尔的多元化没有成为“陷阱”，而是扩张的途径。海尔在饮食服务业“牛刀小试”，“大嫂子”面食连锁店火爆青岛，宾客盈门；在生物制品业“投石问路”，开发一个产品去年一年就赚回3000万元的利润。

海尔的实践证明，名优企业搞多元化经营，有利于提高名牌企业的竞争力，有利于改革投资体制，实现投资主体的多元化，有利于优秀企业文化的传播，有利于成功管理经验的推广。限制名优企业进入更多的领域，只能为国际跨国资本提供更多的市场空间，也不可能保护低水平生存的劣势企业，提倡名优企业搞多元化，就是鼓励名优企业与国际跨国资本争空间。

以“两低”求“两高”

无论是海尔的扩张，还是其他企业的扩张，都有两种类型：或者是专业经营扩大规模，或者是多元经营拓展领域。而两种扩张都必须遵循一个共同的标准：以“两低”求“两高”。

所谓“两低”，一是企业的低成本，尽可能以最少的投入实现最大的产出和扩张；二是社会的低代价，也就是尽量减少社会为企业重组付出不必要的牺牲。所谓“两高”，就是要通过兼并重组，实现资产的高质量，经营的高效益。以“两低”求“两高”，就是要通过资源的优化配置，实现社会效益与企业效益的统一。

海尔提出的“吃休克鱼”理论，无疑是有企业低成本的考虑。而从海尔的实践看，企业的低成本并不损害社会的低代价。“休克鱼”不等于死鱼、烂鱼，但要看到的是，如果让这种鱼长期“休克”下去，结果就会腐烂变质，最终造成资产的浪费、流失。以名优企业的管理模式和企业文化激活“休克鱼”，就可以用少量的投入盘活大量的资产，承担了债务，保证了就业，创造了更多的社会财富，这是以“两低”求“两高”的一种具体体现。

理想的企业重组模式是企业与企业双赢，企业与社会互利。海尔“吃休克鱼”的实践证明，这种目标是可以达到的。从这个意义上说，名优企业应该成为结构调整的主角，依托名优企业实现资产重组是结构调整的一条捷径。

从扶贫到联强

“吃休克鱼”的兼并本质上还是“扶贫式”的，海尔探索这套办法的前提之一是在今天的中国，活鱼不容易吃，吃不着。

“吃休克鱼”的种种好处中，最大的好处是有现实可操作性。但在张瑞敏看来，“吃休克鱼”式的兼并代替不了“鲨鱼吃鲨鱼”式的强强联合。他认为，海尔要实现世界级企业的追求，必须进一步膨胀，扩大规模，提高竞争力。这仅靠扶贫式的兼并是困难的。兼并14个企业，扭亏5.5亿元，现在看是很大的成绩，但曾经也是很大的负担。想真正成为一个世界跨国公司，光靠这种方式，费劲，最终还要走强强联合的道路。事实上，即使在世界500强中，也不断出现新的相互并购案。

从扶贫到联强，这是一步更为艰难的跨越。尽管我们已经看到一些国有企业之间由政府撮合而成的强强联合式的兼并案，但以企业为主体、以资本为纽带的自觉自愿的强强联合尚不多见。行业壁垒、地区分割的管理体制，“宁为鸡头，不为牛尾”的传统观念，制约着真正意义的“四跨”集团的诞生。

扶贫，解决的是企业眼下的困难；联强，解决的是中国民族工业的真正出路。提倡联强式的兼并重组，实质上就是要在结构调整中让资源向优势企业集中，向优势品牌集中，向优势企业家集中。

这是结构调整的必由之路，这是资产重组的必由之路，这是培养“四跨”集团的必由之路。

无论是办企业还是写文章，张瑞敏都堪称里手，读一读张瑞敏的文章，更有助于我们理解海尔这家企业。

海尔是什么？张瑞敏撰文说：《海尔是海》。

“海尔应像海，唯有海能以博大的胸怀海纳百川而不嫌弃细流；容污浊且能净化为碧水。正如此，才有滚滚长江，浊浊黄河、涓涓细流，不惜百折千回，争先恐后，投奔而来，汇成碧波浩渺、万世不竭、无与伦比的壮观！”

多么生动的文字，多么高远的追求，多么迷人的未来。

［原载1997年11月28日《经济日报》，入选《新闻报道精品选（1997年）》，学习出版社1998年12月出版］

【作品点评】

本文是经济日报《海尔扩张之路系列报道》的第四篇。前三篇的题目是《扩张的基础》《扩张的策略》《扩张的风险防范》，三篇述评加一篇评论构成一个整体。可以说本篇是这一系列报道的概括和总结。

实践出真知，海尔扩张之路给中国企业的扩张或者说资产重组提供了重大的启示。作为经济评论，《论名优企业的扩张》一文能够结合海尔扩张的成功经验，提出中国十万家大型企业正在面对和思考的问题，是有重要指导意义和理论价值的。

（摘自《新闻报道精品选（1997年）》）

价格大战无赢家

——关于价格大战的对话评论之一

以下●为海尔集团公司总裁张瑞敏；○为本报评论员张曙红

○“价格大战”作为当前经济生活中一个突出现象，在企业界引起了争论，也受到了政府的关注。引发价格大战的原因是多方面的，首先是宏观层面的原因，也就是买方市场格局的形成，供求关系发生了根本性的变化；还有历史的原因，那就是重复建设在市场上的反映，一些行业生产能力相对过剩，过度竞争便难以避免；再有就是企业的发展，技术水平的提高，也会带来成本的降低，自然也会形成降价的条件；另外，由于工农产品剪刀差的存在，工业品的价格长期偏高，随着工业化的加速，必然有一个逐步下调的过程。我觉得这些因素的存在，就使价格大战似乎既包含着正常因素，又包含着不正常因素。

●价格竞争是市场经济的必然现象，“价格大战”指的是这种竞争出现了过度的价格竞争的情况。所以目前的价格大战，确实含有正常的和不正常的两种因素。所谓“正常”是反映了企业走向市场经济的一种必然现象。在计划经济、卖方市场条件下，产品定价与市场脱钩，不能反映市场的真实需求。而进入市场经济，产品的供求平衡或供大于求，使企业在竞争的压力下，主动或被动地开始在价格上寻求出路。一定程度的价格竞争不可避免。

不正常的一面，从企业的角度看，则反映了大多数企业还停留在市场营销的最初阶段，即以产品为导向，仅仅满足用户最一般的需求，还没有达到市场细分化、生产精细化、服务方便化等。于是，对用户来说，不是我想要什么你就有什么，而只能是你有什么我买什么。产品的雷同化、趋同化造成的降价，尽管是迫不得已的，但并不是正常的。

降价竞争是否正常，应该放在一个三角结构中分析检验，即生产者、竞争者和消费者。只要生产者能以优于竞争者的技术和成本，提供给消费者有竞争力的价格，这就应属正常的价格竞争，如果不顾成本和效益，单纯地拼价格，就会出现过度的价格竞争。

○一些企业竞相加入价格大战的行列，目的是通过降价建立或者保持价格优势，扩大市场占有率。所以流行一句口号，叫作“让利不让市”。似乎商品价格的高低是与市场占有率大小成反比的。

●在我看来，价格优势不等于低价格。一个企业应该以自己层出不穷的新产品建立起消费者认可的价格优势。“让利不让市”的说法是有条件的，实际上有时让利未必能得市。目前市场上的消费者购物时也并不完全依照价格指标，上海就有过民意调查，结果显示人们的购物心理排序已由“价格—需要—品牌”转变为“需要—品牌—价格”。美国哈佛商学院的罗伯特·海曼教授认为：“50年前，企业是价格上的竞争，如今是质量上的竞争，而未来则是设计上的竞争。”

我们认为一味降价只能使竞争陷入恶性的怪圈，把消费者的注意力吸引到产品价格上，而不是产品所具有的价值上。这样一来就迫使企业不得不把技术工作的重点由努力提高产品的实用性水平转向设法以各种手段和方法降低成本的方向上去，最终导致产品和服务质量下降，损害了产品的形象，损害了企业的声誉，这种竭泽而渔的做法对于企业的长远发展是极为不利的。

○商品价格受供求关系的影响。当今这样一种严重供过于求的局面形成之时，许多企业感到除了降价没有更好的出路。

●只有疲软的产品，没有疲软的市场——这是我们对市场供求关系的认识。即使在今天，市场既有供大于求的一面，也有一些需求还没有得到满足的一面，如果我们的眼睛只盯着总体供大于求的现象，而不去研究消费者多种多样的需求，就必然走向悲观主义，结论似乎只有降价一条路了。其实，在所谓的“供大于求”情况下，我们完全可以创造出若干个小的供不应求的市场，即把市场细分，不断适应各个消费层次的需要，创造出新的市场、新的价格，跳出在原有产品、原有价格上打转转的思维方式。

○降价是一种竞争策略和营销手段。在大家一窝蜂降价的时候，海尔坚持不降价，既显示了对产品品质的自信，又收到了独树一帜的效果。这是否也可以看作一种营销手段?

●我们并没有刻意把降价当成营销手段。海尔实施的是“价值工程”，以不断推出物有所值的新产品来向消费者表明我们真诚的经营理念，当然，这的确显示了我们对产品品质的自信。从另一个角度来看，一味降价有可能损害企业自身的形象，好像企业自己对自己的产品缺乏自信心。许多产品一再降价，但消费者并没有趋之若鹜，原因之一也在于此。

当然，降价有时还是起作用的。但降价只是“促销”手段，而不是真正意义上的“营销”。降价可以吸引顾客于一时，但不可能建立起品牌的美誉度。营销不仅仅是要把产品卖掉，还要通过销售产品的环节树立品牌美誉度。我们体会，美誉度对企业占领市场的重要性就像是生命一样的可贵，企业没了美誉度，就谈不上生存的社会意义。

○确实，从美誉度的角度看价格大战，可以更准确地找到误区之所在。一些企业通过降价多卖了产品，但品牌、形象却贬值了不少。无形的损失比有形的收获要大得多，长远的损失比短期的收获要大得多。

●所以我们认为，价格大战无赢家。即使价格大战有其合理的成分，但目前市场上的价格大战并没有顺着人们良好的愿望发展，结果是优不胜、劣不汰，如果再没有有效的措施加以控制，长此下去甚至会出现“劣货驱逐良货”的现象。这是几年来市场经济转轨阶段出现的价格战中无数企业用沉痛教训得出来的结论。

（原载1998年7月29日《经济日报》）

中国企业如何走向世界

——写在“走向世界的海尔”系列报道结束之际

古话说：士别三日，当刮目相看。

两年前，本报关于“海尔扩张之路”的系列报道在读者中引起了巨大反响，海尔“吃休克鱼”的案例被搬上了哈佛的课堂，海尔低成本扩张、多元化经营的经验为众多企业所效仿。

两年后的今天，本报记者再次到海尔采访，与海尔人共同探讨一个全新的课题：中国企业如何走向世界。我们高兴地看到，从去年海尔的国际化年开始，先行一步的海尔正在步入国际化经营的新阶段。在我国即将加入世贸组织、我国的市场经济体制逐步与国际接轨、国内外市场进一步一体化的今天，总结、研究海尔实施国际化战略的新鲜经验，相信能给更多的企业以启示。

国际化不是什么

什么是国际化？这当然不是一两句话可以说清楚的。但要搞清楚国际化是什么，我们不妨首先研究“国际化不是什么”。

国际化不是一句时髦的口号，而是现实发展的趋势。世纪之交，作为经济社会发展的大趋势，大大加速的经济全球化进程，对世界各国的未来发展和整个国际经济政治格局正在产生巨大的影响。随着全球化进程的加快，一个世界性的社会化大生产网络正在形成，传统的以自然资源、产品为基础的分工格局被打破，跨国公司在世界经济活动中的突出作用日益显现。全球化的趋势要求企业成为国际化的企业。这种趋势不可逆转，也无可回避。而从国内看，中国的对外开放不断扩大，加入世贸组织已经是指日可待的事。其实，即使没有加入世贸组织，在家电等领域，国际资本也已经大举进入中国，用海尔人的话说，“国际竞争国内化、国内竞争国际化”的局面已经形成。不论是否自觉，是否愿意，中国企业已无退路，不可能偏安一隅，自得其乐。

国际化不是一次惊险的跳跃，而是循序渐进的突破。从宏观上说，企业国际化经营是经济全球化发展的必然趋势；从微观上说，国际化又是企业发展到一定阶段的必然选择。海尔提出国际化战略，不是想当然、拍脑袋的事，而是在十几年高速发展的基础上循序渐进、顺势而为的结果。没有名牌战略阶段的艰苦创业，没有多元化发展阶段的固本强基，就不可能有实施国际化战略的品牌、规模、技术和管理基础。国际化经营并非企业发展的一条捷径，不可能急功近利、一蹴而就。张瑞敏对此有个形象的比喻："做一个企业，你要付出很多。就像吃三个馒头，当你吃第三个馒头时，饱了。于是就认为第一、第二个馒头没起作用，只吃第三个就行了。这种思维要不得。做企业还得扎扎实实，光吃第三个馒头到头来是要饿肚子的。"

国际化不是一个追寻的理想，而是实现目标的途径。国际化说起来复杂，其实也简单。用海尔执行总裁杨绵绵的话说："产品打到了国外，甚至在国内与外国产品竞争，不也可以说是国际化吗？美国的企业大多是国际化的，不是照样倒闭吗？我们追求的不是国际化本身，而是持续发展的目标，本质上是要做一个具有国际美誉度的海尔品牌。"海尔的国际化战略，是服从、服务于海尔的长远发展目标的。"请进来"（技术引进）也好，"走出去"（海外设厂）也好，都不是目的，目的是发展自己、壮大自己，真正成为享誉世界的国际名牌。如果单纯把国际化作为一种追求，为了国际化而国际化，无疑是本末倒置，结果只能适得其反。

核心是竞争力问题

国际化战略的全部内涵归结到一点，就是要提高企业的竞争力。张瑞敏说："国际化战略不仅仅是到国外开拓一个空荡的市场，主要是把自己置身于这个环境之中经受更多的考验，感受这种竞争氛围，提高我们的竞争力，问题的关键是我们能否具备和国际大公司一样的竞争能力。"

提高企业的竞争力，不仅是企业自身发展的要求，也是经济全球化趋势下提高国家竞争力的需要。不能不看到，在世界经济舞台上，尽管我们的实力在增强，分量在增长，但整体竞争力还不强，经济的快速增长仍然缺乏后劲。其原因说到底，就因为我们的企业缺乏竞争力，特别是缺乏国际竞争力。如果没有一批在国际市场上叫得响的国际化企业，没有一批叫得响的国际名牌，要想保持经济的快速增长、在全球化的大趋势中掌握主动就成了一句空话。

物化的竞争力是技术，是产品，是市场。而在这些有形东西的背后，起决定作用的是无形的东西。所谓“天下万物生于有，有生于无”。企业的竞争力从何而来？创新精神是源头活水。创新的管理是竞争力的基础。去年达沃斯世界经济论坛年会上提出了国际化企业的三条标准：一是要有适应国际市场的应变体系；二是要有全球化的品牌；三是要有一套网上销售的战略。一个能适应国际市场的应变体系只能通过不断地组织创新来建立和调整。而互联网时代电子商务的崛起，更使传统企业面临着脱胎换骨式的制度改造。在海尔人的观念中，企业如同斜坡上的小球，必须每天改变和提高，否则就会下滑。为此他们总结出日清日高管理法，夯实了管理基础；为适应国际化战略的需要，近两年又探索实施了“市场链（SST）”的管理模式，把市场竞争的压力通过链条传递到每一个岗位，构建一个让每个人充分展现自身才能的新天地。

创新的技术是竞争力的源泉。海尔人认为，发明不等于创新，发明者不等于创新者，只有把发明转化为能产生巨大社会经济效益的活动，才叫作创新。海尔巨大的科研开发投入，雄厚的技术开发力量，都是以市场为中心运转的。海尔平均每个工作日开发一个新产品，每个工作日申请2项专利，但张瑞敏说：“我们不是简单地为了专利而专利，为新产品而新产品。正如亚当·斯密在《国富论》中所说的：一只无形的手在推动市场。这只无形的手就是市场竞争。”

创新的文化是竞争力的精髓。企业发展的灵魂是企业文化。海尔的企业文化闻名遐迩，虽然参观学习者众多，很多人却感觉有些摸不着、学不到。为什么？海尔人认为，企业文化分三个层次：最外层是物质文化，看得见，摸得着；中间层是制度行为文化，如规章制度等等；最深层的是海尔精神文化。精神文化的核心是价值观，而海尔的价值观可以用两个字来概括：创新。正是由于创新的价值观深入人心，海尔才能在国内外激烈的竞争中保持持久的竞争力和旺盛的生命力。

创新的人才是竞争力的载体。知识经济时代的到来，使拥有现代知识、具备创新能力的人成为生产力中最活跃的因素。企业的竞争力取决于人的竞争力，企业的国际化本质上就是人的现代化。张瑞敏认为，人的素质是海尔过去成功的根本，而实施国际化战略的最大挑战也是人员素质的问题。“企业是什么？企业说到底，就是人。管理是什么？管理说到底就是借力。你能把许多人的力量集中起来，这个企业就成功了。”

以创新为灵魂的价值观是具有全球意义的价值观。放眼世界，企业的产品不同，文化有异，但有一条是一致的：大凡百年企业，它的价值观、企业精神都是一脉相承的。创业者不但倡导并确立了企业的价值观，而且能把这个价值观变成企业的灵魂，代代相传。或许，这就是“百年名企”长盛不衰的秘诀。

全球化与本土化

记者的报道为我们勾画了海尔走向世界的“三部曲”：第一步，按照“‘创牌’而不是‘创汇’”的方针，出口产品开拓海外市场，打“知名度”；第二步，按照“先有市场，后建工厂”的原则，当销售量达到建厂盈亏平衡点时，开办海外工厂，打“信誉度”；第三步，按照本土化的方针，实行“三位一体”的本土发展战略，打“美誉度”。第一步是播种，第二步是扎根，第三步是结果。

“三部曲”是实践的发展，与此同时，海尔人对国际化经营的认识也在不断深化。在海尔，国际化的海尔与海尔的国际化完全是两个不同的概念。这种不同，当然不是文字的游戏，正是海尔人对国际化经营深层次思考的体现。海尔的国际化是基础，国际化的海尔是目标。只有把基础稳固了，按照国际化的要求全面提高企业的各方面素质，具备了到国际赛场上参赛的资格，才可能大胆走出去，与强手过招，建设一个国际化的海尔。

国际化企业无法回避的一个矛盾是全球化与本土化的关系。在中国投资的跨国公司中就有不少成功的典型，也不乏失败的“前车”。中国企业进入国际化经营阶段，同样必须慎重处理好这个矛盾。张瑞敏把海尔人对此的思考与探索归纳为两句话：思路全球化，行动本土化。“思考必须是全球化的，即使你不去思考全球，全球也会思考你，换句老百姓的话，你不琢磨全球的事，全球也在琢磨你，把你琢磨得没地方去，但行动起来必须扎扎实实。”

思路的全球化，也就是观念的国际化。海尔人“国门之内无名牌”的品牌观念，“先难后易”的市场进入策略，“三个三分之一”的市场布局，“一个纵队而不是一路横队”的市场开拓战略，不片面追求“国产化率”、实行零部件全球采购的创新举动，无一不是放眼全球市场、立足国际竞争而理性思考、观念创新的结晶。

行动的本土化，目的在于加快品牌影响力的渗透过程，这是真正创建国际名牌不可逾越的过程。海尔海外设厂“三位一体”的战略，立足当地融资、融智的方针，正是行动本土化的具体体现。

全球化的思考和本土化的行动，也使海尔人对竞争有了更深一层的理解。走出去的海尔不是为了寻找更多的竞争对手，而是为了寻找更多的合作伙伴。海尔的目标不是打败对手，而是在竞争中求合作、在互动中求“双赢”。

我们唯一害怕的就是我们自己

国际化的海尔将是一个什么样的海尔？海尔人这样描述：国际化的海尔不再是青岛的海尔，设在中国的总部也不仅仅是向全世界出口产品的一个生产基地。中国的海尔将成为国际化海尔的一个组成部分，还会有美国海尔、欧洲海尔、东南亚海尔……国际化的海尔是具有辐射全球市场的国际竞争力的海尔。

未来是美好的，而通往未来的道路并不平坦。走出去的海尔必然要经历更多的风雨，经受更大的考验。当海尔向海外大举进军的时候，许多关心海尔的人们不无担忧。人们历数开拓海外市场的诸多风险：市场的风险，制度的风险，文化冲突的风险，人才素质的风险，等等。一时间，《忠告张瑞敏》之类的文章被诸多报章争相转载。

风险是客观存在的，但风险也意味着机遇。海尔人看待风险的态度是：不仅仅专注于风险，同时专注于在风险中找机遇。对于种种怀疑甚至诘难，张瑞敏回答说：我们不走出去，就没有成功的可能。出去了，可能失败，也可能成功。既然有了成功的可能性，我们就要努力去避免失败，争取成功。

无论是接受记者采访还是到大学讲演，张瑞敏喜欢引用富兰克林·罗斯福的一句话："我们唯一害怕的就是我们自己。"他说："谁也救不了我们，只能靠我们自己，只有不断战胜自我，才会强大起来，虽然路很长，正如一位哲人所说：'只要找到路，就不怕路远'。"是的，海尔已经找到了一条走向世界的路，尽管还会有坎坷，还会有曲折，但只要坚定地走下去，就一定能够达到胜利的彼岸。

走进世界500强，是中国制造业的梦想，也是海尔人的梦想。几年前，国家有关部门选定海尔等6家企业为重点扶持的技术创新试点企业，希望他们成为中国制造业冲击世界500强的排头兵。几年过去了，梦想虽未成真，但差距正在缩小。海尔人清楚地记得，1995年海尔的销售额仅仅是世界500强最后一名的1/19、1996年是1/16、1997年是1/12、1998年是1/4，到了去年已经缩小到1/3。

古人云：慎终如始，则无败事。面对缩小了的差距，海尔人却更清醒地看到了不足、感到了隐忧。在最新一期《海尔人》报的"新春祝辞"上，写着这样一段话："如果我们的干部员工认为从现在起，我们已经自立于世界企业巨子之林、是真正的世界名牌，那我们就会失去方向。论规模，我们同跨国大公司不是一个数量级，更何况，家电市场竞争如此激烈，我们还远没有脱离生存危机，一夜之间垮台并非危言耸听。我们唯一可以与跨国公司相比的是我们的创新精神，今后唯一要走的路就是靠创新精神去缩短与跨国公司之间巨大的差距。"

海尔梦，何日能圆，这岂止是海尔人的期待！

海尔梦，一定能圆！这不仅是海尔人的信心。

（原载2000年2月19日《经济日报》）

像张瑞敏那样办企业

一个曾经亏空147万元的集体小厂，如今以一个现代化大型企业集团的崭新形象，成为连日来中央各大媒体竞相报道的热点。

从报纸、电视、网络的连篇报道中，人们看到了一个志存高远的海尔，一个动力澎湃的海尔，一个锐意创新的海尔，一个“洋”味十足的海尔，一个业绩骄人的海尔，一个报国有方的海尔。

海尔的今天值得人们艳羡。然而，还是古话说得好：临渊羡鱼，不如退而结网。海尔的经验，值得更多的中国企业借鉴。在刚刚跨过新世纪的门槛，“入世”大门即将敞开之际，中国的企业界有必要叫响一句口号：向海尔学习，像张瑞敏那样办企业。

像海尔那样追求卓越

什么是海尔精神？“敬业报国，追求卓越”。张瑞敏说，一个好的企业总有其好的理念，海尔的理念简单地说，就是四个字：追求卓越。追求卓越就是目标无止境，就是要敢于否定自己，敢在别人否定你之前否定自己，这样才能不断地超越自己。

没有不想干好的企业。“追求卓越”的口号也贴在许许多多企业的墙上，但遗憾的是，相当多的企业仅仅把它当成一种良好的愿望。

而在海尔，追求卓越不仅仅是一种美好的愿望，更是实实在在的战略与行动。它反映在一个个具体的目标上，凝聚在一个个超前的决策中，体现在一次次对机遇的把握上。因为追求卓越，所以海尔人提出“有缺陷的产品就是废品”，以“要么不干，要干就要争第一”的精神，夺得冰箱行业的第一块国家质量金牌，继而创下行业的诸多“第一”；因为追求卓越，所以海尔人提出了“三只眼”理论，该出手时就出手，建设海尔工业园，进军资本市场，实行多元化战略，赢得了一个个机遇的垂青；因为追求卓越，所以海尔人提出“三个三分之一”的战略构想，出口创牌，海外设厂，全球营销，在国际化经营上先行一步。当“入世”成为中国企业必须面对的现实考验的时候，张瑞敏可以自豪地放言：海尔已经提前“入世”。

从大处看，追求卓越是企业在发展目标和战略上志存高远。具体到海尔，就是要进军世界500强，创世界名牌，做百年名企。从小处看，追求卓越则是追求过程的严谨，结果的到位，是对不论大小事一抓到底的韧劲。美国企业界流行的一句话很为张瑞敏欣赏：什么是好企业？就是企业内部没有激动人心的事发生。“对于企业老总来说，每天只抓好一件事就足够了。抓而不紧等于不抓。实际上抓好一件事等于抓好了一批事，因为每一件事都不是孤立的，抓好了一件事会连带着把周围的一批事都带动起来了。”在海尔OEC管理法中，每人每天的工作不仅要“日清”，还要“日高”，就是今天的工作永远要比昨天做得更好。其结果是，许许多多的不现实与不可能在海尔人手中变成了现实和可能。

像海尔那样不争善胜

尽管我们搞市场经济的时间不长，但人们对市场经济条件下竞争的尖锐化与残酷性并不陌生。而最早向人们展现这种尖锐与残酷的就是家电行业。当“价格战”一波未平一波又起之际，始终不为所动的海尔成为市场上一道独特的风景。有记者戏言：中国海尔多奇志，不爱价格爱价值。

在从计划经济向市场经济转轨、从管制价格向市场价格转化的过程中，“价格战”的产生有其合理性。但正因为是在转轨时期，在新旧体制共同作用下，“价格战”并未能沿着市场竞争的规律和人们的良好愿望发展，优不能胜、劣不能汰。实践的结果印证了张瑞敏几年前的预言：“价格大战无赢家。”

让利让不来市场，花钱买不来市场。正是看到“价格战”带来无序竞争的危害，海尔人坚持“不打价格战”。但竞争又无可回避，张瑞敏因此提出“不争而善胜”的理念。既然无序竞争是客观存在，你就不能等待它的消亡。如果你想等待无序竞争的消亡，其结果只能是你与无序竞争一起消亡。

市场总归要有序起来的，在这个过程中，谁能够坚持下来，谁就有可能成为真正的国际化品牌，谁坚持不下来，就必然被市场所淘汰。

如何直面无序竞争，在无序中寻找和创造有序？海尔人的思路是：不专注于竞争对手的言行而专注于用户的需求。在竞争性的市场上，竞争对手永远存在，你不可能应付和压倒所有的竞争对手，但是可以领先所有的竞争对手。不争而善胜，就是要具备同行业无法仿效或者即使模仿也远不能及的核心竞争力。这种竞争力表现为企业员工整体的素质，表现为企业对市场的反应速度，表现为企业满足用户个性化需求的能力。不具备这种核心竞争力，就不存在与竞争对手的差异，最终还将被卷入无序竞争。

管理学家德鲁克说："好的公司是满足需求，伟大的公司是创造市场。"在海尔人看来，无序竞争表面混乱，实际上留下了更大的空间，更多潜在的需求。问题在于你能否发现需求，甚至创造需求，提供有效供给。有效供给是为有价值的定单而生产，无效供给则是为库存而生产。从当年风行一时的"小小神童"洗衣机，到去年一炮而红的"美高美"彩电，再到今年在上海抢得先机的"分时家电"，无一不是海尔人创造需求、引导市场的杰作。不断创造和满足有价值的定单，也正是海尔实行以"市场链"为纽带的流程再造的终极追求。

几年前，对于谁是中国家电行业的"老大"，人们还存在着争议。但今天，随着昔日的名企纷纷落马，海尔成为实至名归、当之无愧的"老大"。美国《财富》杂志在评论这种变化时，引用了一句孙子的话：不战而屈人之兵，善之善者也。

像海尔那样以变制变

市场不变的法则是永远在变。应对市场变化的唯一出路在于创新。

创新可谓是海尔经验的核心和精髓。海尔发展的每一步都伴随着创新突破，伴随着对自我的不断否定和超越。在海尔人看来，昨天的成功有可能是明天的陷阱。创新的本质就是创造性破坏，必须不断打破现有平衡，再建立一个新的不平衡，在不平衡的基础上求得新的平衡。如果自己不能否定自己，你就会被竞争对手否定。而与其等到别人否定你，不如在别人否定你之前自己先否定自己。

市场是创新的目标。企业不是为了创新而创新，而是为了满足市场需求而创新。创新的直接目的是创造有价值的定单。创新的方向取决于市场的意愿，创新的成果需要市场的检验。张瑞敏说：海尔发展快了还是慢了？规模大了还是小了？国际化搞早了还是晚了？对这些问题，答案不是由我说了算。答案在哪里？在市场！企业发展一切的一切，全都是市场说了算。

观念是创新的先导。海尔文化的灵魂是创新。海尔在国内外市场上的不断创新之举，是以一系列创新的观念为先导的。“只有淡季思想没有淡季市场”的市场观念；“先卖信誉、后卖产品”的品牌观念；“用户永远是对的”“以对用户的忠诚度换取用户对海尔品牌忠诚度”的服务观念；“人人是人才、赛马不相马”的用人观念；“起关键作用的少数制约着处于从属地位的多数”的管理观念，等等，共同构成了海尔独具特色的企业文化，成为海尔人共同遵循的价值观和行为准则，成为引导和促进企业创新的活力源泉。

机制是创新的动力。为了保持企业的高效运行和对市场的快速反应能力，海尔的企业组织形式始终处于一种有序的非平衡状态。从工厂制到事业部制，再到流程再造后的扁平化网络结构，海尔组织结构的不断调整，始终围绕一个目标，这就是营造使企业不断创新的动力机制。

员工是创新的主体。无论是组织结构的创新，还是技术手段的创新，市场营销的创新，最终都要落实到员工的思想和行动上。海尔搞“市场链”的最终目标，是要使企业的每一个人都成为一个SBU（策略事业单位，即自主创新的主体），也就是要把外部竞争的压力传递给企业的每一个员工，同时为他们提供个性化的创新空间，使每一个人都能成为自主创新的主体。美国沃顿商学院一位教授对此的评价是：如果海尔真正做到这一点，在世界上也将是独一无二的，而且无往而不胜。

像海尔那样融会贯通

一位外商在参观海尔之后感叹：这是一家有概念的企业。

有概念不是造概念。在今天中国的资本市场上，造概念竟然成为一种时尚。而那些为吸引投资者而生造出来的“概念”往往与企业的文化和业绩并无关联。

这位外商所谓的“有概念”，相当于我们所说的“有文化”。他认为，一个没有概念的企业就等于没有灵魂。

企业的领导者在企业是什么角色？张瑞敏说：第一应该是设计师，在企业的发展中如何使组织结构适应企业发展；第二应该是牧师，不断地布道，使员工接受企业文化，把员工自身价值的体现和企业目标的实现结合起来，这就是企业文化。老子说：“天下万物生于有，有生于无。”强调无形的东西比有形的更重要，这种无形的东西就是灵魂，是非常重要但看不见的东西。现在企业的通病恰恰是：从各级领导一直到下边，看有形的太多，看无形的太少。

海尔企业文化建设的成功经验多次受到中央有关部门的肯定，同时也为国际管理学界所关注。把海尔多元化扩张案例引入哈佛课堂的哈佛大学商学院教授佩恩认为，海尔成功的关键因素是它的企业文化。当然，技术能力和资本支持也非常重要。但如果没有正确的文化，海尔就无法把那些僵化而固定的资产转变成为顾客、员工、投资者以及整个社会不断增加价值的取之不竭的源泉。

“海尔文化中包含了某些很关键的信念。这些信念也存在于全球最野心勃勃的公司。”在这位哈佛教授的眼中，海尔文化最有魅力、最为重要的是以下三个要素：一是企业员工个人的责任感和主动性。只有那些拥有对企业高度关心，并以一种积极姿态发挥作用的员工的公司，才有可能培养出充满活力的企业文化。二是持续进步和不断创新的可能性。在企业文化里应该能嗅到那种乐于变革，富于进取和创造的生气。因循守旧，裹足不前只能让企业在死气沉沉的文化中消亡。三是对客户需求的满足。这不是消极满足顾客的要求，而应该用心倾听客户的声音，捕捉他们内心没有表达的想法，在他们感到不满以前就消除潜在障碍。最后一点是对社会的贡献。一个成功的企业文化一定要让身处其中的人真切地感觉到自己是对社会有价值的人，企业是对社会有用的企业。具有普遍意义的道德原则和修养水平是一个企业文化中不可缺少的部分。

在构成海尔文化的各种“概念”中，既不乏出自老祖宗的“之乎者也”，也不乏类似“SBU”“BOM（物料清单）”之类的洋字码，而这恰恰是海尔文化兼收并蓄、融会贯通的体现。海尔文化底蕴是中国优秀传统文化，又吸收了日本特色的团队意识和吃苦精神、美国人的创新意识和竞争战略。听到不时从海尔人口中蹦出的孔子、孟子、老子、孙子，还有波特、德鲁克、松下幸之助、威尔奇等等熟悉与陌生的名字，记者们常感叹张瑞敏有一副善于学习和借鉴的“好胃口”。

一个典型的例子是，海尔“市场链”理论受启发于波特教授的“价值链”理论。虽然两者都以企业流程再造为实现形式，但两者又有本质的不同。价值链是以边际效益最大化为目标的，而市场链则以顾客满意度最大化为目标。张瑞敏说：传统经济下，企业决定市场，所以要讲价值链；在新经济条件下，用户决定企业，所以必须搞市场链。

在继承中创新，在引进中消化，熔东西方管理思想于一炉，最终形成的是植根于中国这片古老土地，面向现代化、面向世界、面向未来的海尔文化。独特而先进的海尔文化的形成，使张瑞敏们具备了与世界级管理大师对话的资本，也使中国企业在世界管理思想的宝库中占有了一席之地。

俗话说：自己的鞋子最合脚。企业管理本没有一定的模式，真顶用的管理理论就那么几条，存乎于心，各得其妙。海尔的经验值得一学，但学习海尔不能靠简单的照搬照抄。学习海尔文化，不在于能否搬来海尔那些已经成形的概念，而在于能否领悟海尔文化的创新本质，能否学到海尔那样融会贯通的本领，能否具备海尔那种海纳百川的气魄。

（原载2001年8月9日《经济日报》，原题为《向海尔学什么》。《政工研究动态》杂志2001年第22期起分三期连载）

阴沟里流走了什么?

国有企业管理漏洞到底有多大?读了关于武汉东风造纸厂的报道,相信人们会有一个形象的认识,有一个深刻的印象。

阴沟里流走了什么?东风人粗略地算了一笔账,就很令人震惊。如果算得再细一些,就会发现,阴沟里流失的财富,远远超过了这个厂几十年经营积累起来的资产,远远超过了国家通过大幅度的减免税政策给予企业的优惠,也远远超过了几十年企业职工所得的总和。换句话说,如果没有大量的纸浆流失,如果堵住了方方面面的跑冒滴漏,东风厂不仅不会徘徊于亏损乃至破产的边缘,不会依赖政府的优惠政策维持局面,完全可以用自己创造和节约的财富再建一个甚至两个东风厂。

阴沟里流走的又何止是白的或黑的纸浆呢?又何止是有形的、可以计算的物质财富呢?阴沟是一种象征,是一个标志。阴沟里的“含金量”如何,既与企业的装备技术水平有关,又是企业管理水平的体现,是职工素质的体现。记者在东风厂生产现场看到的情况也说明,阴沟问题不是孤立的、偶然的现象,它同禁不了的烟头、关不住的水龙头、擦不净的污垢、清不走的垃圾一起,体现了一个管理落后、纪律松弛的企业方方面面的差距。不妨说,阴沟里流走的是经营者的责任意识,是劳动者的敬业精神,是企业的后劲和竞争力……阴沟里流淌的是企业之魂。

“转机制、抓管理、练内功、增效益”是当前企业工作的主题。读一读关于阴沟问题的报道,有助于我们掂一掂“管理”二字的分量。企业的效益从哪里来?简单地说,一靠开源,二靠节流。而无论开源还是节流,都直接受到企业管理水平的制约。没有一个好的管理基础,滚滚财源就会顺着阴沟流失,“增效益”就成了一句空话。东风造纸厂是武汉市在加强企业管理工作中抓住的一个典型。这个典型抓得准,抓得实。武汉市市长赵宝江说,东风造纸厂“阴沟”里反映出来的问题,在国有企业中具有一定的普遍性,应该引起高度重视。现在一些企业处境困难，固然有多方面的原因，重要原因之一就是管理滑坡、纪律松弛、跑冒滴漏严重。企业要走出困境，必须从堵漏开始，从抓管理、练内功起步。他要求各个部门和企业抓住东风造纸厂这个典型，举一反三，强化管理，使全市企业管理水平有一个大的提高。

阴沟流失纸浆的问题是从东风造纸厂反映出来的，但问题却并非东风厂所独有。在武汉其他纸厂乃至全国造纸行业，每个企业都有自己的阴沟，都或多或少地存在着纸浆流失及其他跑冒滴漏现象。据了解，“阴沟淘金”的“生意”最早是浙江人发明的，后来主要由福建人经营，仅福清市就有5万多人在各地做这种“淘金生意”。“淘金者”手上都有一个小本本，上面记载着全国各地大小纸厂的地址、规模等情况，是他们走南闯北的“联络图”。令人难以想象的是，国有企业的管理漏洞，竟然造就了一个颇具规模的“新兴产业”。

阴沟里头有黄金，阴沟里头有效益。正视阴沟反映出来的问题，堵塞方方面面流向阴沟的漏洞，这是东风造纸厂的当务之急，显然也是各个企业都必须关注、研究、解决的紧迫课题。大家都来查一查自己后院里的阴沟吧！

［本文系为《武汉东风造纸厂跑冒滴漏惊人》报道配发的评论，原载1995年6月20日《经济日报》。入选《新闻报道精品选（1995年第二辑）》，学习出版社1995年12月出版］

“两虎”相较意味长

《“东北虎”走访“华南虎”》的报道今天告一段落，但由此引发的思考并没有结束。

在沈阳，在东北，乃至在全国，“沈乐满”的名头不说尽人皆知，也还是比较响亮的，其产品质量也属一流。去年，他们产值上亿元，利润428万元，这业绩在内地企业中称得上可圈可点。如果和那为数不少的国有亏困企业相比，更是一笔足以骄人的资本。正因为如此，我们钦佩刘克敏和沈乐满人折腰服人、正视差距并奋发争先的勇气。

无论是企业的竞争，还是地区的发展，差距是客观存在的，但差距又总是相对的，可以改变的。因此，有差距不要紧，怕就怕看不到差距，怕就怕看到差距而不承认差距，如同脑袋埋在沙堆里的鸵鸟一样，满足现状，自得其乐。能不能正视差距，是企业素质的体现，是企业家的眼光与追求的体现。对竞争中的企业来说，从“过得去”到“过不去”，其间并没有多少质的变化，更多的是量的积累。回头看，今天一大批陷入困境的国有企业，当年都曾有过“过得去”的日子。在计划经济条件下“过得去”的企业，如果忽视了企业素质的提高，放慢了机制转换的步伐，缺乏适应市场变化的手段，在市场经济条件下就可能“过不去”。过得去的沈乐满人没有自足，更没有自傲，而是向高标准看齐，敢于承认差距，并把差距转化为加快企业改革的动力，因此值得称道。这也正是本报连续跟踪报道《“东北虎”走访“华南虎”》的主旨所在。

一方土地出一方神圣。“万家乐”诞生在南方那片热土上，没有人感到奇怪。“东北虎”打不过“华南虎”的竞争结局，人们也习以为常。相反，如果在沈阳或者内地别的什么地方出了个“千家乐”“百家乐”，人们也许就会感到惊诧，记者就会当作新闻。这种现象是令人寻味的。比万家乐的管理制度和经营方略更值得探究的，是养育“华南虎”的那片土地。地缘的便利，政策的优势，观念的更新，体制的重建……所有这些有形、无形的因素，先天、后天的条件，构成了孕育“华南虎”的独特营养。当我们看到人才似北雁南飞、资金如大江东去的种种表象之时，我们是否领略到由“观念”“政策”“机制”“环境”等看不见的东西所组成的那片土地上最迷人的风景呢！当前，积极推进国有企业改革，加快建立社会主义市场经济新体制，为的不就是要构造那“迷人的风景”吗！而在那片作为改革开放“试验田”的热土上，社会主义市场经济体制已经不仅仅是写在纸上的理论，而是千百万人的认识和实践，是正在变为现实的发展宏图。其实，何止是沈阳，何止是东北，更多的地方都不妨自问一声，为什么我们这里出不了“万家乐”、干不过“华南虎”？

看样子，沈乐满人此番真的受了感动。感动之余真的“敢动”吗？刘克敏和沈阳的同志很有信心。这当然令人鼓舞。但我以为，事情可能没有那么简单。搞活企业要有“小气候”，但这“小气候”又是与社会的“大气候”相联系的。比如说，沈乐满能够像万家乐那样，从与政府部门千丝万缕的联系中解脱出来，享有充分的经营自主权吗？能够像万家乐那样，摆脱许许多多与企业发展无关的事务和负担，一心一意追求投入的回报吗？能够像万家乐那样，突破种种条条框框的限制，重金买人才、重金促销售吗？能够像万家乐那样，说服自己的职工和有关部门同意，真正按劳分配、按需设岗、按贡献付酬、拉开收入差距吗？但愿这些都是过虑。笔者相信刘克敏是“敢动”的，但不能不看到，有太多的问题仅仅企业和企业家们“敢动”远远不够。“敢动”“不敢动”的问题，与其说是企业的问题，不如说是政府和社会的问题，核心就在于我们能不能营造一片养育“华南虎”那样的土地。

东风西渐，南潮北涌，中国改革开放的壮丽画卷正在徐徐展现。只要我们思想更解放一点，眼光更长远一点，改革和发展的步子更大一点，张沿海之弓，扣京九之弦，发长江之箭，看黄河龙腾，听东北虎啸，观高原鹰翥，共和国必将拥有更辉煌的明天。

（本文系《“东北虎”走访“华南虎”》系列报道的结篇，原载1995年9月20日《经济日报》）

文章还靠自己做

——写在《给营口号号脉》报道告一段落时

“营口：你为何落伍了”，如此直白的语言出现在报纸上，编辑们有些兴奋，也有些担心。这种话私下说说似无不可，但公之于世，是不是有些“那个”？营口的干部群众会怎么想？辽宁的头头脑脑们会怎么想？

今天，当《给营口号号脉》系列报道终于告一段落的时候，参与报道的编辑记者们终于松了口气。我们的担心成了多虑。

几个“没想到”

对这组报道的反响可以归纳为三个“没想到”。

第一个没想到是营口人民如此之理解。据了解，这一个时期本报在营口成了“抢手货”，“号脉”成了各种场合上人们共同的话题。营口人把这组含有批评意味的报道看成“大好事”，并把由此引发的讨论当作营口发展的新契机。没有人纠缠事情的枝节，而是共同研究问题实质，献良方，向前看。

第二个没想到是省市领导同志如此之重视。在报道过程中，我们先后收到营口市和辽宁省主要领导同志的来信。来信中坦诚的交流、深刻的思考，丰富和深化了对“营口现象”的认识，来信刊发成为这次系列报道中最生动的部分。

第三个没想到是报道在全国引起如此强烈之反响。重庆闻风而动，宿迁对号入座，铜陵旧话重提……还有更多的地方在悄悄地给自己“号脉”“会诊”。人们把营口作为一面镜子，努力从中照出自身的影子。号脉营口，震动了许多城市。

报道的强烈反响既出乎意料，却又在情理之中。关键在于报道的主题契合当前人们的思考，契合党的十五大之后进一步解放思想的大气候、大背景。营口的情况可以说是“比上不足，比下有余”。因此营口存在的问题更具有普遍性，对其他地方来说也更具有可比性。透视一个营口，引发更多的地区的思考，促进人们按照党的十五大的要求进一步解放思想、转变观念，这正是本报组织这组报道的初衷。

回答几个“为什么”

对营口报道反响强烈的原因之一，是报道中提出了一些带有共性的问题，值得我们深入研究、认真探讨。

问题之一：为什么“起大早、赶晚集”？

营口的改革开放曾得风气之先，收一时之效，可以说“起了个大早”。遗憾的是改革开放20年后的今天回头看，发展不理想，“赶了个晚集”。这一“早”一“晚”的反差确实令人深思。而实际上早与晚、快与慢、先与后总是相对的，动态的，不断转换的。改革之初，起步早也就见效快。在改革向深层次发展过程中，矛盾越来越复杂，操作的要求也越来越高，正如中流击水，不进则退。如果没有自加压力的危机感，没有抓住机遇的紧迫感，满足于小富即安，见好就收，沉醉于暂时的辉煌，落伍也就是必然的事。

发展的落伍本质上是观念的滞后。营口的一度辉煌，靠的是思想解放。但解放思想决不是一劳永逸的。如同改革开放是一个长期的历史使命，思想的解放也是一个长期艰苦的过程。所以在20年后的今天，党的十五大仍然把进一步解放思想作为全党重要任务。

问题之二：为什么“金花不能常开”？

营口曾有过令人骄傲的“五朵金花”，很多地方都有过类似的“金花”“银花”。然而“好花不常开”，许多当年的“金花”如今已芳踪难觅。市场竞争难免有人胜出，有人淘汰。而一批“金花”凋谢，只能说明我们的养花、护花之道有毛病。从计划经济到市场经济、从粗放经营到集约经营的历史性转变，也是市场竞争机制逐步增强的过程。两个转变是体制的重构、机制的重塑、结构的重组、市场的重分，使企业的生存环境发生了根本性的变化。旧体制下的企业再好也不过是“温室里的花朵”。企业的兴衰有人才的问题、技术的问题、资金的问题，关键还是体制和机制的问题，是政企关系上的问题。探求“金花”凋零的缘由，将给我们留下宝贵的教训。

问题之三：为什么“年年有发展，差距却拉大”？

许多地区都面临着与营口一样的困惑：20年来，我们的工作每年都抓得很紧，年年都有发展，年年都有进步，为什么与先进地区的差距却越拉越大呢？产生这种困惑的根源在于，我们总是习惯于，也满足于自己跟自己比，现在跟过去比，而不习惯或者不愿意作横向的比较，没有勇气通过与先进地区的比较发现自己的差距。在世界范围内，中国是赶超型经济，因此我们的发展必须保持高速度；在全国范围内，由于发展的不平衡，相当一部分地区同样处于赶超的压力之下，发展的步子必须更快些。乌龟跑过兔子毕竟只是童话里才有的事。“步子不大年年走，成绩不多年年有”，这样的精神状态、这样的发展状况，永远也无法缩小与先进地区的差距。

关注十倍速变化

上述三个“为什么”实际上是同一个问题：变化是怎样发生的？

眼下企业界正流行一本题为《只有偏执狂才能生存》的书，就是试图从企业经营的角度回答这个问题。英特尔公司总裁葛洛夫在书中分析、总结了影响企业生存的六大因素。这些因素的作用并不是同等的或者同步的。当某一个因素出现“10倍速变化”的时候，“风起了，接着台风来袭。浪起了，狂涛紧随其后。竞争因素出现了，超竞争因素也出现了”。你面临的是决定未来的革命性变化，可能是机会，也可能是挑战；可能生存，也可能灭亡。

一个公司的成败取决于适应变化的能力。“金花”之所以凋谢，就因为他们没有预见、不愿或难以适应两个转变带来的“10倍速变化”。同样道理，一个城市、一个地区的发展也要取决于适应变化的能力。当决定性的变化出现的时候，决策者浑然不觉，按部就班，尽管工作依然努力，成绩依然不小，但更大发展的前景已然错过，你无法逃避落伍者的命运。

葛洛夫将“10倍速变化”的产生称作“战略转折点”。我们不妨把这个战略转折点理解为我们常用的一个词：机遇。

机遇的“过去时”与“现在时”

机遇如白驹过隙，稍纵即逝。江泽民同志多次强调，要“抓住机遇而不可丧失机遇，开拓进取而不可因循守旧”。以人们的思想解放高潮为标志，20年来，我国出现了三次大的改革和发展的机遇。营口有过辉煌的时刻，就因为他们当时抓住了改革启动、国门初开的机遇。后来营口落伍了，原因也在于他们错过了邓小平同志南方谈话引发的进一步深化改革、加快发展的机遇。当党的十五大引发新一轮改革和发展的高潮的时候，营口人还会错失机遇吗？

在中国经济高速持续运行的大背景下，机遇总是存在的，但机遇又总是不同的。关键是在机遇出现的时候，能够发现它、认准它、千方百计抓住它。把“抓住机遇”的口号变成实实在在的行动。

在走向新世纪之际，一个个发展契机在向营口，也在向所有的地区和企业招手——

所有制结构战略调整的机遇；

国有经济抓大放小、进行战略重组的机遇；

宏观调控着力于启动市场、扩大内需的机遇；

实施科教兴国战略的机遇；

进一步扩大开放的机遇；

知识经济时代的机遇……

“10倍速变化”已然出现，还将不断涌现。

文章还靠自己做

号脉是为了确诊，确诊是为了治病。治病最好能开出一个“十全大补”方子。但我们知道，报纸的功能是有限的，把问题提出来，引起大家讨论，启发大家思考，而营口的改革发展大计，则是营口人自己的事，相信他们自己可以搞好。

解放思想就是实事求是，在经济工作中，就是真正按经济规律办事；转变观念不是追求时髦，时髦的东西可能很新鲜、很花哨，但不一定那么实用、那么耐久；加快发展不是急躁冒进，差距不是一天两天形成的，赶上去也非一朝一夕之功。营口大有希望，希望就在于在实事求是前提下坚持不懈的努力之中。

营口的书记和市长在给本报的信中说："系列报道为我们破了题，文章还要靠我们自己做；'号脉'帮助我们找到了症结所在，药方也得我们自己开。……我们将借题发挥，把大讨论引导到触及心灵的纵深之处；借势发展，把新一轮思想解放的点子打在实实在在转变观念，促进经济发展上来。"

这也正是我们的希望与祝愿。

（本文系《给营口号号脉》系列报道的结篇，原载1998年6月19日《经济日报》，与冯并合作。该系列报道获1998年度《经济日报》"十大新闻精品"奖。入选《经济日报优秀作品选》，经济日报出版社2003年2月出版）

天外还有天

——写在《玉溪红塔集团探访录》系列报道结束之际

作为中国国有企业中名列前茅的利税大户，作为拥有中国最有价值品牌的明星企业，关于玉溪红塔集团的报道可谓汗牛充栋。对于红塔曾经发生的事，人们并不陌生。本报最近推出的《玉溪红塔集团探访录》系列报道，试图通过一个新的视角，在西部大开发的背景下，重新审视红塔集团的成长历程，探寻红塔集团作为企业发展的一般规律，以期为西部的创业者们提供新的启示。

从红塔的发展历程中，从记者的系列报道中，我们能够得到一些什么样的启迪呢？

这是一个“长出来的红塔”。丰富的自然资源是西部大开发的基础。资源优势可以转化为经济优势，这个道理人人都懂。然而，如何实现这种转化，却是一个难于破解的课题。红塔的成功在于，他们以“公司加农户”的模式，实现了从资源优势向产品优势的转化；进而以先进的技术和设备、以不断提升的生产能力，实现了从产品优势向商品优势的转化；以商品优势为基础，在竞争中形成了独具特色的管理和文化，不断提升企业的核心竞争力，确立了推动红塔高速发展的经济优势。

这是一个“闯出来的红塔”。红塔的成长壮大，得益于他们抓住并充分利用了一个又一个机遇。但机遇对所有的企业都是平等的。是红塔人敢闯敢干精神、不断创新意识，使他们得到一个个机遇的格外垂青。一些西部地区企业长不大，办不好，原因就在于缺乏这种闯劲，缺乏超前眼光和创新精神。红塔的经验证明，机遇需要自己把握，空间需要自我拓展，环境需要自主改善。只有自己要发展才能得到真正的发展；只有敢于走新路才能走出一条成功之路。

这是一个“拼出来的红塔”。“找市长”还是“找市场”，这是西部企业发展过程中必然面对的选择。在政策环境不配套的情况下，有些事情不能不找市长。找市长可以解决一时的困难，但唯有找市场才能解决企业真正的出路。红塔密切关注市场需求，适时进行结构调整，正是这种适应市场、创造市场的能力，使他们在激烈的市场竞争中先行一步，脱颖而出。

这是一个“跳出来的红塔”。“长大了”的红塔需要新的发展空间，地方经济发展需要支柱企业的支撑和带动。顺应企业自身发展的规律，红塔立足主业又跳出主业，多元化经营从零开始，不断发展壮大，初步实现了跨国、跨地区、跨行业、跨所有制经营，为企业更大发展积蓄了后劲。红塔多元化经营的独特发展道路，为西部大开发过程中发挥优势企业的作用提供了有益的经验。

如果以教科书式的眼光打量红塔，人们往往会说：这是一家看不懂的企业。

理解红塔，不仅要把红塔当作一家以追求利润最大化为目的的企业来看待，还要看到作为一个西部特殊企业的特殊属性。

红塔处于一种既有计划又有市场的特殊环境，也由于体制的制约，加之利益分散化带来的地方保护，资源很难向优势企业集中，优势企业也难以通过竞争发展自己，劣势企业也不能迅速淘汰。与此同时，由于从20世纪90年代中期开始，市场格局从卖方市场走向了买方市场，某些制品的高利时期已经过去，行业向平均利润回归，这就更需要审时度势，寻求新的发展道路。特殊的管理体制与企业自身的追求不可避免地发生矛盾。红塔的多元化战略，虽然在本质上是在主业扩张受阻受限之后的“不得已而为之”，然而也有主动作为的种种必然性。

一家企业的税利占到全省财政收入的50%，其举足轻重的分量是不言而喻的。政府对利税大户的“特殊关照”，既有其有利的一面，也有其不利的一面。红塔集团的发展与地方政府的大力扶持分不开，但同时红塔也间接承担了一些本该由政府承担的投资职能，而政府与企业追求并不总是一致的。由此产生的问题在企业高速发展、税利大幅增长的过程中可能并不突出，但在市场竞争日益激烈而且利润分散后，还能不能保证政府的意图同企业的发展目标相一致，就有可能成为一个问题。

为社会多作贡献，为政府分忧解难，是社会主义市场经济体制下国有企业应尽的义务。但是，不论哪种所有制企业，其本质追求都是一致的。企业的本质追求决定了企业必然按市场规律办事，按企业自身发展的需要办事。不管红塔在地方财政格局中占有怎样的分量，也改变不了红塔作为市场平等竞争主体的本质属性。在鼓励红塔为社会多作贡献的同时，政府也应该为红塔的发展创造更加宽松和自由的空间。比如，帮他们减少或避免那些不符合企业意愿、不讲效益的指令性投资，不应有、不相干的伸手，不应支持、不该提倡的要求等等。理解红塔，扶持红塔，让红塔轻装上阵，必将使红塔在新的更大发展中创造更多的财富，给社会更加丰厚的回报。

过去的红塔是一个奇迹，但假若奇迹能够长久，那就不能称作“奇迹”了。

在一个高速成长期之后，企业必然走到一个相当平稳的发展阶段。这是世界上任何大企业都必然要经过的一个阶段。经过20多年的高速发展之后，随着国内外市场环境的变化，今天的红塔已进入一个新的调整期。

机遇与挑战并存。这种挑战既有体制的制约，又有市场的分化；既有外部环境的影响，又有企业内部的因素。由于中国已经加入世贸组织，两个市场逐步接轨。内挤外压，立体抗争，新世纪红塔人面临的挑战更显示出严峻的一面。

红塔的明天还是艳阳天吗？回答应该是肯定的。多年来的发展证明，红塔有这样一个特点，就是能不断解决自身遇到的困难，然后继续前进。

“天下有玉烟，天外还有天”。简单的一句话包含着红塔精神最核心的内容，也体现了红塔面对挑战走向胜利的勇气与自信。从市场竞争的高度抓管理、抓质量、抓市场，终于使红塔在供大于求的买方市场中，摸索出一系列的独创性的经营新办法。红塔独有的企业文化，成为企业不断发展的强劲动力。

理解了红塔的过去和今天，我们就有理由相信红塔的未来。

（原载2001年12月31日《经济日报》）

解放思想才能与时俱进

——写在《问安庆何以心安》系列报道结束之际

外面的世界很精彩。面对日新月异的外部世界，面对越来越大的发展差距，面对新世纪的机遇与挑战，有着厚重历史优越感的安庆人坐不住了，不那么心安了。于是，一场声势浩大的解放思想大讨论在安庆勃然而起，方兴未艾；于是，本报记者采写了这样一组《问安庆何以心安》的系列报道，与广大读者一起倾听安庆人的心声，关注安庆人的思考。

其实，如果把安庆放在全国的背景下考察，无论是财政收入还是群众生活，日子还是过得去的，其发展水平可谓“比上不足，比下有余”。在我们这样人口众多、幅员辽阔的大国，地区间经济发展的不平衡是绝对的，而平衡是相对的。由于基础不同、条件有异，各个地区的发展不可能齐头并进。有差距并不可怕，怕就怕有了差距不敢正视差距；落后也不可怕，怕就怕自甘落后，失却了改变落后、迎头赶上的热情。正因为如此，我们感动于安庆人的自省与自励，钦佩他们正视差距，承认落后，重新认识自我，深刻解剖自我的勇气。有了这样的信心与勇气，也就有了危机感与责任感，有了深化改革、扩大开放、加快发展的强大动力。

“进入新世纪，面对新形势，我们怎么办？”安庆人正在热烈议论的话题，也是其他许多地区人们正在思考的课题。安庆人在讨论中找到了答案，这就是：必须把解放思想作为加快发展的总开关，以进一步解放思想、转变观念为先导，打开思路，开阔视野，以更加宽广的眼光观察我们所面临的国际国内环境，以求真务实的思想作风和奋发有为的精神状态开展工作，以新一轮的思想大解放推动经济大发展。

解放思想才能与时俱进。面对新的挑战和机遇，要进一步解放思想、转变观念，应该从何入手呢？从安庆解放思想大讨论中，人们可以得到更多的启示。

其一，在发展的观念和思路上解放思想。新世纪的到来，使我们面临的发展环境有了根本的变化。一是运行体制的市场化趋势。社会主义市场经济体制的基本框架已经确立，市场正在成为配置资源的主要手段。二是产业结构的高级化趋势。随着经济增长方式的逐步转变，各个地区坚持走内涵式、集约化道路，以技术和资本密集产业为先导，通过专业化和集团化使生产经营走向集中，从而推动产业结构高级化，取得规模经济聚集效应。三是国际化趋势，特别是“入世”后，我国经济与世界经济全面接轨，“两种资源”和“两个市场”进一步融合。新的发展环境决定了我们必须摒弃计划经济、粗放经营和封闭经济的观念与做法，在国际化的环境中，以开放的思维，以市场的手段，以创新的观念，寻找地区经济发展的支柱，开辟新的发展路子。

其二，在发展的动力上解放思想。改革开放是发展的动力。一些地方这些年落后了，原因就在于改革的步子不大，开放的意识不强。以改革开放推动经济发展，就必须真正把市场主体的培育作为经济工作的重点，把市场环境的优化作为发展的“第一要素”。这是市场经济与计划经济的根本区别，也是领导经济工作、驾驭发展全局的观念和方式的根本性转变。

其三，在政府职能转变上解放思想。从根本上说，加入WTO，最直接的是对政府管理体制和行为方式的挑战。必须按照“廉洁、勤政、务实、高效”的要求，真正把政府的职能转到“经济调节、市场监督、社会管理和公共事务”上来。安庆市领导同志在大讨论中明确提出，在政府的职能定位和行为方式调整上，需要“减法”和“加法”一起做。所谓“减法”，就是减少审批，减少各种扶持、补贴、优惠，精简审批项目，减少市场准入限制。所谓“加法”，就是除了加强区域经济宏观调节之外，政府还要在为企业发展创造平等竞争环境的前提下，努力为企业创造更多的商业机会，并在国际贸易中维护企业的利益。

其四，在选人用人上解放思想。解放思想就是解放人，就是要充分发挥人的聪明才智，最大限度地挖掘人的潜能。在当今世界经济和科技竞争中，“人才是第一资源”的观念逐步深入人心。一个地区能否加快发展，重要的因素就在于能否吸引住人才，使用好人才。必须围绕建立起能够担当加快发展重任的领导干部队伍、企业家队伍和专业技术人员队伍的目标，创新优秀人才脱颖而出的工作机制。特别是要团结和培养一支适应时代发展需要的经营管理者队伍，千方百计为他们成长、创业提供条件，扫除障碍。

解放思想是一个不断前进的过程。解放思想的成果最终要看生产力的发展，看人民生活的提高，看地区综合实力的增强。安庆解放思想的大讨论之所以引起了轰动，触动了人心，就因为他们搞的不是坐而论道式的思想解放，而是密切联系实际、着眼于解决问题的思想解放。务虚是为了务实。实践证明，只有紧密联系思想和工作实际，找准影响和制约地区经济发展的突出矛盾和主要问题，解放思想才能落到实处。安庆的大讨论已经收到了好的效果，初步营造了一个上下一心加快发展的良好氛围，这是可喜的。然而，解放思想无止境。把大讨论的思想成果进一步落实到各项工作之中，还有很多工作要做。加快安庆发展，让千年古城重现辉煌，任重而道远。

时代在变，环境在变，人们的思想观念不能不顺应时代，与时俱进。出生在安庆的陈独秀在著名的《新文化运动是什么》一文中写道："创造就是进化，世界上不断的进化只是不断的创造，离开创造便没有进化了。我们不但对于旧文化不满足，对于新文化也要不满足才好；不但对于东方文化不满足，对于西洋文化也要不满足才好；不满足才有创造的余地。我们尽可前无古人，却不可后无来者；我们固然希望我们胜过我们的父亲，我们更希望我们不如我们的儿子。"安庆是一片产生过先进文化和思想的热土，是一片创造过无数奇迹的热土，更是一片蕴藏着巨大发展潜能的热土。我们有理由相信，生活在这片土地上的人们，经过思想解放的洗礼，必将以崭新的思想风貌，以更加扎实的作风和严谨的科学态度，加快发展，富民强市，在新的世纪写下跨越式发展的新篇章。

也唯有如此，今人可以无愧，先贤可以心安。

（原载2002年2月9日《经济日报》）

唯有创新最美丽

——写在《自主创新·脱胎换骨看吉利》系列报道告一段落之际

自6月2日始，本报连续刊出了《自主创新·脱胎换骨看吉利》系列报道，从经营理念、研发模式、管理创新、市场战略等多个侧面介绍了吉利控股集团坚持走自主创新之路的做法和经验。这是一年多来继奇瑞、华为、海尔、春兰之后，本报推出的又一个自主创新企业的重大典型。吉利的探索与实践，与所有在自主创新的道路上取得成功的企业一样，展现了在改革开放中成长起来的优秀自主品牌和先进企业的风采，增强了我国企业以我为主、自主研发、敢于掌握核心技术、拥有自主知识产权的信心，为进一步打造自主创新的市场主体、推进创新型国家建设积累了宝贵的经验。

长期以来，关于李书福和他领导的吉利，人们有着各种各样的议论。然而，出乎人们意料的是，正是在一阵阵的质疑与争论声中，吉利从小到大，从弱到强，一步一个脚印，几年一个台阶，逐渐从“草根”成长为枝繁叶茂的大树，最终步入中国汽车工业10强的行列，同时亮相于国际汽车工业的竞技场。

作为汽车工业的“后来者”，吉利进入汽车工业的起点并不高，时间也不长。客观地说，即使到今天，吉利的研发能力和制造水平还与国际先进水平有着较大的差距，与国内一些合资企业相比在某些方面也还有距离。但是，吉利在自主创新道路上的长足进步，已经为中国的汽车工业作出了不可忽视的贡献。首先，作为中国汽车工业投身自主创新的先行者之一，吉利的成功不仅在汽车领域树立起一面自主创新的旗帜，而且旗帜鲜明地提出为老百姓造车，推动了适应本国消费者的轿车产品的开发，使普通百姓拥有汽车的梦想逐步成为现实；其次，从研发到生产到管理，吉利为我国多年来积累的汽车人才提供了施展才华与抱负的机会，也为中国汽车工业培养了一批优秀的工程技术人员与管理人员。专家指出，在中国汽车领域，有没有吉利、奇瑞这样坚持走自主创新道路的企业，对中国的普通消费者来说有着完全不同的意义。

实践证明，吉利的选择是值得人们尊重的。吉利是一家什么样的企业？这是一个执着于自主创新的企业，一个致力于“造老百姓买得起的好车”的企业，一个梦想着“让中国汽车跑遍全世界”的企业，一个拥有从技术、企业管理到市场营销等高级人才团队的企业，一个拥有极富人格魅力的领军人物的企业……自主创新是吉利的灵魂，是吉利企业文化的内核。从进入汽车工业的第一天起，吉利人就选择了自主创新的道路。有人说，无知者无畏，所以李书福什么都不怕。李书福的回答是：“我就是无畏，但绝不是无知。自主创新虽然很艰难，但这是中国汽车工业发展的唯一成功通道，也是汽车工业发展的普遍规律。不是我刚愎自用，而是我深深地懂得自主创新的重要性、自主品牌的紧迫性。虽然这条路走起来很艰苦，但我觉得走在这条路上很光荣、很坦荡、很有前途。只有这条路才能给中国汽车工业带来希望，才能从根本上解决中国汽车工业所面临的问题。”有了这样的追求和理念，李书福和吉利人才能迎难而进，百折不挠，在学习中创新，在发展中提高，以坚韧的毅力走出一条汽车工业的发展新路。没有灵魂的企业行之不远。只有创新才能孕育企业的生命力。不管是在汽车行业还是别的什么行业，无论是现在还是将来，成功的企业一定是像吉利一样具有“灵魂”的企业。

李书福说：中国的汽车工业不能没有自己的品牌。强烈的自主品牌意识，体现了李书福和吉利人的远见与志气。为了打造自主品牌，吉利坚定一个信念，认准一个方向，广罗英才，大胆投入，以我为主，博采众长，不断完善自主研发体系和生产制造工艺，提升产品品质。为了树立吉利的品牌形象，资金并不宽裕的吉利常常“一掷千金”。仅为了参加法兰克福车展，投入的经费就以千万元计。一些人戏称李书福是在“烧钱”。但吉利人深知，没有这种勇于登台竞技的自信，没有这种“一掷千金”的豪迈，吉利车即使造得再好，也不可能成为世界知名品牌。国际品牌联盟副主席弗朗西斯·麦奎尔在考察中国后说：“中国企业在品牌建设方面最大的误区是低估了自己的实力，中国有能力生产优质产品，缺的恰恰是品牌的塑造。”作为一个拥有13亿人口的大国，我国在实现赶超和经济社会全面协调发展的过程中，具有其他一些新兴工业化国家都不具备的独特优势，即大市场优势。在坚持不断开放的基础上开发自身的大市场，依托国内消费需求不断培育和增强自主创新能力，打造一批具有竞争力的自主品牌，这是中国企业发展的必由之路，也是真正的富民强国之路。

从记者发回的报道中，人们的一个鲜明印象是：吉利变了。一场脱胎换骨式的改造改变了吉利的面貌，昔日的“草莽英雄”正在向以现代经营理念与技术手段武装起来的大型汽车制造企业迈进。这种变化令人欣慰。它使人们对走过艰难创业岁月的吉利汽车的未来满怀憧憬，使人们对在竞争激烈的汽车市场上奋力求生的自主品牌企业满怀信心，也使人们对中国汽车走向世界满怀希望。

唯有创新最美丽。“创新无限，快乐无穷，投身于创新事业是一件非常幸福的事情。只有坚持创新，才能推动企业持续发展。吉利的实践已经证明了创新给所有吉利人带来了快乐，也给所有吉利车用户送去了幸福。”在由中宣部、科技部组织的自主创新巡回报告会上，李书福如此幸福地说。

（原载2006年6月7日《经济日报》，与黄平合作）

“四个百分之九十”说明了什么

深圳成为发明专利“高产田”的奥秘何在？为何大批创新型企业能够在深圳聚集、成长？作为国家首个创新型城市，深圳推进自主创新的经验是什么？带着这些人们关注的问题，本报日前派出采访组赴深圳调研采访，今天起陆续刊发《创新型城市调研行·深圳篇》系列报道，希望能给读者以启示，给各地以借鉴。

从记者的报道看，深圳推进自主创新有一个鲜明特点，那就是“四个90%”，即90%以上的研发机构设立在企业，90%以上的研发人员集中在企业，90%以上的研发资金来源于企业，90%以上职务发明专利出自企业。这“四个90%”，凸显了深圳企业在知识产权创造和运用中的主体地位，表明企业创造知识产权的热情得以充分激发、运用知识产权提高核心竞争力的能力显著增强。这样的喜人局面来之不易，它是深圳以企业为主体、市场为导向、产学研相结合技术创新体系的集中体现，是始终把自主创新作为城市发展的主导战略、大力推进创新型城市建设的必然结果。

从“四个90%”的鲜明特点出发，人们把深圳自主创新的经验概括为“四个为主”：企业主体；市场主导；政府主动；在“三大创新”中以引进、消化、吸收、再创新为主。所谓“企业主体”，就是要把推进自主创新的着力点放在企业，明确企业家在技术创新中的核心地位，引导和支持创新要素向企业聚集，让企业真正成为研究开发投入、技术创新活动、创新成果应用的主体。所谓“市场主导”，就是要以市场需求作为自主创新的主攻方向，紧紧围绕市场变化进行技术创新，使创新成果迅速转化为现实生产力。所谓“政府主动”，就是要处理好创新活动中政府与企业的关系，明确政府作为自主创新战略的规划者、推动者和服务者的角色，为创新活动提供完善的政策环境，培育、整合和动员创新资源，营造有利于自主创新的社会环境和文化氛围。所谓“以引进、消化、吸收、再创新为主”，就是要在原始创新、集成创新和引进、消化、吸收、再创新这“三大创新”实践中更加注重引进、消化、吸收、再创新，在开放的前提下积极引进国外先进技术，在消化、吸收先进技术的基础上再创新，努力掌控核心关键技术，加快创新成果转化，最终实现从“引进”到“引领”的跨越。

改革开放先行一步的深圳，在实施知识产权战略、推进自主创新、建设创新型城市的实践中充分发挥体制、环境和文化优势，继续先行先试，敢闯敢干，大胆探索，取得了丰硕成果，积累了丰富经验，为各地提供了新的示范和借鉴。深圳经验既有其特殊性，又有着普遍意义。不久前，胡锦涛同志在参观“十一五”国家重大科技成就展时强调指出，完成“十二五”时期经济社会发展的目标任务，在激烈的国际竞争中赢得发展的主动权，最根本的是靠科学技术，最关键的是大力提高自主创新能力。我们应该认真总结、学习、推广深圳创造的新鲜经验，并从各地的实际出发，在全面实施“十二五”规划纲要的进程中，把提高自主创新能力贯穿于加快转变经济发展方式的全过程，加快建立以企业为主体、市场为导向、产学研相结合的技术创新体系，全面实施知识产权战略，大力弘扬创新精神，积极培育创新文化，推动创新成果不断涌现、创新人才脱颖而出，以自主创新的生动实践助推经济发展方式转变，开创科学发展新局面。

过去30年，深圳从一个边陲小镇发展成为现代化大都市，创造了举世闻名的“深圳速度”，打造了全国领先的“效益深圳”。如今，站在新的历史起点上，面对新形势、新任务，深圳又提出了打造“深圳质量”的新目标。与此同时，深圳的自主创新也面临着由量的扩张向质的跃升的重大转变。面对区域竞争日趋激烈、资源刚性约束日益增强、城乡二元结构依然突出、产业结构不尽合理等发展压力，深圳比以往任何时候都更加迫切地需要依靠科技创新加快推动经济发展方式的转变。广聚创新资源，海纳创新人才，进一步增强企业作为创新主体的活力，不断提高源头创新能力，着力突破关键领域核心技术，以自主创新推动产业升级、结构优化、社会发展、民生改善，全面提升科技破解经济社会发展难题的综合能力，走出一条科技引领、创新驱动、内生增长、低碳绿色的发展新路，是经济特区的新使命，也是人民群众的新期待。

创新是发展的动力；创新是特区的优势；创新是城市的灵魂。我们相信，有着创新创业、敢闯敢干传统的深圳人，一定能够抓住机遇、迎难而上，把增强自主创新能力作为调整经济结构、转变发展方式的中心环节，努力实现从“深圳速度”向“深圳质量”的跨越，当好推动科学发展、促进社会和谐的排头兵，再创经济特区新辉煌，给关注、关心、关爱特区发展的人们不断带来新的惊喜。

（本文系为《创新型城市调研行·深圳篇》系列报道配发的评论，原载2011年5月3日《经济日报》）

完整准确全面贯彻新发展理念

进入新发展阶段，构建新发展格局，必须完整准确全面贯彻新发展理念。

习近平总书记在中共中央政治局第二十七次集体学习时强调，新发展理念是一个系统的理论体系，回答了关于发展的目的、动力、方式、路径等一系列理论和实践问题，阐明了我们党关于发展的政治立场、价值导向、发展模式、发展道路等重大政治问题。全党必须完整、准确、全面贯彻新发展理念，确保“十四五”时期我国发展开好局、起好步。

本报日前推出长篇调研报道《顺德再造》，之所以在读者中引起强烈反响，受到广泛关注，是因为顺德推进村级工业园改造的实践，体现了完整、准确、全面贯彻新发展理念的要求，为各地创造性地贯彻落实新发展理念提供了一个创新范例。

完整准确全面贯彻新发展理念，必须坚持问题导向，选好突破口。问题是时代的声音，解决了问题，才能推动时代进步。坚持问题导向，意味着奔着问题去，盯住难题改，“明知山有虎，偏向虎山行”。对于顺德来说，当年由于“村村点火、户户冒烟”而形成的一大批村级工业园，虽然在解决就业、完善配套等方面发挥了作用，并且贡献了不少的GDP，但也带来了发展乏力、结构欠优、环境不佳等种种弊端，成为高质量发展的短板。对标新发展理念，顺德干部群众形成了共识：污染企业不“请走”，绿色企业就没有空间；落后产能不出清，高端产能就进不来；不放弃低质量发展，就无法拥抱高质量发展。要不折不扣地落实新发展理念，就必须坚决告别黑色、污染、落后的发展方式。正是抓住了村改这个关键，顺德高质量发展的大棋局才能“一子落而满盘活”。

完整准确全面贯彻新发展理念，必须坚持解放思想、实事求是、与时俱进，不断探寻切合实际的发展路径。发展的理念是行动的指南。而要把理念转化为行动，还需要在深入调查研究的基础上，把中央精神与地方实际结合起来，制定切实可行的方案，拿出管用有效的措施。不能指望拿着文件照抄照转，就可以一揽子解决错综复杂的现实矛盾。顺德村改涉及382家村级工业园区、数万家各类企业、数十万就业人口，利益之复杂、矛盾之尖锐，可想而知。之所以能够在不太长的时间内取得显著成效，就在于他们始终坚持我们党解放思想、实事求是、与时俱进的思想路线，一切从实际出发，尊重群众首创，鼓励“八仙过海”，以实践作为检验村改成败的标准，不搞“一刀切”，最终探索形成了一套契合顺德实际的政策措施，让几十年积累的深层次矛盾消弭于无形。正如习近平总书记指出的：“各地区要根据自身条件和可能，既全面贯彻新发展理念，又抓住短板弱项来重点推进，不能脱离实际硬干，更不要为了出政绩不顾条件什么都想干。”

完整准确全面贯彻新发展理念，必须坚持以人民为中心，让发展成果更多更公平惠及人民群众。推动经济社会发展，归根结底是为了不断满足人民群众对美好生活的需要。始终把满足人民对美好生活的新期待作为发展的出发点和落脚点，坚持在发展中保障和改善民生，促进社会公平正义，让发展成果更多更公平惠及人民群众，这是新发展理念的要义与精髓。从以人民为中心的执政理念出发，顺德努力在村改中注意协调各方利益，尤其是保障农民的利益不受损害。政府作为村改的推动者，而不是村改利益分配者，主动让利于民，不与民争利。精心设计的各类村改方案首先交由村民表决，确保利益相关方都能从中获益，让各方共享发展成果。村改不仅带来经济效益，还形成了巨大的生态环境效益。民心思改，各方满意，正是顺德村改得以顺利推行的奥秘所在。

完整准确全面贯彻新发展理念，必须强化责任意识，勇于攻坚克难。平心而论，作为发达地区的排头兵，顺德凭借其丰厚积淀和产业禀赋，依然可以躺着“把钱挣了”。但是，进入新时代的顺德人并没有满足，而是毅然走出舒适区，以壮士断腕的勇气，主动挑战村改这个牵一发而动全身的发展难题，体现了强烈的责任意识和担当精神。习近平总书记指出，各级党组织和领导干部要有很强的责任意识，守土有责、守土负责、守土尽责，无论什么时候，该做的事，知重负重、攻坚克难，顶着压力也要干；该负的责，挺身而出、冲锋在前，冒着风险也要担。我们一定要像总书记要求的那样，压实责任，主动作为，把新发展理念转化为推进高质量发展的实际行动，为实施“十四五”规划开好局、起好步，为庆祝建党100周年营造良好社会环境。

（原载2021年2月3日《经济日报》，与胡文鹏合作）

推动东北全面振兴取得新突破

党的二十大报告要求，推动东北全面振兴取得新突破。立足新时代，踏上新征程，我们要以更高站位、更大力度深入实施东北振兴战略，努力开创东北振兴发展新局面。

东北地区是我国重要的工业和农业基地，战略地位重要，发展前景可观。东北能否振兴，关乎国家发展大局。党的十八大以来，党中央实施深入推进东北振兴战略。习近平总书记多次赴东北地区考察，多次召开专题座谈会，对东北全面振兴作出系列重要讲话和指示批示，为新时代推进东北全面振兴指明了方向、提供了根本遵循。2022年8月，习近平总书记在辽宁考察时表示，党中央高度重视东北振兴。我们对新时代东北全面振兴充满信心，也充满期待。

实施东北振兴战略以来，各地有力落实党中央决策部署，发挥区域比较优势，发挥城市群和都市圈的辐射带动作用，推动东北全面振兴取得积极进展。以长春为例，从本报调研组发回的《长春担当》调研报道来看，近年来长春市充分发挥在全省“一主六双”战略中的“一主”作用，持续释放区位、资源、产业、科技、生态、文化等多重优势，在产业集聚、结构调整、绿色发展等方面进行了一系列有效探索，振兴发展呈现良好势头。长春是东北的缩影。虽然从短期看，当前还面临着新冠疫情局部频发、经济下行压力加大等负面因素影响；但从长远看，东北振兴已经打下了坚实基础，积累了丰富经验，大势已成，前景可期。

作为重大战略和系统工程，推进东北全面振兴必须深入贯彻落实党的二十大精神，进一步破解制约发展的体制机制问题，锐意进取，攻坚克难。

推进东北全面振兴取得新突破，必须牢牢把握高质量发展这个主题。高质量发展是全面建设社会主义现代化国家的首要任务。东北振兴要着力推动产业结构调整优化，走出一条质量更高、效益更好、结构更优、优势充分释放的发展新路。各地应结合区域特点，发挥比较优势，因地制宜培育和激发发展动能，增强经济竞争力。改造升级传统优势产业，培育壮大新兴产业，坚持创新驱动发展，增强发展新动能，特别是推动资源型地区转型发展和老工业城市调整改造，筑牢粮食安全“压舱石”地位，推动工业持续转型升级。

推进东北全面振兴取得新突破，必须紧紧抓住优化营商环境这个关键。优化营商环境一直是实施东北振兴战略的重要着力点，近年来已经取得了长足进步。营商环境只有更好，没有最好。要看到，东北地区在营商环境方面还存在着诸多不足，有着较大的提升改进空间。党的二十大报告强调，“营造市场化、法治化、国际化一流营商环境”“要深化国有企业改革，支持民营企业发展，发扬企业家精神，激发各类市场主体活力”。下一步，要以更大魄力持续优化营商环境，激发市场主体活力和创造力。聚焦面临的老问题和新挑战，破解体制机制障碍，坚持有效市场、有为政府，加快转变政府职能，打造“亲”“清”政商关系，特别是优化民营企业发展环境，促进民营经济发展壮大，让东北大地成为创新创业热土。

推动东北全面振兴取得新突破，必须始终坚持开放合作的方针。党的二十大报告指出，优化区域开放布局，巩固东部沿海地区开放先导地位，提高中西部和东北地区开放水平。近年来，东北地区的开放合作展现出新气象，特别是在融入“一带一路”建设、打造东北亚区域合作中心枢纽等方面取得了新的进展。奥迪一汽新能源汽车等重大项目成功落地，成为提升对外开放水平的标志性成果。适应新形势，面对新挑战，要进一步发挥东北地区沿边沿海的区位优势，让开放合作的大门越开越大，形成更大范围、更宽领域、更深层次对外开放格局，建设开放合作发展新高地，同时加大对内开放合作力度，加强与京津冀协同发展等重大区域发展战略对接合作。

东北振兴是一项复杂艰巨的系统工程，不可能毕其功于一役，需要持续艰苦的努力。我们要根据党中央擘画的战略蓝图，落实党的二十大作出的战略部署，瞄准方向、保持定力，深化改革、扩大开放，优化环境、加快发展，以新气象新担当新作为推进东北全面振兴，在新征程上实现新突破、创造新辉煌。

（原载2022年12月20日《经济日报》，与曾金华合作）

第四辑 两会漫笔

历史就是这样写就的。承前启后，继往开来。旧的一页已经翻过，新的一章正在开篇。在春天里相聚的人大代表和政协委员深刻明了他们的使命，这就是：为历史作结，为未来作序。

——摘自《感受世纪第一春》

谁是“末等公民”

有一首顺口溜，按经济地位（或者是通过职业能享受到的好处）将共和国的公民分成若干等，比如，关于记者，就有“五等（或六等、七等）公民是记者，吃饱喝足尽胡扯”之说。近两年这顺口溜广为传播，可谓“流毒”全国。

在政协农林组小组讨论会上，北京农业大学教授杨志福委员提起了这首顺口溜，他从这个顺口溜的不同“版本”中发现一个有趣的现象：大家都在争当“末等公民”。杨委员一一列举——

农民说：末等公民是老农，辛苦一年干受穷；

工人说：末等公民老大哥，工厂倒闭没吃喝；

教师说：末等公民是教师，白菜萝卜当肉吃；

离退休职工说：末等公民离退休，物价上涨喝稀粥；

知识分子说：末等公民是老九，光着屁股跟党走；

老百姓说：末等公民是百姓，学习雷锋干革命；

……

听起来，顺口溜说的是“牢骚话”。作为一种情绪的宣泄，夸张的成分多于写实的成分。值得注意的是，流行在不同阶层的七八个“版本”，都把自己说成“末等公民”。这种现象说明什么呢？

杨委员就此作了分析。第一，这些年，人民群众生活水平有了明显改善，这是有目共睹的。但确有一部分群众生活提高不快，改善不多。其中尤其值得注意的低收入阶层的问题。比如，破产企业的职工、离退休职工等，物价上涨很快，他们的收入增长不多甚至没有增长，生活水平有所下降。在改革中如何保障这部分群众的生活水平能够随着经济增长而有所提高，这是当前紧迫的课题。

第二，反映了人们对腐败现象的愤慨。所谓的“末等”，是与那些特权部门、垄断行业的人相比较而言的。这些年行业不正之风屡禁不止，一些人利用手中的权力“吃、喝、拿、卡、要”，影响很坏。人们希望有得力的措施惩治腐败，纠正行业不正之风。

第三，在社会大变革中，各个阶层都有一个重新适应的问题。过去“均贫”的日子过惯了，一旦拉开档次，就有些看不惯，都觉得自己吃亏了。比如，这次调工资本来是件好事，但调完之后，涨得少的不满意，涨得多的也有牢骚。也由于这种不适应，使我们把一些不合理的现象看得很突出、很尖锐，然后跟自己的生活对比，担心社会地位和生活水平下降，所以意见就比较大。不仅工人农民有意见，个体户也不满意，他们说：“末等公民个体户，苛捐杂税无其数。”

杨教授说：“稳定是大局，而群众的情绪是能否保持稳定的很重要的信号。我们应该多听听各阶层的意见，认真考虑一下他们的要求中是否有合理的成分。当然，还要做好工作，加强引导。顺口溜虽然话说得难听一些，但其中确有些值得我们思考的东西。”

（1994年3月13日）

两个百分点的变化

一些熟悉经济工作的代表、委员注意到，《政府工作报告》中提出的今年物价控制目标是：确保物价上涨幅度比去年有明显回落，力争控制在15%左右。而在去年底酝酿今年计划时，有关方面提出的目标是把物价涨幅控制在13%以下。

从13%到15%，增加了两个百分点。这两个百分点的增加不是随意的，也不是所谓“留有余地的考虑”。有委员指出，去年物价“翘尾巴”的因素要影响今年物价上涨9～10个百分点，再考虑到连续几年货币超经济发行、固定资产投资规模过大等因素，把物价控制在13%以下实际上不可能做到。即便是控制在15%左右，仍然需要使劲地“跳一跳”才可能“摘得到”。

两个百分点的变化，是实事求是精神的体现，也是决策民主化科学化的体现。据了解，自从去年年底提出13%的目标后，就不断有一些专家提出，这个目标很难实现。九三学社中央还就此专门向中共中央提过建议。政府工作报告中现在的提法，正是吸收了各方面的意见和建议，综合考虑各种因素后形成的。

从愿望上说，人们希望物价降的幅度大一些，在这一点上，党和政府与人民群众的想法是一致的。但良好愿望还要和客观规律结合起来。特别是在我们订计划、定指标的时候，应该尽量少一些主观的成分，多一些符合规律的东西。

当然计划和结果不可能完全一致，但要尽量实事求是。正如武汉市政协副主席胡照洲委员说的：老百姓与其要做不到的13%，宁可要能够做到或者说更有把握做到的“15%左右”。

（原载1995年3月15日《经济日报》）

批评精神与建设意识

作为采访政协会议的记者，翻阅会议简报时，一个感觉是：委员们对今年《政府工作报告》评价颇高，而用得最多的词是：坦诚、实在。铁道科学研究院研究员郭祥熹委员的发言颇有代表性。他认为今年的报告是近几年来最好的一个报告："非常实在，十分坦率，讲成绩不粉饰，谈问题不回避。尤其是对物价、通货膨胀、社会治安、大中型企业、反腐败等群众所关注的热点问题，更是直言不讳，恰如其分。"

有句老话叫"成绩讲够，问题讲透"。委员们对报告评价颇高，就是因为感到问题讲得比较透彻。而要把问题讲透，没有一点批评与自我批评的精神是做不到的。报告没有回避群众不满意的问题，没有回避面临的深层次矛盾。在分析物价涨幅过高的原因的时候，既找客观原因，又找主观原因；既指出了政策执行过程中的问题，又指出了决策过程中"估计不够"的问题，这是勇于承担责任的自我批评。郭祥熹委员说，这不但说明政府是实事求是的，同时表明党中央、国务院对当前形势有比较清醒的认识和正确估计。这正是解决问题的重要前提和基础。

今年两会召开之前，不少人担心，在成绩和问题"双突出"的背景下，今年的两会不好开。怕讲问题的多、提意见的多、发牢骚的多。随着两会日程的推进，人们发现，这种担心成为一种过虑。妇联组的叶维祯委员说："政府坦诚对待人民，得到的回报必然是更多的理解、谅解和信赖。"确实，坦诚出谅解，求真得共识。政府和群众的感情贴近了，人大代表、政协委员的责任感、使命感和建设意识增强了。在先期结束的政协会议上，委员们12天中撰写了300多份大会发言材料，提交了1995份提案，这不正是建设意识增强的一种体现吗？洋溢在会场内外的，是一种民主、求实、团结、鼓劲的气氛。委员们认为，这种气氛的形成与富有批评精神的政府工作报告为两会打下一个好的基调不无关系。

我理解，所谓“建设意识”，要以批评精神为基础。没有对存在问题的深刻剖析，就不可能提出真正有价值的建设性意见。如同医生给病人看病，不是号准了脉，析透了因，是不能贸然开方的。批评精神与建设意识相辅相成。没有建设意识的批评不是有益的或者说善意的批评；而没有批评精神的建设意识也不是真正意义上的建设意识。

我们需要批评精神，因为面临的困难和问题不是打打“官腔”、说说“套话”就可以解决的。我们需要建设意识，因为一味地埋怨和指责、讥讽与嘲弄不仅对当前的大局无补，而且对我们的事业有害。

（原载1995年3月18日《经济日报》）

品品市场经济的滋味

两会结束了，然而两位来自钢铁企业的政协委员在经济组讨论会上说的话却令人深思:“我们现在尝到了市场经济的滋味。”

一向只知道“人求我”而不知道“我求人”是什么滋味的“钢老大”们，在过去一年的市场风云变幻中经历了巨大的心理落差。本溪钢铁公司总经理张文达委员讲起这么一件事: 在资金最紧张的12月，本钢的存煤只够用三天了。有人拿着8000万元的现金放在他的办公桌上，对他说：想要这钱吗？每吨钢材再降200元吧！

那8000万元的现金张文达还是要了。不说公司生产等米下锅，还有80万市民等着公司的余热取暖，等着公司的煤气做饭哩！张文达不仅收了这个8000万元，还收了第二个、第三个8000万元，通过降价促销筹集到四五亿元资金，买了煤、缴了税、发了工资，度过了最困难的阶段。

在人们的印象中，首钢的日子一直过得比较滋润。首钢总公司副董事长赵长白委员却语出惊人："这一年我们的日子真不好过，内外通紧。税要缴、工资要发，不给钱我就买不了煤，来不了电。一到开工资的日子就愁得不得了，难受。"

听张文达讲这段经历，颇有点唱《国际歌》般的悲壮。当赵长白委员在小组会上一口一个"难受"地介绍情况时，也有委员开玩笑：到了唱《国际歌》的时候。

张文达说：国有企业是到了唱《国际歌》的时候，但这意思不是说国有企业不行了，而是要像歌中唱的那样"不要靠什么神仙皇帝"，国有企业的出路"全靠我们自己"。"这一年受教育的结果，明白这样一个理儿，等靠要不行了。这在计划经济的时候好使，打个报告就调煤，你说停产他害怕。搞市场经济，靠政府这个'老板'也没办法。"张文达说。这是他从一年的酸甜苦辣中得到的最大的收获。

吉化公司的刘树林总经理与张文达同在一个小组，他有过与"钢老大"们类似的经历，理解张文达们的处境。他是在吉化3年徘徊的困难情况下走马上任的。当时，每逢一个分厂发工资，就要全集团动员想办法。一个投资10亿元的基建项目，就因为最后的2000万元资金筹不到，收不了尾，投不了产。

曾几何时，吉化以管理严明闻名全国。刘树林认为，没有一个好的机制，再好的管理水平也救不了企业。正是改革的滞后造成了吉化3年徘徊的局面，而企业改革的深化又是吉化走出困境最主要的动力。是改革调动了企业和职工的积极性，解放了束缚企业发展的因素。1992年以来，吉化公司的销售收入、利税和职工收入持续以10%以上的速度递增。

对于国有企业来说，不论规模大与小，基础好与坏，迟早要尝到市场经济的滋味，迟早要走上"脱胎换骨"的改制之路。刘树林明白这一点，张文达也寄希望于这一条。本钢已被列入建立现代企业制度的试点之一，试点方案正在制定之中。尽管企业转制不是一朝一夕就能完成的，但张文达对走出困境充满信心。

就像吉化曾是全国企业管理的样板一样，首钢是十几年来企业改革的典型。正因如此，人们难以理解首钢为什么会出现今天的困境。

赵长白委员是这样看首钢问题的。一是对市场变化的思想准备不够，观念不适应。有依靠思想，没有死下一条心，眼睛向内，靠自己。二是战线过长。好事很多，都想一天办成、一年办成，这是不切合实际的。都想搞得好一点，上得快一点，项目多一点，有后劲，这个想法没错。但摊子一铺大了，难受。简单再生产都维护不住，还想搞项目，只能不死不活地拖着。应该痛下决心，该砍的砍，该停的停，缩小战线，迅速地打拳头，建一个成一个。三是人员过多、队伍过大。有点钱都花在工资上。首钢集团26万人，前方偏紧，后方庞大，要动员后方上前方。原来认为，不怕人多，有门路还能没饭吃？似乎人越多我这个企业越强，现在这个认识转变了。国有企业要有一支精干的队伍。

改革、管理和发展，这是搞活国有企业的三个支点。不可顾此失彼，也不可厚此薄彼。从赵长白坦诚的分析中，人们不难得出结论，在深化企业改革的过程中，万万不可忽视企业的管理和发展问题。在管理和发展的问题上出了毛病，企业同样要在市场经济的海洋中“呛水”甚至沉没。

对于企业来说，只有不断改革和改善管理才有出路；对于企业领导者来说，也只有不断学习和提高自己才能跟上时代前进。赵长白委员感叹：总理的报告说，真正建立市场经济体制要20年。我们尝到了市场经济的滋味，但这只是刚开头，还要不断地学习，认识市场经济的规律，使我们的主观认识符合客观规律。否则，你就要难受啊！

（原载1995年3月28日《中华工商时报》）

假如没有邓小平

参加今年政协大会的委员们普遍比往年报到晚一些。26日是会议报到的最后一天，记者在京燕饭店看到，中午时分，几个小组报到的委员均在半数左右。

原来，为了能收看邓小平同志的追悼会和参加地方和单位组织的悼念活动，外地委员普遍推迟了行期，以至于行色匆匆，集中在最后一天报到。

郁郁的哀思萦绕在委员们的心头，挥之不去，难以化解。自然地，对委员们的采访都离不开对小平同志丰功伟绩的追思。

结束一天的采访之后，记者在整理笔记时发现，几位接受采访的委员追忆往事时不约而同地谈到“假如没有邓小平”这个话题。

农林组的委员说，假如没有邓小平，中国农民也许还吃着大锅饭哩，温饱都成问题，遑论“小康”。

经济组的委员说，假如没有邓小平，发展或许还是个“软道理”，何来国民经济持续快速的增长，几年一个新台阶。

社科组的委员说，假如没有邓小平，或许我们还是“臭老九”，随时准备着接受“再教育”。

不仅仅委员们习惯“假如”式的思维，电视上接受采访的家庭主妇边哭边说：没有邓小平，我家餐桌上能有那么多的鱼和肉吗？

历史有着自己的演进规律，当然是不可能“假如”的。“假如”是一种回顾，“假如”是一种比较。正是通过这种把自己置身其间的回顾与比较，我们才更加深切地感受到时代的进步，深切地感受到一个人和一个时代是如此地密不可分。

我们是历史唯物主义者，我们相信人民群众创造了历史，人民群众在推动着历史前进，而以邓小平同志为代表的一代中国共产党人的伟大之处，就在于他和他的同志们集中了人民群众的智慧，代表了人民群众的利益，表达了人民群众的意愿。不妨说，是人民选择了邓小平，是邓小平推动了这个时代。

与邓小平同时代的中国人是幸运的，因为我们目睹了一个古老民族的新生；因为我们正经历着中华民族奋发图强的辉煌历程。

假如让中国人重新选择一次的话，相信我们还会选择这个时代，选择为这个时代打上鲜明烙印的邓小平。

（原载1997年2月28日《经济日报》）

品味“如期”

两会如期举行。对国人来说，“如期”是意料之中的事，但在外国人眼里，“如期”二字，却有一种象征的意味。几位旁听人大开幕会议的外国驻华使节在接受电视采访时说，他们最深刻的印象是，邓小平刚刚逝世，两会如期召开，表明了中国政局的稳定。

作为一个准备参加两会报道的记者，在听到小平同志逝世噩耗的时候，我脑子里也下意识地闪现过“两会能否如期举行”的疑问，甚至想到了下一篇评论的题目：中国的政策不会变。

自然这是一种思维惯性。回头看，每当国家发生重大政治变动，世界舆论总对中国的前途命运作出种种揣测。我们总要有针对性地宣传：中国改革开放政策不会改变。

现在，我肯定不用为这样的评论费心了，因为无论是在国内还是在国外，很少有人认真地提出“中国的政策会变吗？”的问题。毋庸置疑的事实是，邓小平创立的理论已在中国人民心中扎下了根；以邓小平同志为核心的党的第二代中央领导集体向以江泽民同志为核心的党的第三代中央领导集体的过渡已经平稳实现。没有理由怀疑中国的政策会出现大的变化。

股市是一根过于敏感的社会神经。这一次，让那些凭着老经验，指望借消息“抄底建仓”的股民失望了：香港股市不跌反升，内地股市有惊无险。

西方记者从北京发出的报道说，中国“在邓小平逝世后将像过去一样稳定”“权力过渡一直非常平稳”“没有理由因为邓小平的逝世而动摇商界对中国的信心”“中国的投资气氛仍然有吸引力”，等等。

隆重的国葬、纷飞的泪雨，不由让人联想起21年前那个痛苦的“龙年”。同样是汽笛长鸣，同样是万众同悲，但人们的心境迥异。今天，在默默承受巨大悲痛的同时，人们对党和国家的前途充满信心。

感受到这种变化，使我们更深切地怀念那位刚刚辞别我们而去的睿智老人。他老人家早就提出废除领导干部职务终身制的问题，并身体力行，才造就了今天这样平稳过渡安定团结的局面。

细品起来，“如期”内涵非常丰富深刻。今后，相信我们还将有很多很多的“如期”：香港如期回归祖国；党的十五大如期召开；“九五”计划如期完成；邓小平同志规划的“三步走”的发展战略如期实现……

（原载1997年3月3日《经济日报》）

清醒的“爬陡坡”意识

与吉化集团老总刘树林委员聊天是一件令人愉快的事。每年政协会上都有机会与他聊上一两次，每次都有新的收获，尽管话题始终是一个：国有企业怎么干。

由于化工市场的变化，去年对吉化来说是个“平年”。吉化本属于“骆驼型”企业，“平年”的日子也过得去。但“平年”却给身为吉化老总的刘树林一个契机，一个对全体职工进行危机意识、市场观念教育，确立“爬陡坡”思想的契机。

何谓“爬陡坡”？

“国有企业改革到今天，易改、好改的地方改得差不多了，剩下的都是些硬骨头，难啃。而市场环境却在随着市场机制逐步确立而一天天地发生着变化，竞争更激烈、更残酷。内外矛盾交织，摆在国有企业前面的路不是坦途，而是坡道，不是缓坡，而是陡坡。

“爬坡当然不是一件轻松的事，何况是陡坡呢。我们都有体会，身体状况有好有坏，走平路的时候没有大的差别，爬陡坡就不同了。强健者步履轻松，孱弱者步履艰难，最怕的是身体不好，爬坡的办法又不对，一个闪失，就会跌了下来。

“国有企业今天的状况不就是如此吗？就拿吉化集团来说，我们有几十个二级厂、三级厂，过去大家彼此彼此，差别不大。去年市场一波动，差距就拉开了。有的二级厂改革抓得紧，自身素质好，在市场不利的情况下反而扭亏为盈；有的则因为改革滞后、管理有漏洞，市场一冲击就垮。吉化人在地方上是有些优越感的。有些职工总以为‘企业再困难，吉化也垮不了’。不转变这种观念，没有危机感，没有‘爬陡坡’的精神准备，前面这道坎就可能爬不过去啊。所以我们在春节前后集中搞了一个月的形势教育，发动职工客观分析吉化在国内外两个市场竞争的不利和有利条件，认清形势，统一思想，让每一个职工都能感受到‘爬陡坡’的压力。”

吉化人在准备“爬陡坡”，这是清醒、理智的选择。因为“爬陡坡”，所以改革不进则退；因为“爬陡坡”，所以要扎扎实实推进两个转变；因为“爬陡坡”，所以要求企业向内使劲、加强管理、提高素质；因为“爬陡坡”，所以需要有关部门为企业改革和发展创造更为有利的条件，促一把、扶一把、拉一把。

“爬”上去，就有更快发展的希望；“爬”过去，就有更远大的前途。

（原载1997年3月4日《经济日报》）

七年一百次

要了解中国共产党领导的多党合作和政治协商制度的运行和发展，不妨看看这个统计：从中共十三届四中全会开始，到去年年底，以江泽民同志为核心的党的第三代中央领导集体就国家大事与各民主党派中央、全国工商联领导人和无党派人士举行协商会、座谈会、通报会、谈心会共计100次（据《人民政协报》3月1日报道）。

7年100次，意味着平均不到一个月就有一次重大的高层政治协商活动。活动之频繁、议题之丰富、参与之广泛，超过了此前的各个时期。

翻开这100次会议的卷宗，记录着党和国家7年多来的一件件大事。此间历次中共中央全会和党的十四大作出的重大决定和文件，在会议讨论之前无一例外地与各民主党派中央、全国工商联领导人和无党派民主人士进行了协商；中共中央就国家领导机构领导人选提出的建议名单，在进入法律程序之前，都经过了充分酝酿和认真协商；每年一度由国务院总理向全国人大提交的政府工作报告，都事先听取了民主党派、全国工商联领导人、无党派人士的意见；国际国内发生的重大事件，以及一定时期国民经济和社会发展态势、反腐败斗争进展等，都及时作了通报。根据民主党派人士的建议，中共中央还制定了《关于坚持和完善中国共产党领导的多党合作和政治协商制度的意见》，使政治协商有章可循，进一步走上了制度化、经常化、规范化的轨道。

7年100次，是中国共产党领导的多党合作和政治协商制度不断发展和完善的直接印证；7年100次，是以江泽民同志为核心的党的第三代中央领导集体虚怀若谷、广纳群言的具体体现；7年100次，是民主党派和无党派人士踊跃参政、坦诚建言的生动写照。100次协商的成果是丰硕的。民主党派人士的许多重大建议和意见被吸纳到中共中央的文件中，反映在历年的《政府工作报告》上，还直接体现在国家根本大法的修改上。

中央率先垂范，协商之风蔚然。来自四川的政协委员谈起这样一件事：为感谢省市民主党派人士对自贡市的关心和贡献，自贡市委、市政府正在组织修建一座“风雨同舟”纪念亭，一位民主党派人士早已深情地为纪念亭撰好了楹联：

大道相勉，大节相关，故能肝胆映结；

方针共明，方舟共济，何惧风雨如磐。

（原载1997年3月5日《经济日报》）

建多高的大楼迎接新世纪

在政协小组讨论会上，全国政协经济委员会常务副主任马仪发言时提起这样一件事：他到一个刚刚搞了县改市的地方视察，市领导自豪地介绍，他们正在筹建21层的市政府行政大楼，以迎接即将到来的21世纪。

让马委员感到难以理解的是，这个市的经济基础并不雄厚，特别是一些企业经营困难。政府有那么多的急事、难事要办，何必急于盖一栋与经济发展水平并不相称的行政大楼呢？

马委员的提问引发了一阵热烈的议论。委员们说，日子刚刚好过一点，一些地方就刮起了讲排场、比阔气之风。楼堂馆所越盖越高，部门之间相互攀比。如此攀比下去，国力能够承受吗？

建多高的大楼迎接新世纪，这确实是一个值得深思的问题。其实，在李鹏总理的政府工作报告中，对此已经作出了回答。报告指出，我国是一个发展中国家，要靠长期艰苦奋斗才能改变面貌……必须大力发扬勤俭建国，勤俭办一切事业的优良传统，这是加强精神文明建设的重要内容，也是推进现代化建设的重要保证。

我们的城市当然不能没有高楼大厦。一个地方也可以有个别较为气派的标志性建筑。如果国力允许，如果资金充裕，完全可以把房子盖好一点，大门修高一点。问题在于，我们还属于发展中国家，我们还处于“初级阶段”，经济发展还不平衡，扶贫攻坚的任务还很艰巨，我们有什么理由追求不切实际的气派和浮华，有什么理由搞盲目攀比，搞铺张浪费呢？

有委员感叹，盲目发展楼堂馆所，是资源的极大浪费。取消一个所谓的“标志”项目，能办多少所希望小学啊！

吴敬琏委员在发言中介绍了另外一幢大楼——珠海巨人智能大厦的故事。由颇具实力的民营企业巨人公司筹建的这座大厦最初设计不过20余层，由于筹建过程中头脑一热再热，设计一改再改，最后搞到70层。不料论证有误，大厦坐落在断裂带上，筹集的巨额建设资金仅仅打了个地基。

在中国巨人阔步走向新世纪的时候，但愿人们能够记取珠海“巨人”的教训。

（原载1997年3月5日《经济日报》）

政协委员什么级

在京燕饭店几个小组的讨论会上，都听到人们提起“政协委员什么级”的话题。

社科组孙执中委员说，他到日本访问，别人问他：“你这个政协委员什么级啊？是参议员吗？”他答不上来。

经济组一位委员说，政协委员到基层视察，按什么级别接待可是件让地方伤脑筋的事。最后一般是看委员的实职，“对等”接待。

还有委员说，政协委员的级别是个谜。说它低吧，要参与协商国家大事；说它高吧，委员要搞个调研、考察什么的，经费常常没有着落。

政协的全称叫“中国人民政治协商会议第×届全国委员会”。既然是委员会制，自然是一人一票，人人平等。齐世荣委员说，委员就是委员。这里没什么部长副部长、教授副教授。他认为应该淡化委员的“级别意识”。

其实，委员们并不在意“政协委员什么级”的问题。之所以提起这个话题，是因为“委员无级别”的事实与社会上处处习惯于“讲级论职”的现实常常造成一些令人尴尬的小冲突，让人哭笑不得。

其实，政协委员又都是有级别的。在这个人才济济的“大家庭”中，有地方领导，部门首长；有学界泰斗，科技精英；有文坛宿将，艺苑名流……有人开玩笑：如果“加权平均”一下的话，政协委员大约不低于司局级。但不论官有多高，名有多大，委员们的名片上，常常是把“全国政协委员”的字样印在众多职衔的头一行。会里会外，委员们相互间也都以“×委员”相称，透着尊重，也透着亲热。

《人民政协报》作为委员自己的报纸，想必最能体会委员们的心情。所以在政协报上，2000多个委员共用一个衔——“全国政协委员”。

记者最能感受“级别意识”的淡化给采访带来的便利了。一个上午采访了四位省部级领导，其中只有一位习惯性地提道，“先跟我秘书联系一下吧”。想想平日里联系省长、部长时那个费劲，自然就有一种庆幸。

因为委员无级别，所以政协的小组讨论总是那么火爆。没那么多的起承转合，没那么多的瞻前顾后。实话实说，有话就说。

因为委员无级别，所以能听到各个方面的声音，能听到社会不同层面的想法。有人在为加快社会保障体系的建设搞系统设计，也有人反映邻居医药费不能报销的问题。

“政协委员什么级”确实是个问题，但这个问题还是不要去解决的好。我想，这不仅仅是上会采访的记者们的希望。

（原载1997年3月8日《经济日报》）

从一亿吨起步

悄然间，我国钢产量突破一亿吨，已居世界首位。

这些年来，中国的各种“世界第一”多起来了。在众多的“世界第一”中增加了一块钢，没有引起人们特别的注意，甚至各大报纸都没把这条消息放到头条的位置上。然而，“过来人”的感受就大为不同。政协委员、昌宁集团总裁石山麟在小组讨论发言时回忆到，20世纪50年代提出“超英赶美”，四大指标中钢居首席，叫作“钢铁元帅要升帐”，那时候谁能想到今天我们真的实现了超英赶美，夺了个“世界第一”呢。

其实，那会儿的目标不过1070万吨，结果砸锅卖铁也未能如愿。到改革开放的初期，我国钢产量也才3000万吨左右。这些年闷声不响往前干，钢产量每年都增加好几百万吨，很快就上来了。

毋庸置疑，一亿吨钢是个了不起的成就。这是中国步入钢铁大国、综合国力不断增强的标志。钢铁工业战线的人们完全有理由为此自豪。然而，在采访几位来自钢铁行业的委员时，记者也听到了这样一个告诫：一亿吨钢也意味着钢铁工业走到了稳定规模、调整结构、提高水平的转折点。今天的钢铁工业，要从一亿吨起步。

本溪钢铁公司高级顾问张文达委员说，钢铁大国不等于钢铁强国。在为一亿吨欢呼的时候，还要看到，我们的品种、质量、消耗、成本、效率等指标与世界先进水平比，还有相当大的差距。我们的技术水平、装备水平还不高，相当一批企业靠的是粗放经营、人海战术。钢铁工业的规模上来了，但技术进步的路还很长，提高效益的路还很长，企业改革的路还很长。可以说，“两个转变”刚刚起步。

来自首钢集团的赵长白委员说，过去钢铁企业的发展是以扩大规模为目标的。有100万吨，就想着300万吨；搞到300万吨，又想着500万吨。现在一亿吨钢在手，片面追求规模的路子不能走了。在实现一定规模之后，关键是要精耕细作。农业这几年耕地面积减少，但产量并未减少，这就是精耕细作的结果。钢铁企业的紧迫课题是把内部管理搞好，把品种结构调整好，把经济效益搞上去，而不是随便地铺摊子、上规模。这是一个艰难的转变，也是新的开端。

两会期间，冶金部部长刘淇也在记者招待会上宣布，明年在产量上将不提过高要求，就是要使企业从过去的重视产量，进一步转到重视质量和效益的轨道上来。

“从一亿吨起步”，这个令局外人惊奇的提法却是钢铁行业“局内人”的共识。有了这种共识，中国步入钢铁强国的日子相信不会太远。

对于其他产业来说，是不是同样有一个重新起步的问题呢？

（原载1997年3月11日《经济日报》）

有感于瞿弦和委员的“四要”

政协文艺界的小组讨论很是火热，时有惊人之语，令人过耳难忘。你听，中国煤炭文工团团长瞿弦和的发言又有高论。他希望文艺界的同人们要讲“四要”，就是要追求艺术，要相互补台，要多种流派，要彼此理解。

瞿委员谈的是文艺界的情况，相信是有感而发。确实，即使是局外人，也能感觉到这几年文艺界纷争不断。远的有现代文学史的“座次”之争，有“二王二张”的理念之争，眼跟前又有个“《马桥词典》是否抄袭”的指证与反指证。常见的情况是，先是作家与批评家观点相左，接着批评家自己又“窝里斗”起来。剪不断，理还乱。

党的文艺政策是“百花齐放、百家争鸣”，自然是鼓励不同流派发展，提倡不同意见交锋。然而，眼下沸沸扬扬的各种“笔墨官司”都是有益的、必要的吗？其中是否混杂着一些个人意气、宗派观念、门阀之见呢？不少委员感到，瞿委员对“四要”的强调可谓语重心长。

其实，跳出文艺圈子，瞿委员的“四要”对其他行业的人也不无启迪。

在不少地方和单位，都能看到这种现象：单位不大，纠纷不少；工作不多，意见不少；干活儿的人不多，吃俸禄的人不少；想事业的人不多，看笑话的人不少。结果人与人之间多了隔阂，少了理解。

大到一个民族，小到一个班组，要想有所发展，有所作为，有所前进，没有比凝聚人心、形成合力更重要的了。人心齐，泰山也能移嘛！“四要”的说法虽然是就文艺界而言的，但揭示的正是凝聚人心之道。无论是文艺界、企业界还是别的什么地方，只要追求事业的人多起来，相互补台、彼此理解的人多起来，就完全能够形成团结稳定鼓劲的大气候，就没有什么克服不了的困难、过不去的坎儿。

在参加文艺、教育、政协特邀组联组讨论时，李瑞环主席讲了一段意味深长的话：历史是公正，也是无情的，历史留给每个人的时间是有限的。在有限的时间里干点什么？对作家艺术家来讲，就是多留下一些经得起后人评说的好作品。他希望文艺界经过一些风风雨雨，积累了宝贵经验，更加珍惜当前来之不易的团结稳定的局面。

这当然不仅仅是对文艺界委员们的期望。

（原载1997年3月12日《经济日报》）

哈佛看得到《经济日报》吗

记者视熊性美教授为朋友。熊教授视《经济日报》为朋友。

熊教授是从哈佛大学匆匆赶回来参加政协会的，他在那儿有一个研究项目。一见面，他给我提了一个意想不到的问题：为什么在哈佛看不到《经济日报》?

作为南开大学国际经济研究所的执行所长，熊委员一直把《经济日报》作为他了解经济形势、搜集研究资料的重要来源。

“给你们的老总提个建议，能不能花点钱，给正在海外学习的未来的经济学家寄赠一些《经济日报》? 我一到哈佛就找《经济日报》，哈佛30多个图书馆我都去过了，找不到。中文图书最齐全的是哈佛燕京图书馆，那里能看到我们的《南开学报》，但看不到你们的《经济日报》。海外学人渴望了解国内经济建设的情况，但这些在当地舆论上是找不到的。在国外工作一段时间，我很有感触，国内这么巨大的变化，这么好的形势，却没有很好地宣传介绍出去。你们搞新闻的，完全可以多做点工作。要不要给你们开一些有影响的图书馆单子，把我们的报纸给他们送去，花点钱也值嘛！”熊教授语之殷殷。

我理解熊教授的感受。他的话让我想起了刚刚看过的一本颇为畅销又不失严谨的书：《妖魔化中国的背后》。几位中国记者和学者在书中展现了美国主流舆论以他们的偏见和敌视勾画出的“妖魔化”的中国形象。海外华人在对这种偏见和敌视表示愤慨的同时，渴望更多地听到来自祖国的声音，希望了解一个真实的中国。

中国在大步走向世界。国人在开放中睁大了眼睛，如饥似渴地了解、学习我们曾经熟悉或不太熟悉的事物。然而，在我们走向世界、了解世界的同时，如何让世界更多地了解中国、理解中国，同样是我们面临的艰巨课题。唯有事实才能消除一些人根深蒂固的偏见，而不少人访美归来的感觉是，一个中国中学生知道的美国远比一个美国资深记者了解的中国要丰富得多。

熊教授向大会提交了一份书面发言，题目是《关于做好在外留学人员工作的几点建议》，建议之一就是要充分发挥新闻媒体和其他宣传手段的作用，让海外留学人员及时了解国内发展的动态。

我对熊教授说：一定把他的希望带回报社去。但愿他再赴哈佛的时候，能够及时读到他喜爱的《经济日报》。

（原载1997年3月13日《经济日报》）

《哈佛看得到〈经济日报〉吗》续闻

今年两会期间，记者有感于海外华人渴望了解国内建设情况的心情及一些美国人对中国情况缺乏了解的现实，根据对南开大学教授熊性美先生的采访，写过一篇题为《哈佛看得到〈经济日报〉吗》的短文（见3月13日本报《两会特刊》一版）。因为是随感性的文字，也就没有跟踪报道的意思。

不想却有读者惦记着这个话题。两会后，陆续有读者问：“哈佛看《经济日报》的问题解决了吗？”

记者于是了解了有关情况，写下这篇“续闻”。

一、一封寄自哈佛的来信

或许是熊教授的疏忽，其实哈佛是能看到《经济日报》的。感谢正在哈佛做访问学者的王逸舟先生的来信，指正了这个错误。

来信不长，抄录如下：

“看到您在‘两会’期间在《经济日报》上撰写的一系列随想录，很有启发。

“不过，这两天我见到您的《哈佛看得到〈经济日报〉吗》一文，觉得不妥：实际上，哈佛这边见得到，而且在著名的费正清东亚中心图书馆（简称‘费正清中心’），《经济日报》就赫然摆在中文报架上，它还是几份中文报纸中（《人民日报》《解放军报》等）来得最快的一份（仅三五天后这边便能收到）。”这里的管理员兰西小姐告诉我，从1987年起，费正清中心已连续十年阅读了《经济日报》。（每年订费575元）

“记者责任重，影响大，好记者尤其如此。但愿‘哈佛见不到《经济日报》’的话题不会再出现在您的笔下。”

尽管王先生指出了记者的错误，但我还是很高兴，因为哈佛的中外学子们能看到《经济日报》毕竟是个好消息。

二、境外读者如何订《经济日报》

哈佛能订到《经济日报》，别的地方当然也能订到。尽管与国内比起来订报费用贵了一些。

据本报发行部的同志介绍，《经济日报》在国外的发行，委托中国国际图书贸易总公司中文书刊出口部统一办理订阅手续，国外发行代号为D474。据介绍，境外读者的订费是由该公司根据与读者所在地区的距离及投递方式（平邮或空邮）决定的。

三、如何在互联网上看《经济日报》

对于国际互联网的用户来说，看《经济日报》有一个更方便的途径：上网看报。本报信息中心的同志介绍，本报通过电子工业部所属易迈公司主办的中国电子报刊联机服务中心，每天将本报当天见报的全部新闻稿传送到国际互联网（internet）上，世界各地的读者都可以通过计算机联网查阅。

（原载1997年4月29日《经济日报》）

老马的老话儿

政协26组有两位委员姓马，一位是被称作“马老”的全国政协经济委员会常务副主任马仪，另一位是原中央财经领导小组副秘书长马祖彭，人称“老马”。

小组会上，马老讲完老马讲。老马自谦：说几句老话儿。

“这一段时间大家都在讲‘软着陆’这个词儿。什么叫‘硬着陆’？就好比飞机往下降，着陆很好，但振动大，有危险。‘软着陆’就好比是热气球慢慢飘落下来，回落周期长，但振幅小。我们成功实现了‘软着陆’，当然是了不起的成绩。但要知道，飞行器要受气流的影响，比起飞机来，热气球受气流的影响大得多。如果热气球遇上热气流，呼啦一下又上去了。

“用老话儿讲，历史的经验值得注意。从过去看，每当形势大好、农业丰收、物价稳定的时候，就容易折腾起来。计划经济时期的热首先是上面热，自上而下，还比较好调整。而现在要热的话，是各方面一块儿热，调整起来很难。1993年热的时候，各地都在那儿冲啊，控制得住吗？闸门让大家给冲垮了。经过3年的调控，我们实现了‘软着陆’，但宏观经济的稳定并不是很巩固，大商场、大饭店不是还在热吗？物价涨幅下降了，但深层次的问题并没有完全解决，抑制通货膨胀的任务放松不得。

“越是形势大好，越要当心折腾。就怕脑瓜发热。我们宁可把问题看得重一点，不要过于乐观。”这是老马诚挚的告诫。

老马的担心看来不是过虑。从代表委员反映的情况看，从新闻媒介的报道看，一些地方依然摆出大干快上的架势，追求速度的热情并没有降下来。一些同志不是在改革体制、转变增长方式上找出路，而是忙于跑项目、要资金、铺摊子，把发展的希望寄托在外延的扩张上。不少委员担心，“软着陆”之后，特别要防止急于翻番、急于赶超的情绪。

老马识途。多听听“过来人”的老话儿，有好处。老话儿能让我们记起曾经走过的弯路，能让我们头脑冷静一些，目光远大一些，步子更稳当一些。

（原载1997年3月14日《经济日报》）

为了“腾飞”　更要“奋斗”

在向政协大会提交的书面发言中，范康委员讲了一件有意思的小事。一位已届耄耋之年的老将军应邀为某单位题词，秘书代拟了两个字：腾飞。将军想了想，挥毫写下了两个有力的大字——奋斗。

把“腾飞”换成“奋斗”，老人有深意存焉。作为对中国社会主义现代化事业突飞猛进、不断发展的一种比拟，作为对我们实现跨世纪宏伟蓝图的希冀和祝愿，“腾飞”二字生动、形象，应该说没错儿。然而，“腾飞”讲得多了，就怕给人们一种幻觉，感觉我们是真的飞起来了，已经很了不起了，甚至可以歇一歇了。而中华民族的腾飞是一个长期的历史过程，真正的“腾飞”离我们还有相当的距离。从这个意义上说，多想想“奋斗”，多讲讲“奋斗”，把人们的精力引导到“奋斗”上来，确实更有意义。

为了“腾飞”，毋忘“奋斗”；为了“腾飞”，更要“奋斗”。在先期举行的政协闭幕会上，李瑞环主席的讲话就是以团结奋斗、埋头苦干为主题的。记者和委员注意到，在这篇不长的讲话中，7次讲到“奋斗”，16次讲到“苦干”，委员们为此报以10余次热烈的掌声。

从老将军的题词到政协大会上的掌声，贯穿着同样的精神，体现了共同的心愿。我们必须团结奋斗、埋头苦干，是因为在这个竞争激烈的世界，我们曾经错过了机遇，不能再有丝毫的耽误了；我们只能团结奋斗、埋头苦干，是因为尽管形势很好，但我们还面临着一些矛盾和问题，解决起来不可能一蹴而就、迎刃而解；我们要大力提倡团结奋斗、埋头苦干的精神，是因为在一些地方和部门还确实存在着浮躁虚华的风气，确有一些人逐渐淡忘了艰苦奋斗的本色。而“没有埋头苦干，一切无从谈起”。

走过人民大会堂的石阶，总给人一种凝重的历史感。“我们这一代人也是历史发展过程中的一段，也有一个上对祖先、下对子孙交代的问题。今天我们评价历史，将来历史也会评价我们。只要我们多想想这些，还有什么一己私利不可以割舍，还有什么个人恩怨不可以超越，还有什么缺点毛病不可以抛弃！”契合人们心境的一席话，让人入耳难忘。

是啊，没有奋斗，哪有今天？唯有奋斗，才能无愧明天。

（原载1997年3月14日《经济日报》）

熊教授三问乐凯

作为编辑，我曾编发过一篇题为《假如没有乐凯》的文章，反响可谓强烈。于是对有关乐凯的话题也就格外留意。

作为在两会上采访的记者，又时常听人提起乐凯。谈起国产名牌的进步，谈到在改革开放中振兴民族工业的必要性，谈起倾销与反倾销的斗争，甚至说起“水货”冲击市场的危害，都有人以乐凯为例，拿乐凯举证。

如果乐凯人知道两会上有这么多“知音”，一定会高兴的。然而且慢，关于乐凯的话题并不都令乐凯人听着顺耳。

“我看过有关乐凯的报道，想请你给乐凯人捎三句话。”南开大学教授熊性美委员对记者说。

“第一句话，平心而论，乐凯的质量真的与国外产品没差别吗？我问过一些扩印点，人家都不这么看。那些技术指标我说不上来，差距虽然不大，但还是有的。小小彩卷也是高技术的结晶，有差距不可怕，就怕我们看不到差距，不承认差距。

“第二句话，乐凯在国内市场受冷落，原因是中国的老百姓只认洋货吗？中国的消费者被假冒伪劣搞怕了，消费者的权益又得不到保障。国货失去市场，要从产品和服务质量上找原因，不能把责任推到消费者头上。价廉物美的东西，不信老百姓不认账。

“第三句话，当洋彩卷向中国市场大举进攻的时候，乐凯人除了诉诸舆论、争取同情之外，有切合实际的发展目标、营销战略吗？至少作为一个消费者，我感觉不到。兵来将挡，水来土掩。别人打进了家门，自己总不能无动于衷吧。”

尽管我很关注有关乐凯的各种报道，但对熊教授的“三问”还真答不上来。记者们似乎说的都是些大同小异的意思。其实，我也有些纳闷儿，当满大街张着柯达的洋伞、飘着富士的彩旗时，怎么就见不着我们的乐凯呢？翻开报纸，打开电视，也很难找到乐凯的身影。乐凯人总不至于以为，因为我是国货，所以消费者非买我不可吧。

如果以为熊教授是保护民族工业的“反对派”，那就错了。连着三年，熊教授向大会提交的书面发言都是以保护民族工业为主题的。熊教授的话或许不够委婉，但显然，这是因为爱之太深。

中国有“扶不起来的阿斗”之说。阿斗不智，诸葛亮也只有徒唤奈何。今天，当越来越多的“诸葛亮”为保护和扶持民族工业鼓与呼的时候，我们当然希望扶起一批有国际竞争力的中国名牌，而不希望扶出一片无所作为的“阿斗”。

我想，乐凯是有希望的。乐凯的希望不仅在于舆论的同情，政府的扶持，更在于乐凯人的自省、自警和立足自身的顽强奋斗。

（原载1997年3月17日《中国青年报》）

来辉武“姓”什么

来辉武当然姓来。追溯来姓的来历，他还与记者认了个老乡。他祖籍湖北郧西县的来家村，一百多年前祖辈逃荒来到陕西。

记者本来是把来辉武委员视作非公有制经济的代表人物采访的。不想直到采访结束，记者还没有搞清楚来辉武的505集团到底姓“公”还是姓“私”。

把来辉武看作非公有制经济的代表自有道理。505集团从无到有，白手起家，靠的是来辉武的发明成果和苦心经营，并没有要国家的一分钱投入，按照“谁投资、谁所有”的原则，来辉武的产业应该属于“私”（私营）字头、“民”（民营）字头企业。但限于当时的历史条件，创业之初，505集团的主体企业中国咸阳保健品厂也找了一个挂靠单位，注册的是全民企业。

505集团发展到今天，来辉武自己也搞不清到底姓什么了，他戏称今天的505集团实行的是“一企三制”：九家下属企业既有全民的，也有集体的，还有股份制的。当一些民营企业竞相摘下“红帽子”的时候，有人劝他仿而效之，他却回答：把企业划给我个人能干什么，这么大的产业你能拿走吗？“一企三制”能把各种所有制的优势结合起来，不是更好吗？

对记者“姓什么”的反复探究，来辉武颇不以为然。“你们记者有个毛病，一开口就要问姓‘公’还是姓‘私’，似乎企业的所有制问题不搞清楚，报道就没法写了。企业就是企业，只要守法经营，照章纳税，就都是平等的，没有什么高低、贵贱、优劣之分。你们新闻界要在转变观念上多做点文章。记者的采访习惯也该改一改了。”

尽管没有搞清楚来辉武姓什么的问题，记者仍然感到获益匪浅。确实，在多种所有制经济共同发展的今天，过分看重企业的所有制性质，没有必要也没有好处，党的十五大提出调整所有制结构，探索公有制的多种实现形式的艰巨任务，但我们的观念往往还不适应，旧思维的惯性还常常左右着我们，包括记者的采访方式。感谢来委员为记者上了一课。

当然，需要转变的不仅仅是记者的采访方式。

（原载1998年3月5日《经济日报》）

“今天”与“昨天”有什么不一样

在政协会上采访，常听委员提到这样一个固定词组：“在党的十五大召开之后的今天”。

万鄂湘委员对记者说：在中共十五大召开之后的今天，如果我们仍然不清楚“依法治国”的内涵，怎能尽快实现建设社会主义法治国家的目标？

吴敬琏委员说：在党的十五大召开之后的今天，国企改革上的问题不要再争论了，因为党的十五大为国企改革和发展打开了所有的大门。

在经济组的小组会上，几位委员集中谈起了“在党的十五大召开之后的今天，如何看待非公有制经济”的问题。周晋峰委员说，党的十五大之后，非公有制经济发展很快，已经走到了政策的前面；尹明善委员说，政府工作报告中三处提到了非公有制经济发展的问题，但还有一些人把非公有制经济看成“补充”，提不到相应的位置；蔡继明委员提出，在发展公有制经济的问题上，要把思想统一到党的十五大精神上来，按党的十五大精神说话、办事。

委员们强调的“今天”，是与党的十五大召开之前的“昨天”相区别的。“今天”与“昨天”相隔还不到半年，但在委员看来，“今天”确实与“昨天”有些不一样了。把昨天常说的一些话拿到今天来，就让人觉得有些不是滋味，不合时宜。如果我们的思想观念还停留在昨天的水平上，我们就难以适应今天的形势，难以实现明天的目标。

“今天”与“昨天”不一样，是因为经过党的十五大，我们党的旗帜更鲜明，路线更坚定，领导更坚强，我们没有理由徘徊观望；

“今天”与“昨天”不一样，是因为国有企业改革和发展的方向已明，路数已清，渠道已通，我们没有理由丧失信心；

“今天”与“昨天”不一样，是因为以公有制为主体、多种所有制经济共同发展已经成为初级阶段的基本经济制度，调整和完善所有制结构的任务艰巨，我们没有理由怀疑甚至退缩……

尽管记者参加过党的十五大的采访，也为贯彻落实党的十五大精神写过一些文章，但听着委员们的发言，也感到自己的思想观念有些跟不上趟了。不是记者不努力，而是形势发展快。党的十五大开创的进一步解放思想的进程没有止步，也不会止步。

于是，采访归来，记者的第一件事就是找出江泽民同志在党的十五大上的报告，重新认真读起来。

（原载1998年3月9日《经济日报》）

张果喜并不神秘

虽然与张果喜住在同一家饭店，但记者并没有动过采访他的念头，因为在印象中，张果喜是一个显眼且有些神秘的人物。太空中飘着一颗以他的名字命名的小行星，其显眼自不必说；说他神秘，是因为他极少在公开场合曝光，且一般不接受媒体的采访。

不想一日午休时间，有委员突然闯进房间，记者一看，正是“神秘的”张果喜。既然送上门来，少不得聊上几句。

20多年前凭借自己的4100元钱起家，今天的果喜实业集团公司下辖21家像模像样的企业，经营领域由原来的单一工艺品生产发展到汽车配件、化工产品、服装机械、进出口贸易等多种领域，上海桑塔纳车上就有11种零部件是由果喜集团生产的，海南三亚有他投资兴建的四星级酒店。20年的艰苦创业，张果喜只用一句话带过：“发展还算平稳。”

记者说出了自己对他的“印象”，张果喜如此解释：“我是办实业的，这些年含辛茹苦，孜孜以求，就是想做点事儿，私营企业没有级别可依，也没有后台可靠，根子还在实业上。今天你的事业兴旺，别人高看你一眼，自己却不能飘飘然。我不爱到那些热热闹闹的场合掺和，一是因为这几年为跑业务，大部分时间在国外待着；二是因为觉得把精力耗费在那些无谓的事情上，不值当。当然我每年也会找个机会露露面，为的是向关心我的人报个平安——张果喜还健在。”

张果喜是在改革初期出头露脸的，当年与他齐名的“风云人物”如今数不出几个了。但张果喜不仅健在，还活得很好。他并不一概拒绝记者的采访，还喜欢和一些谈得来的新闻界朋友“侃大山”，谈到兴奋处就会张罗着去“喝两口”，且常有“喝高了”的时候，因为他的坦诚、质朴，因为他偶尔露出几丝孩子气，也因为他的名字挂在天上，所以朋友们送他一个名号——“外星人”。

后来听张果喜在小组会上发言，他没有历数历年的产值、税收和各种捐赠，也没有放言何时打倒麦当劳、超越迪士尼、挑战比尔·盖茨、跨进500强，他说他是改革开放的受益者，是邓小平理论的受益者，他希望党的十五大关于发展非公有制经济的精神能够落到实处。他的话不多，却让大家记得住。

张果喜并不神秘，但我希望他继续保持过去那种“神秘感”。那神秘感的背后，是难得的一颗平常心。

（原载1998年3月10日《经济日报》）

该出手时缓出手

李文治委员快人快语。听他讲话，嗓门大，气势足，痛快。

不过这痛快的感觉是记者在会下找到的。李委员是甘肃省经贸委主任，又是新委员，他说这次想多听一听，找找感觉，所以小组讨论时很少发言。

没发言不等于没想法。谈起中西部发展、谈起国企改革，李委员慷慨激昂，不乏新见。而给我印象最深的是他关于“改了机构改什么”的一番宏论：“政府不管企业有好处，多年的实践证明，我们往往是管住人家，管死人家。问题是机构改了，我们的观念能适应吗？几千年的封建传统，几十年的计划经济，烙印太深刻了，脑子里一冒出来的就是旧观念、旧习惯。我有体会，在一个新事物面前，我们的第一个习惯反应常常是错误的。所以我对管经济工作的同志有个建议：该点头时别点头，该摇头时别摇头。那句‘该出手时就出手’的歌词我看该改一改了：该出手时缓出手。”

随着前一阵子“梁山好汉”大闹荧屏，今年春天最为人们耳熟的歌词就是这句“该出手时就出手”了。李委员一字之改，令记者深以为然。其实，乍听刘欢一声吼叫，我也觉得有些不对味儿。在今天这样一个转轨的时代，各种矛盾交织，浮躁之风弥漫，社会道德和法制观念远没有植根人心，我们缺乏的是各阶层的沟通与信任，需要的是全社会的理智与冷静，恰恰不需要“该出手时就出手”式的激情与冲动。“逼上梁山”的好汉们自然是“该出手”的，问题是今天的观众并不都能理解施耐庵所刻意揭示的社会背景。听说就有中学生看完电视问：那开肉铺的镇关西服务态度蛮不错嘛，鲁智深还要拳打脚踢，这不是无理取闹吗？

李文治委员不是存心与梁山好汉们唱反调，实在是有感而发。他说：“经贸委的工作就是搞协调，各个部门之间都守着自己那块权力，协调难度太大。有些领导从部门利益出发，轻轻一摇头，一些急着要办的事就被搁置起来。重复建设为什么屡禁不止？原因之一就是一些领导同志点头太快，你这一点头不要紧，几百万元、几千万元就算扔进去了。”

“该出手时缓出手”，李委员的建议值得我们深思。“缓出手”不是不出手，而是要谨思慎行，胆大心细。大到经济决策，小到人际关系，每临大事，应有静气。三思而后行，总比“闻风而盲动”来得妥当些。

（原载1998年3月12日《经济日报》）

品味登山的境界

新委员在分组讨论发言时，常有几句开场白，谈谈参加会议的感受。经济界一位女委员这样描述她的感受：“听了几天的会议，收获良多。如果把各位委员比作大山的话，我不过是一座小小的山丘。我很高兴能够处于这样的群山环绕之中。”

以山丘自喻，显然有自谦的意思，但把委员比作大山，把政协比作群山，这感受却也独特。这位委员的话让我想起艾丰委员的一首小赋，名字就叫《登山赋》。赋曰：“登小山，飘飘然；登大山，茫茫然；登深山，惶惶然。知然也。”虽只有20余字，但寓意深长。

《登山赋》本是艾丰委员的一则随感，讲的是做人的道理，他还曾为此写过一篇《“登山赋”解》。记者想起了这首小赋，却有着别样的理解。

登山的三种境界，不妨看作我国改革进程的三种境界。改革初期，农村“一包就灵”，城市“一放就活”，人民群众很快就看到了实惠，这是“登小山”，感觉正是“飘飘然”；当国有企业的改革进入议事日程，各项配套措施全面展开的时候，改革进入了“登大山”的阶段，山高了，路险了，前不着村，后不着店，不免就有些“茫茫然”；改革发展到今天，各种深层次的矛盾暴露出来，结构调整的压力加大，高速发展的动力减弱，我们突然发现身处群山之中，一山放过一山拦，竟有些“惶惶然”的感觉。

从“飘飘然”到“惶惶然”，尽管我们切身的感受越来越不自在了，但改革大业却实实在在地前进了。理解了“惶惶然”感觉的由来，我们就没有理由悲观失望。“惶惶然”的感觉并不可怕，相反，如果面对崇山峻岭，雄关漫道，依然有“飘飘然”之感，没有如履薄冰般的谨慎，没有克艰履险的坚韧，我们就可能为群山所困，错失深化改革、加快发展的良机。

对于勇敢的登山者来说，高山不可畏，深山何足惧。既临深山，焉有不入之理？不入深山，哪有“会当凌绝顶，一览众山小”的快意？不入深山，哪有“五岭逶迤腾细浪，乌蒙磅礴走泥丸”的豪迈？不入深山，哪有“山重水复疑无路，柳暗花明又一村”的顿悟？

记者冒昧，为《登山赋》作如此新解，不知艾丰委员以为然否？

（原载1998年3月15日《经济日报》）

“灰色收入”与“四次分配”

徐永光的名字是与希望工程联系在一起的。记者采访徐永光委员，本想请他谈谈有关希望工程的话题。

徐永光委员却不想谈这个题目，他说这个题目已经说得太多了。作为政协委员，他想和记者探讨一个社会热点话题：为什么有些人觉得“灰色收入”很合理?

这当然是一个有意思的题目。记者想起前不久看到的一则报道，某地一位副市长生病住了一回院，就收到二三十万元的各种“探望费”“补助费”。后来副市长因别的案子牵连出来，查处时还颇为“理直气壮”，认为这些不过是合理不合法的“灰色收入”。

徐永光刚从美国考察回来。他说：在美国听人谈起一种国民收入“四次分配”理论。第一次分配是市场行为，由市场机制进行分配；第二次分配是政府行为，国家通过税收和社会福利政策进行强制性分配；第三次分配是社会行为，通过一些非营利机构的社会活动，组织人们以自愿为基础通过捐赠等形式扶贫济困；第四次分配则指不正常的、非法的财产转移方式，比如：偷、抢、贪。包括我们所说的“黑色收入”和“灰色收入”，而在中国更主要体现为“灰色收入”。

记者于分配理论是外行，但总觉得这“四次分配”理论有些不对味儿。如此说来，偷、抢、贪之类恶行岂不成了社会必然的、正常的现象，这不是为坏人找到理论依据了吗?

听了记者的反问，徐永光笑了：“经济学家研究的是经济现象和行为，是非判断是道德家的事。‘四次分配’理论不是在为恶行寻找根据，恰恰为我们从制度上抑制恶行开辟了思路。第一次分配是最有效率的分配方式，但我们搞市场经济还不长，分配领域的改革尤为滞后，按劳分配尚不能完全做到，按要素分配只是刚刚破题；由于第一次分配不完善，不能为第二次分配提供必要的资源，所以政府要为发不出教师工资而尴尬；第三次分配毕竟只是一种补充，比如我们搞的希望工程。正是由于前三种分配方式的不完善，不发达，导致了第四次分配的畸形发达，所以人们才把不正常的‘灰色收入’视为正常、合理的东西。这当然是不正常的。而改变这种状况，除了加强监管、查处，更重要的还是发展、健全前三种分配方式。只有大开正门，才能堵死邪门。你说是不是这个理？”

是扬汤止沸，还是釜底抽薪？这是在反腐败问题上理论界争论不休的命题。看来，徐永光引进的“四次分配”理论，为“釜底抽薪”的呼声增加了新的理论依据。

（原载1998年3月16日《经济日报》）

看中国这幅油画

“这一年过得好吗？”当九届全国政协委员在北京“第二次握手”的时候，人们亲切地互致问候。在去年分别的时候，人们没想到1998年是如此的充满挑战，充满悬念，洋溢着悲壮与激情。

是的，这是极不平凡的一年。对此，每位委员都有着自己的切身感受。

把中国比作油画的是来自上海的翁祖泽委员。他说，如何看待一年来的成就，如何评价我国当前的经济形势，要像看油画那样去看。看油画有什么不同呢？油画不能站到近处看，近了一看，模模糊糊。懂得欣赏油画的人都要站远一点，远一点才能看出油画的妙处。站在远处看中国这幅油画，我们才能深刻领悟为什么说去年是极不平凡的一年，为什么说我们当前的经济形势总体上是好的。

怎样像看油画那样看中国？翁委员给记者举了个例子。他不久前接待了一位来自美国华尔街的华人投资者。他问这位女士，为什么在人们对亚洲经济普遍不乐观的时候来中国投资？这位女士回答：“我在美国对中国远距离地观察了五年。中国的通货膨胀率从20多个百分点降到了去年的1%左右，而与此同时，经济保持了高速发展的势头。去年在全球经济普遍不景气的情况下，中国仍然实现了7.8%的增长速度，这是多么了不起的成绩，世界上哪个国家能做到这一点？如此具有生机与活力的地方不投资，到哪儿去投资？”翁委员说，如果我们像这位女士一样，把中国经济放到世界经济的大背景中去比较，显然我们也将得出同样的结论。

翁委员观察形势的独特感受，不由让记者想起“不识庐山真面目，只缘身在此山中”的诗句。古诗所云，正是近处看油画的局限所在。当我们为身边的种种烦恼而忧心的时候，当我们为眼前的困难所困扰的时候，当我们由于暂时的挫折而丧失信心的时候，我们不妨跳出此山中，来寻真面目。

今天的中国，正是一幅色彩斑斓、气势磅礴的巨幅油画。近处看，线条可能有些扭曲，细部或许有点粗糙，但远处望，那火红的激情，那嫩绿的希望，那厚实的黄土，那飞扬的白云，所有这一切，构成了盎然生机，孕育着辉煌前景。

更重要的是，我们不仅仅是这幅巨作的欣赏者，又都是这幅巨作的创造者，每一个人都有责任为之增添几抹亮色。

（原载1999年3月3日《经济日报》，获第8届政协好新闻二等奖）

从来凯歌出艰难

“春风里，写新曲。图良谋，百年计。”（引自张道诚委员新词《满江红》）九届政协集一时才俊，多骚人雅士。这不，大会甫开，即有数位委员诗篇词作见诸报端。

委员诗词虽是即兴之作，却都是有感而发，值得玩味。比如范康委员的一首小诗就在不少委员中产生共鸣。诗是这样写的："从来凯歌出艰难，去岁文章富哲涵。伏虎降龙寻常事，险峰横亘走宽闲。"

当今天"高唱凯歌还"的时候，我们难以忘怀过去一年走过的极不平凡的历程。范康委员发出的"从来凯歌出艰难"的感叹，契合人们此时此地的心绪。诗中对"去岁文章"语焉未详，恰有楚庄委员的词作可作补充："新岁新春，万众瞩目，人大会堂。曾洪魔肆虐，狂澜力挽；金融风暴，化解得当。改革攻坚，村民自治，快斩走私振纪纲。最难得，经九八风雨，成绩辉煌！"读楚委员词作，如同眼前出现一幅幅激动人心的画面。

确实，不经历风雨，怎能见彩虹。从今年看去年，我们不仅获取了巨大的物质成就，同时积累了抵御金融风暴、迎接大自然挑战的宝贵经验，有了一套扩大内需、拉动经济的切实可行的政策措施，坚持下去，必见成效。经历去岁看今年，我们既不会盲目乐观，对可能出现的困难与矛盾缺乏足够的重视和准备，同时也不该妄自菲薄，失却迎接挑战、战胜困难的信心与勇气。

采访刘明善委员的时候，这位当年曾历经坎坷、如今又重铸辉煌的企业家给记者念了一首他自己写的小诗，题目叫《磨难歌》："命中注定磨难多，面对磨难笑呵呵。磨穿磨难奇功建，磨难谱写英雄歌。"诗虽不甚工整，却是作者达观人生、坚韧性格的真实写照。

中华民族是富有大无畏气概和韧性精神的民族。只要上下一心，团结奋斗，知难而进，我们完全有理由对不寻常的1999、对中国的跨世纪发展充满信心。尽管前进的道路上免不了还会有磨难曲折，有险峰横亘。请看楚庄委员词作的下阕：

"今年更不寻常，跨世纪全面进小康。会人民代表，共筹大计；建言献策，多党赞襄。法治国家，鸿猷大略，航向前瞻党中央。潮流急，有中华砥柱，屹立东方！"

（原载1999年3月5日《经济日报》）

想起雷锋的日子

离开雷锋的日子越来越久了。但在每一个春天的3月5日，人们仍然会想起雷锋的名字，想起那位不幸早逝的小伙子的憨厚形象。

依然有人在张罗着学雷锋活动，然而不时传来一些令人尴尬的信息。某地团组织组织青年志愿者到车站帮助旅客提行李，却没有几个人敢把行李交给他们；一位退伍回乡的青年在村里学雷锋做好事，却被关进了精神病院……难道我们与雷锋叔叔已经如此疏远了吗？学雷锋活动已经纯属多余了吗？

采访几位政协委员时，我们也谈起了雷锋。中美合资北京驰通工程咨询公司副总经理杨尊伟委员说：无论哪个社会都崇尚崇高的道德理想，无论哪个时代都有自己时代的楷模。雷锋所体现的高尚的道德精神不会过时，所以才会发生美国人把"雷锋"请进西点军校的故事。但雷锋精神的载体又有着那个时代的鲜明特征。如今搞市场经济，市场之手使人们的生活越来越便利，过去工人上门修电器就是学雷锋，如今谁也不会作如此联想。学雷锋重在精神，而不在于形式。做一些像雷锋当年一样的好事，在今天就不一定能为大多数人所理解。

学雷锋活动中的困惑，实际上反映了思想政治工作的困惑。一位当过十年大学校长的委员这样认为。他说：大学上政治课的时候，学生面前都摆着两本书，上面是政治课本，下面是别的什么。这样教育的结果，大学生3月5日摆摊子免费服务，6日就改成有偿的了。在市场经济的条件下，学雷锋学什么、怎样学值得思考。上海的徐虎以前免费上门服务，现在开了物业公司，收费了，但可以为更多的人服务，并且能够长期坚持下去，这应该看作一种进步。

假如雷锋还活着，会怎样呢？我向曾当选河南省十大杰出青年、全国水利系统科技英才、享受政府特殊津贴的青年水利专家张红武委员提出这样的问题。

假如雷锋还活着，他会喜欢今天的社会，他会更加热爱国力不断增强的中国。这是一个日渐开放、富裕，走向民主与法治的时代，是人民物质与精神文化生活水平显著提高的时代，雷锋没有理由不喜欢她。

假如雷锋还活着，他将是一个受人欢迎和受社会尊重的人。今天的人们遵循市场经济的规律，尊重金钱的力量，但同样拥有着超出物欲的精神追求，拥有着更为丰富多彩的理想世界；当人际关系日趋淡薄的时候，人们更需要、更珍惜温情与友爱；更渴望身边有更多雷锋式的好人。

假如雷锋还活着，只要他愿意，他完全能够适应今天的社会环境，融入当今时代的潮流，成为时代的弄潮儿、佼佼者。或许，他就是陈景润；或许，他就是张海迪；或许，他就是徐虎；或许，他就是李向群……

我打断张红武委员的话，插上一句：或许，他就是你。

（原载1999年3月5日《经济日报》）

从《焦点访谈》说到民主监督

张海迪委员说她看电视就看两个节目：一是《新闻联播》，二是《焦点访谈》。“特别是焦点访谈，一看，常常气得要命。桥垮了，路塌了，管这些事的干部干什么去了？要防止发生这类事情，法律的、社会的监督，包括政协组织的民主监督如何发挥作用？”

从《焦点访谈》说到政协的民主监督，张海迪委员希望强化政协的民主监督职能，希望政协委员切实行使民主监督的权力，为人民多做一点事情。

民主监督是人民政协的三大职能之一，也是政协大会上每年的议论热点之一。应该说，这些年政协在履行民主监督职能方面有了明显进展，政协提案、委员视察、反映社情民意等民主监督的形式和手段在不断丰富和完善。然而，如同叶选平副主席在政协常委会工作报告中指出的："政治协商、民主监督仍是我们工作中的薄弱环节。"如何切实强化民主监督职能，探索新形势下民主监督的有效方式，仍然是政协组织和政协委员们必须面对的重大课题。

在经济组的讨论中，尹明善委员比较了人大和政协在实行监督职能时的不同，认为要加强民主监督，看来不是一年两载的事，需要做长期的努力。

南开大学教授蔡继明委员认为舆论监督是民主监督的一种有效形式，但舆论监督对被监督对象没有直接的制约。为什么很多人怕上《焦点访谈》？一是电视媒介影响大；二是因为中央领导同志都看，看了就打电话。假如没有来自最高层的压力，《焦点访谈》也难以发挥如此重大的影响。

从民主监督又说到《焦点访谈》，蔡委员认为："问题在于，仅有一个《焦点访谈》是不够的。焦点访谈天天播，能管尽天下不平事吗？听说《焦点访谈》的读者来信每天都要用麻袋装。老百姓遇上什么别扭事，开口就是我们找《焦点访谈》去。《焦点访谈》如此受宠，正说明我们社会的监督手段还不丰富，渠道还不畅通。"

《焦点访谈》是成功的。《焦点访谈》的成功证明，我们的社会需要监督；我们的党政权力机关欢迎来自各个方面的监督；我们的监督能够发挥作用；而这种作用又是有益于稳定，有利于团结，有利于社会进步的。

随着社会主义民主与法治建设的不断推进，相信无论是政协的民主监督，还是新闻舆论监督，都大有可为。

（原载1999年3月6日《经济日报》）

调整之中有机遇

这是一个全球化的时代。饭店大堂里挂着一溜儿时钟标示着世界各地不同的时区，BP机里每天更新着人民币与各国货币的比价，而两会更是吸引了从各国赶来的不同肤色的记者，随时将他们感兴趣的信息传向世界的各个角落。

旁听代表、委员的讨论，谈起一年来的形势，人们几乎都是从亚洲金融危机的影响讲起；而展望今年的经济前景，又都要回到对金融危机后续影响的分析上来。

“全球化”，这个我们无法置之不理的东西，到底是个好东西，还是坏东西哩？自称是个“教书匠”的王林生委员是这样回答记者的：什么叫经济全球化？简单地说，就是各国在经济上相互联系更加密切，依存度更高。这种联系主要体现在三个方面：一是商品贸易；二是服务贸易；三是资本流动。现在全球直接投资每年以10%以上的速度增长，服务贸易特别是信息服务贸易发展很快。这就意味着生产要素在全球范围调整、配置的速度大大加快了。这正是经济全球化的物质基础。

既然全球化是客观趋势，我们就没有理由不理睬他，除非我们想回到自给自足的封闭时代。中国经济对国际经济的依存度提高了，有弊更有利。因为依存是相互的，你依存他，他也依存你。顺应而不是抗拒这种趋势，才能趋利避害，掌握主动。

去年全球经济得了“流行性感冒”，中国经济由于中央的英明调度而得以幸免。得过感冒的人都有体会，不管吃什么药，感冒不是一天两天就可以过去的。所谓“病去如抽丝”。治理金融危机亦如是。王林生委员介绍：世界贸易量增长20世纪90年代已出现三个高峰：1994年10%，1995年8%，1997年又是一个10%。短短几年间连续出现三个贸易高峰，当然不可能长久。高峰过后必是低谷。现在世界经济进入了90年代最后的调整期，国际经济处于谷底。对此，我们必须有足够的思想、政策和物质的准备。

调整固然是痛苦的，但调整中孕育着机遇。旧的产业衰退了，新的产业在成长。新陈代谢同样是经济生态发展变化的规律。世界经济调整给中国经济带来的挑战与机遇并存。关键在于我们能否迎接挑战，抓住机遇。如何抓住机遇？王林生委员的看法是：产业结构的升级换代到了刻不容缓的地步。去年全球石油价格平均下降30%，石油以外的初级产品下降15%，制成品价格下降不大，而高科技产品不跌反升。为什么台湾地区受危机的影响相对少一些？就是因为台湾地区的高科技产业抓得早，上得快。我们有雄厚的人才队伍，有较好的科研基础，只要切实解决好机制和体制的问题，完全可以把潜在的优势变成现实的优势，使产业结构上一个台阶。

打针吃药能治病，但最好还是不得病。抓好产业升级、优化结构、提高素质，正是增强中国经济的免疫力，抵御“流感”的固本强基之道。

（原载1999年3月8日《经济日报》）

千金散尽还复来

设想一下这样的场景：

两个老太太走进大观园。一个是中国人，就叫刘姥姥吧；另一个是外国人，就叫她路易丝吧。两个老太太都很高兴。为什么呢？

刘姥姥说：我辛辛苦苦攒了一辈子，昨天终于买下了一套新房，这可是我一辈子的愿望。

路易丝说：我辛辛苦苦干了一辈子，昨天终于把买房的最后一笔贷款还清了，这可是我住了半辈子的房啊！

两个老太太心愿得偿，都有理由高兴。但比较起来，刘姥姥的新房似乎来得太晚了些，不免令人高兴之余还有些悲哀。

坐在大观园酒店的客房里，佘健明委员为记者描述了这样一个场面。他想说明的是，刘姥姥与路易丝在住房消费上的不同态度，体现了不同国家消费观念的差异：中国人习惯于花过去的钱，外国人习惯于花未来的钱。

扩大内需，鼓励消费，是今年两会的热门话题。人们注意到，尽管鼓励消费的一系列政策措施相继出台，但消费市场依然平静如常，消费者依然捂紧了口袋。经济组叶宏明委员认为，当前在采取改善供给结构、拓宽消费领域等措施的同时，不能不看到，转变消费观念同样是当务之急。传统的高储蓄、节俭型的消费观是在自然经济基础上形成的，又在计划经济的短缺市场条件下被进一步强化。如今，卖方市场已成过去，但长期形成的消费观念以及政策导向、舆论环境还停留在过去的水平上，显然不能适应今天的经济发展水平和市场条件。

信贷消费作为发达国家常见的消费形式，为什么在中国难以推动呢？佘健明委员认为，这里有信贷消费政策出台晚且尚不完善的原因；有中国人传统上怕负债、不敢冒险的心理影响；还由于没有健全的社会保障体系，养老没有保障，人们预期支出偏高。消费观念又是与社会伦理道德观念相联系的。美国人把儿子养到18岁，就赶出家门让其自立；而中国人把儿子养大了，还要张罗着找媳妇、抱孙子，这样的支出预期可以说是没完没了。敢不敢花“未来的钱”，还取决于人们对未来经济发展的预期，预期好，就“敢赚钱，也敢花钱”，如果预期不好，当然只能捂紧口袋。

显然，要让刘姥姥们早日放心大胆地住上新房，还需要我们作出多方面的努力：一是保持经济的稳定发展，使人们对经济前景持有信心；二是建立健全社会保障体系，真正做到老有所养，解除后顾之忧；三是完善消费信贷政策，增加信贷品种，延长贷款期限，让人们有更大的选择余地。

生活在盛唐的大诗人李白写下了“天生我材必有用，千金散尽还复来”的诗句，但在当时这毕竟是一种理想，所以人们称之为“浪漫主义”。假如21世纪的某位中国诗人写下类似的诗句，或许我们只能称之为现实主义。

因为时代不同了，经济在发展，观念在变革。

（原载1999年3月9日《经济日报》）

唯有根深才能叶茂

就在两会召开的前几天，北京上演了一台“中国唐宋名篇音乐朗诵会”。那几天北京音乐厅可谓门庭若市，上至国家最高领导人，下到平头百姓，都对这项活动表现出强烈的兴趣，有报道形容音乐会的“火”，说是就差卖“挂票”了。

采访徐永光委员的时候，记者了解到，他主持的中国青少年发展基金会就参与主办了这场音乐会。而他们参与主办的目的之一，是要推介一项跨世纪的文化工程：“中华古诗文经典诵读工程”——有组织地推动少年儿童背诵经典古诗文，在背诵中熏陶人格，修养情操。

作为希望工程的发起人之一，徐永光这样解释他们的初衷：“一个民族，总要有一种凝聚全民族的精神支柱，而没有信仰的民族就不会有凝聚力，就不可能自立于今天的世界。如今一些年轻人在物质上可能是富有的，但精神上可能是一片空白。传统的东西他们没学会，西方的东西又学不会。没有传统文化的根，盲目去追求各种思潮，结果不是兼收并蓄，而是无所适从，这是一个很大的偏差。我们的传统文化中蕴含着许许多多的精华，要继承和发扬传统文化中健康向上的道德精神和人生信念，让新一代中国人能够站在五千年历史文化的基石上，面向世界，走向未来。”

弘扬中华民族优秀的传统文化，是近年来政协大会议论的热点话题之一。徐永光和他的同事们把委员们的呼吁一旦付诸实践，就得到了社会的热烈回应。“中国唐宋名篇音乐朗诵会”的成功就是一种证明，它证明市场经济条件下的今天，人们需要高雅健康的精神文化生活，证明中国传统文化精品在现代社会仍然具有着强大的感染力，证明植根于优秀传统文化基础上的现代文化产业前景可观，大有可为。

“文以载道，继往开来”，徐永光用这两句话来概括他们开展“古文诵读”活动的宗旨。继往是为了开来。承续五千年文明历史的中华民族，要创造新世纪的辉煌，就必须留住自己的根，深化自己的根。唯有根深，才能叶茂。

（原载1999年3月10日《经济日报》）

“跳龙门”的感觉

去年政协会上第一次采访张果喜，就闹了个笑话。他说他20多年前靠1400元钱起家。记者这样写了，登在报上却变成了4100元。也不清楚是哪个环节有意的修改或无意的疏忽。

今年再见张果喜，告诉他这个笑话。他却表示理解：今天的人们确实难以想象1400块如何能够起家，可那是1973年啊，比党的十一届三中全会还早6年。那时是为了生存，为了有口饭吃，谁会想到二十几年以后我们会聚在这里总结20年的辉煌哩！

当别人没有想到赚钱的时候，张果喜想到了，赚起来也容易；而当大家都想赚钱的时候，钱就不好赚了，再想赚大钱就得有先人一步的技术，有高人一筹的招数。6年前，张果喜看明白了这个道理，于是就像当年毅然辞职办厂一样，果断开始了他的第二次创业。6年来，先后自筹4亿多元资金，投资9大项目，每一个项目年利润目标都在2000万元以上。其中，去年年底启动的微型电机项目，用的是美国人的专利技术，聘的是加拿大的总经理，建成后将是同类产品中世界第三家大厂。

张果喜忘不了小时候听来的“小鲤鱼跳龙门”的故事。他想他自己就是那条不甘于浅水嬉戏的“小鲤鱼”，只要努力，总有一天会跳过龙门的。6年过去了，当年的余江工艺雕刻厂发展成今天的果喜实业集团有限公司。当年的“木雕大王”说他如今只管三件事：投资项目的选择；巨额资金的调配；高级人才的招聘。他总结自己赚钱的三种形态：过去是靠劳力赚钱，后来靠钱赚钱，如今是聘用高级技术人员靠知识赚钱。

抚今追昔，从自己的人生经历中张果喜委员得出自己的感悟：非公有制经济是随着时代发展而发育、成长、壮大的，过去个体私营经济确实是“补充”，而今天的非公有制经济正在迅速成长为国民经济的重要组织部分，党的十五大提出调整所有制结构的任务，这次人大“修宪”重新给非公有制经济定位，可谓“水到渠成”、顺时顺势之举。从“补充”到“重要组成部分”，这是实践发展的漫长一步，又是理论创新、法制完善的重大跨越。

正在海南建设的四星级宾馆计划于今年年底开业。张果喜说那是9个项目中的最后一个，也将是他成功实现第二次创业的标志。

到那时，我还真想去看看，跳过龙门之后，张果喜面对的是怎样一片新天地呢？

（原载1999年3月16日《经济日报》）

“常例”为何不灵了

依多年采访两会的经验推断，速度问题应该成为本次两会的一大热点。去年全国人民为“保八”付出了巨大的努力，7.8%的增长实属不易；今年提出的7%的目标又是近年来少见的一个偏低的指标，而且将指令性计划改成了指导性计划。然而，出乎记者的意料，在政协经济组，无论是采访委员还是旁听小组讨论，预先设想好的这些问题似乎没能引起委员们太大的兴致。

为什么“常例”不灵了呢？饭桌上遇到经济学家吴敬琏委员，记者连忙请教。不想吴委员的回答是：“难道这有什么奇怪吗？”

看记者一脸的疑惑，吴委员解释说：第一，把指令性计划改为指导性计划，正是搞市场经济的题中应有之义。我们都是主张完善市场经济体制的，一直呼吁不要搞指令性的速度指标。既然是市场经济，发展速度怎么可能是指令性的呢？政府提出这样一个指标，本质上是提供信息，让企业了解宏观经济的预期走势。这种预测完全可以随着经济情况的变化而修订。第二，去年在各地为“保八”竞相攀比速度的时候，很多委员都提出“保八情结要不得”。所以对7.8%的结果完全能够理解，怎么会有意见呢？第三，对于今年7%的预期，最早就是由政协经济委员会在去年11月《对当前经济形势的认识》报告中提出来的，可以说是中央采纳了我们的建议。为什么要赶在中央经济工作会议之前送上这个报告？就是因为当时看到在抗洪救灾胜利之后，一些同志头脑又有些发热，舆论又在炒高速度、高指标。我们不认为7%的预测偏低，何况作为一个预测值，高一点低一点，关系并不大。

速度指标没有成为经济组讨论的热点，并不意味着委员们不关心中国的经济增长问题。加快发展是人们的共同心愿。委员们的全部话题，都可以归结到如何实现国民经济的持续、快速、健康发展的主题上来。正是出于这样的愿望，我们不能再搞层层压指标的指令性计划了，不能再为各个地方攀比速度的竞赛加油鼓劲了。我们要有一个较高的发展速度，但这应该是有效益、没水分的速度。必须把抓经济工作的主要精力转移到效益上来，树立与市场经济相适应的速度效益观。

随着社会主义市场经济体制的逐步确立，两会热点在加速变迁。从这个意义上说，“常例”不灵，没有什么好奇怪的。

（原载1999年3月13日《经济日报》）

画“十五”这幅中国画

在两年前的政协九届二次会议上，记者就如何看待当时的形势采访了来自上海的翁祖泽委员。翁委员给记者打了一个生动的比喻：看形势要像欣赏油画一样，只有站在远处才能看出大势，领略其中的妙处。后来记者把翁委员的一席谈发表在报上，题目就叫《看中国这幅油画》。

再次见到翁委员，我们的话题自然是围绕着今年两会的主题审议“十五”计划展开的。奇思屡出的翁委员继续拿绘画作比：制订和实施“十五”计划，就好比是画一幅国画。

为什么把“十五”计划比作一幅国画呢？翁委员自有他的道理。

“十五”计划首先是一幅写意画。作为进入新世纪的第一个五年计划，作为实施现代化建设第三步战略部署的第一个五年计划，作为社会主义市场经济体制初步建立后的第一个五年计划，第十个五年计划无疑在中华民族的振兴史上具有着特殊的意义。随着“十五”计划的制订和实施，中国人民意气风发，豪情满怀，中华大地上奇花竞放，异彩纷呈，奋发的人民与壮美的景观相辉映，这不正是一幅瑰丽无比、撼人心魄的大写意吗？

“十五”计划同时又是一幅工笔画。翁委员说，过去我们搞经济建设，有点画油画的味道，求大势而不注意细节，求速度而不注重质量。现在我们已经成功实现了第二步战略目标，而与此同时，粗放型的发展道路也已经走到了尽头。从“九五”开始，我们就提出要实现从计划经济向市场经济、从粗放经营向集约经营的转变，但是真正实现这两个转变，“十五”是一个关键时期。今天，我们已经初步确立了社会主义市场经济体制，正因为是“初步”，所以还有许多不完善、不规范的地方。随着经济的发展和环境的变化，许多操作层面的问题不断暴露出来，需要我们由表及里，去粗取精，不断完善我们的游戏规则，从追求量的提高到实现质的跃进。这就要求我们如同画工笔画一样，注重细节，明确边界，精雕细刻。

看来，在翁委员心目中，“十五”计划不仅是一幅国画，而且是一幅亦工亦意、形神兼具的国画。其中既有大开大阖的浓墨重彩，又有细致入微的轻灵刻画；既有磅礴的气势，又不乏精彩的局部。而如何为这幅国画勾画出蓝图，谋好篇、布好局，铺好底色，正是出席两会的人大代表和政协委员肩负的共同责任，也是全国人民的共同期待。

（原载2001年3月4日《经济日报》）

【作品点评】

两会期间，一些代表和委员往往是奇思如水、妙语如珠，如何采撷过来演绎成文以供广大读者鉴赏，这就要看采编人员的素质和功力了。3月4日一版《画“十五”这幅中国画》就是这样一篇颇见功力的作品。一位政协委员把审议国家计划比作绘画，这已经是个很出奇的想法了。而把审议“十五”计划比作是绘制中国画，既有远景轮廓的写意，又有对改革与发展每一具体政策的精描细作，既是写意画又是工笔画，这种比喻是多么形象而又深刻啊！记者抓住这一点，写成800来字的短文，最后落脚到“如何为这幅国画勾画出蓝图，谋好篇、布好局，铺好底色，正是代表、委员的共同责任，也是全国人民的共同期待”。真可谓信手拈来，盎然成文。

（摘自经济日报内刊）

感受世纪第一春

时序交替，岁月有情。春天总是那么不期而至。尽管春天还会有寒流，还会刮沙暴，但春天毕竟就是春天。

自然界的每一个春天都是相似的。而对于人类来说，相似的春天却因为人们心境的不同而有了区别。

对于参加政协九届四次会议的委员们来说，这是一个什么样的春天呢？

来辉武委员说，他对这个春天最大的感受是“累”。因为在过去的一年中，宏观经济形势的好转使企业发展环境改善，他领导的505集团摊子铺得更大，速度提得更快，今年进一步提出了向多元化、现代化、国际化方向迈进的目标。他这个“当家的”生产科研一把抓、国内国外满世界跑，能不累吗？

梁沅凯委员提前好几天就赶到了北京，赶在会前处理一批业务。两年不见，作为上海浦东发展银行副行长的他，已经从老板变成了为股民服务的“打工仔”。在成千上万双期待与监督的眼神关照下，“打工仔”们能不忙起来吗？

对于深圳市副市长宋海来说，今年的春天无疑将在他的人生旅程上打下更深的印迹。前几天他还忙着到企业调研，与外商谈判，没想到一纸通知把他召到了北京，作为新增补的全国政协委员参加政协大会，他说他有些兴奋，有些新鲜，但更多地感到的却是诚惶诚恐，毕竟过去张罗的是一个城市的事，如今却要思考国家的大事了。

每一个委员都拥有着一个不平凡的春天。当他们在人民大会堂热情相聚的时候，当他们为两会的主题热烈切磋讨论的时候，他们更感受到，在这个不平凡的春天里召开的两会，具有着不平凡的意义。

“年年有今日，岁岁有新意。”而今年的两会具有着更多的新意。叶选平副主席在政协常委会工作报告中说：“新形势、新任务对人民政协工作提出了新的更高的要求。”委员们在讨论时又总结出了更多的“新”字：新世纪、新起点、新定位、新体制、新思路、新目标、新蓝图、新境界……

新世纪。这是进入新世纪后召开的第一次两会。

新步伐。这是在成功实现现代化建设第二步战略部署，开始向第三步战略目标迈进之际召开的两会。

新起点。这是新旧体制转换基本实现，社会主义市场经济体制初步确立之后召开的两会。

新蓝图。这是以总结“九五”成就，制订“十五”计划为主题的两会。

新境界。这是标志着中国人的生活从小康向富裕迈进的两会。

许许多多的“新”字表明，虽然今年的两会只是一次例会，却是一次并非寻常的例会。它将宣告旧体制使命的终结，奠定新体制成长的基石；它承载着“九五”的辉煌，又将开启“十五”的伟业；它浸润着中国百年历史的积淀，又昭示着中华民族新世纪的辉煌前程。

历史就是这样写就的。承前启后，继往开来。旧的一页已经翻过，新的一章正在开篇。在春天里相聚的人大代表和政协委员深刻明了他们的使命，这就是：为历史作结，为未来作序。

自称“累得够呛”的来辉武委员此次带来了涉及方方面面的九个提案。面对记者询问的目光，他解释说：“企业的事再忙再累也比不上商议国家大事重要呀，今年的两会可不同寻常。”

（原载2001年3月5日《经济日报》）

掂掂“一万亿”的分量

就在两会召开前夕，国家统计局正式发布了2000年国民经济和社会发展统计公报。公报确认，去年我国国内生产总值为89404亿元。这意味着按现行汇率折算，我国GDP已经突破1万亿美元大关。

无论是接受记者采访还是参加政协小组讨论，委员们谈起去年的成就，分析当前的形势，都不约而同地提到这个令人瞩目的“1万亿”。

有委员说，“1万亿”是我国社会主义现代化建设事业取得巨大成就、综合国力显著增强的标志。1952年国内生产总值只有679亿元，到“九五”末期，增长了100多倍。“九五”期间国内生产总值年均实际增长8.3%，世所罕见。经济的快速增长大大缩小了我们与发达国家的差距。据世界银行估算，我国经济总量已跃居世界第7位，仅排在美、日、德、法、英、意之后。

有委员说，“1万亿”是以江泽民同志为核心的党中央驾驭复杂局势、成功调控经济的见证。回头看看这几年我们走过的路，有风雨更有彩虹。曾几何时，国际上金融危机肆虐，国内通货紧缩之势显现，加上自然灾害的冲击，发展的道路并不平坦。面对错综复杂的国际国内环境，党中央审时度势，运筹帷幄，以改革求发展，以发展促稳定，扩大内需，调整结构，使经济发展在世纪之交出现重要转机，胜利完成“九五”计划。党中央一系列重大决策已被实践证明是完全正确的，党和政府调控宏观经济的艺术更为成熟与精湛了。

有委员说，“1万亿”是中国人从此过上小康日子，进而向富裕生活迈进的写照。“1万亿”意味着我国人均GDP超过800美元，整体上已从世界低收入国家行列跃入世界中下收入国家行列。

这不是一个冷冰冰的数字，而是与人民生活息息相关。它是五彩斑斓的服饰，是丰盈充实的粮仓，是鳞次栉比的高楼，是纵横交错的路网……

采访熊性美委员的时候，他告诉记者，他是在国外听到这则消息的，走在异国他乡的土地上，顿时感觉腰杆挺直了许多。作为研究国际贸易的专家，令熊委员尤其兴奋的是，突破“1万亿”之际，我国对外贸易跃上了一个新台阶。去年进出口总额达到4743亿美元，比上年增长31.5%。国家外汇储备由“八五”末的736亿美元增长到去年年末的1656亿美元，高居世界第二位。即使是在国外，也不难感受到“1万亿”的丰富内涵。过去的“地摊货”如今登堂入室，海尔等国内名牌也开始在国外设店建厂，“中国制造”

正日益显示出崭新的魅力。

掂掂“1万亿”的分量，我们有理由自豪；掂掂“1万亿”的分量，我们却没有理由骄傲。世界生产率科学院院士、中国社科院研究员李京文委员说，“1万亿”是一个了不起的成就，但人均起来只能排在世界第100位左右。对于中国这样的大国来说，相对于我们的现代化建设目标来说，“1万亿”只能看作一个新的起点。与世界上的发达国家相比，我们毕竟还差得很远。我们的路还长，面临的困难还很多，需要全国人民在党中央的领导下，团结稳定，居安思危，艰苦奋斗。“如果我们现在就骄傲了，那就危险了。没有隐忧就是最大的隐忧啊！”

（原载2001年3月6日《经济日报》）

舵手意识的生动体现

如果一个二十世纪五六十年代的经济工作者，或者是七八十年代的经济工作者拿到这样一份五年计划纲要，他会不相信自己的眼睛：计划可以这么做吗？“四大元帅”怎么一个也找不到了？

是的，计划可以这样做，而且只能这样做。因为这是社会主义市场经济框架基本确立之后制定的第一个国民经济和社会发展五年计划，经济环境的变化，体制基础的革新，政府职能的转换，决定了“十五”计划必然是一份全然不同于过去任何一个五年计划的五年计划。

翻翻《中华人民共和国国民经济和社会发展第十个五年计划纲要（草案）》（以下简称《纲要草案》），即使仅仅从字面上，也不难发现明显的变化。

数目字儿少了。过去的五年计划至少也有100多个各类指标，而“十五”计划纲要只有不到40个数目字儿。

在数目字儿中，绝对数少了，百分比多了。实物指标屈指可数，而更多的是对结构变化的要求。

在已经少得不能再少的数目字儿的前面，还普遍加上了一个限制词——“预期目标”。这意味着这些指标已经从指令性指标变成了指导性的指标，或者说是一种预测指标。

指标的变迁有着深刻的内涵。敏感的国外媒体也注意到其中蕴含的意义。日本《朝日新闻》发表的社论分析说：预测性指标“最终体现到五年计划中，清楚地表明了中国经济的重心正在进一步向‘市场’转移”。

数目字儿大幅减少了，却丝毫没有减少这份《纲要草案》的分量。相反，正因为“十五”计划注意区分了政府与市场的不同角色，在把相当多的指标交给市场去决定的同时，着力于对公共资源的配置和对政府行为的指导，因而凸显了计划的战略性、宏观性和政策性。从内容上看，《纲要草案》把主要篇幅放在应该由政府发挥主要作用的领域，如社会保障、基础设施、公共服务、科技教育、生态环境等，同时突出了事关当前和长远发展全局的重大问题，如农民增收、扩大就业、可持续发展等。中国社会科学院研究员张卓元委员认为，《纲要草案》内容上的这种变化，体现了市场的作用和政府职能的重大转变。随着社会主义市场经济体制的建立，政府职能要着力保持宏观经济的稳定，构造公平的竞争环境，实现经济和社会的可持续发展。

许多代表委员注意到，与过去比较，《纲要草案》另一个明显不同之处是增加了最后一篇，从七个方面明确了政府在《纲要草案》实施过程中的作用。全国政协常委何竹康说：现在不仅计划制订过程中广泛听取全社会的意见，在实施过程中政府也要规范自己的行为，主要依靠市场手段而不是计划手段去引导社会各方面的力量，只有充分发挥各类经济主体的积极性、创造性，才能保证“十五”目标的顺利实施。

“在市场经济的海洋中，在中国经济这条大船上，政府应该是舵手而不能是普通的水手”，苏州大学教授杨海坤委员在小组讨论发言时这样形容：“舵手的职责是高瞻远瞩，指引航程，而不是操桨划水。这份令人耳目一新的《纲要草案》，正是舵手意识的生动体现。”

（原载2001年3月8日《经济日报》）

既是出发点　又是落脚点

人民的利益至上，人民的利益为本。透过3万余字的《纲要草案》，代表委员们从中读懂的是一个大写的“人”字。

国计是为了民生。《纲要草案》开宗明义，明确“坚持把提高人民生活水平作为根本出发点”作为制定“十五”计划的重要指导方针之一。代表委员普遍认为，这一方针在《纲要草案》得到了全面体现。从《纲要草案》的篇目中不难看出，社会保障、基础设施、公共服务、科技教育、生态环境等与人民群众生活密切相关的内容是《纲要草案》的主体。把民生问题摆在“十五”计划的突出位置，一切为了人民的治国理念，是《纲要草案》的最大特点。

人们注意到，这也是连日来中央领导同志参加各代表团讨论时反复强调的话题。

在人大内蒙古代表团，江泽民同志说，不断改善人民生活是制定和实施“十五”计划的根本出发点，是党和政府的根本任务。“十五”计划要把国家的发展目标和群众的根本利益紧紧结合在一起，要使全体人民都能分享到改革和发展的成果，从而调动起最广大群众的劳动积极性和创造性。

在安徽代表团，李鹏同志强调，“三农”问题是关系到改革和现代化建设全局的重大问题，核心是增加农民收入。要切实减轻农民负担，同时在促进农村发展中增加农民收入。

在湖南代表团，朱镕基同志表示，他最担心的是农民收入问题。我们的干部要关心群众的疾苦和冷暖，多办得民心、顺民意的事情。

在天津代表团，李瑞环同志说，坚持不断改善人民生活的方针，是我们发展经济的目的所决定的，是党和政府的宗旨所要求的，也是在当前情况下必须特别注意的。各级领导干部要特别重视基层群众的生活困难问题。

在贵州代表团，胡锦涛同志指出，在发展经济过程中必须始终把关心群众生活摆到突出位置。

以江泽民同志为核心的党的第三代领导集体时刻把人民群众的冷暖记挂在心头。“十五”计划把提高人民生活水平作为新世纪经济和社会发展的根本出发点，充分体现了我们党全心全意为人民服务的根本宗旨，体现了“三个代表”的要求，体现了有中国特色社会主义事业的根本追求。

不断改善人民生活，不仅应该成为根本出发点，还应该是一切工作的落脚点。在政协经济组的小组讨论中，李世忠委员提醒说，以人民的根本利益为出发点是《纲要草案》中非常突出的主题。需要注意的是，从良好的愿望出发，还要注意主观愿望与客观效果之间的差距。乌杰委员则建议，在“出发点”的后面加上“落脚点”三个字，这样表述更准确。我们搞改革开放，发展经济，就是要落脚在提高人民生活水平上。

以人民利益为出发点，以改善人民生活为落脚点，这是人民的期望，也是时代的重托。

（原载2001年3月12日《经济日报》）

什么是最稀缺的资源

什么是最稀缺的资源？对这个看似不太复杂的问题，记者在政协会上却听到好几种答案。

一种回答是：水。

在农业组的讨论中，与水结下不解之缘的清华大学黄河研究中心主任张红武委员以急迫的心情说，水是当前中国最稀缺的资源，甚至可以说是中华民族的心腹之患。我国水资源总量2.8亿立方米，但实际可用水资源量仅1.1亿立方米，人均占有水资源量2231立方米，仅相当于世界人均水平的1/4。有限的水资源分布不均匀，又由于污染造成水质下降，同时普遍存在着水资源浪费、用水效率不高等问题。不把水的问题解决好，经济发展受到制约，人民生活要受影响。张委员这次向大会提交了10余份提案，无一不与水的话题相关。

一种回答是：人。

香港志城国际（集团）有限公司董事长计佑铭委员的发言颇有代表性，他说，随着“十五”计划的实施，以及西部大开发的启动，人才已成为我国目前最紧缺的“商品”。国与国之间竞争，实际上是人才的竞争。改革开放20多年来，我们送出了40万留学人员，学成回国的只有1/3，等于流失掉了好几个“硅谷”。在全球经济一体化格局下，人才流动加速，世界将面临严重的“人才危机”。我们能否立于不败之地，关键在于我们能否保住人才和能否拥有一流人才。

一种回答是：时间。

在经济界联组会上，对外经济贸易大学教授王林生委员说，随着新经济的成长和竞争的加剧，时间正在成为最为稀缺的资源。因为竞争力的核心优势在于创新，而创新的关键在于争取时间。过去讲“人无我有，人有我优”，现在还要加上一句，“人优我快”。时间成为市场竞争中最终的决定因素，捷足先登者将得到“赢家通吃”的垄断利润。

到底什么是当前中国最稀缺的资源？三种回答似乎都有道理。从物质资源看，我国地大物博，资源丰富，但由于人口众多，人均资源占有量不高，而其中最紧迫的问题无疑是水资源的短缺。正因为如此，“重视水资源的可持续利用”在《纲要草案》中得以享受独占一节的特殊地位；从推动经济发展的各要素看，人力资源又成为比物质资源更为关键的因素。也因为如此，在朱总理的报告和《纲要草案》中，教育事业得到“适度超前发展”的特殊待遇，实施人才战略被提到前所未有的突出地位；而无论是解决物的问题还是解决人的问题，我们都不可忽视另一个极其重要的因素，这就是时间。所以“加快”“尽快”等字眼在《纲要草案》中比比皆是。确实，机不可失，时不再来。我们的目标是那么宏伟，我们的任务是那么艰巨，我们再也等待不起了，再也耽误不起了。

一个问题多种答案，原因在于人们观察问题的角度不同。然而，正是从委员们的追问与回答中，从他们的思考与探寻中，人们感受到的是一种强烈的危机感、紧迫感，是难能可贵的忧患意识。

（原载2001年3月15日《经济日报》）

三月我们共同走过

三月是一个萌动的季节。

冰雪在这个季节里消融，树木在这个季节里翻绿。由于两会按例在三月的春风里召开，这又是中国人民政治生活中最为繁忙和热闹的季节。

每年的三月都是相似的。每年的三月又各有不同。我们共同走过的这个三月之所以被人大代表和政协委员们赋予全新的意义，不仅仅因为它处于岁月之河的一个特殊节点——世纪第一春，更因为三月的话题是那样的宏大，三月的使命是那样的庄严。

这是与共和国新世纪的前程有着紧密联系的三月。这是与12亿人民的福祉息息相关的三月。

听听一位“老政协”的感叹吧！民革中央名誉副主席贾亦斌委员说：我参加政协会议40多年，其中三次会议印象最深。第一次是1957年的会议，毛泽东主席讲共产党和民主党派要长期共存、互相监督。第二次是1979年的会议，邓小平同志讲中共领导的多党合作和协商制度是我国政治制度的优点和特点。第三次就是今年的会议，这是我们在新世纪的第一次会议，是为新世纪头五年制定蓝图的会议。我在这次会议上听到了一个令人非常振奋、非常鼓舞的好报告。

贾亦斌老人的发言决不是表态式的，因为他紧接着就来了个“但是”，并对报告提了不少具体而中肯的修改建议。

记者们用了许许多多的“新”字来归纳他们对这个三月的观感：新世纪、新形势、新任务、新目标……由此得出结论：

这是一次不寻常的例会。这是一个不平凡的三月。

三月是一个真诚的季节。

共同走过的人流中，有一位是湖北省政协副主席丁凤英委员。机缘不巧，我没有在人流中遇见她，但我却从政协会议的简报上记住了她。

“农村真穷，农民真苦，农业真危险。”丁委员的发言是这样开头的。是的，她说的“三真”现象只在某些局部的地区存在，并不能概括整个的中国农村，但相信她确实讲的是真话，是她曾经见到的实情，表达的是她内心深处的焦虑之情。

我想，她一定是位朴实的大姐，可能朴实得就像一位普通的农村妇女一样。但，真理就是朴实的呀！

三月是不需要装扮的季节。

在人代会的简报中，我记住另一位代表的名字，他是福建长汀县委书记饶作勋。他对参加讨论的李鹏委员长坦陈农民的“五最”：最盼望致富奔小康；

最喜欢科学技术；最急需扶持资金；最担心政策不稳；最怕农民负担重。他说，一些农村政策不稳，如土地调整、费用增加、山林权属等，给农民带来了不安。

倾听一个个发言，翻阅一份份简报，我为代表委员的坦诚与直率所感动。他们带着一颗滚烫的心来，如果不把群众的意见与愿望表达出来，不把自己的观察与思考贡献出来，他们会于心有愧，寝食难安呀。

三月，这是一个讲真话讲心里话的季节。我不是说在别的季节里人们不讲真话讲心里话，而是想说，难得的是有这么多方方面面的高士能人会聚在一起讲真话讲心里话。民情民意由此而交流上达，治国大计因此而渐趋完备。

三月是一个充实的季节。如同闻到了花香的蝶群一般，在两会上最为躁动的是那群来自四面八方的2300多名记者。在人民大会堂的台阶上，一群群同行围追堵截，让新闻人物难出重围；在各个讨论会场上，一个个同行凝神静听，恨不得记下代表委员所说的每一个字。

记者在向代表委员提问；代表委员也在给记者们出题。

三月的话题是那么广泛。大到中国新世纪百年的展望，小到学生们因课业太重、睡眠不足而熬红的眼睛；远到美国人的经济是否景气，近到宾馆里的互联网接口该如何收费……

三月的话题是那么紧迫。水资源的危机如何有效缓解？下岗职工的生活如何妥善安置？农民如何增收？人才如何留住？教育怎样超前发展？西部开发怎样加大力度？……

三月的话题更是那么新鲜。以德治国、海洋经济、八纵八横、绿色环保、宽带网、光电子、洁净煤、数字化、基因、纳米……

庄严的主题，紧迫的课题，促使代表委员冷静思考、踊跃建言。从两会收到的议案、提案看，这又是一个有着新突破的三月。

到3月10日18时，人代会共收到议案1040件，是六届全国人大以来最多的一年，首次突破了1000件。

到3月7日下午5时，政协共收到提案3585件，其中委员提出的提案3493件，提出提案的委员1815人，占委员总数的80.1%。

读一读代表的议案，看一看委员的提案，哪一份不是深思熟虑的产物？哪一份不是情深意切的结晶？

共同走过这不平常的三月，我们喜会了旧友，结识了新朋，增进了友情。

共同走过这不平常的三月，我们把握了方向，明确了任务，增添了信心。

我们在三月里相逢，交流着去岁的收获。

我们在三月里播种，期待着金秋的硕果。

三月里，我们拥有了新的希望。

三月里，我们踏上了新的征程。

（原载2001年3月15日《经济日报》）

心结未解话不休

术业有专攻。政协委员们来自不同的行业，且大都是各自领域里的佼佼者，记者采访，自然要“看人下菜碟”，与不同的采访对象探讨不同的话题。

但出乎意料，大会开幕前的两天，记者就不同的话题分别走访了几位政协委员，结果却是殊途同归，最终都绕到一个共同的话题：三农。

采访中国青少年发展基金会常务副理事长徐永光委员的时候，本意是要谈社会工作的，但聊着聊着就跑了题。徐委员说：我最关心的问题是农村问题，是城乡差距问题。据一些国外研究机构测算，城乡收入差距远比统计数字显示出来的要大。因为城市人享受的许多福利待遇是农村人没有的，而统计上来的农民收入还掺杂了不少水分。这些问题确实很严重。

就中国加入世贸组织问题采访南开大学教授熊性美委员，结果话题又集中到农业问题上。因为在熊委员看来，中国加入世贸组织最大的挑战在农业。他说："去年朱总理在会上都说了，'我最担心的就是农业'，可现在一些地方似乎过于乐观了一点，认为这个没问题，那个有机遇。但挑战是什么？机遇有多大？很多具体问题都要过细地研究。"

清华大学教授蔡继明委员是专攻价值理论的，采访的时候才发现，他的兴奋点也在"三农"问题上。他认为，中国改革是从农村发起的，农村稳定要靠改革要靠发展。现在各地有各地的做法，但缺乏超前性的系统性的指导。城乡关系中有一个具体问题，就是土地征用问题。征地过程中侵犯农民利益的事情屡屡发生。现在的上访事件中，40%涉及土地问题，其中60%是征地发生的纠纷。这个问题直接影响城乡之间的关系、工农之间的关系、政府和农民的关系，需要引起重视。蔡委员为这次大会准备的3个关于"三农"问题的提案，其中之一就是建议把土地征用制改为征购制，按照市场经济的原则给农民以充分的补偿。

谈起"三农"问题，蔡委员越说越激动。"我觉得，我们这些搞经济研究的，过去对农村问题关心不够。不仅理论界，社会舆论总是习惯于站在城市和城里人的立场上考虑问题。我们的一些做法，总是想把农民束缚在土地上。一说农民进城就是抢饭碗，为什么不能来抢饭碗？那饭碗是天下人的饭碗呀！我们搞的是市场经济，讲究的是机会平等。农民自己会有利益的比较，也应该有选择的自由。为什么不能让他们流动？"

从对几位委员的采访中，记者感到，年年都是政协会议热点的"三农"问题，今年的热度可能更高。这种印象从大会收到的提案和发言稿中得到了印证。据截至3月2日的初步统计，在已经收到的145件提案中，有关"三农"问题的达到29件，数量最多。

记者不是农村问题的专家，对三位委员的见解无从评论。但令我奇怪的是：为什么大家异口同声地谈起了"三农"问题？

蔡继明委员的回答言简意赅：这个道理很简单，就是你要搞现代化，就不能不重视农民。所谓的"现代化"至少有一个指标，就是城市人口占的比重。

70%人口在农村，能实现现代化吗？从另一个意义上说，中国共产党要实践“三个代表”，其中一条就是代表最广大人民群众的根本利益，而这个最广大的人民群众，主要就生活在农村。农民的问题解决好了，“三个代表”的精髓才能得到体现。

熊性美委员的回答语重心长：“我已经当了三届政协委员了，农村问题两会上年年讲，次次议，可以说是一个还没解开的心结、绕不过去的坎儿。在新世纪到来之际，在中国加入世贸组织之后，‘三农’问题再不解决好，我们寝食难安呀！”

（原载2002年3月5日《经济日报》）

闻喜不忘言忧

在叶选平副主席所作的政协常委会工作报告中，提出今年的政协工作要增强三个意识：忧患意识、大局意识和责任意识。在第一天的小组会上，不少委员说，这“三个意识”提得好，尤其要多讲一点忧患意识。

过去的一年是大事之年，喜事之年，各个领域捷报频传，令今年的两会平添了几分喜气。闻喜而言忧，委员们是怎么想的呢？

在社科组的讨论中，中央党校副校长刘海藩委员说：我觉得现在多讲一点忧患意识有好处。比如说，加入世贸组织，参与经济全球化进程，大家都说机遇与风险并存，机遇大于风险。这个话应该说是对的，如果不是机遇与风险并存，不是机遇大于风险，我们参与干什么？但抓机遇是有前提的。抓机遇好比是跳高，前面有一个横杆，只有跳过去了才算抓住了机遇。风险好比是洪水，一米八高的水墙，而我们的个子只有一米七五，要想不呛水就要会游泳，学会游泳的本事才能回避风险。要抓住加入世贸组织带来的机遇，就要有灵活的体制和机制，有团结一心的队伍，有高水平的人才，有民族整合的精神。没有这些前提，就要干瞪眼。多讲一点忧患意识，就是要研究如何加强我们自身的能力，提高自身的水平。

紧接着刘委员发言的是陕西历史博物馆馆长周天游。他说，我赞成刘委员的观点，要有点忧患意识。对这个问题要有足够的重视。加入世贸组织是件好事，但我们现在很多准备并不充分。应对加入世贸组织的工作搞好了，可以说是又一次革命，也是贯彻“三个代表”的过程。但如果搞不好的话，不仅经济会受到冲击，还会在国人和世人面前失信。抓紧应对加入世贸组织，一定要转变作风，有一点危机感、紧迫感。

加入世贸组织带来的压力与挑战，不仅表现在经济上，还将反映在更广泛的领域里。中央党校校委、副教育长王瑞璞委员说，加入世贸组织后，舆论一片欢呼声，经济全球化了。什么叫经济全球化？现在没有说清楚，理解上有片面的地方。我看要讲两句话。第一句话：全球化是商品经济在世界范围内的大发展，这是个历史潮流，不可阻挡；还有一句话，往往被我们忽略了：经济全球化又是资本主义的全球扩张。资本引进了，其他东西难免也会进来。而我们的意识形态怎么样呢？恰恰处于社会主义初级阶段，一些人信念在动摇。弄得不好，意识形态容易出问题。对此要有充分的估量。如果这方面败下阵来，比经济出问题的影响要大得多。应对意识形态领域的压力和挑战，要抓好三大环节：教育、研究、宣传。这也对我们这些从事社科理论研究的同志提出了更高的要求。

小组会后采访中国工程院院士、中国社会科学院研究员李京文委员，谈起几位委员的发言，他深有同感。他认为，加入世贸组织，从近期看，是挑战大于机遇；从长远看，是机遇大于挑战。而从当前的经济运行看，也没有理由盲目乐观，要做好应对困难局面的准备。对今年的经济走势，他总结了五句话：开局良好，问题不少，挑战严峻，积极应对，前途光明。

欢呼过后要深思，此际远非庆功时。委员们的提醒语重心长，看来也确有必要。多一点忧患意识，少一点盲目乐观，冷静观察，沉着应对，我们才可能在复杂的国际环境中争取主动，把握机遇，战胜风险，赢得挑战。

（原载2002年3月6日《经济日报》，获第11届政协好新闻二等奖）

勿忘艰苦奋斗

寻呼机急吼吼地叫起来。循声回复，原来是郭松海委员有话要说。

郭委员要对记者说什么呢？一见面，他递上准备好的一份提案：坚决刹住城市建设中的贪大求洋、盲目攀比风。

郭松海是山东经济学院的教授，研究房地产经济的专家。他为当前城市建设中出现的贪大求洋比高的现象感到担忧。他说：一些地方盲目扩大城市规模和提高建筑档次，马路宽而无当，楼堂馆所越造越多，造成资源闲置浪费。有些所谓的形象工程、政绩工程，动辄就是几个亿、十几个亿的投资，结果搞成了“低效工程”甚至是“无效工程”。我国是一个发展中国家，人口众多，资源短缺，人均GDP仅有800美元，财力并不充裕。这个基本国情决定了我国城市建设必须牢固树立可持续发展思想，坚持实用、经济的原则，尽可能为人民群众提供良好的工作和生活环境。他在提案中建议，对城市建设要发挥“看得见的手”的作用，进行强有力的调控；同时深化投资体制改革，建立健全投资责任制，管好用好城市建设资金。郭委员的提案，可谓切中时弊。

现代化不等于高楼大厦。针对城市建设中贪大求洋比高的误区，人大代表、上海城市规划设计院顾问何善权说，许多城市提出“国际化大都市”的口号，以为建高楼、拓宽街就是城市现代化。其实，城市现代化的内涵是丰富的，包括经济建设、文化建设、环境建设等多方面。在城市建设中不顾所处区域环境而片面求大、求高、求新，反而失去了城市自身特色。

一些地方城市建设走入误区，根源还在于少数领导干部热衷于摆花架子，做表面文章，导致“形象工程”“政绩工程”泛滥。朱总理在报告中直斥“形象工程”“政绩工程”为“华而不实”“铺张浪费”，强调“必须坚决刹住这种奢侈浪费之风”，在代表委员中引起了强烈共鸣。民盟中央副主席吴修平委员说，最近一位老同志给我一张剪报，标题是《一届政绩债，竟需百年还》，就是一个为求自己乌纱帽越戴越大，却给后人留下无穷后患的例子。这种官僚主义、形式主义的作风，不仅败坏了党风，也影响到经济和社会发展。应该引起足够的重视。

“三个代表”的思想，应该在各个领域体现出来，城市建设也不例外。城建既要“锦上添花”，更要“雪中送炭”。郭松海委员在提案中建议，当前有必要更多关注人民群众的实际需要，多搞一点“民心工程”。在加强基础设施建设，完善城市功能的同时，重点抓好经济适用房和廉租房的建设，加强对老城区的改造，以满足占城市80%的中低收入阶层的居住需要。

现代化不是明天就可以建成的。即使我们的日子好过点，手头的资金充裕点，也没有理由铺张浪费。我们必须切记：勿忘初级阶段，勿忘基本国情，勿忘艰苦奋斗。

（原载2002年3月8日《经济日报》）

请关注这7800万

没想到石山麟委员还是一位“盲流”。这位在北京投资甚巨、创业经年的民营企业家，至今也没有首都居民的合法身份。

当然石山麟还只能算是“准盲流”，北京户口之于他，是可有可无的东西。然而正是这种“准盲流”的身份，使石委员与我们这个社会的一个特殊群体沾了亲带了故，有了感情。他在小组会上大声疾呼：民工是共和国的公民，不能再把他们当二等公民对待了，不能再让他们遭罪了。

据统计，我国目前约有1.5亿农村剩余劳动力，其中在县以上城市就业的民工有7800多万人。对于这样一个庞大的社会群体，记者却没能找到一个准确的称谓。翻翻各种文件、材料、报道，说法五花八门：盲流，流动人口，农民工，民工，外来打工者，非正规就业群体……最新的归类是：弱势群体。

年轻力壮、吃苦耐劳的民工之所以被归为“弱势群体”，是因为体制的阻隔、城乡的鸿沟，使他们不具备与其他人平等竞争的地位。来自珠江三角洲的李玉光委员说，外来工面临五大难题：一是收费名目繁多；二是工作环境恶劣；三是权益没有法律保障；四是生活环境比较差，子女上学难；五是社会地位低下，受歧视。据特邀组的徐乐义委员了解：打工者要以暂住证、计生证、健康证、就业卡等表明身份、接受管理，有的打工者身上的证件达14种。

在我们这个社会主义国家，所有公民一视同仁。民工面临的困境已经引起党和政府的重视。在朱镕基总理的政府工作报告中，明确要求“各地要清理、取消不合理的限制和乱收费，为农民进城务工经商提供方便，切实保障他们的合法权益；同时，要加强管理和引导。积极稳妥地推进城镇化，促进农村劳动力向非农产业转移”。

在政协会上采访，记者看到，越来越多的人们在为7800万公民鼓与呼。

对民工这个特殊的群体，应该有一个公正的评价。徐乐义委员在题为《“民工潮”与农村“第三次改革”》的大会书面发言中写道：经过十多年的锤炼和优选，已经造就出一支有较高素养的农民工劳动大军，进可以到都市，退可以回农村，具有最大的适应性和灵活性，是具有中国特色社会主义市场经济下的特殊群体。

加大城市反贫困工作，不能不顾及进城农民工的贫困问题。全国政协社会和法制委员会副主任王大明在代表全国政协社会和法制委员会的发言中指出，大量民工进城后，部分人或无业可就，或收入很低，加大了城市贫困面。必须把城市反贫困工作和农村扶贫工作统筹安排，尽快建立城乡统一的城市反贫困工作机制。

保护民工的合法权益，要从取缔各种不合理负担入手。来自江西的王翔委员提出“关于减轻外出打工者负担”的提案，建议国家有关部门对打工者证件问题作出统一规定，简化证件手续，除工本费外禁止搭车收费。同时要明确规定打工者有权拒绝领用当地或企业规定的其他任何证件。

为民工排忧解难，当前最紧迫的是解决子女就近入学的问题。全国政协副秘书长、致公党中央副主席吴明熹委员在代表致公党中央的大会发言中呼吁，保障外来务工人员子女的受教育权利。

“对民工这样一个为国家经济发展作出巨大贡献的社会群体，我们应该表示感谢，给予他们同城市居民平等的待遇。我想借此机会大声呼吁：关怀民工，善待民工！”——3月7日，在政协举行的记者招待会上，74岁的全国政协常委、民进中央副主席楚庄以这样一席话结束了他的发言。

其情也真，其言也切，闻之能不动容？

（原载2002年3月9日《经济日报》，获2002年度《经济日报》“十大新闻精品”奖。入选《经济日报优秀作品选》，经济日报出版社2003年2月出版）

感悟建设者的豪情

接过刘志强委员的名片，看着“香江集团董事长”的字样，感觉有点眼熟。

想起来了。年前到安徽安庆采访，就多次听人提起刘志强和香江集团的名字。香江集团在当地投资建设的光彩大市场，占地550亩，建筑面积近40万平方米，解决了8000多人的就业问题。市场的辐射牵引作用带动了加工工业的发展，一个与之配套的工业园区正在兴建。当地人介绍，市场全部建成后，有望成为辐射周边四五个地市的大型物资集散中心和生产加工基地。

在安庆采访时，记者就为这位外来投资者的远见与气魄而感叹。与刘志强委员细聊，才知道安庆光彩大市场不过是他庞大发展计划的一部分。在光彩事业的旗帜下，香江集团正在把光彩大市场的建设向广阔的中西部地区推进，以期尽快形成全国性的市场网络，在此基础上发展现代物流业，服务于中西部的开发建设。

过去的一年，对于刘志强和他所代表的非公有制经济人士来说，有着特别的意义。在江泽民同志“七一”重要讲话中，充分肯定了民营企业家等新社会阶层为发展社会生产力作出的贡献，明确指出“他们也是有中国特色社会主义事业的建设者”，使广大非公有制经济人士深受鼓舞。刘志强委员说，20多年来，非公有制经济随着有中国特色社会主义事业同步发展。从公有制经济的补充，到被纳入基本经济制度，成为社会主义市场经济的重要组成部分，地位越来越明确，作用越来越显著。今天，民营企业家终于有了自己的名分。我们可以大显身手，也应该大显身手，为加快经济发展作出新的贡献。

在今年的政协会议上，听听来自民营企业界委员的发言，发现少了几分沉重，多了几分欣喜。

河北昌宁工业有限公司董事长石山麟委员说，过去开会我们总要为民营企业的地位、待遇呼吁，什么市场准入呀，什么贷款难呀，现在多种所有制经济共同发展的格局已经形成，过去的难题不再“难”了。

河南台兴房产有限公司董事长王超斌委员说，民营经济加快发展的春天已经到来。只要把“七一”重要讲话精神进一步具体落实，使投资环境进一步改善，启动民间投资并不难，民营经济必然再上一个台阶。

吉林中华茂祥（集团）公司董事长王茂祥委员说，社会主义事业建设者的定位，更加明确了我们的社会责任。我们要看到自己的差距和不足，要把个人的奋斗、企业的发展与社会主义建设事业更好地结合起来，与时俱进，努力争取成为一名合格的社会主义事业的建设者。

中国经济发展的巨大潜力，非公有制经济发展的宽松环境，为有志有为之士提供了广阔的用武之地。在刘志强的香江集团大举向中西部进军的同时，相信更多的民营企业也在跃跃欲试，蓄势待发。

（原载2002年3月13日《经济日报》）

一“管”窥天下

孙宁豫委员是造管子的，就是那种用于油田钻井的管子，行话叫“石油套管”。“你可别小瞧了这管子，我们的老部长称其为‘冶金行业的绣花针’，一个丝扣没做好，后果可能就是一口井白打了。”

孙委员所在的天津钢管公司是20世纪80年代立项动工，90年代建成投产的。当时，我国石油工业需要的套管全部靠进口，价格奇贵无比。天津钢管一投产，石油套管的价格立马就降了下来。今天其石油套管占有国内一半的市场。

创业从来是艰难的。回首天津钢管的发展之路，孙委员感慨良多。“天津钢管的每一步发展，都牵动着中央领导同志的心。江泽民同志先后3次到天津钢管考察指导，在企业最困难的时候，他说：企业要将本就利，没有资本金怎么行，我也给你们呼吁一下。随后，天津钢管被列入国务院首批债转股试点企业，卸下了沉重的债务包袱。”

轻装上阵的天津钢管迈入了发展的快车道。目前产品卖到了世界50多个国家和地区，成为美国进口石油套管最多的品牌。企业主要经济技术指标比3年前翻了一番，工业生产总值从19亿元增长到42亿元。

天津钢管走过的发展历程，是国有企业近年来走出困境、重振雄风的缩影。刚刚发布的统计公报显示，去年国有及国有控股工业企业实现利润2636亿元，比上年增长了15%。完全可以说，经过改革开放以来特别是近十几年的探索和实践，如何在市场经济条件下办好国有企业，我们已经找到了一条路子。

今天的孙委员可谓踌躇满志，他越说越兴奋，话题也越扯越远。从企业看行业，他说现在钢铁企业的老总们一开会个个脸上都是笑容，不再像几年前那样愁眉苦脸了。去年冶金行业产钢达到创纪录的1.8亿吨，比上年增长了近20个百分点。从企业看地方，他说天津这几年发展可了不得，九年前市里搞了个“三五八十”四大目标，到去年全部实现。

一根管子可以窥天下。从微观的天津钢管，到中观的天津经济，到宏观的中国经济，形势越来越好，信心越来越足，人气儿越来越旺。孙委员的欢欣与兴奋也感染了我。记者相信，中国经济持续稳定发展的大背景，必将为今年的两会添几许亮色和喜气。

（原载2003年3月3日《经济日报》）

还是“谨慎乐观”好

人群中总有左中右之分，看形势总有好中差之分。采访北京大学教授萧灼基委员的时候，听他历数去年经济发展的诸多亮点，详析今年我们面临的诸多有利因素，记者问：“那你是乐观派了？”萧委员沉思片刻，回答说，还是说“谨慎乐观”好。

观察当前的经济形势，乐观是显而易见的。从过去5年看，国民经济保持了年均7.7%的持续高速增长，确实“很不平凡”；从刚刚过去的一年看，国内生产总值达到10万亿元，再上一个台阶；从今年1季度的情况看，钢材涨价，电力紧张，市场回暖，投资活跃，消费品价格指数一月份上升了0.4%。真可谓八方捷报，四面凯歌，怎一个“好”字了得！

既然形势很好，大可乐观，为什么一定要加上“谨慎”二字呢？萧委员自有他的道理。他说，虽然当前有利因素不少，但同时还存在着许多不利因素。从国际上看，战争的阴云并未消散，国际经济总体上仍处于低潮期，对我们外贸的影响如何还有待观察；从国内看，农村经济仍然是国民经济的薄弱环节，农民收入提高不快；就业再就业的压力相当沉重；扩大内需初见成效，但成效并不显著；实行积极财政政策的难度越来越大，其作用有所削弱。经济发展中的不确定因素还很多。我们在看到有利条件的时候，万万不可忽视这些制约因素。乐观是必要的，谨慎同样重要。

旁听政协会的小组讨论，记者发现，许多委员都可以称作“谨慎乐观”派。经济组的谷永江委员发言时说，《政府工作报告》在总结经验的同时，没有回避问题，用词还很尖锐。比如，“有些群众生活还很困难”、“国有企业改革任务还相当繁重”、一些干部的作风问题“相当严重”、“有些腐败现象仍然突出”，等等。这说明党和政府对存在的问题是了解和重视的，对形势的判断是清醒的。形势越好，越不可头脑发热。面对新世纪错综复杂的国内外局势，多讲讲“两个务必”，有一点忧患意识，十分必要。

看来，还是“谨慎乐观”好。唯有乐观，才能坚定信心，保持昂扬向上的激情；唯有谨慎，才能脚踏实地，不失理智地稳步前行。我们完全有理由为已经取得的成就欢呼、自豪，但决没有理由骄傲自满，更没有理由止步不前。成就虽然辉煌，任务更加艰巨；改革虽有突破，矛盾并未冰释；前景依然光明，征途未必坦荡。居安思危，未雨绸缪，把困难想得多一些，把办法想得细一些，有利于我们把工作做得更好。

（原载2003年3月9日《经济日报》）

有感于谷委员“自省”

谷永江委员曾是外经贸部副部长，后来是华润集团的董事长。现在两个职务前面都加了“前”字，无官一身轻，无商不求人，说话也就放得开。他在小组讨论发言时说，我在政府和企业都干过。我在政府“欺负”人家，我在企业人家“欺负”我。在政府的时候，我是管审批的，牛着呢；到了企业，成天忙着求别人审批，又成了“孙子”。两方面的滋味都尝过，感受就不一样了。我当了8年公务员，现在看，那时候只能叫作“随意审批制”。动不动就要取消人家的外贸经营权，回想起来，我有这个权力吗？没有，根本找不到法律的依据。看来脑袋还是受屁股指挥的。屁股一移位，好多事情就看清楚了。

一番关于“脑袋”与“屁股”的议论，引来一阵笑声。笑过之后，又引发人们更多的思考。这些年来，我国社会主义市场经济体制框架初成，政府机构改革与职能转换也有了明显进步。但要看到的是，我们搞的市场经济是在几十年计划经济的基础上蜕变而来的。在新体制的萌芽茁壮成长的时候，旧体制的痕迹并不那么容易消除。一些政府部门在管理手段上，更习惯于计划的方式而不是市场的方式。在推进改革的过程中，政府职能的转变相对滞后。

“自省”过后，谷委员提了个建议：大力推进国家公务员的培训。他说，有人说去年是“政府入世年”，今年是“企业入世年”，我看这句话有毛病。企业已经在市场上扑腾了好多年，他们早就下海了。加入世贸组织要解决的，关键是政府的问题，是政府如何适应全球化的要求，如何按照市场经济的规则管理经济的问题。我们搞了那么多的企业培训，为什么不搞点政府官员的培训？

谷永江的建议得到了委员们的赞同。俗话说，磨刀不误砍柴工。依法行政，先要懂法；政府“入世”，观念为先。机构改革方案虽好，但如果职能没有改变，观念没有更新，公务员素质没有提高，就很难实现改革的初衷，难以走出“分分合合、减减增增”的怪圈。改机构还要改职能，换牌子更要换观念。

（原载2003年3月11日《经济日报》，获第12届政协好新闻二等奖）

从“中国制造”到“中国创造”

“中国制造”正在走向世界。不止一位代表委员说起过这样的经历：从国外精挑细选带回来的礼品，回家细看上面的标识却是“Made in China”。中国正在成为世界制造业大国，这是不争的事实。随着中国经济的强劲增长、出口产品品质的改善，“有人群的地方就有中国货”，也已经成为接近于事实的描述了。

“中国制造”的辉煌令国人自豪，但辉煌背后有遗憾。在政协经济界联组会上发言时，朱焘委员就流露出这种遗憾。他说：“‘中国制造’受到越来越多的国家人民的喜爱，为国家赚得了外汇，为城乡提供了就业机会，这是可喜的。但是我们的出口产品，有多少高附加值？有多少科技含量？有多少可以称得上是‘中国创造’呢？”

朱焘委员的话让记者想起对另一位委员的采访。李书福委员是吉利公司的老板，眼下正陷入一场跨国官司之中，他被日本丰田公司告上了法庭。他说他并不担心官司的输赢，但在了解这场官司的背景之后，却深感忧虑：某些发达国家利用中国入世之初对某些规则尚不熟悉的时机，正在试图发起一场针对中国的知识产权保护方面的调查与清算。“中国制造”面临挑战。

“中国制造”并不等于“中国创造”。缺乏技术含量、没有自主知识产权的“中国制造”终将受制于人。当中国成长为制造业大国之后，在日趋激烈的国际经济竞争中，要持续“中国制造”的辉煌，必须实现向“中国创造”的跨越。

在代表九三学社中央的大会发言中，吴伯明委员大声疾呼：当今世界的竞争归根结底是经济实力的竞争，是科技创新能力的竞争，是人才的竞争，是知识产权的竞争。我们要在竞争中赢得主动权，就必须从战略的高度充分认识知识产权的重要性，实施知识产权战略。政府要选择一些重点领域开展知识产权战略研究与运用工作，鼓励企业对引进技术进行消化、吸收、创新，进而形成自主知识产权。

身兼中国工业设计协会理事长的朱焘委员利用发言的机会“广而告之”：21世纪是设计的世纪。撒切尔夫人有句名言：英国可以没有首相，但不能没有工业设计师。作为产品创新的关键环节，工业设计需要引起我们更多的重视和关注。

拥有四大发明和无数文明成果的中国人是富有创造力的。人们有理由相信，一旦这种创造的激情迸发出来，“中国制造”的巨大成就，终将演化为“中国创造”的持续辉煌。

（原载2003年3月12日《经济日报》）

进退尚须辩证看

自从党的十五大提出对国有经济实行战略性重组的任务，关于国有资本进退的问题议论一直较多。对于如何“退”，也有各种不同表述，有人说国有经济要从一般竞争性领域退出来，也有人说要从一切竞争性领域退出来。这些说法有没有道理呢？老实说，记者也是一头雾水。

日前听了中西公司董事长周晋峰委员的一番辨析，记者感觉好像整明白点了。

“让国有经济退出竞争性领域，我认为这个提法不准确。党的十五大提出的战略性重组，意思是有进有退，不能简单概括为‘民进国退’。当然了，由于现阶段国有经济所占比重过高，战线过长，而资本充足率太低，因此国有经济有必要退出某些经营领域，把有限的资本投入到最需要的地方去。但‘退’不是目的，而只是优化国有资产结构和布局的一个手段。

“既然有进有退，那么进退的依据是什么？如果按照一些人的说法，要从一切竞争性领域退出来，问题就来了：又有什么领域是非竞争性领域？前些年的所谓‘垄断性行业’，电信、电力、航空等等，这几年拆的拆、分的分，目的就是引入竞争机制。垄断与市场经济不相容，而竞争就是破除垄断的利器。任何产业要发展，都离不开竞争。如果国有经济见竞争就避而远之，那么，要退到何处去呢？

“显然，国有经济的进与退，不宜以是否存在竞争为依据。依据应该是两条，一看是否有利于生产力的发展，二看是否满足人民群众的物质和文化需求。国有资本有其特殊性，就是要兼顾社会效益；又有普遍性，就是要保值增值。从投资层面来看，国有经济要从社会效益和国家长远利益着眼。对于民间投资比较活跃的领域，国有经济可以退出来，进而把投资的重点转向代表先进生产力发展方向的新兴产业和决定国家经济命脉的基础产业，比如网络、生命科学、航空航天等；而从经营层面上看，国有企业作为市场竞争的主体之一，享有与所有企业平等竞争的权利，同样有着追逐利润的天性。只要取之有道，取之合法，人们就无可厚非。”

听了周晋峰的宏论，记者有些诧异，作为一名私企老板，他的这些想法是如何形成的呢？周晋峰解释说：“在政协会上，我所在的小组以大中型国有企业的老总居多，因此对国有企业多了些了解。而在会下，又与工商联界的民营企业家们有着密切交往。听听两方面的意见，促使我辩证地思考这场进与退的争论。这就是所谓‘兼听则明’吧。”

进退尚须辩证看。周委员的一席谈，相信能给关注这个话题的人们以启迪。

（原载2003年3月14日《经济日报》，获2003年度《经济日报》“十大新闻精品”奖）

春雪无声迹可寻

采访翁祖泽委员的时候，窗外正飘着雪花。翁祖泽是老委员了，开两会的时候赶上下雪，这些年来还是头一次。

春天是可能下雪的，但什么时候下，下多久，下多大，都是未知数。在翁委员看来，这场突如其来的春雪，正与他关注的话题相关：不确定性。

“还记得去年冬天北京的第一场雪吗？恰好那天我从外地来京，赶上雪阻路滑，全城瘫痪，从车站到宾馆折腾了一路。其实那场雪并不大，为什么会把北京的交通压垮呢？说明在突发事件面前，我们应变手段不多，应变能力不强。”

一场雨雪带来的冲击是有限的，后果也容易控制。与自然界的风霜雨雪相比，人类社会中的突发事件具有着更大的冲击力。一个极端的例子是美国“9·11”事件。事件发生的前一天，道琼斯指数与纳斯达克指数分别为9605点和1695点，十天后分别跌至8235点和1423点。据当年年底测算，这一事件使美国直接经济损失超过1000亿美元，世界经济损失约3500亿美元。且其影响至今尚未完全消除。

“9·11”离我们还有些远，不久前的非典型性肺炎事件却令人们记忆犹新。

一场局部疫情在恐慌中被极度放大，各种遥言的传播远远超过了病毒传播的速度。虽然疫情迅速得到控制，但其中的教训颇为深刻。“尤其是你们搞新闻报道的，更应该认真总结和反省。为什么一瓶白醋能卖到上百元？根源是信息失真，并且失真的信息在传播中没有得到及时纠正。”翁委员毫不隐讳他的不满。

信息社会的到来，延伸了人类的耳目，拓展了人们的视野。但祸福相倚，传播的便捷放大了突发事件的冲击力，增加了引发社会恐慌情绪和群体不理性行为的可能性。与信息社会同时到来的还有虚拟经济，而虚拟经济又是建立在社会信用与人们信心之上的，更容易受到突发事件的打击。在小农经济时代，局部的天灾人祸对整个经济不会有大的影响。但在今天，一个负面的甚至是错误的信息就可能把股市打下几十上百点，让市值缩水成百上千亿，进而对实体经济造成严重损害。翁委员认为，要保持经济的持续稳定增长，就必须充分重视虚拟经济的作用，考虑各种政策措施对社会心理的影响，完善突发事件的应对机制，特别是要认真解决好经济社会中的突出矛盾和负面因素，防患于未然。

春雪无声，其迹可寻。春雷无定，其音可辨。在信息高度发达、传播极为便捷的今天，如何应对突发事件？如何把握不确实性？这既是新闻传播界需要研究改进的新课题，也是值得全社会重视和关注的大课题。

（2003年3月15日）

科学的发展是硬道理

与十届政协经济界的委员们“第二次握手”，听委员们历数各行各业一年来发生的种种变化，令记者感到十分振奋。

回首过去一年，颇有些“惊心动魄”的经历，人们最深刻的感受是什么？九三学社上海市副主委、中信富泰（中国）投资公司高级顾问翁祖泽委员的回答颇具代表性。他认为，全面、协调、可持续发展观的确立，是一年来人们思想上最大的收获。比起种种有形的变化而言，这种思想观念上的变化有着更重要的意义。

翁委员认为，科学发展观的提出，使我们对社会主义现代化建设规律的认识达到了一个新的高度。发展是硬道理。邓小平同志总结的这句话十分精辟，是我们必须始终坚持的重要思想。在新世纪、新时期，面对新的形势、新的矛盾、新的问题，如何实现更快更好的发展？这就要总结新的规律，探索新的思路。中共十六届三中全会提出“坚持以人为本，树立全面、协调、可持续的发展观，促进经济社会和人的全面发展”，强调要做到“五个统筹”，系统完整地提出了科学发展观，标志着党和政府对社会主义现代化建设规律认识更加深入，思路更加明晰，具有重大的理论与实践意义。

“发展是硬道理，这句话并没过时。但今天，随着实践的发展、认识的深化，我们要进一步强调的是：科学的发展是硬道理。从‘发展是硬道理’到‘科学的发展是硬道理’，体现中国共产党几代领导人在现代化建设指导思想上的一脉相承，也体现新一届党和政府领导人与时俱进的创新意识和求实精神。”

采访中，翁委员谈起他刚经历的一件事：他和家人到云南旅游，发现旅行社安排的项目中没有大名鼎鼎的滇池。经询问，旅行社解释说，由于污染严重，湖水发黑发臭，滇池早就不列入旅行者日程了。十几年前滇池的美丽风光给翁委员留下了深刻印象，如今旧地重游却只能留下深深的遗憾。

在翁委员看来，滇池的颓败，正是不科学的发展观念酿成的恶果。一段时间以来，不少地方单纯追求经济增长率，为了发展而发展，为了政绩而发展，甚至不惜以牺牲生态环境和百姓利益为代价。短期看，经济速度搞上去了，但人民群众没有能够享受到发展的成果；经济发展与社会进步不协调，教育、科技、文化、医疗卫生等社会事业严重滞后。科学发展观的提出适逢其时，具有很强的针对性和紧迫性。那种拼资源换增长、牺牲生态环境来维系高速发展的思路和模式已经走到了尽头，只有纠正在发展思路上的错误观念和做法，树立全面、协调、可持续的科学发展观，才能除弊兴利，铸就中国的盛世长安。

科学的理论一经产生，必将焕发出强大的感染力和生命力。在两会的会前采访中，记者发现，科学发展观虽然提出时间并不长，但已经赢得了人大代表和政协委员们的共鸣。没有人怀疑，这将是今年两会贯穿始终的主题。

（原载2004年3月4日《经济日报》）

小事里头看变化

与李晓东委员虽是初次见面，却相谈甚欢，聊起来就忘记了时间。7点半的时候，李委员才想起打开电视看新闻，令他意外的是，虽然当天是政协开幕日，《新闻联播》已经准点结束。记者告诉他，据悉，今年两会期间的《新闻联播》将不再延时。李委员连声称好。

在记者看来，新闻节目时间长一点，短一点，算不上什么大事。李委员为何如此看重呢？他说，《新闻联播》是否守时，有一个是否尊重群众收视习惯的问题。《新闻联播》把时间卡住了，基层群众的镜头也多起来，报纸上领导人活动的报道也精练了，所有这些，正是求真务实精神的具体体现。

小事里头看变化，代表、委员们有理由感到高兴。一年来，新一届党和国家领导同志倡导的求真务实精神，得到了人们的普遍认同；新的党中央领导集体在开局之年表现出来的求真务实作风，受到了人们的高度评价。一位人大代表深情地说，在报纸、电视上看到总书记在“非典”期间深入疫区体察民情，看到总理拉着农民的手问长问短，他被深深感动了。新一届政府亲民、勤政，以人为本，求真务实，给群众留下了深刻印象，赢得了人民的信赖。

回首一年来人大和政协工作，代表委员发现，人大、政协关注和审议的话题，与老百姓的生活贴得更近了，议政更具体，规则在完善，监督更有力了。一个典型的例子是，在去年全国人大常委会组织的对建筑法实施情况的执法检查中，发现普遍存在拖欠工程款和民工工资问题。检查组建议国务院有关部门组织力量，对此进行一次全面清理清查。随即，一场“清欠风暴”在全国掀起：11月，国务院办公厅下发关于切实解决建筑领域拖欠工程款问题的通知；新年伊始，国务院召开电视电话会议，要求在春节前抓紧兑付去年拖欠的农民工工资；半个月之后，国务院决定，要用三年时间基本解决建筑领域拖欠工程款问题。保障农民工基本权益的问题，受到全社会的重视。

新风扑面而来，春色更加明媚。然而，人们清醒地看到，按照求真务实的要求转变干部作风，遵循以人为本的执政理念推进各项事业，决不是一蹴而就的事。李晓东委员谈起他所在城市刚刚发生的一件事：在老城区改造中，一座厕所改建后20多天没有开放，群众很有意见。最后由市委书记亲自主持现场办公会，三个小时就解决了问题。“书记为群众排忧解难，这是求真务实的体现。但什么事情都要一把手出面才能解决，不正好说明求真务实的精神还远没有贯彻到各个部门、各个环节之中吗？”

（原载2004年3月5日《经济日报》）

以人为本　从“心”做起

走进杨尊伟委员的房间，凭窗远眺，最吸引眼球的是北京西客站那顶曾引起广泛争议的“绿帽子”。虽然西客站的建设是过去的事了，但杨委员依然有些不平静：“这样的建筑看起来气势雄伟，好看。但用起来呢？进站不方便，候车不方便，出站也不方便，旅客背着大包小包的，走进这个‘迷魂阵’，不埋怨才怪呢。”

记者是就如何落实以人为本的话题采访杨委员的。杨委员认为，西客站之所以花钱不少反而落下骂名，正是因为背离了以人为本的观念。什么叫“以人为本”？从大处说，就是作为执政党的中国共产党要按照“三个代表”重要思想的要求，立党为公，执政为民；从小处说，就是我们各个部门、各个行业的一切工作都要把努力满足人的需要和促进人的全面发展，作为根本的出发点和归宿。无论是定一条规章、出台某项政策，还是修一条马路、上一项工程，都要想想是不是给人民群众带来实实在在的好处。

每年的两会都有新话题。在今年的两会上，“以人为本”的执政观成为代表委员们最为关注的新话题。经历了一年来抗击“非典”的斗争和种种突发事件的考验，以人为本的执政理念得到了人们的广泛认同。秉持以人为本的新理念，党和政府更加注重经济社会的协调发展，确立了全面、协调、可持续的科学发展观，提出了“五个统筹”的新思路。诸如“三农”问题、就业再就业问题、社会困难群体的救助问题等，越来越受到重视。农民工遭受的不公平待遇，如拖欠工资、子女入学难等，逐步得到改善。新一届政府“以人为本”的执政风格，受到代表委员的普遍赞誉。

致公党中央参政议政委员会副主任邱国义委员说，“以人为本”也可以称为“人心为本”。政府部门和领导干部要学会“换位思考”，站在人民群众的位置上，多为人民群众想想，应该做什么和怎样做得更好。落实以人为本要抓好两头：一是领导干部与人民群众情系情、心连心；二是加强法治建设，依照法律、法规保障人民群众的合法权益。

杨尊伟委员的案头上，摆着一本书，名叫《健康：从“心”做起》。杨委员拿起这本书，对记者感叹：“你看这书名多好。落实以人为本，关键就是要从‘心’做起。”

（原载2004年3月6日《经济日报》）

难解难分GDP

网上一个流行的笑话是，一个蛋糕在两位经济学家之间进行着持续的买卖，每次交易完成都使各自所代表的GDP有了显著的增长。直到其中一位学者失去了游戏的耐心，让蛋糕派上了它应有的用途。结果早已发霉的糕点让学者住进了医院，两个高速增长的经济体终于崩溃。

在两会上采访，类似的笑话听到不少。有位人大代表对某起撞车事件作了一番统计学分析：两辆正常行驶的汽车创造的GDP是有限的，但假如两车相撞，情况就不一样了。车要修理，修车厂的产值增加；人要住院，医院的收入增长；换个零件，请个律师，打个官司，等等，都将为GDP的增长作出贡献。假如这起车祸毁坏了某些公交设施，显然还涉及增加基本建设投资的问题。

笑话当然是笑话。在这些笑谈的背后，反映的是人们对长期以来过分看重GDP指标的反感。广东省江门市副市长李葳委员说，GDP的总量、GDP的增长、人均GDP等等，这些年来一直是我们考核一个地区发展和干部政绩的重要指标，对于树立目标，激发干劲，鼓舞精神，确实起了一定作用。但GDP指标本身是有局限的，中国经济发展至今，如果还是仅仅以GDP作为一个地区经济发展的标志，而忽略了经济发展与社会发展的相互协调和互补作用的话，我们将陷入唯GDP论的误区，还可能助长一些干部的浮夸作风，影响全面建设小康任务的完成。

一个曾被人津津乐道、孜孜以求的数字指标，如今受到普遍的质疑，这正是一年来人们发展观念变化的鲜明体现。正是在党中央总结历史的经验教训，提出以人为本的执政理念，确立全面、协调、可持续的发展观之后，片面追求GDP的增长，忽视经济社会协调发展的发展模式受到了摒弃，对于GDP指标也终于有了更加全面的认识。从年初以来各地两会传出的信息看，过去那种追求几位数增长的做法不多见了。许多地方都提出，不再以GDP增长考核干部政绩，而更多地重视经济社会的协调发展，同时关注发展中的资源消耗与社会公平等问题。

GDP不那么时兴了，本来是一件好事。但一些代表委员也注意到，在对GDP的种种质疑中，也有些过头的声音。GDP就是一把尺子，并且是国际通行、方便比较的尺子。能不能用好这把尺子，主要决定于使用这把尺子的人，而不在于尺子本身。我们要看到GDP作为一种经济指标的局限性，但没有必要全盘否定它的合理性；我们反对那种片面追求GDP增长的发展模式，但决不能否定保持经济适度增长的重要性和必要性。在我国的现代化进程中，发展速度与发展质量、经济增长与社会发展的关系问题，将是长期存在的复杂矛盾，决不是单纯靠把速度降下来就可以解决的。

所谓“矫枉毋须过正”。千万不要在若干年后再回过头来，为被我们打倒的GDP平反昭雪。

（原载2004年3月7日《经济日报》）

让国产“美人”靓起来

两会召开前夕，由本报发起的一场“加快培育和发展自主品牌”的大型讨论在经济界和广大读者中引起强烈反响。来到两会采访，记者发现，这个话题又被参与这场讨论的企业家和学者们带到了会上，成为代表委员关注的热点问题之一。

在3月7日政协经济界的联组会上，吉利控股集团董事长李书福委员抢着第二个发言，他字斟句酌，出口成章，显然是深思良久，有感而发：

“总理在报告中说，要加快实施‘走出去’战略，鼓励中国企业到境外投资兴业，拓展国际市场。经过20多年的改革开放发展，我们不能总是停留于国内市场，也要走向全世界，参与国际市场的竞争。

“但拿什么出去与别人竞争呢？这就是我想谈的问题：自主品牌的建设和自主知识产权的开发。市场竞争本质上是品牌的竞争。怎样创建自主品牌，如何开发和保护我们的自主知识产权，往小处看，是事关企业生存发展的问题；往大处看，则关系到国家的地位，国家的形象，也关系到国家的经济安全。

“合资也好，合作也好，我不反对。但这一切的目的为了什么？当然应该是互利双赢，对于中国企业来说，就是要通过合资合作引进资金、技术和管理，为创建自主品牌、开发自己的知识产权服务，而不是为了合资而合资，为了合作而合作。品牌掌握在谁的手里，实际上企业的命运就掌握在谁的手里。

“当然，创建自主品牌，并不是简单容易的事，也决非一朝一夕之功。在这一点上，我非常钦佩海尔的张瑞敏，他在应对洋品牌的挑战中取得了巨大的成就，为中国人、为中国企业树立了榜样。我们搞企业的，应该像海尔人那样，有一点骨气，有一种信念，有一点雄心壮志，敢于与洋品牌展开竞争，勇于在竞争中夺取胜利。我在这里发起一个倡议，希望有更多的中国企业和我们一起，挺起胸膛，向海尔学习，走自主品牌的发展道路。虽然这条路走起来可能会非常的艰苦、曲折，但我相信，苦中有乐，前途光明。”

两会召开前不久，在由国际权威机构发布的世界最具影响力的100个品牌中，中国海尔一家入选，排名第95位。海尔的榜上有名，使人们看到了创建自主品牌的希望；而海尔的形单影只，又不能不令人为中国品牌的现状而忧虑。国务院领导同志在与政协经济界委员座谈时也感叹，希望中国多出几个海尔。

在铁道大厦停车场里，静静地停着一辆漂亮的“美人豹”都市跑车。那是李书福和吉利人的杰作。李书福并不怀疑，靓丽的国产“美人”，一定有风行世界的时候。

（原载2004年3月8日《经济日报》）

好政府从哪里来

59年前，两位政治家在延安窑洞里进行的一场对话，在其后的半个多世纪里，屡屡被人重新提起。毛泽东对民主人士黄炎培等宣示的治国方略，也就是“只有人民来监督政府，政府才不敢懈怠。只有人人起来负责，才不会人亡政息”的著名论断，成为几代中国共产党人持久的追求。

59年后的今天，黄炎培之子、政协委员黄方毅从政府工作报告中又一次听到“只有人民监督政府，政府才不会懈怠”的论述，感慨良多。他在小组讨论时说，50多年后重提这句话，既有很强的历史意义，又有很强的现实意义。不受制约的权力，不受监督的掌权人，必然走向失败。这是历史已经用无数的事例证明了的。只有切实让人民监督政府，才能走出一条超越“兴勃亡忽”周期率的新路。报告单用一章，就“加强政府自身建设”进行了全面部署，体现了新一届政府改进工作的决心和信心。

一边审读总理的《政府工作报告》，一边比照新一届政府一年来的作为，代表委员们有新风拂面之感。温总理在报告中强调要实行科学民主决策、坚持依法行政、加强行政监督，这“三项基本准则”受到了代表委员的首肯。体育组的屠铭德委员说，报告明确提出“有权必有责，用权受监督，侵权要赔偿”，我觉得只有人民的政府才有这样的魄力。

然而，加强政府建设，仅仅是政府自身的事情吗？代表委员们在思考。

在与政协经济、农业界委员座谈时，温总理引用了一句古语：“知屋漏者在宇下，知政失者在草野。”清华大学教授张红武委员对记者说，古代的执政者尚且明白以民为镜、善纳诤言的道理，今天的人民政府当然应该有更高的追求。一方面，执政者要经常听取群众的呼声、意见，特别是要听得进不同的声音；另一方面，就是要像报告中指出的那样，实行科学民主决策，完善公众参与、专家论证和政府决策相结合的决策机制，保证决策的科学性和正确性。

“治国者必先受治于法！”最高人民法院副院长万鄂湘委员说，本届政府坚持“以人为本”的执政理念，与“为民作主”的传统思维相比是一个飞跃。但是这还不够，还要向“依法治国”的方向发展。政府工作要少一些个人行政色彩，多一些法治色彩。中央政府尤其应重点关注经济社会发展的大问题和制度建设方面的问题，从制度建设入手推进依法行政。只有依法行政，才能依法治国。

好政府从哪里来？它取决于执政党立党为公、执政为民的崇高信念，取决于执政者虚怀若谷的胸襟和求真务实的作风，更取决于公众的参与，人民的监督，法治的保障。

（原载2004年3月10日《经济日报》）

“七七八八”等闲看

连年采访两会，在记者的感觉中，今年是人们对经济形势的判断分歧最大的一年。说热者有之，道冷者有之，还有人认为是不冷不热刚刚好。

冷与热的说法只是定性分析，无法量化。因此，《政府工作报告》中提出今年经济增长预期目标7%，就成为大家最为关注的数字，说低道高，嫌多论少，同样是说什么的都有。

到底应该怎样看待这个众说纷纭的7%呢？记者就此请教了几位来自经济界的代表、委员，得到的忠告是：对7%这个数字，既不宜看得太重，也不宜看得太轻。

之所以说不能看得太重，原因有三：第一，7%只是宏观调控的预期目标，不能忽视其中的“预期”二字。既然是一种预测值，就不必把它等同于经济运行的实际结果。第二，在计划经济条件下，经济增长率曾经是最重要的调控指标。但如今，市场经济体制已基本确立，经济运行机制发生了根本性变化，增长率指标早已从指令性计划中退出来，成为一种预期性指标。与此同时，经济增长中的自生性因素在迅速成长，“看得见的手”的作用是有限的。第三，从全面、协调、可持续的科学发展观出发，从“五个统筹”的发展新思路出发，我们应该淡化长期以来对于GDP的过分关注，对于单一的速度指标更是不宜看得太重，炒得过热。在中国经济大势向好的前提下，速度高一个点低一个点，眼下还不是什么了不得的问题。

之所以说不能看得太轻，原因只有一个，那就是：7%是一种鲜明的警示，它明确传达了党和政府对当前经济形势的判断和宏观调控政策的取向。许多代表委员都注意到，在年初经济学界对今年的展望与预测中，观点并无太大的分歧，普遍认为增长率将在8%或以上。从去年的9%，到专家预期的8%，到报告中提出的7%，这不小的落差中蕴藏着丰富的政策信息，值得人们细细品味。第一，它显示了党和政府对中国经济持续高速发展的坚定信心。没有这种信心，就不可能在调控目标的选择上，就低不就高。第二，它体现了党和政府全面落实科学发展观的坚强决心。宁要协调发展的相对低速度，也不要导致发展失衡、全面紧张的绝对高速度。第三，它反映了党和政府在大好形势面前的清醒头脑和审慎态度。今年的7%，不是对去年9%的否定，而是因为有了去年9%的基础，今年可以把速度放得相对慢一些。而货币供应的过快增长，部分行业的过热现象，资源瓶颈的严重制约，以及社会发展领域存在的诸多矛盾和问题，也要求我们适时适度地加大宏观调控力度，把调控的着力点放到防止通货膨胀上来。

看形势有分歧是正常的，假如两会中听不到不同声音倒是不正常了。争辩有助于我们探求真知，形成共识。代表委员希望的是，在莫衷一是的各种声音中，要让理性的声音更响亮一些。

（原载2004年3月11日《经济日报》，获2004年度《经济日报》“十大新闻精品”奖）

欲防“大落” 先抑“大起”

在采访中，记者感到，在对经济增长预期目标7%的理解上，存在着一些误区。有人认为，从去年实际增长9%调降到今年预期7%，表明中央已经作出当前经济全面过热的判断；有人进一步推断，速度要下降两个百分点，意味着宏观调控出现方向性的变化，要紧急刹车了；还有人以为，如果今年的速度不能压到7%或以下，经济将会出现全面紧张的局面，就很危险了。

其实，仔细研读温总理的报告，并不能得出以上种种结论。报告在论及“宏观调控”一节时，开宗明义：“今年经济工作的基本着眼点，是把各方面加快发展的积极性保护好、引导好、发挥好，实现经济平稳较快发展，防止经济出现大起大落。”既要“稳”，还要“快”，这才是宏观调控的追求。报告在7%的后面，还有“左右”二字。而提出“7%左右”的出发点之一，并非要对宏观调控目标进行大调整，而是为了保持调控目标的连续性。因为去年年初提出的预期目标同样是7%左右。

既然宏观调控的目的是要防止大起大落，是否意味着提出7%就是要让经济增长由起转落呢？国务院发展研究中心副主任鲁志强委员说，不能这么看。中国经济正处于一个新的上升周期的起点阶段，而不是已经到顶了。去年虽然实现了9%的较高增长，也只能看作新周期的启动之年。正因如此，当前宏观调控的性质，不是“软着陆”的问题，仍然是“稳起飞”的问题。经济的周期性起伏难以避免，我们的目标是让波动的幅度尽可能小一些。用经济学家的话说，就叫“熨平周期”。

当前宏观调控的政策取向还没有必要进行方向性的转变，但伴随经济快速增长出现的诸多隐患不容忽视，尤其是局部领域出现的过热迹象，以及可能出现的通货膨胀危险。未雨绸缪也好，见微知著也好，这种倾向和苗头都值得我们高度警惕。中国社科院研究员张卓元委员指出，回顾历史，中国经济最忌讳大起大落，而经济大起是大落的原因，每一次经济大落的前面肯定是大起。在经济形势向好的方向发展时，我们更要保持经济的稳定发展，谨防经济过热和大起后带来的大落。

在“大起”的态势中看到可能导致“大落”的危险信号，为防“大落”，先抑“大起”，这正是党和政府对经济规律的认识越来越深刻、把握宏观调控的艺术越来越成熟的体现。

（原载2004年3月12日《经济日报》）

“矫枉”之际防“过正”

采访人大代表、江西省发展改革委主任洪礼和的时候，他先给记者念了一串数字：“去年江西的GDP增长了13%，财政总收入增长21.5%，固定资产投资增长49.3%，外贸出口增长43.1%，这些指标都刷新了历史纪录。”

记者皱起了眉头，心想：怎么又是指标呀，数字呀。现在不时兴这个了。

洪礼和看出记者的困惑，笑着说：“列举这些数字，我是想说明，第一，江西正在发生深刻的变化；第二，从江西的变化可以看出，中部崛起的条件已经具备，时机已经成熟。《政府工作报告》中提出中部崛起的任务，可谓适逢其时。”

记者连忙解释：现在舆论对GDP指标比较反感，一提数字就给人以片面追求增长速度之嫌。

洪礼和代表说，看来，对如何理解和落实中央提出的科学发展观，认识上还不一致。科学发展观不是凭空产生的，而是在新的历史条件下，党对我国经济社会发展规律认识的进一步深化。新的发展观与我们长期坚持的“以经济建设为中心”“发展是硬道理”“发展是党执政兴国的第一要务”等一系列方针是什么关系？不是对立、矛盾的关系，而是继承、创新的关系。统筹发展、协调发展，发展始终是第一位的。但发展的内涵有了变化。解决我们当前面临的诸多矛盾和问题，出路还在于加快发展。按照全面、协调、可持续的发展观，我们反对那种为了发展牺牲资源、环境甚至损害群众利益的做法，但决不是反对发展本身。我们不提倡片面追求速度，也不是说速度问题就不重要了。尤其是对中西部地区来说，没有一定的经济增长速度，全面小康的目标就难以实现。“你们做舆论工作的，可不要从一个极端走向另一个极端。一说热就火烧火燎，一说冷就冰冻三尺。还是要有一点辩证思维，学会全面、科学地看问题。”

回到如何实现中部崛起的话题上，洪礼和认为，树立和落实科学发展观是实现中部崛起的必然选择。从江西的情况看，按照“五个统筹”的新思路加快发展，重点要处理好四个方面的关系。一是在加快工业化的同时，进一步强化农业基础地位。二是在加快工业园区建设的同时，注重资源和环境保护。三是在培植支柱产业的同时，注意防止低水平重复建设。四是在加快发展的同时，千方百计解决关系人民群众切身利益的突出问题。只有坚持科学发展观，辩证地认识和处理与发展相联系的各种关系，才能妥当应对发展进程中可能遇到的风险和挑战，实现江西在中部地区的率先崛起。

结束了对洪礼和代表的采访，记者想起一句古训：矫枉毋须过正。好像西方人也有类似的说法：真理向前迈出一步，就变成了谬误。我们的思维方式确实需要改一改了，越是在“矫枉”的时候，越要防止可能出现的“过正”偏差。

（原载2004年3月14日《经济日报》）

春风吹拂我们的希冀

可以想象，在描绘中华民族复兴伟业的历史长卷中，2004年春天的两会，将是不可或缺的一笔。

今年的两会不会被历史忘记，原因之一，是因为两会以其意义重大、影响深远的议题而为共和国的长治久安作出历史性的贡献。人大修宪，政协修章，积20余年的经验教训于字斟句酌的条条款款之中，完善和巩固了共和国永葆青春活力的政治基石。

今年的两会不会被历史忘记，原因之二，是因为两会为一个极不平凡的年头写下了理性的总结。这是新世纪新一届政府执政的第一年，又是经历了惊心动魄的抗击“非典”斗争、经受了各种复杂矛盾考验的一年。对于新一届党和国家领导集体提交的答卷，代表委员们不仅用人民大会堂的表决器，也用不时响起的雷鸣般掌声传达了他们的评价：满意。

今年的两会不会被历史忘记，原因之三，是因为中国的经济社会发展，正处于一个极其关键的时期。以国内生产总值达到11.67万亿元，人均GDP突破1000美元，进出口总额从世界第五上升到世界第四等一系列数字为标志，按照国际通行标准，我国已经告别了低收入国家，迈入中低收入国家的行列。经济规模的扩大，运行机制的变化，国际影响的增强，还有发展中各种矛盾和问题的积累，都在提醒我们，前路迢迢，任重道远，不可等闲视之。

总结“非同寻常”的去年，筹划“十分关键”的今年，历史就是如此厚待这个看似平凡的春天，使我们共同经历了一次很不寻常的例会。

不寻常的例会有着不寻常的主题。贯穿今年两会的主题，就是以人为本的执政理念和全面、协调、可持续的科学发展观。

关于发展的理念是经济建设的指南。有什么样的发展观，就有什么样的发展道路、发展模式和发展战略，就将对发展的实践产生根本性、全局性的影响。

在我们这样一个人口众多、基础薄弱、资源并不富足的大国，走什么样的发展道路实现现代化，是作为执政党的中国共产党几代领导集体不断探索和实践的重大课题。其间经历了曲折，也收获了成功。

面对新世纪风云变幻的国内外复杂局势，面对建设全面小康社会的艰巨任务，面对经过长期高速发展后的又一个新台阶，面对当前存在的种种不均衡现象和资源、环境的严重制约，发展需要新思路，发展观酝酿新突破。

突破的契机终于到来。一场抗击“非典”的斗争振奋了全民族的精神，也启发了全民族的思考。“一个民族在危机中可比平时学到更多。一个民族在灾难中失去的，必将在民族的进步中获得补偿。”

水到渠成，瓜熟蒂落。遵循邓小平理论和“三个代表”重要思想，秉承我们党与时俱进的理论创新勇气，以胡锦涛同志为总书记的党中央系统提出了以人为本的执政理念和全面、协调、可持续的科学发展观，明确了“五个统筹”的发展思路，党对社会主义现代化建设指导思想有了新发展。

从“政绩工程”到“民心工程”，从物本经济到人本经济，从“数字”政府到“温情”政府，发展观念变革带来的巨大影响一点一点地逐步显现。下岗的职工感觉到了这种变化，种田的农民感受到了这种变化，讨工钱的民工感受到了这种变化……

科学发展观成为今年两会人们最为关注的话题，这是意料之中的事。意料之外的是，这也是代表委员中最少歧见的话题。

或许在对其意义的把握上还有或轻或重的差别，在对其内涵的理解上尚有这样那样的分歧，但没有人怀疑，新世纪的中国已经找到了一条因应新形势走向现代化的必由之路。

共识已经形成。代表委员更为关心的是，如何把这些宝贵的共识贯彻到今年政府工作的部署上，落实在各行各业的实际工作中。

一年之计在于春。今年春天因其非同寻常而变得非常关键。

说是非常关键，不是因为我们面临的经济形势不好，而恰恰是因为形势大好，好得有点儿让人犯嘀咕。不少代表委员掂量，去年如果没有“非典”，该是两位数的增长吧!

学者们相信，中国经济新一轮气势磅礴的上升周期已经启动。人们担心的是，我们会不会在周期的启动之初就耗尽上升的潜力？尤其令人不安的是：在通货紧缩的阴影后面，是否紧跟着通货膨胀的幽灵？

两害相权，无一可取。历史上，我们吃够了经济大起大落的苦头，如何实现既稳又快的发展，成为当前宏观调控的终极追求。既要“保暖”，警惕通缩卷土重来；又要“防热”，防止通胀幽灵显现，这就要求我们更加精湛地运用那只“看得见的手”，适时适度地加大调控力度，见微知著，防患于未然。

四个“更加注重”，两个“着力解决”，一个“7%左右”的调控预期目标，勾画出了今年经济工作的政策框架，既体现了决策层对发展前景的坚定信心，又反映了在好形势面前的审慎态度。

今年的两会精神，是催人振作的“兴奋剂”，也是促人警醒的“稳定剂”。

经历了这个不寻常的例会，让我们共同祝愿：走好，中国!

（原载2004年3月15日《经济日报》）

“今年是个改革年”

在政协经济、农业、工商界联组讨论时，吴敬琏委员在发言中有个建议，认为应当明确2005年是改革之年，而且是改革的攻坚之年。参加联组讨论的国务院领导同志当即表示，我非常赞成今年是改革之年的提法。在加强和改善宏观调控的同时，应当把改革放在更加突出的位置上。

为什么说今年是个改革年？从代表、委员的讨论中，不难找到答案。中国企业联合会、中国企业家协会副会长兼理事长陈兰通委员说，20多年来，我们在经济体制改革的理论和实践上取得了重大进展。社会主义市场经济体制初步建立，公有制为主体、多种所有制经济共同发展的基本经济制度已经确立，全方位、宽领域、多层次的对外开放格局基本形成。但要看到的是，经济发展中还面临着一些亟待解决的困难和挑战，特别是一些影响经济健康发展的深层次问题还没有得到根本解决。近年来，经济和社会发展中暴露出的问题，都能寻找到体制的弊端，也凸显出改革的紧迫性。尤其是作为经济改革中心环节的国有企业改革，虽然取得重大进展，但与建立现代企业制度的要求还有较大差距，改革的任务仍然十分艰巨。几十年积累下来的体制问题、结构问题、社会负担问题、创新能力和提高国际竞争力问题，迫切要求我们通过深化改革来解决。

为什么说今年是改革的攻坚之年？吴敬琏委员认为，当前我们面临着两个方面的艰巨任务：一是完善社会主义市场经济体制；二是转变经济增长方式，走新型工业化道路。增长方式和经济体制这两个根本转变的关键是经济体制的转变。现在改革深化了，每前进一步，都会碰到利益格局的调整，因而必然会遇到阻力。现在一些改革措施由于利益分化、政出多门的缘故变得进展缓慢，需要花很多的精力解决因体制不顺带来的具体问题，这种情况不能持续下去了。推进改革必须克服障碍，进行深层次的攻坚战。所以说，今年不仅是改革之年，而且是改革的攻坚之年。

“今年是个改革年”，代表委员们的这种思考，与决策层的谋划和部署是吻合的。研读温总理的《政府工作报告》,“改革开放”是贯穿其中的关键词之一。总结过去一年的经验，其中一条就是“必须坚持推进改革开放”；部署今年的工作，报告提出“三个着力”的工作重点，其中之一就是要“着力推进改革开放”。报告强调指出：“今年，我们要用更大力量推进经济体制改革，在一些重点领域和关键环节取得新突破。”

改革之年话改革，可谓形势紧迫，任重道远。农村税费改革的成果需要巩固，粮食流通体制改革有待深化；国有企业改革的方针已经明确，需要统一思想，排除干扰，坚定不移地继续推进；金融体制改革事关全局，务期必成；投资体制改革启动未久，尚待进一步落实和完善；还有加强市场体系建设，鼓励、支持和引导非公经济发展，等等。翻翻今年改革的日程表，早已排得满满当当。

发展已有新思路，改革需要新突破。只有坚持以改革推动各项工作，把深化改革同落实科学发展观、加强和改善宏观调控结合起来，坚定不移地深化改革、扩大开放，才能从根本上消除阻碍经济发展和造成经济不稳定的体制性根源，为实现经济社会全面协调可持续发展提供制度保障和强大动力。

（原载2005年3月10日《经济日报》）

中部的声音响起来

两会年年开，年年有不同。比如，在区域经济发展问题上，两会的热点也在逐年变化。前几年热议西部开发，去年的热门话题是东北振兴，而今年呢？中部崛起的声音响亮起来了。

在人代会上，中部六省的代表们可谓群情振奋。来自湖北的代表在思考：武汉能否担负起促进中部崛起的战略支点的重任；来自湖南的代表在谋划：怎样推进"长株潭一体化"，加快融入泛珠三角经济圈；江西的代表提出了争取在中部率先崛起的宏伟设想；河南的代表则打出了"中原崛起"的大旗，寄希望于打造以郑州都市圈为中心的中原城市群，奠定中原崛起的基石；安徽、山西的代表们自然也不甘示弱，"各有各的高招"。

在按省区组团的人代会上，中部六省的人们关注中部崛起，可谓情理之中。但在以界别划分的政协会上，中部崛起成为委员们共同关注的热门话题，却有些出人意料。三个民主党派中央民盟中央、致公党中央、民革中央，均以党派的名义向大会提交了有关提案。与此同时，在6省政协共同发起的联合调研活动的基础上，来自6省的43名委员向大会提交了联合发言，就促进中部崛起提出了8条政策建议。关注中部的声音如此响亮，以至于全国政协在会议期间召集首场提案协调办理座谈会，其主题就是：中部崛起。

热点年年有，今年说中部。无论是从我国区域经济发展的客观规律来看，还是从中央政府关于区域发展战略的宏观决策来看，中部成为今年两会的热点，都是必然的事。在“珠三角”“长三角”跃马扬鞭、齐头并进之际，在西部大开发实施有年、初见成效之后，在东北振兴战略蓝图绘就、全面启动之余，如何发展中部，振兴中部，实现“中部崛起”的目标，必然成为中部乃至全国人民关注的焦点，成为决策层议事日程上不可回避的重点课题。

“不东不西”的中部在我国经济发展中具有举足轻重的战略地位。中部地区以占全国10%的国土面积，养育了28%的人口，创造了22%的经济总量。两会期间，来自中部六省的部分人大代表、政协委员和专家学者在北京举行了中国中部崛起研讨会，专家们认为，必须从实现中华民族伟大复兴的战略高度认识中部崛起的意义。第一，这是抢抓新世纪头20年战略机遇期的客观需要。作为我国对外开放的新的战略地区，能不能抓住战略机遇期，关键就要看中部地区的开放和发展。第二，是加强粮食主产区建设、维护国家安全的战略选择。中部作为我国的粮食主产区，是中华民族的一块宝地，一定要守住这块宝地，为国家粮食安全提供保障。第三，是发挥区域比较优势，壮大综合国力的客观要求。中部有劳动力低成本的优势、矿产资源的优势、交通便利连东启西的优势，充分发挥这些区域比较优势，得益的不仅仅是中部，必将使我国的综合国力再上一个台阶。

加快中部发展的呼声在两会上由来已久。代表委员们高兴地看到，在去年的两会上，“中部崛起”的字样第一次写进了政府工作报告；而在今年的报告中，“中部崛起”不再只是一个概念、一句口号，而有了实质性的内涵。代表委员们认为，去年是中部崛起的“点题”之年，今年是中部崛起的“破题”之年。中部崛起战略在谋划“十一五”规划的关键之年“破题”，不能不使中部地区的人们有一种深重的紧迫感。机遇不可错失，崛起更待何时？

中部的声音响亮起来了。这是振兴的号角，这是崛起的起点。

（原载2005年3月12日《经济日报》）

“盛世危言”费思量

在政协文艺界的联组会上，陈祖芬委员有个建议：当前宣传最好少讲点“盛世”，多讲点危机。她的意思是，虽然这些年改革、发展的形势很好，人民生活有较大的改善，用“盛世”来形容并不过分。但“盛世”讲得多了，给人的感觉是天下太平，可以高枕无忧了。她的这番“盛世危言”得到了魏明伦、王蒙等委员的赞同。

在社科界的讨论中，王瑞璞委员认为，虽然我国经济总量已经很大，但与发达国家相比，我国还比较落后，我国的经济体制和机制还有待于进一步完善，制约经济发展的因素还比较多。我们要看到取得的巨大成就，也要看到存在的矛盾和问题，现阶段还是要讲“韬光养晦”。

少讲“盛世”，慎言“强大”，两位委员的建议，说的虽然都是修辞炼字的小事情，蕴含的却是治国兴邦的大道理，值得人们深思。

“行百里者半九十。”当前，我国改革和发展正处在一个关键时期，既往的成就巨大，面临的难题也不少。改革进入了攻坚阶段，深层次的矛盾亟待破解；按照科学发展观的要求加快经济社会发展，任务十分艰巨。改革的攻坚期，又是社会矛盾的凸显期，使我们面临的形势更加错综复杂。做好今年的各项工作、实现“十五”计划目标，为“十一五”规划打好基础，把中国特色社会主义继续推向前进，需要我们加倍付出努力。一个成熟的民族必然是一个有忧患意识的民族。居安思危，居盛防衰，正是这种强烈的忧患意识的体现。

构建社会主义和谐社会的目标，确实令人鼓舞，催人奋进。但如同一些代表和委员所指出的，“和谐社会不是筐，不能什么都往里装”。要防止把和谐社会简单化、庸俗化。必须看到，和谐社会的建成不可能一蹴而就，对其长期性和艰巨性我们要有足够的认识。

李晓林委员认为，构建和谐社会，是我国经济社会发展的长远目标，任重道远。协调好人与人、人与社会、人与自然、政府与百姓、东部与西部、贫穷与落后、下岗与就业、城市与农村、国企与民企等等关系，需要长期艰苦的探索。

陈红委员说，构建社会主义和谐社会是人心所向，但许多问题“冰冻三尺非一日之寒”，深层次的矛盾解决起来不容易。要早日实现构建和谐社会的目标，一方面要求政府进行宏观调控和政策引导；另一方面要求每个人在细微处严于律己、用自身的良好道德规范影响他人，共同培育良好的社会道德风尚。

靳辉明委员说，就构建和谐社会作出具体部署是《政府工作报告》最大的亮点。建设和谐社会是一个方向，一种趋势。现在重要的是多干实事。

“事者，生于虑，成于务，失于傲。”在与政协经济界委员座谈时，温总理引用这句古语，表达了他理性谨慎、求真务实的心态。所谓“生于虑”，就是要未雨绸缪，周密谋划，精心安排好各项工作；所谓“成于务”，就是要脚踏实地，埋头苦干，把党和政府的各项政策措施落到实处；所谓“失于傲”，则提醒我们越是形势好，越要保持清醒头脑，增强忧患意识。

傲则失，虑则生，务则成。先哲的教诲值得记取。只要我们坚持“两个务必”，谦虚谨慎，戒骄戒躁，群策群力，扎实工作，就一定能克服各种困难，把改革开放和现代化建设事业推向前进。

（原载2005年3月15日《经济日报》）

第五辑　世事杂谈

临渊羡鱼，不如退而结网。眼下的情况是，鱼已壮，浪正高，因此我们的网还应结得更细密、更厚实一些，否则鱼不死而网已破。球场竞技不厚待弱者，市场竞争更不相信眼泪。

——摘自《从“十强战”说到“五百强”》

由湖南人的“自省”想到的

《经济日报》不久前有则来自湖南的报道，将时下湖南人的热门话题归纳为四个字：“三加”与“三气”。“三加”即加大改革分量，加快改革步伐，加强改革力度。“三气”则是:“土气”“小气”“宝气”。文章还颇为幽默地说:“以‘三加’除‘三气’的舆论氛围，使湖南人的辣劲开始显露出来了。”

对于“湖南人的辣劲”，笔者早已耳闻目睹，很是佩服。至于湖南人为之自嘲、自省乃至于自责的“三气”，是否确实符合湖南的实际情况，笔者却不敢妄下断语。但可以肯定的是，至少，这“三气”绝不能算是湖南人的“专利”，湖南有，其他一些地方也有，有的地方甚至更多、更盛。湖南人明确提出力戒“三气”的问题，切中时弊，倒也显示了他们的“辣劲”。

“三气”的意思听起来很明白，要下个准确的定义却也难。按《现代汉语词典》的解释，“土气”是“不时髦”，“小气”指“气量小”，而“宝气”一词属湖南方言，有傻、呆、愚等含义，词典上没有收入。湖南人为之自省的“三气”，当然要比这字面上的意思丰富、具体得多。个人穿着打扮不时髦是一种土气；在经济工作中目光短浅、视野狭窄、观点陈旧也是一种土气；满足于“四合院”“小而全”，甘当“小老板”“小业主”，是一种土气；求稳怕变，不敢用新招，闯新路，同样是土气；“步子不大年年走，成绩不大年年有”，没有一种建设和改革的责任感、紧迫感，也应看作土气的表现。经济生活中的“小气”现象也不鲜见。比如说，在政府与企业的关系上，如果只想到要企业多作贡献，却不去竭尽全力为企业解决困难，热忱为企业服务，当然算不上大家气度；在对外开放问题上，一讲吸引外资、发展外商投资企业，搞特区、开发区、保税区，就担心“丧失主权啦”“肥水外流了”，因此谨小慎微，无所作为，这不是“小气”又是什么呢？至于“宝气”，依笔者的理解，有路不走、有利不要、墨守成规、坐失良机是一类；坐井观天、守株待兔、削足适履、画地为牢是一类；自己跟自己过不去，相互拆台，“内耗”不已，又是一类。诸如此类的怪现象在我们身边不是经常可以找到吗？

“三气”表现不同，但从思想根源上分析，其症结是一致的，这就是思想不解放。无论是“土气”“小气”还是“宝气”，都是保守意识、落后观念的直接反映。力戒“三气”，关键就在于进一步解放思想。

说到解放思想，也许一些人还心存疑虑。说一句绕弯子的话，敢不敢大胆提出“解放思想”的口号，首先就有一个思想是否解放的问题。在10多年前党和国家的历史转折关头，正是邓小平同志率先提出了“解放思想，开动脑筋，实事求是，团结一致向前看”的方针，对于打破“左”的束缚，推动拨乱反正，起了决定性的作用。按照小平同志的解释，“解放思想，就是使思想和实际相符合，使主观和客观相符合，就是实事求是。”今天，我们重提“解放思想”，就是要把马克思主义的普遍真理与我们正在进行的现代化建设和改革开放的实践更好地结合起来，是坚持四项基本原则前提下的思想解放。而不是脱离国情，脱离实践的“胡思乱想”。

解放思想，实事求是的思想路线，是党的十一届三中全会以来我们党一以贯之的思想路线，是现代化建设和改革开放事业不断发展前进的保证。思想的解放带来了生产力的解放，我们才有可能使第一个翻番计划提前实现，使我国的综合国力在不太长的时间里有较大的增强。今后10年要实现第二步战略目标，仍然需要我们始终如一地坚持党的十一届三中全会确立的思想路线，进一步解放思想。解放思想不会一蹴而就，也不是一劳永逸的。人们对客观事物的认识，对客观规律的探寻，从来是由浅入深，从不知到知，从知之不多到知之甚多，认识深化、探求真理的过程，实质上就是思想不断解放的过程。思想解放的进程停顿了，思想认识落后于实践的发展，诸如“三气”之类的东西就会多起来，形成新的思想僵化。从这个意义上说，解放思想没有尽头，也不会过头。如同邓小平同志曾经指出过的：“今后，在一切工作中要真正坚持实事求是，就必须继续解放思想。认为解放思想已经到头了，甚至过头了，显然是不对的。”

湖南的同志在为“三气”自省的同时，提出了“三加”的呼吁，可谓“药对其症”，是颇有见地的。一些地方和部门思想不解放的最集中表现，就是商品经济观念淡薄，改革开放意识不强。进一步解放思想，是深化改革、扩大开放的题中应有之义。20世纪90年代的改革开放进入了一个新的阶段，必将在更深的层次和更广阔的领域触动旧思想、老观念，只有进一步解放思想，增强改革开放意识，强化商品经济观念，才能打破“框框”，消除“三气”，不断推进改革的深化，加快开放的步子，保证全国工农业总产值翻两番与小康目标的实现。

（原载1991年7月15日《瞭望》周刊第28期）

重振“晋帮”会有时

山西两位学者写了篇题为《山西商人及其历史启示》的文章，在当地引起了不小的震动。山西省委省政府在一次重要会议上作为参阅材料印发，省委书记王茂林还撰文推荐，希望党政干部结合马克思主义生产力理论的学习，回顾和研究晋商的历史，进一步解放思想，增强商品经济观念和开放意识。

一篇史学论文引起如此轰动效应，大约是两位作者始料未及的。作者以史喻今，为文的初衷就是要给今人以启迪。作者从晋商的盛衰史中得出的几点启示确实发人深思。然而，在我看来，文章的轰动效应更主要的是来自文章反映出的山西商界历史与现实之间的强烈反差上。历史上，由山西商人组成的晋帮曾名列国内三大商帮（晋、徽、潮）之首，六七十年前，山西在外地经商的有数十万之众，商业网络遍布全国，且垄断了对蒙俄的贸易。人称“凡是麻雀能飞到的地方都有山西人”。反观今日，境况大为不同：1990年山西省出口创汇占全国的份额仅为0.74%，全年实际利用外资占全国的份额仅为0.33%，旅游创汇收入占全国的份额不到1%。几十万外省人在山西各地搞建筑、从事修理和服务业，每年要从山西赚走约10亿元。在当代“商战”中，山西人的战绩远没有他们的先人那般辉煌和显赫。这难道不值得山西人深省吗？

中国人有句老话：以史为鉴。但是，从历史这面镜子中，我们往往习惯于看到封建、迷信、愚昧、落后的一面。当我们从历史回到现实之中时，就会产生一种满足感，今非昔比嘛！而当我们在现实中做横向比较的时候，又习惯于将造成巨大差距的原因一股脑儿地推到老祖宗头上，千方百计寻找出许许多多的“历史根源”。既然问题的根子都在老祖宗的身上，今人当然就无须自责，也无须自励了。

读过《山西商人及其历史启示》的山西人都会有所收获，比如说，一些人明白了“山西一向闭关自守，传统观念根深蒂固”的习惯说法并不准确，甚至可以说大错特错；一些人则认识到，在发展商品经济的竞争中，处于内陆的山西并非无可作为，而是大有用武之地的。这第二种思想收获同样很有意义。在驱牛走马、赶车挑担的旧时代，“晋帮”尚且能纵横于天下；在交通便利、资讯发达的今天，山西人有什么理由比前人“稍逊风骚”呢？地球尚且为一“村”，“山重水复”之类的托辞已难以为封闭、保守的经济观念作辩解了。

从对晋商史的研究与回顾中，山西人确立了“重商兴省”的信念。观念的转变、思想的解放是行动的先导。一场观念的变革悄然而起，一场发展商品经济的大潮必将奔涌而来。人们有理由相信，重振“晋帮”会有时。

（1991年12月28日）

有感于企业界出了学部委员

新年伊始，210位科技英才被增选为中国科学院学部委员。在相隔11年之后进行的又一次学部委员的增选，是对我国科技队伍的一次成功的检阅，为我国最高学术机构增添了活力，改善了结构，可喜可贺。而最可贺的是企业界也出了两位学部委员。

企业界的这两位学部委员，一位是汪耕，上海电机厂教授级高级工程师，一位是来自洛阳石油化工工程公司的陈俊武。他们的共同之处，不仅学术功底深厚，而且植根于生产第一线，为解决经济建设中的重大技术难题作出了突出贡献。

可以想见，跻身于来自名牌学府、高等院所的教授、研究员们之间，两位企业界的代表显得十分打眼。两百多名新增选的学部委员中，企业界的代表虽然不过1%，却意义不凡。但从另一方面看，1%的比例也说明企业所拥有的高级科研人才奇缺，反映我国高级科研人才极不均衡、极不合理的分布状况。

也许有人会说，增选学部委员主要考察学术成就，偏重于基础理论研究领域，这种说法对某些基础学科来说是成立的。但是，就是以应用研究为主的技术科学部，来自企业的也不过汪耕一人而已，占1/68，这就不能看作一种正常现象了。

由于几十年来科研与生产相分离的体制原因，高级科研人员过分地集中于高楼深院，游离于经济建设主战场，这同样是一种人才的浪费。人才的分布结构要调整，而调整的方向就是要让企业特别是大型企业集团的人才库充盈起来，让更多的俊杰英才在经济建设主战场上大显身手。

但愿“企业界出了学部委员”不再是新闻。但愿更多的汪耕、陈俊武们走进学部委员的行列！

（原载1992年1月9日《经济日报》）

做冷静的改革者

一个前所未有的改革开放大潮在我们身边涌动。说改革，议发展，干实事，从南到北，从下到上，人们都动起来了。这种局面来之不易，令人欣喜。

广大干部职工的改革热情空前高涨，用“热火朝天”来形容毫不过分。这充分证明，党中央关于加快改革开放、加速经济发展的决策是完全正确的，是完全符合人民群众心愿的。引导好、保护好、发挥好干部职工中涌现出来的热情和干劲，对于加快改革和发展至关重要。

怎样引导好、保护好、发挥好人们的热情和干劲呢？重要的一点，就是要启发人们把满腔热情与实干精神结合起来，把冲天干劲与科学态度结合起来，把坚定的目标与周密的部署结合起来，走一条积极而又稳妥，充分发挥人的主观能动作用，充分尊重客观经济规律的改革之路。要提倡做一个冷静的改革者。

做冷静的改革者，大前提是要改革。要有改革的信念，有改革的热情，有改革的勇气。但仅有这些是不够的。在经过十几年的改革开放之后，我们面临的是更深层次的矛盾和问题，企业机制的转换，政府职能的转变，市场体系的发育，宏观调控手段的再造，还有经济体制改革与科技体制、政治体制改革的接轨与配套等，都不是仅仅凭着热情可以一蹴而就的。改革是一项系统工程，其复杂性、艰巨性、长期性是不以人们意志和愿望为转移的。改革只能在大胆探索和不断试验中循序渐进。高涨的热情只有与冷静的头脑、科学的态度相结合，才能有助于我们打好改革的攻坚战。

在发展的问题上同样如此。各个地方都有加快发展的热望，这应该肯定。而不同的地区又不可能齐头并进，这也是应该承认的。基础不同，条件不同，发展的速度就会有差别，不承认这种差别，结果只能是违反经济发展的规律，收获与自己的热望截然相反的苦果。

历史的经验教训提醒我们，越是热情高涨的时候，越需要头脑冷静。由于长期的集权与计划经济体制的原因，我们一些同志习惯于用大轰大嗡的方式，搞“运动式”的经济工作，这种办法容易营造出热热闹闹的气氛，却未必能收到实实在在的效果。在我们当前的改革和建设中，切忌因袭旧体制下的老套路，否则，就难免因好心而办坏事，极大地挫伤人民群众的改革热情。

（原载1992年7月17日《经济日报》,《经济管理文摘》杂志1992年第17期转载）

为庄晓岩喝彩

我为夺得金牌的庄泳喝彩，我也愿为另一位庄氏姐妹——庄晓岩喝彩。

笔者于体育已是外行，于柔道则更属“圈外人”了。女力士庄晓岩过去战绩如何，如今状况咋样，奥运赛场上是否“有戏”，笔者所知甚少，也不敢瞎猜，但我仍要为她高声喝彩。

为什么？因为唯有她敢大模大样地对着电视镜头说，她要拿金牌。

其实，中国的参赛选手中，名气比她大、夺冠更有把握的大有人在。选手们不远万里飞赴异国，哪有只为凑热闹而去的？可从新闻媒介看，问起他们的打算，则大多回避夺牌目标，顶多说几句“争取好成绩”云云。选手如此，教练如此，随团官员亦如此。如今大赛已经揭幕，中国代表团的金牌目标究竟订在几上，只有天知道。

国人视谦逊为美德，但过分的谦逊似乎也无必要。话说过了头讨人嫌，说话不着边同样让人不舒服。欲拿金牌是光明正大的想法，没什么不好意思说的。说了要拿，最终却没拿到，也算不上吹牛、说大话，因为可能性毕竟存在过。运动员赛前表态，教练临战预测，终究不同于开支票，兑现与否没有多大关系。何况先声可以夺人，定个“跳一跳，摘得到”的目标，既鞭策自己，又吓唬对手，有益无害，何须如此口紧！

不管庄晓岩能否拿到金牌，人们都应该为她喝彩，为她的胆识、她的自信、她的坦诚而喝彩。

（原载1992年7月27日《经济日报》）

掂一掂那钱包的分量

不管你高兴还是不高兴，承认还是不想承认，中国的有钱人是多起来了，并且，有钱人钱多到什么程度也出乎人们想象。于是，有新民谣称："没到过北京，就不知道自己的官小；没到过深圳，就不知道自己的钱少……"

其实，如果不考虑分配不公等令人气短的因素，有钱人多起来大体上是件好事。让一部分人先富起来既是党的政策，也是全社会共同富裕的必不可少的过渡。让十几亿人齐刷刷地从"均贫"走向"均富"，理论上说不通，实践上大约也不可能。既如此，我们就得逐渐习惯于看着别人的钱包鼓起来，犯不着害"红眼病"，既跟别人过不去，也跟自己过不去。

有钱人多起来，不能老盯着人家的钱包眼红，却也不能漠视那钱包的分量。琢磨一下有钱人的钱包颇有必要。

精明的生意人早就盯住了先富起来的人们的口袋。百元一双的袜子、千元一盒的月饼、万元一块的手表、十万甚至几十万元一桌的宴席等，由南到北，屡有所闻。由此形成的一股高消费浪潮，引起颇多非议。其实，即使是有钱人，按这种方式"潇洒"下去，那钱袋也坚挺不了多久。

当然还有比吃、喝、玩、乐的高消费更有意义的事。从个体看，先富者的钱包分量有限；但从全社会的总量上看，这却是一笔数以千亿计的巨额财富。

如果引导得好、运用得当，这笔财富完全可以返回到社会生产领域，为社会提供更多的产品和服务，创造出更多的就业机会。也许，由此形成的就是支撑中国经济持续发展的新的生长点。

改革开放十几年来，我们已经有了一些筹集社会资金的渠道，如储蓄、债券、股票等，但这些融资形式或者回报率低，或者风险性大，还不能完全调动起投资者的积极性，有限的资本市场还难以吸纳巨大的民间游资。而在私人资产向生产领域的直接投资上，我们观念还放不开，政策上限制多于鼓励，法制上也没有保障。结果，有钱人的钱大部分还游离于社会生产的主要环节之外，一方面是建设资金的匮乏，另一方面是高消费市场的资金膨胀。

一个“长城公司”，在不太长的时间内就以似是而非的所谓“投资”形式从社会上骗得10多亿元。这个事件给人们以多方面的教训，而事实本身也告诉我们两点：一是当前私人投资的热情有多高；二是我们这个社会私人投资的渠道多么不畅！

（原载1993年9月30日《经济日报》）

“穷光蛋”能领导“大款”吗

这是个奇怪的命题，却也不是无的放矢。

某记者在南方沿海农村采访，与一位村长谈起让谁先富起来和怎样富起来的问题，引发了村长的一番感慨：群众敢干的，为什么干部不能干？干部不先富起来，“穷光蛋”能领导“亿元户”吗？

“万元不是富，十万才起步”是早两年开始流行的说法。如今，在某些先富起来的地区，少数农民的富裕程度确实超出了人们的想象。由此也引发了一些新的矛盾，“穷光蛋能否领导亿元户”就是新形势下的新问题。

其实，只要诚实劳动，合法经营，不论谁先富起来，都是党和政府的政策允许、鼓励的。农村基层干部也不例外。在发展农村商品经济的过程中，当群众还在观望、徘徊之际，基层干部率先投身于市场经济的大潮，自担经营风险，寻找致富门径，如此先富起来，确实能起到示范和榜样的作用，是值得称道的。当然，作为群众的带头人，仅仅自己富裕起来是不够的，还不可忘却组织和领导群众脱贫致富奔小康的责任。

问题在于，当干部毕竟要有所牺牲。实际生活中，大多数基层干部是难以与群众同富甚至先富起来的。在有些工作做得好的地方，村子里的楼房越盖越多，越盖越漂亮，最破、最旧的房子可能就是村长、书记的。尽管脸面上不太好看，家人的牢骚也会多一些，但是，只要你身子行得正，道理讲得明，为大伙儿的事尽了心力，群众还会继续信服你、拥护你。领导者的权威从来不是与金钱的多寡成正比的。“后天下之乐而乐”，反而会得到人们更多的敬重。

如此说来，“穷光蛋”是能够领导“亿元户”的。但这绝没有提倡“越穷越好”“越穷越革命”的意思。穷总不是件好事。干部同样有个“脱贫”的问题。这一要靠国家在财力能及的情况下改善基层干部的待遇，二靠发展集体经济增加收入，三还要靠自己的努力。

听话听音。仔细领会“穷光蛋能否领导亿元户”的疑问，其中似乎有不少潜台词。亿元户中，有人走的是邪门歪道，靠不正当手段牟取暴利；还有人靠的是违法乱纪，搞走私、贩黄等丑恶勾当。少数群众这么干了，干部也能干吗？当然不能。既于情不合，也于法不容。即使真有“带头人”因为急于脱贫而搞起违法勾当，甚至对先富起来的农民敲诈勒索，巧取豪夺，那么可以想见，他暴富之日，也就是威风扫地之时，也许还会受到道德和法律的审判。

“手莫伸，伸手必被捉。”在搞市场经济的今天，“金钱关”是对每个党员、干部最直接的考验。勿忘陈毅老总的告诫。

（原载1993年10月11日《经济日报》）

谁该知道杨振宁

前些时，有一则关于“追星族”的报道，说是学生们对某歌星追逐若狂，却对同行的杨振宁博士毫无所知更全无热情，有问“杨振宁是唱什么歌的”的笑话。于是，就有有识之士很有忧患意识地在报纸上写文章，发议论，为少男少女们的“无知且不敬”忧虑而且愤然，力促他们幡然醒悟，改弦易辙。

读过这些文字，我很为写家们的好心所感动。其言也切，其心也善。问题在于，仅仅感动我是不够的，那些少男少女们能被感动吗？我看未必。假如我是他们中的一个，有一个问题我还是想不明白，为什么要知道杨振宁？非知道不可吗？

这个反问应该说是理直气壮的。第一，学校的课本上没有介绍这位姓杨的，算不上“应知应会”；第二，这位远在异国的“洋博士”并没有和我们的生活发生直接的联系；第三，他和他的一切，似乎也还没有进入“常识”的范畴。既如此，就没有什么理由要求我知道姓杨的是干嘛的。

不知是否有人作过调查，中学生中到底有多少人知道杨振宁，但我想，知道的不会比不知道的多。换句话说，中学生不知道杨振宁，应该是件正常的事。当然，从刻苦学习、勤奋敬业、尊重知识和科学的示范导向作用看，知道杨振宁是件好事。但也不尽然。知不知道杨振宁，更多的是学生的知识面问题，除此以外，试图以此来检视少男少女们的品质、意趣甚至他们的未来，似乎都有些牵强。

日常生活中，大约不会有什么人就杨振宁的知名度问题苛求学业本已很沉重的学生们。现在之所以引发这样一场议论，主要还是因为在那个特定的场合与“歌星”比较形成的反差太强烈。醉翁之意，本不在“杨”，而在乎“星”。由于社会上一些不适当的做法，也由于新闻媒介的渲染、误导，“星”们的光彩正在日渐暗淡。其实，“星”们的是与非，是成人社会的事，与少男少女们无碍。不管人们对“星”们的收入、作风、素质有多少非议，“星”之所以成为“星”，总还有值得肯定、值得推崇的地方。因此，对“星”的崇拜是有积极意义的，至少还算不上一件坏事。

我是羡慕今天的“追星族”的。有“星”可追可以看作社会的一种进步。我的少年时正赶上“史无前例”的时代，无“星”可追，只好把水泊梁山上的一百单八条好汉背了个滚瓜烂熟，憧憬着有朝一日过上“大碗喝酒，大块吃肉”的日子。这憧憬比起今天的“追星族”来，似乎粗俗得多、浮浅得多。“追星”是种幸福，是种享受。今天的少男少女们心中有一片理想的天，有几朵纯情的云，让他们的日子过得更丰富、更浪漫、更多彩，有什么不好哩。毕竟，他们是“花朵”呀！

谁该知道杨振宁？自然那些科学家或者想成为科学家的人是知道的。还应该让那些育人的人知道，让那些管人的人知道，再加上让那些喜欢教训别人、指点人生的人知道，这就够了。

（1993年11月26日）

卖了轿车发工资，如何？

与老家来人谈起家乡的新闻，有两件事印象颇深。

一是关于教师的工资。尽管县政府想了不少办法，但由于根本的问题也就是财力问题解决不了，教师的工资还时有拖欠，一般要欠两到三个月，即便补发，也不是全资。来人中就有位教师，据他说，他现在的工资还是1985年、1986年的水平，以后历年的调资调级补贴之类，只是记在档案上，什么时候兑现还难说呢。

二是关于轿车。县里新来一位书记，也是出于好心，通过外资企业或者别的什么渠道买回一部高级轿车。说是便宜，当然也少不了三五十万元。车子开回县委大院后，却没好意思再开出来。原因是群众有想法、不理解。书记大会小会上讲原委，要干部们做解释工作，效果不大。车子到现在还趴着呢。

教师的工资问题，前一段报道不少。家乡的拖欠现象，在全国大概也不会是最严重的。老家那个县，只能从地理上称之为“中部崛起”，是个“老、边、穷”都沾得上的深山区。据说，县里拖欠工资的不仅有教师，还有机关干部，就是县级干部的工资也不是月月都能拿到的。千方百计保工资，是县长最为头疼的事，不能说不重视。只是“贫困”的帽子一直摘不掉，工资就是保不住。

但我想，不管这困难、那理由，工资还是要保。不仅教师的工资要保，机关干部的工资也应该保。这道理是用不着多讲的。既然是“保”，意思就是有钱就要先用在这个地方。发不出工资的地方政府能不能买轿车？现在还没有明文规定。那么，发不出工资的地方领导干部不坐轿车行不行？或者说，不坐高级轿车行不行呢？似乎也没什么不行。

于是，就想给那位书记出个“馊”点子：既然那轿车还在车库里趴着，何不卖了轿车发工资呢？就算这“车薪”真如“杯水”，解决不了多大问题，毕竟可以带个勤俭过日子的好头，“榜样的力量是无穷的”嘛！

（1994年5月6日）

冲出“围墙”天地宽

关于“围墙”的故事，我们听到过许多。

某地两家国有大中型企业只隔着一道围墙，这家生产的钢材是另一家的原料，但从钢材厂出产品到走进隔壁厂成为原料要绕行上千公里，因为两家企业隶属不同的系统；

一家全国排名在前十位的大型商场急于扩大营业场所，却找不到地方，而紧邻着的一家制革厂早两年就处于停产半停产状态，闲着一大片场地；

某重型机床厂花费巨额外汇引进树脂砂项目，而在“围墙”之外，这个城市已引进类似的项目不下十个，大部分“吃不饱”，正到处找活干。

其实，不用打听这些故事发生在什么地方。在我们的身边，不难看到许多类似的现象。

我们的城市是用一个个“围墙”圈起来的。围墙带给我们宁静，带给我们安全，也挡住了我们的视线，圈住了我们的思路。对于企业来说，不仅有钢筋水泥的有形的围墙，还有计划经济体制下形成的无形的“围墙”。条与块的分割、经营范围的限制、所有制形式的区别、级别大小的认定，等等，企业与生俱来就打下了许多永久的“烙印”，就置身于一个固定不变的“笼子”。不管你的翅膀有多硬、志气有多高，“鸟儿”只能在“笼子”里面飞。

随着市场化取向的改革悄然兴起，企业在“围墙”里待不住了，一些得风气之先的企业从“鸟笼”中挤出一道缝，大步走向社会，走向市场，飞向了蓝天。当市场经济新体制的目标确立起来的时候，圈住企业的“笼子”开了门，正在或即将被彻底拆除，先飞的“鸟儿”已经成为翱翔蓝天的大鹏，而更多的在“鸟笼”中住惯了的“鸟儿们”还留恋着过去的安详和稳定，对开放的经济体制、对竞争的市场环境不仅心存畏惧，而且有些力不从心。

有人将国有企业长期以来形成的封闭、僵化的经营观念称之为“围墙内的经济思想”，这也是一种“市场不适应症”。这种经营观念的表现是多方面的。

比如，小而全、大而全的企业组织结构。“鸟儿”不论大小，总要“五脏俱全”。讲究成龙配套，却不管用途大小。立足于“围墙内”的工艺联系和布局，习惯于万事不求人，什么都抓在手里自己干。

比如，单一的经营范围和产品方向。产品单一，品种单调，式样老化，有的产品甚至是几十年“一贯制”。经营范围狭窄，不敢“越雷池一步”，且常常是“一条道儿走到黑”，在风云变幻的市场面前以不变应万变。

比如，求高求大求洋的基础设施建设。从生产设备到生活设施，习惯于高水平、高标准，还要不断追赶时尚。习惯于盖又高又大又结实又漂亮的厂房，用上100年都不坏。图气派不图实用，花了许多不该花的钱。

比如，着眼于扩大外延的技术改造思路。企业的技术改造，是以提高内涵扩大再生产的有效途径，是老企业保持青春与活力的“法宝”。而一些企业的技术改造却成了扩大外延的代名词，在“填平补齐”的名义下，常常建起一个新的车间或者新的生产线，甚至一个新厂。

所谓“围墙内的经济思想”，本质上是小生产的经营观念的反映。国有企业的“市场不适应症”，实质上是小生产的观念与社会化大生产的矛盾与冲突的表现。生产社会化是现代化大生产发展的必然趋势。在现代商品经济社会中，社会分工愈来愈细，协作范围越来越广，生产越来越具有社会性质。今天，整个社会的经济活动已经联结为一个整体。过去，任何企业或个人之间的联系是通过“计划”来实现的；今天乃至今后，企业就只能主要通过市场来实现这种社会分工与联系，这是一个从被动到主动、从依附到自主、从不自觉到自觉的转变过程。这是走出“围墙”，走向市场的实质意义之所在。

走出“围墙”天地宽。从各地企业改革的实践中，我们已经看到了许多先行者的榜样。北京一轻系统“退三进四，退二进三”的做法，就是打破行业与行政界限，跳出旧的经营格局和发展思路，不拘一格搞活企业的成功尝试；武汉市提出“五个一批”的国有企业改革思路，对国有企业股份制改革一批，发展企业集团壮大一批，利用外资嫁接一批，发展第三产业转向一批，破产、租赁转让一批，既保证了国有资产的保值增值，又实现了生产要素的合理流动与重组。所有这些措施，都是帮助企业冲出“围墙”、别开新境的有效办法，值得借鉴。

有形的墙是容易被推倒的，而冲出无形的“墙”却非易事。有些“墙体”是由政府的政策条条支撑着的，冲出“围墙”需要政府的支持和政策的配合。但说到底，冲出“围墙”主要应该是企业行为，关键在于企业经营者、劳动者与旧体制告别的决心与勇气，在于经营观念的转变，在于企业素质的提高。

（原载《中国企业家》杂志1994年第9期）

把农技日办到田头去

我们的“节日”越过越多，以至于很多的“节”和“日”成为与大多数人无关的事。比如说，刚刚过去的5月21日是个什么“日”，你知道吗?

我是从晚上的电视上知道5月21日的“特殊意义”的：那天是全国农民科技日。

我们有一支数亿人的农民队伍，在农业的发展越来越依赖于科技进步的今天，为亿万农民设立一个“科技日”，这是很有意义的创意。据说，这个活动由全国10所大专院校倡议，有18所院校响应。21日那天，全国有16个省市开展了农技日活动。

但看了有关报道，总觉得有些遗憾。这个以农民为主体的科技活动日似乎主要是在都市里搞起来的。标语挂在街头，咨询台摆在校门口，义务咨询、服务的教授、学者不少，而服务的对象倒不是很多。

是农民不需要科技吗？当然不是。如果你到乡下、到山里走一走，就会理解农民群众对科学技术如饥似渴的心情。土壤的改良、良种的培育、病害的防治、耕作方式的革新、品种结构的调整、农业机械的使用，等等，差不多每个农户都有一大堆问题急于寻求答案。时下，农村原有的农技推广体系在各种因素的冲击下七零八落，而新的社会服务体系还没有建立完善起来，农民与他们急需的科学技术之间正处于一种断档、脱钩的状况，缺的就是“桥梁”。

农民要科技，但他们还没有富裕到可以拿钱从几百里、几千里外赶到城里来找科技。如果我们真的为农民着想，为什么不能把科技日之类的活动办到农村去，办到田头去呢？如果明年还有农民科技日活动的话，就让我们的农业专家、教授和农技部门的干部走出高楼深院，到乡村、到集市，和农民一起度过这个“节日”，不是更有意义吗！

好事要办实。像农民科技日之类的活动，既是好事，就要千方百计办得扎实些，办出效果来。如果把这类活动搞成农民看得见、摸不着的“空中楼阁”，那还不如不办的好。

（原载1994年5月27日《经济日报》）

改善投资环境不能靠“三陪”

一些娱乐服务场所出现的“三陪”现象，从一开始就受到社会和舆论的谴责。有关部门正采取措施，清理、整顿有关行业，取缔“三陪”服务。但也有一些地方的主管部门对“三陪”问题睁只眼、闭只眼，漠然处之。他们有一个怪论：“三陪”也是投资环境。

吸引外资，促进发展，当然要改善投资环境。对外开放搞了十几年，我们的投资环境已经有了很大的变化，但仍有不尽如人意的地方。比如说，基础设施还比较落后；市场规则还没有与国际接轨；还有管理体制的弊端、工作作风上的缺陷，等等，都需要我们下大力气进一步改善。这些工作做好了，对吸引外资、留住投资者是很有必要的。

改善投资环境，当然也包括了改善投资者日常生活与娱乐环境。增加生活、娱乐设施，改进服务作风，让投资者与海外客商宾至如归，生活得方便些、舒适些、丰富多彩一些，这是应该的。但这并不等于要搞“三陪”。搞了“三陪”，也不意味着投资环境就有了改善。实际的效果恰恰相反。搞“三陪”不仅于投资环境的改善无益，而且是有害的。沿海一些地区已经有了这方面的教训。所谓的“三陪”是一种表象，在“三陪”的后面还隐藏着一些肮脏污秽的东西。这些东西如同一股“祸水”，败坏了社会风气，腐蚀了干部和职工队伍，还引发了一些社会治安问题。“三陪”盛行的地方，怎么会营造一个好的投资环境呢？

如果以为搞“三陪”就可以留住投资者，那就错了。投资者不远千里、万里来到中国，为的是什么？当然不可能是为了过几天奢靡的日子。实际上，如果仅仅为了这些，他们就用不着大老远跑到咱们这儿来了。海外的“花花世界”多的是。投资的目的是为了赚钱。他们看中的，是丰富、廉价的原材料和劳动力，是巨大广阔的中国市场。在这片古老土地上升腾起来的巨大的发展热望和潜力，是吸引成千上万投资者的决定性因素。

其实，走进那些搞“三陪”的场所，真正的投资者、海外客商并不多见。充斥其间的是暴发的“大款”、有闲的富人，其中还不乏“公款消费者”。那种以为取缔“三陪”会赶跑投资者的说法，是完全没有根据的。

（原载1994年6月3日《经济日报》）

在出租车拒载的背后

北京人的语言够新潮、够生动的。比如，当出租车拒载“蔚成风气”的时候，“打的”的人们有了新发明：打你没商量。

笔者对这“新发明”颇为赞赏。几天前的一个早上正有急事，于是也想实践一回“没商量”的“打的法”。确实没商量就钻进了一辆“面的”（微型出租车），不想刚说出目的地，司机就不干了，说是那路上堵车，好说歹说就是不去，终于还是“没商量”地被赶了下来。

这种经历不是头一回，与几位常“打的”的聊起这事，也都习以为常，不以为怪了。共同的感觉是：北京出租车（主要是“面的”）的风气是“王小二过年”——一年不如一年。两年前“面的”一哄而上的时候，遇上难走的活儿，司机不过是皱皱眉头而已；一年半载之后，不想去的地方不去，但还找点借口、托辞，比如：要去加油了、要回家了，等等；而到最近这半年，拒载就只干脆的一声：“不去！”似乎拒载已成为光明正大、理直气壮的事了。

出租车要赚钱，当然是道儿越近越好（在起价之内的时候），路上越顺越好。因此，可以说，拒载行为是出租车与生俱来的“天性”，而这种“天性”恰恰是与出租车的“天职”相违背的。要压制住出租车的拒载“天性”，只能主要依靠外部的监督和管理。当然也要加强教育，但立足点绝不能放在单纯依靠司机同志的良心发现上。

最有效的监督是乘客的监督。笔者刚开始遇上拒载的时候，也想过要尽点监督的责任，于是按照“的票”上的监督电话号码，溜溜打了一天，不通。以至于有些怀疑这号码是不是存在过（后来从报纸上知道，这号码是真有，不过难得打进去。为此最近增加了一个号码）。不知道别的北京人是不是因为类似的原因放弃了监督的责任，反正笔者自此以后再没有提起过投诉的念头，尽管遇到的拒载越来越多。

对于出租车这种分散经营的行业来说，管理必须以社会的监督为基础。当监督缺乏渠道、日益“疲软”的时候，管理也就可想而知了。看看拒载的司机在听到乘客要投诉的威胁时那满脸不屑的神情，你也就能大致掂量出行业管理的分量了。

在出租车拒载的背后，是监督者的懈怠和管理者的缺位。没有理由埋怨出租车司机有章不循、有禁不止，因为那是大家给“惯的”。问题是，人们还准备对那些任性的“面的”“惯”多久呢！

（原载1994年6月5日《经济日报》）

让公众来评议行业作风

行业不正之风屡禁不止，是群众反映比较强烈的问题。与行业不正之风相联系的，是某些掌握一定权力的部门用权力搞“创收”、搞“摊派”，谋取小集团或者个人的利益。在反腐败斗争中，一些行业和部门的不正之风受到抑制，有所收敛，但并没有得到根治，仍然需要引起我们的高度重视。

行业和部门的不正之风之所以屡禁不止，关键是缺乏有效的监督和约束机制。各个行业都制定了规章和制度，但往往写得多，说得多，认真执行不够。纪律和规章的约束受人的因素的影响，容易流于形式。特别是当前许多不正之风是与小集体、小集团的利益联系在一起的，这使得行业或单位内部的制约和监督很难开展起来。在这种情况下，如果没有社会和公众的经常性的监督，不正之风就很难抑制。

日前看到一份材料，湖南省湘潭市在制止行业和部门的不正之风上有“新招数”：行风评议。从去年3月到今年4月，湘潭纪检监察部门组织来自社会各界的评议代表，分批对28个政府部门和有关行业进行公众评议，不合格的“留评”“留观”，合格的也要经常“回头看”，形成一种制度。评议中，揭露并查处了一大批索拿卡要、违纪违规、以权谋私、贪污受贿的案件，解决了一些群众反映强烈的老大难问题。市内有栋著名的94号危房，居民多方奔走呼号，主管部门也多次到现场察看，就是没有解决问题。在评议会上评议代表一针见血地批评，你们既然能盖高标准办公楼，坐豪华轿车，为什么没有钱用于危房改造。主管局受到触动，从准备装修办公楼经费中拿出资金用于危房的改造。湘潭的行风评议搞了一年，群众反映：从中看到了廉政建设的希望，对反腐倡廉有了信心。

湘潭的做法值得推荐。反腐倡廉不搞群众运动，但必须充分发动和依靠群众，否则很难达到遏制腐败的目的。行风评议，就是既不搞群众运动，又充分依靠群众的一种有效的监督形式。一个部门、一个行业的风气好不好，应该由它为之服务的群众说了算。只有社会公众的评判才是最具权威性的，也只有社会公众承担起监督的责任，不正之风和腐败现象才能成为人人喊打的“过街老鼠”。外部的监督机制健全起来了，还能够有效地促进内部的监督与约束不再流于形式。

（原载1994年6月7日《经济日报》）

评奖这“行当”

把评奖称为“行当”，当然是有根据的。不说政府和社会团体组织的各种关于先进集体和个人的评奖，单说针对企业产品组织的各种评奖，就已经多得不可计数。春天评烟酒，夏天评冰箱，秋天评西服，冬天评……评什么的都有。主持评奖的有政府部门、新闻单位、行业协会，还有这中心、那公司，似乎是只要想评，谁都可以扯旗拉竿评上一回。

评奖这“行当”日益发达起来了。正当的评奖是必要的、有益的。评得好，评得公正，评出权威，可以起到褒扬先进、刺激市场、引导消费的作用。问题是，眼下各种各样的评奖活动一是多、二是滥。因为其多，因为其滥，公正与权威似乎就有些顾不上了，由此引发的“官司”屡见于报端，成为一段时间的新闻热点。你看，这边关于“十大衬衫”的官司还没打出个“说法”来，那边又冒出个“中国公认明星啤酒调查活动”的麻烦（见6月7日《光明日报》）。

有人问，涉及企业的全国性评优、评奖活动不是几年前就禁止了吗？是的，禁是禁了，但现实是，国人精通“变通”之术，如果没有实实在在的措施相配套，一纸“红头文件”的作用是有限的。评奖这“行当”发达起来的奥秘何在：投其所好。好者何也：企业好名，评者好利。于是以名换利，各得其所。整顿评奖这“行当”就要从“利”字上着手，只要堵死评奖者通过评奖获利的渠道，这“行当”不用你禁，自然就冷清下来了。

对于企业来说，热衷于拿钱买奖，可能收一时之效，但从长远看，未必是好事。记得几年前采访一家冰箱厂，那时是做冰箱的都赚钱，厂长给我们历数他们的产品获得的荣誉，金奖银奖、这杯那杯，一口气数出几十个，很是让人敬慕。不想，几年过去，市场大变。当年的金奖银奖掩饰了企业存在的问题，虚假的荣誉变成了背不动的包袱。如今，那红火一时的冰箱厂已默默无闻，或许已经转产；那位红极一时的厂长竟也不知何往。

又听说评奖、买奖活动正在上“新档次”：向国际化发展。有企业投书某报，说是应邀参加海外某个评奖活动，参评产品还未寄出，“金奖”已经评上了。当然产品不一定再补寄了，钱是一定免不了的。那钱可都是来之不易的外汇啊！

（原载1994年6月9日《经济日报》）

“大票”的尴尬

儿童节那天，妻儿兴冲冲地去了动物园，回来的时候却有些愤愤然。倒不是动物园的狮子老虎们态度不好，而是在随身的几张大票上出了麻烦——园内的食品店拒收，且不是一处拒收，而是到的几个摊点都拒收。不是因为没法判别真伪而拒收，而是干脆一见大票就拒收。肚子饿顾不得脸面，妻不得不领着儿四处找领导，说好话，才算换回一片面包、两根香肠来果腹。

曾经，我们都以为假币是离我们很远很远的事。如今，虽然大多数人未必与假币“谋过面”“握过手”，但假币带来的威胁已经离我们很近很近了。带着大票上街，不再感到一种荣耀，而是担心：这票子商店要吗？事实上，这种担心并非多余。一些商店对大票“另眼相看”，客气的设一个大票兑换处，不客气的就干脆拒收。而当你从单位拿到工资、从邮局领回汇款、从银行取出存款的时候，你有理由、有办法拒绝大票吗？

假币的存在是对人民币信誉的极大损害，是对经济秩序的严重冲击。根治假币的威胁需要从源头着手，坚决打击那些制、运、售假币的不法分子，决不手软。与此同时，我们要看到，假币时有出现，但绝没有到泛滥成灾的地步；加强对假币的防范，也不能搞到“草木皆兵”的程度。对于金融部门、经营单位来说，一方面要提高对假币的警惕，另一方面还要维护人民币的信誉。对假币，当然要理直气壮地拒收（严格地说应该没收）；而对于不能证明为假币的大票，没有任何理由拒收。对大票的歧视，同样是一种扰乱金融秩序的行为，必须坚决制止。公民使用合法货币的权利应该受到社会和法律的保护。

现阶段，我国的货币形态主要还是纸钞。假币带来的冲击也反映了纸币流通形式的缺陷。老话说：祸兮福之所倚。假币带来的威胁和烦恼，又为一项新事业的发展提供了机遇。大力推进“金卡”工程（电子货币工程），加快信用卡等现代支付手段的普及，此其时也。把口袋里大叠大叠的现钞换成几张信用卡，从中感受到的不仅仅是潇洒！

（原载1994年6月12日《经济日报》）

看形势的“看法”

古人云：仁者见仁，智者见智。意思是从不同的角度看同一事物，结论可能是不一样的。看事物如此，看形势亦如此。所谓看形势的“看法”，就是指看形势的角度、标准、方法。

如何看待当前的经济形势，也有个“见仁见智”的区别。年初以来，按照党中央“抓住机遇，深化改革，扩大开放，促进发展，保持稳定”的方针，改革的步子加快了，新出台的几项重大改革措施在实施中得到完善，效果很好；发展的步子更稳健了，过大的基建规模初步得到控制，过高的物价涨幅也受到遏制，国民经济在向着持续、快速、健康的方向发展。无论是从改革上看，还是从建设上看，都呈现出前所未有的好形势。这是一种看法。

说形势好，并不否认在形势的发展中还存在着一些问题。比如说，由于这样那样的原因，一些国有企业的日子还不好过；比如说，物价涨幅有所回落，但通货膨胀的威胁还没有消除，等等。但这些并不能构成当前形势的主流。看到这些问题，也使我们清醒地认识到，要保持和发展大好形势，还有很多工作要做。

对于形势的判断任何时候都难免有分歧。对当前形势不以为然的也不乏其人，他们觉得发展速度还不够快，上的项目还不够多，铺的摊子还不够大，总之，感到发展经济的“热度”不够高。在他们看来，如果把全国搞成一个“大工地”，那才是形势大好的标志。这是另一种看法。

“横看成岭侧成峰，远近高低各不同。”看法的不同，原因在于“看法”的不同。从加快发展的热望出发，人们希望发展速度尽量快一些，建设规模尽量大一些，收入的增长尽量快一些，这种心情是可以理解的。但是，如果从这种主观愿望出发，单纯以产值、速度指标来衡量经济形势，把项目上得多不多、摊子铺得大不大作为判断形势好坏的标准，那就错了。如果从这种错误的判断出发，对一段时间出现的经济过热的苗头不加警惕，盲目鼓励上项目、铺摊子，把基建规模搞得过大，超过国情国力的可能，就有可能加剧经济环境的全面紧张，导致经济发展的大起大落，其结果与加快发展的愿望背道而驰。

“大炼钢铁”那阵子，“村村点火，户户冒烟”被看作形势大好的一种标志。到了“文化大革命”的时代，“天下大乱”成了另一种形势大好的标志。今天，当然不会再有人同意当年那种判断形势的标准了。足够多的历史教训教会了我们，既要尊重主观愿望，又要服从客观可能；既要有冲天干劲，又要有科学精神。

（原载1994年6月14日《经济日报》）

警惕“乱集资”之风抬头

在去年整顿金融秩序中受到遏制的乱集资之风，近期又有抬头之势。近日，新闻界先后披露了两起非法集资受到查处的消息。一是武汉市制止了四家房地产公司以“房屋拆零销售”的名义进行的非法集资活动；二是广东省和汕头市联合查处广东省二建公司非法经营金融业务、非法集资额达十几亿元的事件。还有一些乱集资现象“死灰复燃”，值得警惕。

乱集资是一种严重扰乱金融秩序的行为。经过去年的着力整治，乱集资现象得到初步控制。但是，只要资金供求关系紧张，乱集资是难以禁绝的。当前乱集资现象之所以重新抬头，原因就在于一段时间资金形势趋紧，一些地方和企业急需增加投入，而信贷总规模受到控制，盘子就那么大，于是总有人想通过不正当的手段多挖出一块。

乱集资抬头，也反映了我们抓工作的思路和方法还有待改进。相当长的时期里，人们习惯于“刮风”式的工作方法，风刮来的时候，领导挂帅，全民动员，厉害得很；而当一阵风过，各种规章制度也似随风而去，种种“变通”手段纷纷出笼，是非又不大分明了。一些人正是摸准了这种规律，精熟于“见风使舵”、避风而行，时机一到就要钻空子。

但这一回，那些重新玩起乱集资花招的人显然看错了。尽管制止“三乱”、整顿金融秩序的“高潮”已过，但有关政策并没有过时，禁令还没有解除。政府有关部门制止“三乱”的决心也没有动摇。武汉、广东等地在非法集资现象刚刚露头之际，就旗帜鲜明地坚决予以制止，这种做法值得各地借鉴。

值得人们深思的是，在武汉“拆零售楼”的非法集资活动中，“投资1万元赚回20万元”的“神话”广告不仅在媒体上得以刊出，且仍然吸引了相当多的市民。长城公司集资骗局殷鉴不远，善良的人们不该那么健忘！

制止乱集资是堵邪门。邪门要堵住，还要及时打开正门。一方面，要在保持总量控制的前提下千方百计缓解资金紧张的状况，重点保证那些有市场、有效益、有潜力的企业的资金供应；另一方面，还应该更灵活地运用利率机制，保持银行储蓄的稳定增长；同时，开辟更多的个人投资的合法渠道，使沉淀于民间的巨额游资更好地发挥作用，也使群众手中有限的积蓄不至于为通货膨胀所消蚀。

（原载1994年6月16日《经济日报》）

多赚十万元为何反丢“饭碗”

先讲个故事。

某合资企业供销科有一笔“俏货”，已与客户签订供货合同。这时，又有一家客户找上门来，也想要这笔货，并且愿意多出10万元。供销科长当然觉得这是更合算的买卖，于是拍板成交，“俏货”易主。

在我们的经济生活中，这样的故事实在是太平常、太普通了。在人们看来，这位供销科长的做法是合乎常情的。我们企业的大多数供销科长在处理类似情况时，相信都会这么做（有个前提，毁掉第一个合同不要惹出法律的麻烦）。之所以要讲这个故事，是故事的结局颇为出人意料。

供销科长将多赚了10万元的“业绩”向外方总经理作了汇报。总经理沉吟片刻，下令：供销科长即刻结账走人。他对那位为之愕然的科长说：你为多赚10万元而大大伤害了我的信誉，失去的远远不止10万元了。

这个故事之所以让我们听起来新鲜，是因为我们听惯了、见惯了许许多多相反的事例。或者数量不足、或者质量不好、或者交货无期，正儿八经的合同最终变成了废纸，人们早已习以为常，常常连“官司”都懒得打。还有更甚于此的：欠账不还、假冒产品、合同诈骗、强买强卖、偷税漏税……在许多人看来，既然搞市场经济，只要赚到钱就行，还讲什么信誉呢？

信誉是什么？信誉是一种文明，是在物质生产和流通的过程中产生、又为物质生产和流通服务的文明，可称之为商业文明或者市场文明。我们讲文明建设，习惯于将物质文明与精神文明分成两个截然不同的领域，并且注重的是精神领域的文明建设，而忽视了在物质生产与流通过程中的文明建设。市场经济要不要文明，回答是肯定的。我们搞社会主义市场经济，也只能建立在人类社会物质与精神的全部的文明积累的基础之上。

那位因为多赚了10万元而丢掉“饭碗”的科长冤不冤？不冤。从这种“难得的”经历中，他学会了怎样估量信誉的“价格”，学会了怎样遵循市场经济社会的文明守则。只要他从挫折中吸取教训，他得到的将比他失去的多得多。

（原载1994年6月17日《经济日报》）

走出“数字的迷宫”

这是个借来的题目。有记者到一个县了解农民收入情况，分别采访了县委书记、农工部长、农委主任等人，不想越访越糊涂。全县农民人均收入到底多少，各人有各人的说法，且没有两个人的说法是相同的。于是记者只好“如实”写了篇报道，题目就叫《数字的迷宫》。

听了这个故事，我就想，那记者大概是“初出道儿”，或者编辑部里坐久了，不常下基层了。经常在基层跑的“老记”是不会把“数字的迷宫”当作新闻的。如今采访中听到数字不能往本子上一记了事，还得了解数字前面有什么限制词，是上报的数字、是见报的数字，还是内部掌握的数字？如果再想准确一点的话，还要了解一下这数字的来历：是统计的、估算的、测算的，还是统计之后“调整”的？

数字上的名堂真还不少，说“迷宫”也不为过分。对于记者来说，走出这“迷宫”并不难，只要有心，多问上几句就行。问题是，大量的数据不是为写报道而统计的，而是要逐级上报，作为各级政府、各个部门掌握、了解情况，作出决策的依据。数据失实，意味着情况不明，决策失据，后果无疑是严重的。

数字成了“迷宫”，原因很简单。有的数字就是政绩，比如产值、发展速度，关乎干部的升迁，当然要往高里报；有的数字就是资金，比如灾情，受损越严重救灾款越多，关乎一方利益，当然也要往多里报；有的数字就是问题，比如安全事故、新增人口，当然是少报一些为好；有的数字就比较微妙，报高了是政绩，报低了有实惠，比如农民人均收入，因此就可能有更多的“口径”。某山区县在上报农民人均收入时忽略了“口径”的差别，眼看就要丢掉“全国重点扶贫县”的帽子，急得县长书记接连上省进京“公关”，费了老大的劲才把数字改回来。

走出“数字的迷宫”，需要改一改我们的统计方法，逐步摒弃依靠行政系统层层上报的数据采集办法，树立专业统计部门的权威，建立科学的统计指标测算体系。数字不仅是“迷宫”，还是“海洋”，还应该做一点化繁为简、去粗取精的工作。有些数据失实，并不是基层的同志有意作假，确实很难统计。比如：全县农民一年种了多少棵树、积了多少担肥、养了多少只鸡之类的数字，让谁去一棵棵、一担担、一只只地数去？这种只能“笼而统之”地统计出来的数字，对实际工作又有多大意义呢？

本来，数字应该是最可以信任的材料，今天在某些问题上，数字又成了不可信的东西。当我们还不能把数字里的水分挤干的时候，我们就要学会对数字“存疑”，尽可能地多了解一些数字后面的东西。湖南最近在全省范围组织了一次“农民负担百村调查”，省委书记王茂林就对各地、市、县委书记提出三个“亲自”的要求：亲自解剖一个村；亲手写一份调查报告；亲自研究解决几个具体问题。王书记自己实地走访八个县、包了一个村，挨家挨户地谈心、算账，掌握了大量一手情况。王茂林同志的做法，正是领导干部走出“数字迷宫”，了解真实情况的好办法。

（原载1994年9月15日《经济日报》）

记者趁多少钱？

春天的时候，作为轰动一时的“沈太福事件”的后续报道，新华社播发了两名记者接受长城公司贿赂受到查处的通讯。每一个正直的新闻工作者都因此而震动，从中得到教益，为记者队伍中的败类受到法律制裁而欣慰。

作为新闻队伍的一员，没想到的是，从那篇报道见报起，自己在亲朋好友中的“良好形象”有了点儿变化，总觉得周围有一种异样的目光，说不清是羡慕还是鄙夷。一位半生不熟的朋友对我说：啧啧！给“大款”写篇报道就是1万元，你们搞记者编辑的，就是趁钱！仿佛一夜之间，记者们都因为写“大款”而变成了“款”。

记者中有没有“大款”？想必是有的。记者们是不是都成“大款”了呢？我看却未必。至少还没有看到哪位熟悉的“老记”真的“款”起来。前两年有个关于“款们”的顺口溜：“坐宝马车，拿大哥大，穿杰尼亚。”如果以此作为“款”的标准的话，恐怕全国的新闻界也没有几个人能对上号。

比较起来，记者并不是一个趁钱的职业。工资说不上高，奖金也不算多。“外快”当然也有，比如写外稿、出著作，但毕竟现在的稿酬水平还低，还没听说有谁靠“码字儿”发了财。如果想靠邪门歪道捞钱，路子也是有的。比如拉赞助；比如倒物资；比如像两位被查处的记者一样索贿受贿，靠出卖良心换钱。这样的记者有，但肯定是少数。那些打着“记者”的招牌在外面招摇撞骗的人，一旦露出真实面目，既为党纪国法所不容，也为同行所不齿，是混不长久的。

记者并不富有，但记者也不贫穷。至少，每个敬业、称职的记者都拥有一笔巨大的精神财富。没有一种“以天下为己任”的责任感、使命感，就不会有那么多的记者们奔波于抗洪抢险、灭火救灾的第一线，甚至穿行于异国战场的枪林弹雨之中。在刚刚过去的汛期中，不是就有年轻的记者为防汛报道献出了生命吗？人们注意到记者们游历于名山大川、混迹于歌台舞榭的身影，却往往忽略了在那些最艰苦、最危险地方恪尽职守的记者们的形象。在笔者所在报社的小卖部中，最走俏的商品是什么？方便面。

记者生活确有无穷魅力，但这魅力是风险而不是风光，是奉献而不是索取，是精神的“富人”而不是物质的“大款”。消除一些人对记者职业的误解，一方面，靠新闻工作者的自律和全社会的监督，坚决制止新闻界存在的一些不正之风，纯洁新闻队伍；另一方面，新闻界的同志也不妨搞点“自我曝光”，运用新闻舆论、评比表彰等手段，宣传介绍一些记者队伍中的好的典型，使人们对这“令人羡慕”的职业有更全面的了解。这意义并不仅仅在于“以正视听”，更在于弘扬正气，激励和鞭策我们的新闻队伍。

（原载1994年9月16日《经济日报》）

导游的品位

游历名山大川，饱览风光名胜，实乃人生快事。

快事之中也有憾事。今天，国人的口袋里多了些“闲钱”，不仅“旅游”不再是“老外”们的专有名词，“导游”也不再是专为外人服务的行业了。但听过几处景点导游的介绍，却有些不以为然。不是导游的口才不好，而是介绍的内容很可以商量。有同志近日从东南沿海某名山归来，问他感想如何，只是摇头：“景色虽好奈人何。”原来，当地的导游津津乐道的都是些民间传说，还都带点“颜色”，说轻了是俗气，说重些是下流，不免让人面对着满目的青山秀水“倒了胃口”。

旅游之所以称为“快事”，因为可以陶冶情操，可以锻炼意志，可以增长知识。饱览神州大地的自然风光、文物古迹、名胜景点，能够激起人们对祖国壮丽山河和悠久历史文化的热爱之情。旅游需要导游。高品位、高质量的导游不应该仅仅是技术性、知识性的导游，还应该是善于寓情于景、寓教于乐的导游，使旅游者从游览中不仅得到感官的享受，还能得到精神上的享受。

如此说来，导游也有个“导法”和“导向”的问题。高明的“导法”是说风情不流于庸俗，谈宗教不至于迷信，讲传说不陷于虚妄。正确的导向应该是寓爱国主义教育于游览观光之中。不仅是导游的讲解，旅游景点的文字说明、宣传材料都应该注意内容的导向，增加爱国主义的教育内容。

日前，有关部门制定的《爱国主义教育实施纲要》颁布施行。其中重要的一条，就是要“创造爱国主义教育的社会氛围”。既然是“氛围”，当然不是某一个部门、某一个行业能创造的，需要全社会的努力。对于旅游部门来说，在这方面有优势也有责任，特别要注意树立导游人员的爱国主义宣传意识，加强这方面的教育和培训，更好地发挥导游人员和旅游景点在爱国主义教育中的作用。

（原载1994年9月19日《经济日报》）

中秋月饼与圣诞饺子

玉兔高悬，清辉满地，好一个秋高气爽的中秋之节。

街上最走俏的商品自然是月饼。在温饱还没有解决的时代，月饼是美食，是享受，有时还是要限量或者凭票供应的特殊商品。如今，人们生活富足，饮食花样不断翻新，月饼不再是一种难得的美食了。用现代人的口味看，那东西糖分高、热量大，且吃起来甜腻腻的，实在算不上什么美食。

但月饼依然走俏。家家都要买，尽管数量不一定多。今天人们吃月饼，不是为了果腹，不是为了品味，而是一种难以忘怀的传统，一种挥之不去的情思。中秋之夜，月圆之际，或阖家团圆，或高朋欢聚，或高歌，或低吟，此时此际，是少不了小小月饼的，那是情感的道具，是文化的载体，与食品的本义已相去甚远了。不妨说，吃月饼就是吃文化。

当然，不是所有的人拿起月饼就能吃出文化味儿的。没有对中华民族的认同感，没有传统文化的滋养，背不下“床前明月光”的诗句，不知道月球的“女主人”叫嫦娥，月饼就不过是“圆圆的厚厚的甜点心”而已。

如同中国人要过中秋吃月饼一样，每个民族都有自己的节庆。每个民族的节日，又都是各自民族传统文化的一种体现，一种标识。随着国门的开放，我们知道这世界上还有许多人是不吃月饼的，他们有自己的“洋节庆”。又有一些新潮的国人以“洋节庆”为时尚，圣诞节、复活节、感恩节、情人节……忙个不停。新潮倒是新潮，却总给人一种请西方人啃月饼吃粽子的滑稽感。记得有次单位食堂卖饺子，忽听排队的后面有女孩子欢呼：“真好！今天圣诞节吃饺子。”笔者不知道圣诞节该吃什么，但实在想象不出，从中国人的饺子中能吃出多少圣诞的气味来。

今天，大多数国人是懂得吃月饼的。但明天呢？我们的子孙们还愿意去品尝那圆圆的厚厚的甜点心吗？这不应该仅仅是月饼生产者的忧虑，因为可能失落的不只是一种食品。（原载1994年9月20日《经济日报》）

明年的月饼怎么吃?

中秋节过完了，月饼的话题没完。

北京今年的月饼市场有200多个品种可供选择，价格却有几元到几百元的悬殊，但有了前两年的经历，人们不再为650元一盒的月饼吃惊；南京的老百姓却为“贵族月饼”吓人的标价瞠目，上千元一盒的月饼当然不会是太多的人所能“消化”得了的，于是更多的人对月饼市场望而却步；广州人的月饼越吃花样越多，不仅有了鲍鱼、燕窝、银耳之类的月饼，又兴起一种由单位定做的团圆大月饼，据说一个月饼中仅蛋黄就有28个。

有人在为月饼的“贵族化”担忧，也有人在为收到太多的礼品月饼犯愁。一位女士并非炫耀地说：月饼吃不动了，只好掰开来吃口蛋黄了事。商家也证实，越来越多的高档月饼的购买者并非为了自己吃，而是为了送礼。看来，继名烟名酒之后，月饼也在大步走进“买的不吃，吃的不买”的公关食品的行列。

今年的月饼普遍“打扮”得漂亮多了。遗憾的是，打开木雕的、印铁的、塑料的、纸糊的等种种精美的包装盒，都有人遇上发霉长毛的月饼，而那盒子上的保质期都在30天以上。有女士花200多元买了盒月饼，又不得不花几十元的车钱上厂家去换，尽管厂家多给了一盒以示歉意，心里那个别扭劲却挥之不去。即便是名牌老字号，萝卜快了照样是不洗泥的。事涉质量、信誉之类的老问题，又何止月饼呢？不说也罢。

艺术家从月饼中品出了文化，杂文家从月饼中品出了“铜臭”，医学家又从月饼中品出了危险。香港专家通过传媒发出忠告：月饼中胆固醇、脂肪、糖等的含量极高，食用要适可而止。听专家的意思，一次吃半个月饼都有些嫌多，看来明年的月饼还要做得更小。

比较一下各地月饼市场的差异，市场管理者还会有所启发：管与不管不一样，早管与迟管不一样。这又从一个侧面印证了我们正在学习的一条大道理：

小小的月饼市场都离不开调控和管理，况乎事关国计民生的大市场呢！

月饼一年只吃一回。吃过了今年的月饼，无论是厂家、商家，还是消费者、管理者，似乎都有必要探讨一下“明年的月饼怎么吃”的问题。

（原载1994年9月22日《经济日报》）

雨后也要绸缪

还是读书的时候，每次走过水利机关的门口，总要对旁边那块牌子多看几眼，“防汛抗旱指挥部”。心里琢磨：既防汛，又抗旱，这不是笑话吗？后来逐渐知道了那块牌子的分量，也就不觉得有什么可笑了。

夏天的时候到东北一个产粮大县采访，又听到一个关于防汛抗旱的“笑话”：由于一个半月没有下雨，全县紧急动员，全力抗旱。正是望雨若渴之际，“老天开眼”下雨了，却又多下了一些，24小时就下了个河涨池满，地毁房塌。县里又是紧急动员，全力以赴排涝、抗洪。由于弯子转得太急，电视台把抗旱的紧急现场会和防洪的紧急通知两条新闻连在一块播了。老百姓问：到底让我们干嘛？

电视台闹了个笑话，其实也算不上什么笑话。笑过之后，总给人一种沉甸甸的感觉。无雨即旱，有雨就涝，这是今天中国相当一部分农村地区的真实写照。这个笑话说明，我们的农业生产相当程度上还是“望天收”，丰收要靠天帮忙；说明农业水利基础设施建设滞后，仍然是农业发展的制约因素；说明如果没有水利的发展，我们到本世纪末再增产500亿公斤粮食的目标是难以实现的。

水利是农业的命脉。水利又何止是农业的命脉呢！我们刚刚度过一个令人提心吊胆的汛期，尽管大江大河没有出现大的险情，但今年的灾情之重、范围之广、损失之大，仍然是新中国成立以来少有的。农田水、旱面积都在亿亩以上，南方有的城市三度、四度进水受淹，全国水旱灾害损失在千亿元以上。水利发展的滞后、基础设施的欠账，迫切要求各个方面的同志都要增强水患意识，迫切需要从中央到地方各级政府加大水利投入。

未雨要绸缪，雨过更要绸缪。日前，国务院召开全国水利工作会议，总结了今年抗御水旱灾害的经验教训，提出要加大水利投入的力度，加快水利建设，这是一个令人鼓舞的信息。各地的同志都应该认真落实会议精神，增强水患意识，宁肯少上几个其他项目，也要把水利建设搞上去。

（原载1994年9月23日《经济日报》）

还淮河一个清白

人们越来越关注起“水”的话题。这不仅因为我们的水资源并不丰饶，而且雨量的时空分布极不均衡，还因为有限的水资源并没有得到人们的珍视和爱护。

在七大江河之中，淮河是个典型。

几年前，笔者有过沿淮之行，那时的淮河水色浑黄，却还能饮用，还有鱼虾。不久前，又从电视画面上看到淮河，却有些认不出了。黑绿色的水面泛起泡沫，漂着污秽，人不能饮，鱼不能活，甚至连发电厂也因水中离子含量过大而被迫停机。

沿淮两岸的民众今年躲过了水患，却难逃流域性大面积污染之害。焦岗湖百万斤鱼虾死于非命，700户渔民无处营生；淮南、蚌埠两市汛期中市民腹泻中毒事件剧增，饭店不得不挂起“本店使用井水”的说明；洪泽湖区人畜饮水困难，江苏省向部队紧急求援，派军车送水救灾……

有人说，淮河已成为中国最大最严重的一条“排污沟”。淮河流域水资源占全国总量的2.3%，可排污量却占全国总量的6.6%。没有时间再去争论“先发展后治理”还是“边发展边治理”的问题。严峻的现实是，淮河的水污染已经威胁到两岸人民的生存，阻碍着流域经济的发展，不治不行，晚治也不行。

无论是水患还是污染，淮河非治不可。无论是治水还是治污，淮河又非常难治。这有历史的、自然的因素，更重要的是人的因素。淮河流域涉及4省36个地市189个县，没有团结治水、合力治污的精神，各自从本地方、本部门的利益出发，就难免形成扯皮推诿不止、攀比观望无休的僵局。“下游看上游，干流看支流，此岸望彼岸，这省望那省，环保怪水利，地方怪中央”，谁说谁有理，谁都不动作。如此治淮，淮清无日，水患无穷。

下决心治理淮河的水污染问题，这是国务院日前召开的有关会议上传来的一个重要信息，是沿淮各级政府不可推卸的责任。还淮河一个清白，这是淮河流域27万平方公里土地的期待，是淮、沂、沭、泗两岸1.54亿人民的呼唤。

（原载1994年9月26日《经济日报》）

听胡富国谈精神优势

初识山西，印象中少不了一个“穷”字。虽说是山清水秀，矿物丰饶，但一不靠海，二不沿边，且进出交通不便，地理上就处于劣势。

有机会听省委书记胡富国一席谈，却发现笔者对山西的了解委实肤浅了些。胡富国说：“山西很穷，穷得着了急了。条件不好，底子又薄，山西要发展靠什么？就要靠艰苦奋斗的精神。山西是老根据地，战争时期有太行精神、吕梁精神。一位关心山西工作的老领导对我说，不把山西的政治优势发挥出来，山西的事办不好。山里有个与世隔绝的锡崖沟，村民为了修条出山的路，用了好几年时间在山崖上凿呀，挖呀，连性命都搭进去了。《山西日报》用四个版介绍锡崖沟修路的事，我看了直掉泪，马上让省直机关组织学习。这就是山西最大的优势。我给《山西日报》出了个评论题目：艰苦奋斗精神万岁！”

这位煤矿工人出身的省委书记说话爽快：“我到处宣传，山西要说两句话：一是改革开放；二是艰苦奋斗。没有艰苦奋斗的精神，山西就搞不好改革开放。山西要打开东大门，太旧高速公路非上不可。没钱咋办？就以锡崖沟人的精神来修，号召全省县团级以上干部自愿捐款，一下子捐了两个亿。现在修路的资金有着落了。搞改革开放，搞市场经济，还要讲无私奉献，讲艰苦奋斗。”

听了胡书记的谈话，我看到了山西人“富有”的一面，看到了山西富民强省的希望。虽然胡书记自谦“是个挖煤的，讲不了大道理”，但他为山西人总结的两句话，不正是在走向现代化的征途中我们必须始终遵循的一条大道理吗？

（原载1994年10月14日《经济日报》）

【作品点评】

以“高天健”署名（作者为张曙红）的文章《听胡富国谈精神优势》刊出后，国务委员陈俊生同志致信山西省委书记胡富国和副书记、省长孙文盛，表示“我看了以后非常赞成富国同志的说法。我认为这是抓住了当前工作中的一个关键性问题。富国同志让机关干部学习锡崖沟人的精神，这样用典型来推动人们发扬艰苦奋斗精神，是非常必要的”。

陈俊生在信中说：“全国贫困地区，多数地方我都去过。根据我的观察，这些贫困地区之所以长期不能改变面貌，重要原因之一，是艰苦奋斗精神不够。有些地方以人多为患，没事干，剩余劳动力往外流，可当地却山河依旧，原因就是他们没有锡崖沟人的那种精神。因此，在这些地方要改变贫困问题，首先是人的精神面貌必须改变，必须把政治优势发挥出来。”他希望山西“继续发扬艰苦奋斗精神，山西就大有希望”。

山西省委负责同志收到陈俊生同志的信后，将此信在中共山西省委六届八次全体（扩大）会议上作为文件印发，引起较好反响。

（摘编自经济日报内刊）

意料之中与意料之外

小姑娘莫慧兰没想到在最有希望的体操全能上失手，又没想到在四个单项上竟然“照单全收”；小伙子熊国鸣没想到能在日本高手的围剿中脱颖而出，且一而再，再而三，“三”鸣惊人；球迷们没想到的是，女篮不敌韩国、女排又当了回“老二”，而最让人担心的足球却以小组第一的身份出了线；名将云集的羽毛球队男团女团皆与决赛无缘；赛前默默无闻的女子射箭队倒把射箭团体金牌挂在了胸前。

看亚运如品香茗，品过三回，始有了点味。许许多多的“没想到”出现了，就是这味道中最浓烈、最醉人的地方。强大即便如中国队，在亚运赛场上也会有失手的时候。风云变幻，胜负难测，正是竞技场最吸引人的地方。无怪乎每一次重大赛事，都能引发那么多的竞猜活动。

其实，种种意料之外的结果，都不乏意料之中的因素。看莫慧兰在全能比赛中紧锁的眉头，就感到“悬”；再看她在单项比赛中自信的微笑，又觉得“成”；得知了韩国女篮的“超级地狱训练法”，就明白中国姑娘输30分不冤；了解了中国游泳队“花开盼龙飞”的计划和部署，对熊国鸣等小伙子们的一鸣惊人就不会感到意外了。

中国拿金牌总数第一，看来已是意料之中的事。但在这个前提下，并不排除还会有许多意料之外的事发生。如果我们能够从这些意料之外中受到警示和启发，找到本应是意料之中的道理，那将使我们得到许多意料之外的收获。

（原载1994年10月11日《经济日报》）

过程最精彩

照例有关于谁家金牌总数第一的竞猜，但这次猜起来就简单了。其实也不用猜，中国代表团112金在握，“霸主”地位已然确立，不再有人怀疑。

习惯上，人们看比赛就是看结果。既然结果是意料中的事，这比赛的“可看性”就差多了。事实上，不仅广岛赛场上的观众不多，国内守在电视机前的人也相对少了。不少人说，中国队拿第一没跑儿，还有什么可看的？

其实，重结果而不重过程，正是外行看热闹的一种表现。对于内行来说，过程比结果可能更有意义。即便结果早在意料之中，从精彩的过程中还有许多“门道”上的收获。乒坛女国手悉数出征广岛，拿块团体金牌应当是意料之中的事吧？但只有看过比赛，从那一招一式、一板一眼、一分一局的争夺中，你才能真正掂出那块金牌的分量。实在说，那精彩的过程并不亚于任何一次世界级的较量。再看“马家军”跑3000米，虽说有一金一铜的收获，但比赛中艰难、悬乎的过程，同样是人们想象不到的。过程中传递出来的信息，比结果更耐人寻味。

过程最精彩，内行们看的是过程。选手们拼的是过程。只有重视过程、着力于过程，才可能取得好的结果。这道理并不仅仅体现在竞技场上。

（原载1994年10月14日《经济日报》）

广岛有几间套房?

广岛的饭店总共有几间套房?不到20间。

广岛的出租车中有几辆奔驰?5辆。

你说的是那个曾挨过一颗原子弹,还在如火如荼地上演亚运大战的著名城市吗?没错。确实就是在这里,这个赚足了世界人民钱的国家的城市,这个自己的资本不停地往外溢,流遍五大洲的国家的城市,竟满足不了中东石油国家的王子王孙们住套房、坐奔驰车的起码要求。

广岛给人们以惊奇。因为人们没有理由怀疑广岛的富裕和繁华,没有理由怀疑广岛人办好亚运会的诚意。富裕的、有诚意的广岛人,要按照自己的尺度操办一个节俭的、有效率的、不事奢华与靡费的盛会——尽管这个精明的尺度不大讨人喜欢。

广岛让我们惊奇。因为尽管我们还不富裕,还不算发达,但我们已经习惯了许许多多的奢华与矫饰,见惯了形形色色的铺张与排场。亏损企业的厂长、贫困县的县长坐豪华车不是什么新闻;只要大小带个"长"字,拿着公款出差住套房,更不是什么新闻;还有雨后春笋般涌现的高档次楼堂馆所,随便哪个中等以上的城市,也不难找出几间豪华套房来;还有金粉装饰的招牌,金箔点缀的筵席,纯金铸就的专用于剪彩的剪子……在比阔气、比享受的问题上,国人大可以豪迈地说一声:别人有的我们都有,别人没有的我们也有。

亚运会当然还有另外的开法。不仅亚运会,各种各样的盛会、庆典都有不同的开法。曾听一家国有企业的厂长诉苦:当地政府要举办盛大的××节,分配他们厂负责重修体育场大门。厂长爽快答应了,看到预算却大吃一惊:修个门楼怎么要几十万元呢?再看图纸傻了眼:这哪是修门,这不是盖楼吗?

奢靡之风不可长。对于正在向现代化的宏伟目标艰难爬坡的共和国来说,尤其如此。

(原载1994年10月15日《中国青年报》)

"2"字后面多了个"0"

节后收到一位读者来信，对本报节前一篇国庆专稿中的一个数字提出质疑。那篇专稿说:"全国居民平均每人每年消费牛羊肉20公斤"。这位读者认为，20公斤为2公斤之误，建议本报予以更正。这位读者的意见是对的。

对于搞报纸的人来说，"2"字后面多了个"0"，或者是作者笔误，或者系排字错误，算不了什么大错，似乎是用不着更正的。但读者不这么看。为了搞清楚每人每年到底吃了多少牛羊肉，那位写信的读者不仅给本报编辑部打过两次电话，还专门找国家统计局有关部门核实过。他认为："这不是一般的小问题，不更正，人们以为是吹牛。"

这位读者还在信中列举了新闻报道中的一些浮夸现象，语重心长地说:"总之，我们看问题，尤其是读者写文章，要把着眼点放在全国960万平方公里土地和12亿人民上面，不能只就个别地区、个别指标用以概括全国的发展水平。不能妄自菲薄，但也不能妄自浮夸，见笑于人。"

读者的告诫值得新闻界的同志警省。应该说，在新闻宣传上有意搞浮夸、造假的人即便有，也是极少数，但由于思想方法、工作方法的问题，有意无意之间为浮夸不实的东西"开绿灯"的现象并不少见。有些搞宣传的同志有一种思维定式，"讲成绩越多越好，谈问题越少越好。问题报道慎之又慎，成就报道大而化之"，有时候就不免上当。以正面宣传为主，当然要把成绩讲够。但把"成绩讲够"不等于把"成绩讲过"，讲过了就走向了另一面，同样是一种对舆论的误导。"2"字后面多了个"0"，从技术上看只是个小小的差错，但从内容上看，却把事实夸大了10倍，说报纸"吹牛"并不过分。我们的读者是有鉴别能力的，过头话说多了，读者"不买账"。

把宣传成绩与助长浮夸区别开来，这是当前需要新闻工作者注意并认真探讨的一个大课题。改革开放16年，我们各项事业取得的成就是有目共睹的，按照实事求是的方针，我们完全可以把成就的宣传搞得更实在一些，更准确一些。切记读者的告诫：少说过头话，防止浮夸风。

（原载1994年10月20日《经济日报》）

【作品点评】

今年10月20日的《经济日报》三版，发表了高天健同志的文章《“2”字后面多了个“0”》，我读后深受感动。因为文章中既坦率地披露了一位读者对《经济日报》一篇专稿中说“全国居民平均每人每年消费牛羊肉20公斤”的质疑，认为“20公斤系2公斤之误”，肯定“读者的意见是对的”，又就报纸出现失实报道的危害性及原因，进行了深刻的剖析，充满了自我批评精神。我希望《经济日报》能以此为开端，认真对待报纸上出现的差错，及时更正。

（原载1994年11月17日《经济日报》，作者：范持）

听小岗村农民算算收入账

忙过了秋收，交过了“公粮”，农民该算一算收入账了。

日前看到一份材料，在全国率先实行农业大包干的安徽省凤阳县小岗村，今年粮食获得了大丰收。喜悦的农民们对前来采访的记者算了这样一笔收入账：由于粮食调价，今年小岗村人均500公斤定购粮比去年增收200元，人均500多公斤议价粮比去年增加收入400多元。仅粮食一项，人均增收600元。全村今年的人均纯收入至少也有1500元。

严美昌是当年在大包干合同上按下手印的18个村民之一。他家6口人，种了40亩地，收了1万多公斤稻谷、1500多公斤花生、几千公斤红薯。今年人均纯收入超过2500元，前两年盖房子欠下的1万元可以还清了。他说，种粮还是合算的。要是以后的年景都像今年这样，家里的楼房还要盖两层、三层。

当年大包干的领头人、村支书严俊昌告诉记者："大包干前，全队一年只打1.5万多公斤粮，今年已经超过25万公斤。秋收的时候，6万公斤定购粮没用催，只用了3天就完成了。眼下村里的群众对今年中央的农业政策比较满意，特别是粮价提高后，不少人觉得农业还是有搞头的。"

"种粮还是合算的""农业还是有搞头的"，这是小岗村人的结论，相信有更多的农民从今年的收获中得出类似的结论。可以说，小岗村的好形势，是全国农村的一个缩影；小岗村农民的喜悦，代表着几亿农民的共同感受。党中央一系列稳定粮食生产、巩固农业基础的政策，被实践证明是适时的、有效的。尽管经历了严重的水旱灾害，我国农业仍然取得了仅次于去年的大丰收；尽管农业生产资料价格有较大幅度的上涨，种粮的农民仍然从粮食价格的调整中得到了实惠。

小岗村农民得到了实惠，也没有忘记他们应该承担的义务。他们不惜售、不"讲价"，3天交完了6万公斤定购粮，这个进度是喜人的。我们都应该学一学小岗村农民的风格，学一学他们的责任感和奉献精神。

秋收之后是冬闲。农闲的时节又是兴修水利、大搞农田基本建设的好时机。小岗村今年夏天100多天没下雨，还能有一个好收成，靠的就是这几年兴修的水利工程起了大作用。小岗村的经历提醒我们，冬闲莫闲，要想来年的农业再有一个好收成，眼下就要行动起来，在搞好冬种、冬管和冬积肥的同时，大搞农田基本建设，完善农业基础设施，使农业生产有一个更加稳固的基础。

（原载1994年11月24日《经济日报》）

新年伊始话总结

年节的时候，也是领导和秘书们最忙的时候。忙什么呢？写总结。

年终岁尾，总要对忙忙乎乎的一年理出个头绪，对上上下下的人们有个交代，还要对新年的工作有个打算和安排。总结的意思，简而言之，就是要“结束过去，开辟未来”。应该说，这是一件必不可少且比较重要的工作。

问题是，总结工作不能等同于“写总结”。令人忧虑的是，一些部门和单位的工作总结正在逐步演变为秀才们的“笔下功夫”。领导动动口，秘书动动手。纸上的文章越做越厚，与实际工作的距离越来越远。浮夸者有之，空谈者有之，移花接木者有之，以偏概全者有之；有的总结是工作的流水账，有的总结成了领导的政绩簿，还有的则干脆是过去总结材料的“翻版”，不过改动了年号和几个数字而已。

总结的次数多了，就总结出了经验，总结出了套路。先成绩，后缺点；先经验，后教训；还有一个通常的套路叫作“成绩讲够、问题讲透”。这意思本来是好的，既充分肯定成绩，又看到存在的问题，并作出透彻的分析，找出原因，以利解决。但实际上，一些人往往记住了前半句，误解了后半句，成绩“大而化之”，问题“小而化之”。成绩倒是讲够了，问题却越讲越瘦。其实，成绩是不是讲够了关碍不大，而问题能不能讲透却关系着问题能不能真正解决，应该是总结中最重要的内容。为什么有些部门年年总结都是那些老问题，就是因为没有讲透的缘故。

总结是写给人看的，并且主要是给上面的人看的。同样让人担心的是，看总结的人们对时下总结的“写法”是不是有所了解呢？如果看不透其中的“花活儿”，又听不到不同声音，据此以评先进、树典型，进而“选贤任能”，岂不误事？

总结还是要写的。唯愿写总结和看总结人们记住，写总结的本身并不是目的。如果年年总结都无关痛痒、无补大局，那还是不写的好。

（原载1995年1月4日《经济日报》）

那意味深长的一声槌响

年前有则与本报有些关联的新闻，被海内外同行“炒”得火热。12月16日，原北京工业大学经济管理学院一处校舍在北京房地产交易所拍卖。传媒称，这是北京首宗面向海内外的房地产公开拍卖。

与本报有点关系的是，经济日报社是参与此次拍卖的五家竞卖人之一，且有备而来，势在必得。结局则有些遗憾，经过30多个回合的激烈竞价，本报功亏一篑，北京富华建设发展有限公司以1.3亿元的价位竞价得手。

拍卖场上的那一声槌响是意味深长的。长期以来，北京由于其独特的政治、经济地位，在土地的转让、使用上有其独特性，由此带来的问题是土地出让环节缺乏透明度和竞争性，95%以上是以协议方式进行。专家认为，“皇城根儿”下的土地走上了拍卖市场，标志着北京的土地出让由单一的协议方式向公开竞争方式迈出了重要一步；拍卖的成交价位也为北京房地产一级市场价格的形成提供了重要的依据，可以看作北京房地产市场规范有序发展过程中的重要一步。

或许因为参与的初衷就令一些同人怀疑，或许因为竞价的结局更让大家懊丧，或许还有别的什么考虑，总之，对这桩引人注目的经济新闻，在海内外媒体大“炒”特“炒”的同时，本报作为参与者却意外地保持了沉默。还有人议论，你们不是政府系统的报纸吗，政府报还要到拍卖场上找房子？

我却以为，没什么“不好意思”的，更无须以“失败者”的身份自艾。政府的报纸还要到市场上找房子，不正是土地出让市场进一步规范的一种标志吗？房地产拍卖作为改革的尝试，参与就是进步。何况从单纯的拍卖意义上说，成交也不是唯一的成功标志，因为即使成交了，也还有“值”与“不值”的区别。

本报终与那富有诗意的夕照寺街无缘。但无须懊丧，我们终会找到自己的安身立命之地。尽管如此，对于报人来说，那拍卖槌声仍然是值得回味的。在市场经济条件下，只要你与市场结缘，你就要遵循市场的规律，服从市场的选择。再宏大的事业，再响亮的名头，也当不得饭吃，当不了房住。各行各业都有一个从依赖计划走向依赖市场的过程，报业当然不可能例外。不改革没有出路，改革不坚决也没有出路。先看到这一点，步子迈得大一些，快一点，就可以在日益规范的市场和日益激烈的竞争中立于不败之地。如果看不到这一点，惯于以老大自居，靠牌子吃饭，落伍甚至被淘汰就是必然的了。

（1995年1月10日）

提倡领导干部结“穷亲”

辽宁省辽阳市千余名副县级以上领导干部和千余贫困户结对包户扶贫，人称领导干部结“穷亲”，这种做法值得提倡。

辽阳领导干部结“穷亲”的做法是根据市监察局局长刘大民几年来包户扶贫的实践总结出来的。去年夏天，辽阳28位市级领导带头在辽阳、灯塔两县认了28户“穷亲”。市委还作出决定，把这种做法推广到全市，并作为考核领导干部的一项制度固定下来。

有人会说，领导干部结“穷亲”，这不是一种形式吗？其实，即便是形式，也是一种难能可贵的形式。民谚有云：“穷居闹市无人问，富在深山有远亲。”说的是世态炎凉、小人势利。值得检讨的是，有意无意之间，我们一些地方和部门的工作中是不是也有“趋富远贫”的倾向呢？确有一些领导同志，房子越住越宽敞，车子越坐越高档，报告越讲越堂皇，就是抽不出时间常到基层走一走，看一看。即便下去了，也是习惯于听好听的，看好看的，眼光总盯着那些先富起来的地区和人群打转。长此下去，落后地区和贫困群众有成为“被遗忘的角落”的危险。

我们党的三大作风之一是“密切联系群众”。联系群众当然要联系各个阶层的群众。要看到的是，在走向共同富裕的道路上，由于经济基础不同，收入差距拉大，在一部分地区先富起来的同时，还有一部分地区比较贫困，一部分群众生活困难。解决这一部分地区和一部分群众的脱贫问题，从当前看，关系社会的稳定；从长远看，关系小康目标的实现。这也是我们工作的难点所在。因此，需要给予更多的关注，付出更多的精力。

提倡领导干部结“穷亲”，不仅在于它是一种姿态、一种象征，也是一种值得肯定的工作方式。既然是“结亲”，就不是“蜻蜓点水”、做做样子的联系，而是既有感情，又有责任，保持经常性、长期性联系的方式。包户扶贫的意义也不仅仅在于使参加“结亲”的一家一户脱贫，而在于为贫困地区群众的脱贫致富蹚几条路子，树一批榜样。对于领导干部来说，更有意义的还在于，通过这种经常性的联系知道群众在想什么、盼什么，多听到一点实话，多了解一点实情，据此作出正确的决策，减少我们工作的失误。

（原载1995年1月11日《经济日报》）

不可轻言“超越”

偶然看到一个电视专题片，那名字很令人振奋：“超越迪士尼”。从头到尾看过一遍，才知道原来是“纸上谈兵”，几张蓝图勾画出来的不过是几处城市公园的模样。已经建成的一处游乐设施，也就是寻常可见的“水上娱乐场”，小小的水面上如同“下饺子”一般挤满嬉水的儿童。

几十年来，人们把迪士尼看作一种生活方式的代表和象征。支撑迪士尼运转的，是一个高收入、高消费的社会。祖国的“花朵们”如果真的拥有超越迪士尼的去处，那当然是件应该高兴的事。但十分遗憾，无论是从“中国迪士尼”的蓝图来看，还是从我们这个社会的发展和消费水平看，现在高兴都为时过早。

迪士尼既是人造出来的，当然不是不可以超越。问题在于：第一，我们真的超越了吗，这“超越”比的是规模、是内容、或者干脆是比说话的胆量呢？第二，在人均国民收入不过数百美元的今天，我们有必要去和人家比娱乐场所的奢华，比游乐设施的高级，甚至超而越之吗？

于是，我想对那些正在“超越”和准备“超越”的人们奉劝一句：一要记住国情，二要管住嘴巴。

（原载1995年1月13日《经济日报》）

戒“饯行”之行　刹“接风”之风

某地一位县委副书记调任邻近县级市的代市长，两地相距40多公里。上任那天，几辆警车开道，30多辆轿车接送。警笛声中，长蛇阵般的车队从繁华的大街上辟出一条通道，绝尘而去。路人翘首，本以为出动这么多小车是头头脑脑们要到哪儿开现场会，却不知车水马龙、鸣锣开道是在为升官者护驾送行。于是有人感叹：共产党的官，架子一天比一天大了。

这场面发生在内地某贫困地区。在别的地方类似的场面并不鲜见，差别只是送行的车队或许更长一些，轿车的档次可能更高一些。由一些领导干部升迁调任引发的“盛大的”“饯行”“接风”仪式，人们已经习以为常、见怪不怪了。当然也不是没有例外。几年前，就有大别山区的某县委副书记谢绝送行车队，“只身”赴任邻县代县长之职，一些报纸为此发了报道。但这也从另一方面说明，这种本应该是正常的现象已经少到可以成为新闻了。

一些人对为领导干部“饯行”“接风”的现象漠然处之，说是“送一送友谊在，迎一迎表个态。人之常情”。确实，迎来送往之际，三五好友凑个“份子”撮一顿，可以说是“人之常情”。而用几十辆公车游行示威式的“送行”、花上几千上万元公款摆上几桌十几桌的“接风”，却不可以“常情”度之。“饯行”“接风”之风之所以愈演愈烈，就因为“行”者有所好，好个风光、体面，甚至借机敛财纳物，名利双“收”；“饯”者有所求，求的是在领导面前留个“好印象”，混个“感情深”。花公家的钱，买自己的情，落得大方、慷慨。这与“人之常情”实已相去甚远。

老百姓说，“共产党的官，架子一天比一天大了”。这话听来令人震惊，也发人深省。共产党的官本应该最少“官”气，最少架子的。因为从共产党的道理说，本就没有什么“官”，只有“公仆”。只是这些年来，一些“公仆”们更偏爱“官”的仪仗、形象和威严，逐渐淡忘了我们党的宗旨和传统。社会上奢侈之风、靡费之风日盛，“官场”上也兴起一股讲排场、比阔气的风气。有些现象的恶劣影响，远甚于“饯行”“接风”之类。领导干部架子大了，与人民群众的距离远了，这是值得每一个为“官”者警惕的。

大兴倡俭崇实之风，力戒骄奢靡费之气，于今天有特别的意义。需要每一位领导干部身体力行，作出表率。

（原载1995年4月7日《经济日报》）

换上电脑这支“笔”

我一向认为我是个笨人，于是信奉“笨鸟先飞”的准则。当电脑日益时髦起来的时候，我担心赶不上趟，决定“先飞”一步。

我对电脑没有太多的奢求，就为了“换笔”。当然我也试图开发出更多的用处来，但两年多来除了学会不少游戏之外，主要还是把电脑当笔用。依我看，电脑确实具有你难以想象的强大功能，但这些功能对个人来说大都是“空中楼阁”。比如说，电脑可以理财，但你日常琐碎而简单的账目值得电脑一理吗？比如说，电脑可以联网，但又跟谁去“联”呢？国家级的“三金工程”尚且没联起来，你哪儿去找为个人服务的公众网？比如说，电脑可以管理资料，但前提是把要管的资料一个字一个字地敲进去，你有那工夫吗？

我不觉得把电脑当打字机用就格外亏待了这玩艺儿。我倒觉得电脑彻底消除了古老汉字与现代文明的“格格不入”，正是它对中国人民和东方文化的最大贡献。电脑出现之前，汉字现代化的唯一出路是向拼音文字转化。如今，这古老文化的结晶完全可以与现代文明携手共进。

换上电脑这支“笔”，感觉到的不仅仅是新鲜。电脑写文章不怕改、不用抄、不会丢。以前发稿最头痛的是文章让好心的编辑改个“大花脸”，自己却没留下底稿，出了错都不知道谁的错。如今你敲下的每一个字都在磁盘上留下烙印，随时备查。

输入方式不过关的人文章越写越短。有“铅字崇拜”的人又容易把文章越写越长。如果没有这两方面的障碍，电脑能让你进入长短相宜的境界。敲得顺溜的时候，可以一泻千里，直“写”到思想跟不上手劲。需要短的时候，就预定行数，“量体”裁文。

我以为，电脑写作不仅仅是劳动方式的革新，也是思维方式的一次革命。不管你是否意识到，电脑正在悄然改变我们的思维习惯。纸与笔的文章是先有开头后有结尾，思维是直线式的，一个线团只能牵出一根线，而用电脑作文，一个线团可以牵出无数根线，你可以从文章的任意一个字开始，甚至完全可以从结尾写向开头。于是你挣脱了平面、直线式的思维牢笼，进入了立体、发散式的思维空间。兴之所至，你可以再开几个“窗口”，几篇东西同时作业，来一番“车轮大战”。

妙用电脑这支“笔”，还有个直接的好处是在你写一些不得不写的“八股文”“四季歌”的时候，可以省却不少力气。但这些属于“不传之秘”，各自意会，无庸赘述。

（原载1995年10月17日《经济日报》）

百万双袜子提出的课题

今年6月，武汉袜厂由市局下放到区里，交接过程中遇到个难题：堆在仓库里的140万双、能装两火车皮的袜子究竟算多少钱？

据《长江日报》报道，这140万双袜子是从20世纪80年代中期开始积压下来的，有些已在仓库中沉睡了10年。这期间，厂长换了几届，但谁也不愿在自己的任内将这些袜子降价处理，而是把这些“产成品”记在资金账户上，作为企业经营业绩，年年照转。尽管袜子在缩水、变色，一天天贬值。

报纸的报道，当然不只是让人们关注这140万双袜子的命运，更希望引发人们对袜子背后一些深层次问题的思考。

比如说，企业到底为什么而生产？是为生产而生产，为仓库而生产？还是为市场而生产，为订单而生产？从资本运营的角度看，生产就是借债，销售等于还债。从生产到销售的过程，也是债务从产生到清偿的循环过程。只借不还，越借越多，窟窿只能越来越大。

还比如说，企业管理是以实物管理为中心，还是以资金管理为中心？相应的问题是，如何建立适应市场经济要求的企业财务管理制度和业绩考核制度，让经营者不再为产品降价影响利润指标而担忧。

再比如说，经营者的责任是追求账面的利润，还是追求资产的增值？如何真正提高企业经营者和劳动者对企业资产的关切度？

据说140万双袜子入库时的总价值为234万元。如果我们从这些袜子中思考些问题，得到些启示，相信能得到比袜子自身价值多得多的东西。

（原载1997年8月13日《经济日报》）

现场办公会为什么少了

党的十五大代表刘秀胜是中国人民银行山东省分行的行长。谈起党的十四大以来的变化，他感受最深的是银行与政府、银行与企业的关系发生了明显变化。比如说，“前些年搞个项目，喜欢开现场办公会，几大银行必须到场，领导一发话，这个银行拿多少，那个银行拿多少，当场拍板。这两年，现场办公会就少多了”。

这倒是一个有趣的现象。回想起来，记者也有同感。现场办公既体现了深入基层的意思，又能够反映领导敢于拍板的作风，一向是记者喜爱的报道题材。过去报纸上隔三岔五就有现场办公会的新闻见报，这两年确实少见了。

刘行长的印象，省一级从1995年开始就不开现场办公会了，地市一级从去年开始也不怎么开了，现在还有些县长喜欢搞现场办公。为什么现场办公会少了呢？过去领导一拍板，银行就敢拿钱。现在不同了，银行贷款不仅要听领导的，还要看金融政策、产业政策，按《中华人民共和国中国人民银行法》办事，还要看项目是否有效益，能不能还款。这些，当然不是一两个现场办公会就能决定的。显而易见，银行不敢掏钱，现场办公的吸引力大减，必然走向式微。

谈起现场办公，孙光远代表更有发言权。他是山东省省长助理、经委主任，过去经常是现场办公会的召集人。他认为，不能说现场办公会的形式不好，关键看解决什么问题。有些事是非很清楚，就是部门之间扯皮，踢皮球，用现场办公的形式分清责任，落实措施，效果就好。但那种政府拍板上项目、让银行拿钱的现场办公会不能再开了。现场办公会即使开得再好，但项目没选好，也可能好事变成坏事，往往项目建成之日就是亏损之时。这样的教训太多了。我们现在的做法是：企业"刨坑"、银行"选苗"、政府"浇水"，各司其职，各负其责，不可替代。

确实，现场办公会少了，是好事而不是坏事。经济决策需要科学分析，周密论证，依法办事，决不能靠"拍脑袋"，搞"大呼隆"。在我们适应市场经济的需要不断转变政府职能的同时，决策方式、管理手段也需要转变。有些办法在计划经济条件下好使，在市场经济条件下就不一定好使，不变怎么行呢？

（原载1997年9月12日《经济日报》）

从"太旧路"走向新世纪

在出席党的十五大的山西代表团采访，常常听人谈起太（太原）旧（旧关）路。

采访郭凤莲的时候，说着说着她就跑了题，一下子扯到太旧路上："你走过太旧路吗？没修之前过往司机都要带着干粮，准备堵车呢。刚回大寨那阵儿，我到外面寻找合资合作伙伴，人家从石家庄过来，一看这交通，这基础设施，心都凉了，给什么优惠政策也不愿来。一年半的时间，我就在太旧路上跑废了一台新车。去年太旧高速公路一通，大寨人感觉好像与整个世界拉近了许多。”

其实，让山西人念念不忘的太旧路全长不过144公里，如果放在沿海地区，算不上什么了不得的大工程；其实，从1993年到1996年的四年间，山西新修和改造公路里程达到11万公里。从里程上说，太旧路不过是几百分之一；其实，太旧路也只是山西近几年的五大基础工程之一，其他如万家寨引黄工程、阳城电厂、太原机场改扩建工程等，对山西发展的意义并不在太旧路之下。

“为什么山西人如此看重太旧路呢？”

省委书记胡富国的一席话解开了我的疑虑：“山西底子薄，基础设施差，要加快发展，就要从山西的实际出发，走自己的路子。这几年，我们始终强调山西要讲两句话：一是改革开放，二是艰苦奋斗。三年修通太旧路，靠的是什么？靠的就是这两条。一想起当年全省干部群众为修路捐款、捐物的场面，一想起为修路而牺牲的同志，我就忍不住流泪啊。这场硬仗打下来，我们得到的何止是一条高速路呢，还有一笔巨大的精神财富，这就是自立更生、艰苦奋斗、不屈不挠、勇于奉献的‘太旧精神’。有了这样一股精气神，山西的面貌还愁不能改变吗！”

原来，太旧路是一种象征。它是山西人民决意“打开大门、走出太行、走向全国、走向世界”的象征，又是山西人民靠改革开放政策和艰苦奋斗精神富民兴晋的象征。

胡书记抓修路抓出了名，于是有些人私下称他是个“修路的”。其实，共产党的干部本来就应该是“筑路人”。今天中国共产党人的使命不就是要修条通向新世纪的大道，让中国人走上民富国强的坦途吗！

山西人把太旧路称作“致富路”“开放路”“希望路”。从太旧路走向新世纪，山西大有希望。

（原载1997年9月14日《经济日报》）

“开放团组”说开放

一屁股坐进人民大会堂北京厅，等到讨论开始，才发现错了——由于党的十五大“开放团组”的日程略有调整，原定在这里讨论的北京团换成了陕西团。

将错就错，说实话，本来就没有对这一上午的采访抱太多希望。头两天同行们就议论，“开放团组”要对中外记者开放，代表们发言时肯定会有所顾忌，讨论的精彩程度可能要大打折扣。

讨论开始不久，记者就发现自己错了。错在先入为主，犯了一回主观主义。

尽管有中外记者“严阵以待”，有众多摄像机“虎视眈眈”，但代表们精力集中，不受干扰，两个多小时的讨论进行得生动、紧凑、热烈。代表们的发言并不都是表态式的，有的谈体会，有的摆情况，有的向中央提建议，有的为报告作补充，话题也不因记者在场而有所顾忌。讲成绩，并不回避问题；说机遇，并不漠视挑战，敏感的如对陈希同问题的处理；热点的如中西部差距在拉大；难点的如国有企业经营困境、下岗职工如何安置，等等，都在讨论之列，并无回避。

“开放团组”看来不是给记者们“做做样子”的。与前一天旁听其他代表团讨论情况比较，我甚至感到，“开放团组”的讨论更精彩，采访的收获也更多一些。

尽管我错了，但我高兴。党代会的分组讨论向中外记者开放，这本身就是一件有象征意义的事。要知道，倒回去20年，不要说让中外记者采访党代会，全国的党员甚至连党代会什么时候召开都不知道，从秘密举行到电视直播，从封闭讨论到开放团组，从鼓掌通过到无记名投票，从等额选举到差额选举……党代会越来越开放，这正是我们党更加成熟、更有自信的体现。

记者席旁边站起一位海外电视台的主持人，她手持话筒，对着镜头作现场录像：“今天，中共党代会的分组讨论第一次对记者开放，会场气氛并不沉闷，讨论还相当热烈，尽管会场上并没有出现我们常见的拉票场面……”

我很高兴这位主持人与我有着同样的观感，于是上前打听小姐姓甚名谁，不料小姐挡住胸前的记者证说：“请不要访问我，因为我们长官有吩咐。”

这倒是怪事。本以为放不开的放开了，而原以为很开放的反而放不开。

（原载1997年9月16日《经济日报》）

从“十强战”说到“五百强”

当世界杯外围赛亚洲区“十强战”中国队首场比赛鸣哨开球的时刻，记者正坐在人民大会堂的上海厅，旁听出席党的十五大的上海代表团的讨论，好容易等到最后一位发言的宝钢党委书记关壮民讲完，三步并作两步赶回车上，司机小常赶紧告诉我：“1 ∶ 0”。于是怡然。

可惜这怡然的感觉没能保持多久，“2∶4”的结果如同一盆冷水，泼得所有满怀热情的中国球迷冰冰凉。我们当然明白失败是成功的母亲，唯一不明白的是这位中国球迷十分熟悉的“母亲”还要经过多长时间的孕育，才能还大家一个惊喜。

“十强战”刚刚开头，尽管征候初现，但大势尚未尽去，虽然现在还不是说泄气话的时候，但冷静一想，指望今天的中国足球队冲出亚洲，实在是一种奢望。冲出亚洲的热情远远大于理智，对自家球队的期望远远超乎实力，所以我们才感觉那么失落。

由中国足球在世界足坛上的尴尬位置，想起中国制造业一个同样令人尴尬的话题：无缘世界“五百强”。

几位经济界的代表接受采访时不约而同地谈到了“五百强”。

山东省省长助理、经委主任孙光远说，如果我们的工业企业有十来个进入世界一百强，二三十个进入五百强，我们在国际经济竞争中就可以立于不败之地，“抓大”的目标可以说实现了。

作为家电行业的龙头企业之一，海尔集团更以进入五百强为孜孜以求的目标，总裁张瑞敏认为，我国的制造业具备一定竞争力，缺乏的是在世界上叫得响的名牌和企业。企业应该有高境界，敢于在国际市场上打响“中国牌”。

中伊之战败北，说穿了是中国队实力不济，中国制造业无缘五百强，差距同样在综合实力上，而实力的差距不是一朝一夕可以改变的。美菱集团总经理张巨声认为，提高企业综合素质，壮大综合实力不是一蹴而就的事。缩小差距的关键是脚踏实地，扎实工作。要切合实际地制定企业成长战略，防止急于上规模，盲目扩张，搞大跨度、无效益的兼并。

中国经济是追赶型的经济，中国足球是追赶型的足球，既然是追赶，自然要比别人多流些汗水，多出些力气，否则，不仅赶不上，差距还有扩大之势。后发有优势，而更多的是劣势。对此，足球界也好、企业界也罢，还需有更深刻的认识，并付之以更扎实的行动。

临渊羡鱼，不如退而结网。眼下的情况是，鱼已壮，浪正高，因此，我们的网还应结得更细密、更厚实一些，否则鱼不死而网已破。球场竞技不厚待弱者，市场竞争更不相信眼泪。

（原载1997年9月18日《经济日报》）

多长骨头少长肉

与一位搞金融工作的朋友聊天，听他谈起一位领导同志不久前的一次谈话，大意是要求银行的同志依法办事，严格自律，提高自身素质，加强廉政建设，其中有句话形象而精彩：要“少长脂肪，多长骨头”。

这些年随着生活水平的改善，人们身上的脂肪普遍厚起来，社会上胖子确实多起来了。是不是银行的胖子特别多？似乎还没有这印象。但拉拉扯扯、吃吃喝喝的事肯定是有的。当然还有比吃喝更严重的。一些银行不良贷款增多，其中有政策的原因，有行政的干预，恐怕也还有“人情贷款”的因素。脂肪厚了骨头就软，因为“吃了人家的嘴软，拿了人家的手软”。所以有必要提倡“多长骨头”。

上海浦东发展银行副行长梁沅凯对这个话题又有着更深一层的理解。他认为，改革金融体制、防范金融风险的一条措施是增强国有商业银行的经营自主权，有了自主权之后，还有一个如何用好权的问题。所谓“长骨头”，就是要长筋道，长力量，也就是培育和壮实银行自主经营的内在力量；而少长脂肪，就是要改变国有银行行政化、官僚化、机构臃肿、人浮于事的状况，建设一支健康、精干、高效的职工队伍。“少长脂肪多长骨头”，不仅是对金融职工的要求，也是对整个金融界的期望。

说来惭愧，笔者自己与标准体重也有不小的差距，因此早有“少长脂肪”的迫切愿望。“以胖为美”毕竟只属于杨贵妃那个时代。今天，不仅金融从业人员应该“多长骨头少长肉”，各个行业的干部都有“防胖”“减肥”的必要。一位曾在主管机关工作过的同事告诉我，他在机关的时候，如果隔些日子与机关首长没见面，再见面时就怕首长问他“怎么又胖了”，因为那位首长的潜台词很明白，胖了即使不能说明“吃请”多了，也说明压力没有了，工作没努力，偷了懒，耍了滑。

（原载1998年3月30日《经济日报》，收入《假如都来真的——经济日报〈王府井随笔〉杂文精萃》，中国世界语出版社1999年9月出版）

穷在深山有远亲

心中要有老百姓，这是对当干部的最起码的要求。所以徐九经说：“当官不与民做主，不如回家卖红薯。”共产党人是以全心全意为人民服务为宗旨的，我们的境界理当比徐九经们高得多。

体会黄冈市和其他许多地区开展领导干部“结穷亲”活动的初衷，就是想让领导干部通过这种形式走到农户中去，对老百姓的疾苦了解得更具体一些，更形象一些，更深刻一些，真正把贫困户所思所想、所求所愿变成自己的意愿，把农民的脱贫当成自己的事儿。

黄冈近两万名干部走出去了，两万个贫困户有了城里来的“亲戚”，尽管时间还不长，但效果已经显现了。从短期看，这效果可能体现在贫困户收入的增长上；从长远看，这效果还将体现在干部作风、机关作风的转变上，体现在政策更加实事求是、更加贴近民心民意上。当这种深刻的变化发生之际，相信受益者就不仅仅限于两万户“穷亲戚”了。

“结穷亲”要真动感情。黄冈“八个一”“四不准”的规定，目的就是要把工作抓实，抓到位。罗田县为防止“结穷亲”活动走过场，反复强调三句话：动真情、办实事、包到底。县委书记易茂先还总结了结对扶贫的“三忌”。

一忌居高临下。对当地条件、市场前景心中没底，却自恃见多识广，有如诸葛孔明再世，下车伊始，指指点点，今天种桑，明天植麻，让农户忙得团团转，效果却不如意。

二忌简单施舍。有些同志扶贫的决心大，气魄也大，要钱给钱，要物给物，俨然是“财神爷下凡”。特困户基础差，亏空大，当然需要物质上的援助。但简单的施舍只能救急于一时，不可能脱贫于长远。甚至还会增长依赖心理，形成一种越扶越贫的恶性循环。

三忌虎头蛇尾。“结亲”不是一时一事之举，重在长远的感情联络。不能“有了初一，没了十五”，只在上级检查时想起还有个“穷亲戚”，甚至把结亲对象报上去就不了了之。

归纳起来，所谓“三忌”就是忌假求真、忌虚求实、忌短求长，动真情，真扶贫。

“穷在深山有远亲。”这是社会主义新农村的独特风景，是党和政府温暖的体现。在扶贫进入攻坚阶段的今天，黄冈的做法相信会给更多的地区以启示。

（本文系为《黄冈两万干部真情帮扶两万特困户》报道配发的评论，原载1998年7月26日《经济日报》）

难得“如常”

“仿佛在不经意之间，大水一下子涨了起来。”打开从武汉寄来的最新一期《今日名流》杂志，开篇自然离不开那居高不下的一江水，作家方方以该杂志社社长的身份向抗洪勇士们致以《我们的敬意》。

或许是因为台风的中心总是平静的，方方笔下的武汉人心态，大大出乎我们这些每天盯着《新闻联播》、为武汉人提心吊胆的旁观者之意外。方方说，“偶尔有人提到水势，会说江面好宽呀，洪水已到了抗洪纪念碑脚下，但却没有人焦急，没有人不安，也没有人会想起1931年大水破堤而入，市民四处逃荒的情景。仿佛这是一份不必要的操心，仿佛想也不想便可断定：当然有人会设法把大水挡在堤外。”她归纳武汉市民在洪水威胁之下的最基本心态：一种平静的、有安全感的、有依赖感的心态。

晚上看电视，正好是第四次洪峰过武汉，记者的报道印证了方方的判断。从电视上看，江面已宽阔到望不到边，水与天接，洪涛翻滚。武汉关的水位达到29.39米，是有水文记载以来的第二高水位，仅次于1954年。然而大堤之内，

“市场依然一片繁荣，市民生活如常，秩序井然。”除了沿江大道等处为便利抗洪实行了交通管制，除了数千人的后备抢险队伍在集结待命，其他地方则一切如常，店照开，工照做，股照炒，舞照跳，球照侃。

“如常”二字，说来轻巧，细品起来却颇为厚重。历史是现实的最好注脚。与今天的“如常”形成鲜明对比的是，1931年大汛，武汉关的最高水位不过28.28米，结果堤防尽溃，水漫三镇，舟行闹市。当时的报道称：“市镇精华，摧毁殆尽，浮尸漂流，疫病流行，米珠薪桂，无食者23万人”，灾民“毒水浸，蚊蝇虐，露天眠，疾病魔”“鸠形鹄面，惨不忍睹”。一样的洪水，两样的境遇。当年的武汉人何辜，今天的武汉人何幸！历史的悲剧不会重演。因为政府在为人民作劲。因为军队在为人民赴难。因为全社会在为长江抗洪决战作最坚强的后援。

大汛当前，拥有这宁静心态的不仅仅是武汉人。九江大堤出险，江水咆哮而来，市面却平静如常，并无大水压境之恐惧与慌乱。因为人们看到一队队军车驰过，一车车物资来援，因此就有了希望，有了依靠。在五天五夜的激战过后，围堰合龙，险情排除，人民的希望与依靠没有落空。

一个平静如常的九江，一个安宁祥和的武汉，正是我们这个社会和时代的缩影。

（原载1998年8月14日《经济日报》，收入《假如都来真的——经济日报〈王府井随笔〉杂文精萃》，中国世界语出版社1999年9月出版）

科技身价涨起来

国家最高科学技术奖的设立，成为岁末年初的一大新闻。因其奖金额之巨（500万元）、获奖者之少（每年不超过2人）而备受人们瞩目。

千年交替之际，国家最高科学技术奖隆重出台，其意义不可小视。今天，科学技术对人类社会的影响比以往任何时代都更为显著和深刻。作为发展中的大国，加快我国科学技术的发展是世纪之交面临的最紧迫任务。为迎接新世纪的到来，党中央因时应变，及时作出了实施科教兴国战略，构筑国家创新体系的重大决策和战略部署。国家最高科技奖的设立，是落实科教兴国战略的一项具体措施，也是国家科技创新体系的一个组成部分。作为中国政府设立的科技最高奖项，它反映了一种期望，期望这数额巨大的奖励真正能够体现政府奖的严肃性、权威性和荣誉性，体现出党和政府对科技工作的重视和对科技工作者的关怀，为推动我国科学技术发展，推动科技向现实生产力转化起到应有的激励和促进作用。

500万元的大奖令人眼红耳热。但我以为，与500万元大奖相比，更值得看重的是以此为标志的中国科技奖励制度的重大改革。20多年来，我们已经听到过太多的“重奖”新闻，早的如珠海“重奖”冲击波，近的如对“神舟”号功臣的奖励，这些“重奖”并无不当。但值得我们思考的是，为什么“重奖”总是新闻？原因可能就在于过去相当多的“重奖”师出无名，或者是一种政治的手段，或者是一时情感的冲动，而不是一种制度的安排。如此“重奖”，颁奖者有赏赐之心，得奖者怀侥幸之意，其激励作用自然要打些折扣。奖励是一种手段，目的在于营造一种激励创新的机制。我们高兴地看到，随着去年《国家科学技术奖励条例》的颁行，随着日前《实施细则》等三项管理办法的出台，我国的科技奖励体系实现了制度的创新，走上了规范化运作的轨道。但愿从今而后，重奖不再是什么新闻，而是依法行政的自然结果。

略感遗憾的是，从记者的报道看，所谓“500万大奖”其实是一种误传，其中属于奖励部分的不过是50万元，其余的450万元是课题费，换句话说，是国家正常的科研投入，只不过换了一种分配方式，或许这就是中国特色。50万元的奖励在技术入股盛行的今天，已经不那么令人眼红了，这或许正说明了人们越来越认识到科技的价值，而科技的身价也将渐渐涨起来。

（原载2000年1月7日《经济日报》）

如此恶商理当破产

被残忍地砍掉了四根手指的卢善辉已含泪离开了大朗，大朗爱家超市的老板用20万元打发走受害者后，正忙着为商场复业而奔波。除了在逃的凶手依然在公安部门的追缉之中，这桩震惊全国的残害消费者的恶性案件看来就将如此了结了。

难道真的就如此了结了吗？相信许多关注此事的人们心有未甘。

关于剁指事件的报道和评论已有很多，由于事件本身并不复杂，因而其中的是非曲直不难分辨：第一，即使卢善辉有过偷窃前科，不能因此推论她到“爱家”也是偷窃；第二，即使商场对卢有所怀疑，也无权侮辱、扣留、搜身，只能向公安部门举证；第三，即使有确凿证据，商场也没有执法权，无权私设刑罚。总之，就这一事件而言，即使受害者当时真的偷了几包茶叶，也丝毫不能减轻整个事件的残暴性、非法性，丝毫不能减轻商场和行凶者应负的民事和刑事责任，何况商场并没有确凿证据证明卢有偷窃嫌疑呢？

“小偷过街人人喊打”的时代毕竟过去了。社会舆论对这一事件的一致谴责，说明我们已经从习惯于道德的评判走向了法律的评判，说明人们的法治和人权意识确实增强了，这无疑是一种进步。

在关于剁指事件的讨论中，也有人提出保护经营者的问题。经营者的权益是不是应该保护？当然应该。但保护经营者的权益不能以损害消费者为代价。从现行法律看，经营者的合法经营得到了保护，并不存在偏袒消费者的问题。而从理论上说，由于“信息不对称”，经营者与消费者在交易中的地位从来就不是平等的，作为具体消费者的个人总是处于弱势地位，因此需要有特殊的法律保护。从近年来各地频频发生的消费者人格被侮辱、权益被侵害的实际情况看，现在得不到有效保护的不是经营者，而是广大的消费者。发生在大朗爱家的恶性事件，正是长期以来一些商家践踏消费者权益的违法行为得不到严厉惩治的合乎逻辑的发展。

不惩前不足以毖后，不罚劣不足以扶优。对于那些严重危害消费者生命安全的经营者，不仅不应该保护，相反就应该依法严惩，直至让他们倾家荡产，付出应有的代价。否则，今天他敢砍掉别人的指头，明天谁能保证他不敢砍掉别人的脑袋？在深圳，不是已经发生过有偷窃嫌疑的消费者被商场保安围殴致死的案例吗？

与社会舆论的一致谴责形成鲜明对照的是，从有关报道看，大朗爱家的经营者至今也没有对剁指事件作出深刻的反省。她一再声称在这次事件中“她才是最大的受害者”，她奇怪“有人同情卢善辉，没有人同情我”，她对这件事感到痛心，但更痛心的是她的声誉受损了，利益受损了，“给她20万元我是很肉疼的，这20万元不好赚啊”。从电视上看她的表情，不仅看不出愧疚之意，反而是气壮如牛。

拿出20万元虽然“肉疼”，毕竟了却了一件烦心事。她对记者说：“我的商场还要开业，我的员工们都等着开工，供货商还等货款呢。给她20万元合理吗？这已经不重要了。”看了这段话，笔者感到有些害怕的是，如果此事就此画上句号，对于这位老板来说，不就是花20万元买了四个手指头吗？

恶劣的消费环境是制约当前消费的重要因素。如果我们连消费者的人身安全都得不到有效保护，如果连如此残害消费者的恶性案例都得不到严厉惩处，还谈什么扩大内需、启动消费呢？

（原载2000年1月20日《经济日报》）

耐人寻味的“百分之一”

在中央党校听《当代世界科技》系列专题报告，记住了一个数字：百分之一。

中国医学科学院副院长强伯勤院士讲《现代生物技术》的时候，介绍了人类基因组计划，称之为“当代自然科学一项伟大的科学工程”。这项计划由世界主要发达国家合作进行，美国承担了最主要的工作，中国也参与了部分工作。中国参与的这部分有多少呢？大概占总量的百分之一。

第二天到中国空间技术研究中心参观，看去年底发射并回收的我国第一架载人飞船——“神舟一号”。参观的时候，又听到一个“百分之一”。中心的同志介绍说，我国研制发射神舟一号的费用仅相当于美国和苏联当年发射第一艘宇宙飞船费用的百分之一。

在国家“863计划”航天领域首席科学家、中国科学院院士闵桂荣的报告中，提到了两个“百分之一”。他介绍，在人类至今发射的4000多个航天器中，苏联、美国占绝大多数。中国自力更生，迄今研究发射国产人造卫星约40颗，正好是全球已发射航天器的百分之一。从投入上看，第一类国家如美国、苏联，每年在航天领域的投入约二三百亿美元；第二类国家如日本、欧洲年投入在二三十亿美元；中国年投入约为二三亿美元，相当于发达国家的百分之一。

课堂上几次提到“百分之一”，或许只是一种巧合。但笔者认为，还不仅仅是巧合。因为，第一，这几个“百分之一”都涉及高科技领域；第二，都涉及在高科技领域中国与世界的关系问题。

百分之一是一种现实。科研投入是以综合国力为基础的。经济不发展，国力上不去，科研也不可能有雄厚的物质基础。不顾国力，不恤民情，从人民的牙缝中挤出钱来搞高科技，某些领域可能一时搞上去了，但不可能持续，最终还要掉下来。苏联就是一个教训。美国人动则几百亿的投入，以我们眼下的国力，做不到，没法比。这种差距是历史形成的，不可能短时间内得到根本的改变。

百分之一是一种志气。我们没有那么大的投入，没有那么雄厚的科研基础，并不意味着在高科技领域就无所作为。靠自立更生、艰苦奋斗的传统，靠中国人民的聪明智慧和锲而不舍的精神，我们完全可以在高科技领域跟踪世界先进水平，并在某些领域有所作为，作出自己的独特贡献。就像“神舟一号”

的成功研制一样，如果我们以百分之一的投入做出了别人当年百分之百的工作，就是了不起的成就。

百分之一是一种差距。在世界前沿科学中，我们的贡献还不大，掌握的尖端技术还不多，这个差距是明显的，不是一点点，而是百分之一与百分之九十九的差距。所以我们现在还没有理由沾沾自喜，没有理由夜郎自大。对此要有清醒的认识。以占世界百分之二十二的人口，生产百分之二点几的财富，创造百分之一的高科技成果，这当然是不相称的。每一个中国人不能没有紧迫感。

琢磨琢磨“百分之一”的内涵，对于深入理解邓小平同志关于发展高科技的指示很有启发。邓小平同志对世界科技发展的新动向十分关注，对中国高科技的发展十分关心。1986年，他说：“发展高科技，我们还是要花点钱，该花的就要花……在高科技方面，我们要开步走，不然就赶不上，越到后来越赶不上，而且要花更多的钱，所以从现在起就要开始搞。”“863计划”就是在这种思想指导下由小平同志亲自拍板制定的。到1988年，邓小平同志进一步提出了高科技发展的目标，“过去也好，今天也好，将来也好，中国必须发展自己的高科技，在世界高科技领域占有一席之地”。从邓小平同志的这些谈话中，可以感受到对中国高科技发展的热切期盼，但这种热情又是建立在理性基础之上的，他对中国在世界科技界的地位有清醒的认识，为中国高科技发展制定的蓝图是现实的、可行的。他说：“高科技领域，中国也要在世界占有一席之地。”这就是理性的选择。什么叫“一席之地”？在今天中国的经济文化条件下，我们不妨说，百分之一就是“一席之地”。

百分之一看起来微不足道，实际上的意义却远远超出了百分之一。在许多高科技领域，有没有这个百分之一，在政治上、经济上的后果是大不相同的。比如，尽管我们离南极很远，对南极的研究也只是刚刚起步，但当我们有组织地进行了南极考察，把国旗插上长城站的时候，我们在国际南极问题的决策上就有了发言权。同样，在热核领域，在航天领域，在正在兴起的现代生物技术领域，中国所拥有的百分之一，使我们在相关领域具有了百分之百的发言权，保障了12亿人的中国在世界舞台上的大国地位。从发展的角度看，百分之一是百分之百的积累过程。由百分之一起步，当今后条件具备了，我们完全可以占有更大的百分比，拥有更多的话语权。

（2000年4月19日）

新阶段要有新作风

形容一个人很忙，有一句略带讽刺意味的话是："忙得像个省长一样。"看来，省长之忙，世人尽知。

本来，作为主政一方、日理万机的领导干部，忙一点是正常的，是值得人们敬重的，至少也比闲着没事干要好。但是不是都忙在点子上了呢？却也未必。君不见，确有那么一些领导干部，如同张天翼先生笔下的"华威先生"，沉溺于文山会海，奔走于楼台歌榭，东边剪彩，西边奠基，一天要在电视里露上好几次脸，忙倒是真忙，可连他自己也未必知道在忙些什么。

羊年伊始，读到一条湖北省省长罗清泉"约法三章"的新闻，颇有感触。节后上班第一天，在湖北省政府十届一次全体（扩大）会议上，罗清泉与新当选的省政府领导班子成员"约法三章"，内容包括：不能凡事都由秘书代劳，每位班子成员每年都要亲自动手撰写一两篇对全省工作具有重要指导意义的调研报告，并将其转化为推动工作的决策；从严控制会议、文件，坚决做到可开可不开的会一律不开，可发可不发的文件一律不发；除全省统一安排的活动外，省政府领导一律不参加各种剪彩、奠基、首发首映式、颁奖等事务性活动，不题词、题名；严禁在公务活动中收受"红包"、贵重礼品和有价证券，严禁插手工程承包，严禁到下属单位或企业事业单位报销应由个人支付的费用，严禁参加各种用公款支付的高消费娱乐活动；要体恤民情，下乡调研轻车简从，不准搞边界迎送，等等。

读了这个“约法三章”，我以为，其直接的好处是可以为省长们“减负”，让领导干部从一些应酬式、应景式的活动中解脱出来，有更多的时间和精力来思考中部崛起的发展大计，探寻全省人民的小康之路。党的十六大报告中有一句话：“聚精会神搞建设，一心一意谋发展。”不把领导干部们从形式主义的花样文章中解脱出来，从官僚主义的“文山会海”中解放出来，如何能够做到“聚精会神”“一心一意”呢？

罗省长的“约法三章”，内容当然不仅仅是为班子成员“减负”的。它体现了新的省政府班子“廉洁、务实、勤政、高效”的追求，体现了转变领导干部作风的要求。

新班子要有新作风。所谓的“新作风”，其实也是老作风，是我们党一贯坚持和倡导的优良传统。胡锦涛同志在西柏坡学习考察时发表的重要讲话中，号召全党同志特别是领导干部牢记“两个务必”，大力发扬艰苦奋斗的作风，为实现党的十六大确定的目标和任务开拓进取、团结奋斗。他指出：“实践证明，要把党的事业不断推向前进，需要有正确理论、路线和方针政策的指引，还要有良好的精神状态和扎实的作风，经过艰苦奋斗，把各项工作落到实处。”在党的十六大确定了宏伟目标之后，在各地领导班子换届之际，突出强调发扬艰苦奋斗的作风，具有深远的意义。面对新世纪的复杂形势，面对新阶段的艰巨任务，作为领导干部，一定要保持昂扬向上的精神状态，发扬艰苦奋斗、勤政务实的作风，始终保持共产党人的蓬勃朝气、昂扬锐气、浩然正气，脚踏实地，扎实工作。有一个好的作风，才能带出一支好的队伍；有一个好的作风，才能真正开创各项工作的新局面。而转变作风，首先就要从领导干部做起，从领导机关做起。

现在看，罗省长的“约法三章”还只是写在纸面上的东西，能不能落实下去，坚持下来，还有待于实践的检验，有赖于全省人民的监督。但至少，这是一个有意义的宣示，是一个良好的开端。

（原载2003年2月11日《经济日报》）

思路决定出路

“要想富，先修路”，这个道理人人都懂。但路是用人民币铺出来的，没有钱就修不了路。在建设资金并不充裕的江西，“江西速度”从何而来？原来，江西的公路建设者学会了运作资本的本领，打通了筹措资金的渠道，走出了一条依靠市场机制加快交通等基础设施建设的新路。

思路决定出路。没有发展思路的创新，就没有江西高速公路建设的高速度。同样，没有发展思路的创新，也就没有江西这两年方方面面的深刻变化。江西经济发展的实践证明，发展思路是否对头，有了好的发展思路能否一以贯之，决定着一个地区经济建设的兴衰成败。

如何制定和实施科学的发展思路？从江西的经验看，要者有三：

一是准确定位。就是要看到自己的优势与劣势，知道自己能干什么不能干什么。跳出江西看江西，立足全局看江西，江西人民在解放思想的大讨论中重新审视自己，对省情有了更为清醒的认识：毗邻我国最富裕的长江三角洲、珠江三角洲、闽东南三角区，有条件建成沿海发达地区产业、资金、技术梯度转移的承接基地，优质农产品的供应基地和劳动力输出基地；有着丰富森林资源和旅游资源，有条件成为沿海发达地区的“后花园”。这个被简称为“三个基地一个后花园”的定位，虽然听起来不那么响亮，但符合江西的实际，有利于制定切实可行的发展战略。

二是科学决策。决策是否科学，思路是否对头，是决定一个地区发展的关键。决策的失误，是最大的失误。在准确把握省情的基础上，经过反复比较、探索，江西省委、省政府集中全省人民的智慧，逐步明晰了加快江西发展的新思路，这就是坚持以工业化为核心，以大开放为主战略，以体制创新和科技创新为强动力，大力推进农业产业化和农村工业化，加快推进城市化和城市工业现代化，不失时机地推进信息化，全面提升综合竞争力，实现经济和社会的可持续发展。两年来的实践证明，这是一条具有全局眼光和时代特征，又符合江西实际的发展思路。

三是韧性坚持。再好的思路如果不能落到实处，只能算是一纸空文。正确的发展思路一旦形成，就要“咬定青山不放松”，不因闲言碎语而分神，不因阻力和干扰而退却；同时还要适应新的形势，总结新的实践，不断深化和完善发展思路。江西这几年之所以发展比较快，就在于他们的定位准确，思路对头，并且执行坚决，锲而不舍地抓好落实。用他们自己的话说，就是“坚持开创性、坚韧性和操作性的统一”。

实践没有止境，创新也没有止境。如何按照“三个代表”重要思想的要求，在发展思路上坚持与时俱进，在各项工作中体现时代性，把握规律性，富于创造性，江西的实践给了我们有益的启示。

（原载2003年10月10日《经济日报》）

信任是无言的丰碑

在国人看来，“打官司”是一件迫不得已的事情。因为官司一旦打起来，就要分出个高下，打出个输赢。胜者固然欣然，败者就唯有愤然了。

面对这样一种不可能“双赢”的局面，手握审判大权的法官，其一言一行不能不受到人们的格外关注。依法行事，秉公办案，主张正义，维护公正，是职业对于法官的要求，也是人民群众对于法官的厚望。

读了关于宋鱼水同志事迹的报道，印象最深刻的就是，这是一位赢得了人民群众信任的好法官。她常常在不可能“双赢”的局面中创造出“双赢”的结果，不仅得到胜诉者的尊敬，也得到败诉者的理解。曾有一位当事人给她送了一面锦旗，上面写道：“辨法析理，胜败皆服。”其实，这正是对宋鱼水事迹最精辟的概括。

宋鱼水赢得了人们的信任。这信任首先来源于她作为一名法官的责任感与使命感，来源于她对于社会正义的不懈追求。据报道，十余年来，宋鱼水没有一件案件裁判不公，也没有一起诉讼被投诉或举报；没有收过当事人一件礼品，也没有办过一件人情案，更没有利用庭长职务向审判人员施加过任何不公正的压力。她曾经这样表露过自己的心迹："我一生中可能会审理几千件案子，但许多当事人一辈子可能就进一次法院，如果就是这唯一一次与法律的接触让他们受到不公正对待，让他们得到一个自己想不明白的结果，在他们心中会留下深深的伤痕。伤害了一个当事人，就多了一个不相信法律的人；而维护了一个当事人的合法权益，就会增加一分人们对法律的信仰、对社会的信心。"肺腑之言，读来令人感动。

宋鱼水赢得了人们的信任，这信任是对其敬业精神的肯定、对其职业水准的认同，也是对她不懈的创新意识和开拓精神的褒扬。无论是承办大案小案，她同样一丝不苟，全力以赴；无论是面对强者弱者，她坚持公平对待，以理服人。在错综复杂的矛盾与纠纷前面，在尖锐对立的利益冲突面前，她始终保持清醒的头脑，把法律尊严、大局意识、人民利益、社会稳定铭记在心，坚持"约法三章"，努力实现"四个和谐统一"。在她的身上，集中体现了新时代人民法官"富贵不能淫，威武不能屈"的凛然正气，"甘化我身守正义"的铮铮铁骨，"毕生护法为人民"的耿耿丹心。

信任是无价的。今天，我们正在为建设社会主义和谐社会而努力，而人与人之间、不同社会阶层之间的信任与理解正是维系社会和谐的纽带。无论是工作在司法战线的同志，还是工作在其他各个领域的共产党员，都应当以优良的作风和扎实的工作，努力赢得人民群众的信任，为建设和谐社会作出贡献，这是共产党员保持先进性的必然要求，是落实"三个代表"重要思想的具体体现。

宋鱼水说："鲜花和掌声固然是一种激励，但更重要的是人民群众的信任。胜败决定于法律的尺度，而信任是无言的丰碑。"诚哉斯言！

（原载2005年1月13日《经济日报》）

人民安危高于一切

时间正在一分一秒地过去，被困于废墟之下的人们等待着救援，在震灾中受伤的人们等待着救治。争分夺秒，犹嫌太慢；全力以赴，犹恐未及。这是一场与时间的赛跑，在这场“生死时速”般的较量中，考验我们的不仅是应变机制与动员能力，还考验着我们的意志与决心、勇气与毅力。

面对大地震造成的严峻局面，我们必须响应党中央的号召，最大限度地动员和行动起来，把抗震救灾作为当前的首要任务，不怕困难，顽强奋战，全力抢救伤员，切实保障人民群众生命安全，尽最大努力把地震灾害造成的损失减少到最低程度。

人民安危高于一切。因为我们的党，是以全心全意为人民服务为宗旨的政党；因为我们的政府，是以人为本、执政为民的政府。一切为了人民，一切依靠人民，人民的利益高于一切，这是党和政府的执政理念。在人民群众生命安全受到严重威胁的时候，总书记第一时间作出指示，共和国总理第一时间赶赴灾区，党中央、国务院、中央军委紧急行动，快速反应，动员全国资源，调度千军万马，抗震救灾工作在最短的时间以最快的速度全面启动。正是党和政府的坚强领导，成为灾区群众最可依赖的主心骨。

灾情急如火，人命大于天。在震灾发生数十个小时之后，留给我们的时间越来越紧迫。正如温家宝总理所言：“现在第一位的任务就是救人。抢救人的生命是这次抗震救灾工作的重中之重，要抓紧时间，只要有一线生还的机会，就要用百倍努力。”陆续开进重灾区的各路抗震救灾大军，背负着全国人民的殷切期望，一定要发扬不怕困难、顽强奋斗的精神，以雷厉风行、敢打硬仗、不怕牺牲、不怕疲劳的作风，急人民群众之所急，解人民群众之所难，迅速向瓦砾下的民众伸出救援之手。灾区群众在盼望着你们，全国人民在注视着你们，你们争取得来的每一分、每一秒，都将使一个又一个鲜活的生命得以延续；你们在抗震救灾斗争中付出的每一分辛劳，都将得到人民群众的涌泉以报。

血浓于水，手足情深。灾区人民的痛苦，也是全国人民的痛苦；受灾群众的期盼，就是全国人民的心愿。两天来，亿万群众守候在电视机旁，关切地捕捉着从灾区传来的每一条信息，揪心地倾听着被困群众发出的每一声呼唤。此时此际，救灾，就是最大的政治；平安，就是最好的祝福。灾情犹如动员令，把十三亿中国人民动员起来了，激励起来了。各行各业的职工群众立足岗位，努力工作，以实际行动支援灾区、服务救灾；社会各界人士积极捐款捐物，奉献爱心，体现了社会主义大家庭的温暖。灾难无情，人间有义。中华民族在与这场特大震灾斗争中焕发出来的凝聚力、向心力，将激励和鼓舞我们坚决打赢抗震救灾这场硬仗。

（原载2008年5月15日《经济日报》，署名“金平”。该系列评论由张曙红、郑扬、韩霁等集体创作，获2008年《经济日报》“十大新闻精品”奖）

用爱心抚平大地的震颤

爱心在这里汇聚。18日晚，上百名演艺明星走进中央电视台演播大厅，高歌一曲《爱的奉献》，表达了文艺界人士和全国观众对灾区群众的深情关爱。在三个多小时的募捐活动中，共募集捐款15亿元，创下了新中国成立以来单次募捐活动的最高纪录。

“灾难骤至，考验着灾区人民的勇毅和坚强，也考验着中华民族的信心和力量。风雨交加，我们互相温暖，身旁有同胞亿万；家园倾覆，我们顽强站起，身后是祖国靠山。”艺术家们用诗一般的语言，道出了当前全国人民共同的关注与期盼。

人间自有真情在。灾区人民遭受的痛苦，牵动着全国人民的心。如同上海的大学生们在募捐倡议书中所说的：“大地的晃动，破坏了房屋公路，却凝聚了我们每个人的心灵。同学们，用我们的爱心来抚平大地的颤抖！”人们看到，在地震发生后的几天里，从棉衣到药品，从血浆到机械，救灾物资迅速在全国各地聚集起来；从沿海到内陆，从都市到乡村，各行各业的人们服从抗震大局，服务救灾需要，以实际行动支援灾区；在全国各地的每一个捐助点、每一个献血车前，人们排起了长龙。一个个普通的国人捧出一颗颗滚烫的心，共同为抗震救灾筑起了坚强的后盾。

在上海，13日一早，6岁的女孩官忻就跟着父母一起来到当地慈善热线，捐出她平时省下的200元零用钱。“虽然她还小，还不懂什么是地震，什么叫灾难，但她知道，灾区有很多小朋友不能上学了，需要帮助。”孩子的父母说。

在贵州，地震当天就有一条短信迅速在人们手中传播：“请大家转告大家：雪凝中，全国人民支援贵州；抗震灾，贵州人民献份爱心。”第二天一早，贵阳市人民广场上数千人冒雨在献血车前排起了长长的队伍。

在海外，旅居异国的华人华侨纷纷解囊相助，希望尽早将爱心送到灾区人民手中，帮助他们渡过难关。72岁的老华侨赵金奎来到中国驻西班牙大使馆，将自己这个月的退休金全部捐给灾区人民。

爱心在涌动，真情满人间。与此同时，网络世界上同样涌动起爱的暖流。谁说虚拟的网络上没有真情？谁说不留真名实姓的网友缺乏爱意？君不见，一队队支援灾区的志愿者通过网络汇集，一条条救灾、寻人信息通过博客、QQ传递；一个个募捐活动在大大小小的网站、论坛上发起……据悉，在腾讯公益慈善基金会联合李连杰壹基金启动的目前国内最大的网络捐赠活动中，来自全国所有省市区和港澳台同胞、海外侨胞的全球Q民自愿踊跃捐款，在短短四天内，超过12万Q民捐助金额突破800万元。

爱心是无价的。每一个真诚的奉献都值得我们珍视。孩子们手中的零花钱，老人们捐出的退休金，少至几分几角，多至成百上千，虽然金额不大，但其中蕴含的情意却重于泰山。在这样的孩子和老人面前，那些面对民族的灾难、人民的痛苦无动于衷、漠然处之，甚至在网上发贴标榜什么“零捐款”“1元捐款”的极少数另类“精英”们，能不羞愧、能不汗颜吗？

一分捐款就是一分爱心，一分爱心就是一分力量。汇聚起全民族的爱心，万众一心，众志成城，我们就有了共克时艰、战胜灾难的无尽力量与勇气。

（原载2008年5月19日《经济日报》，署名“金平”）

十年限塑为何成效不彰

今年6月1日，是限塑令实施十周年。对于限塑令执行的效果，我想多数人都认同这样的结论：并不理想。不仅从小商小贩到大型超市使用的塑料袋没有减少，而且一些新兴行业如外卖、快递等，更加大量地使用了塑料袋包装。飘落在大街小巷的塑料袋，比十年前明显增加了。这种结果显然与限塑令的初衷相去甚远。

为什么限塑令没能发挥应有的效果？已有不少媒体做过跟踪分析，原因不外乎这么几条：

第一是监管层面的问题。限塑令刚出台的时候，还是有效果的，但很快各方就松懈下来。一些部门习惯于运动式的监管，松一阵紧一阵，睁一只眼闭一只眼，没有使监管的压力贯彻始终、覆盖各处，让商家和消费者有空子可钻。

第二是商家自律不够。限塑令明令禁止使用超薄塑料袋，但一些商家出于成本和便利考虑，仍在偷偷使用。也确有商家把有偿使用塑料袋变成了赚钱的机会。既然是想赚钱，当然使用得越多越好。如此做法，显然背离了限塑令的初衷。

第三是消费者环保意识不强。“白色污染”对环境造成了极大危害，但对于消费者个体来说，这种危害是难以切身感受到的。而减少使用塑料袋，或者增加支出，或者造成不便，都与消费者利益直接相关。如果没有环保意识的提高，就很难让消费者自觉地约束自己的行为，改变消费的习惯。

还有一个原因，则是限塑令本身的可操作性和有效性问题。现在看来，仅仅强调有偿使用，让消费者每次购物多付出几角钱，并不能有效减少塑料袋的使用。教训就在于，任何措施的出台，仅有良好的愿望是远远不够的，还必须有周密的设计、配套的措施、严格的监管，以及随着形势变化而不断进行的应变调整。

一个小小的塑料袋，牵涉到监管、企业、市场、消费者等各个方面，治理起来并非易事，可以说是一项系统工程。如今，世界范围的“白色污染”越来越严重，更多的国家加入限塑、禁塑的行列。近日，联合国环境署正式公布2018世界环境日主题为“塑战速决”（Beat Plastic Pollution），呼吁全世界共同应对一次性塑料污染问题。

在今天的中国，绿色发展理念已成为人们的共识，我们完全有必要对十年限塑历程进行系统的回顾和总结，吸取教训，弥补漏洞，以更加有力的措施，推动各方共同努力，远离“白色污染”，保护绿色家园。

（2018年2月25日）

如何看待清华理科状元当保安

近期，一则“考进清华的理科状元毕业后当保安”的新闻广受关注，在网上引发热议。

看了看相关报道，发现一些人在传播中把这则新闻简单化了。第一，所谓的“理科状元”，只是一个县里的理科状元。这在考进清华的学生中并不稀奇，也说明不了他在清华的成绩。第二，他也不是一毕业就去当保安的，而是在外地工作了一段时间之后，因为照顾老人的需要，回到家乡长沙，找了一个保安的工作。

了解了这些背景之后，这个新闻就不那么刺激了。既说明不了清华的毕业生找不到好工作，更不能由此得出读书无用的结论。

从事情本身看，我认为这位张先生的选择是理性的，值得人们尊重。他在毕业后有过在外资企业工作的经历，也有过从事专业科研工作的想法，但最终未能如愿。搞不了专业，当然可以从事其他的工作，只要能养活自己和家人就行。实际上，大学毕业之后，很多人都告别了自己学习的专业，不少人还因此获得了更好的发展机会。在生活压力和就业竞争面前，专业是否对口并不是一个需要优先考虑的问题。

这位张先生最终回到长沙，找了一份保安的工作，是特殊原因造成的无奈之举。家里老人年纪大了，没有人照顾。为了扛起这份照顾老人的重任，他只能选择就近择业，即使工资低一点，他也认了。这份孝心和责任感，也正是他值得人们敬佩的地方。在类似的情况下，恐怕很多人都难以作出类似的选择。

这个新闻之所以轰动，主要还是因为“清华”二字。就像北大的学生养猪会成为新闻一样，清华的学生干保安自然会引起人们的惊诧。在许多人心目中，清华北大的学子都是“天之骄子”，一毕业都是要干大事业的，怎么能与养猪、保安这样的工作联系起来呢？这种想法本来是有点道理的，但把它固化、推向极端就错了。世界上最好的学府也不能保证它的学生个个优秀，同样不能保证它的每个优秀学生都能找到称心如意的工作岗位。毕业证就好比一块“敲门砖”，能敲开什么样的门，就要看各人的造化了。

物以稀为贵，才以俏为尊。经过多年的持续扩招之后，现在我们国家的高等教育规模已经高居世界第一，每年都有几百万名大学生、研究生要走向社会，还有几十万人从海外学成归来。就业市场的竞争激烈程度可想而知。在这样的背景下，大学毕业生挑选工作的余地并不太多。也许，将会有越来越多的名校毕业生，不得不走上非传统的就业岗位。

好在，与过去“一次分配定终身”的情形不同，现在就业的市场化程度比较高，人才的流动也越来越方便。即使一时找不到合适的岗位，只要你有真本事，愿意去努力，总会有人尽其才、才尽其用、实现自身价值的那一天。

（2018年3月16日）

曲解企业民主管理实属别有用心

日前，自媒体上的一篇奇文，再次掀起舆论波澜。一则某部门部署推进民营企业民主管理的消息，竟被冠以“党要领导工人共同管理民企、共享民企发展利润”的吓人标题！吃瓜群众猛一看，这还了得！这不是要搞“第二次公私合营”了吗？

如此唯恐天下不乱的“标题党”，实属别有用心。

其实，企业民主管理，并不是什么新鲜话题。在西方，职工参与管理的企业民主管理制度早已有之。在我国，正是借鉴了国外先进管理经验，《中华人民共和国企业法》和《中华人民共和国劳动法》都规定，企业要通过职工代表大会等形式实行民主管理。依据相关法律，2012年由六部门以共同颁布规章的形式制定下发了《企业民主管理规定》（以下简称《规定》）。进一步明确在社会主义市场经济条件下，所有企业都要实行民主管理，非公有制企业也不例外。同时，《规定》也澄清了两种极端认识：其一，职工代表大会不是取代企业管理机构的正常管理；其二，其他民主管理方式也不能替代职工代表大会作为企业民主管理的基本制度。由此可见，实行企业民主管理，根本不存在谁强迫谁“交出管理权”的问题，更不涉及企业所有者财产权变更的问题，而是旨在维护职工合法权益，构建和谐劳动关系，促进企业持续健康发展，加强基层民主政治建设。从这些年的实践看，无论是国有企业还是民营企业，都出现了一大批扎实推进民主管理的示范企业，证明这项制度符合国情，是有利于企业发展的。

坊间舆论之所以对企业民主管理出现严重误读，主要是由于人们对企业管理制度的渊源发展并不熟悉，对企业民主管理的内涵与外延也不清楚，因而在网络“标题党”断章取义、恶意曲解的引导下，以为提倡民主管理就是要让职工“夺权”、就是要化私为公。换句话说，是被一些别有用心的人牵着鼻子走了。

进一步观察，不难发现，利用当前经济下行压力较大、一些企业经营遇到暂时困难的时机，刻意制造“国进民退”的舆论，打压民营企业发展的信心，进而把公有制经济与非公有制经济对立起来，是当前网络舆论交锋的一个焦点。无论是当下对企业民主管理的曲解，还是前一时期关于“私营经济离场论”的叫嚣，近期不时泛起的种种捕风捉影式的传言与猜忌，其实质都是对我国基本经济制度的疑惑和动摇。对此，正本清源最强有力的思想武器，就是习近平总书记针对非公有制经济所强调的“三个没有变”。在流言蜚语纷至沓来之际，我们须臾不可忘记总书记所指出的：“非公有制经济在我国经济社会发展中的地位和作用没有变，我们鼓励、支持、引导非公有制经济发展的方针政策没有变，我们致力于为非公有制经济发展营造良好环境和提供更多机会的方针政策没有变。”

改革开放40年的历史清楚表明，公有制为主体、多种所有制经济共同发展的基本经济制度，不仅是中国特色社会主义制度的重要支柱，而且是社会主义市场经济体制的根基。国有企业为我国经济社会发展、科技进步、国防建设、民生改善建立了卓越功勋，始终是中国特色社会主义的重要物质基础和政治基础，是我们党执政兴国的重要支柱和依靠力量；民营经济持续快速增长，为经济增长、扩大就业、增加税收、技术创新和社会繁荣稳定，作出了不可磨灭的重大贡献。二者都是社会主义市场经济不可或缺的有机组成部分。这才是正确理解和辨析当下一些舆论热点所必须遵循的“大逻辑”。

当前，民营企业生存发展确实面临种种压力。有些受形势变化所累，有些受营商环境所困，有些地方甚至出现民营企业家蒙受冤假错案令人痛心的事件。但这绝不是什么“国进民退”所致，而是过去那种体制机制的顽症痼疾在作祟，需要进一步深化改革加以解决。唯有坚持社会主义基本经济制度，最广泛地凝聚全社会改革共识，确保贯彻中央决策部署不留死角，才能集中最强大的改革火力，持续攻克阻碍非公有制经济健康发展的一座座“市场冰山”“融资高山”和“转型火山”，为广大企业家提供更好的施展才华、实现抱负的宽广舞台，让民营经济在新时代加快发展、大放异彩。

（原载2018年9月26日《经济日报》，与吕立勤合作）